ハヤカワ文庫JA
〈JA1046〉

スワロウテイル／幼形成熟の終わり

籐真千歳

早川書房
6916

目次

スワロウテイル／幼形成熟の終わり

微細機械《マイクロマシン》技術の進歩により多くの怪我や病が克服され、美しい蝶の姿をした微細機械《マイクロマシン》の群体《かたまり》が空を舞い飛び、関東平野だった内海に浮かぶ小さな島で、人々が無限の資源による憂いのない豊かな生活を謳歌していた頃。それでも、まだ地球の外にまで人類の生活圏を広げる必要はなかった時代。

男女別離の病によって失われた異性の代わりに、人間は第三の性を造り出し、彼ら彼女たちと共棲の道を選ぶ。

人間と五つの約束ごとを交わして生まれる人工の妖精たちは、人のように喜び、人のように謳い、人のように泣く。人のように人に恋し、人のように人を愛し、人のように人から愛される。

関東湾上の男女別離の街、東京自治区で、彼女たちは人と寄り添って生きている――。

第一部　蝶と黒鍵と眠れる森の乙女たちによるエチュード

百人の町がありました。十人が自他共に認める多幸者で、三十人は不幸なふりをした果報者です。五十七人は自分が薄幸だと思い込んだ幸せ者で、残りの三人は不幸者です。

ある日、不幸者の一人は耐えかねて、幸せな自分以外の人々に言いました。

「もうこの先、生きていくこともつらいのです。どうか私を助けてください」

しかし、幸せな人々は私の方がもっとつらいのだとか、この怠け者、この脱落者と、口々に罵《ののし》りました。

やがて、彼はいつのまにか町からいなくなりました。

もう一人の不幸者は、一日の仕事が終わるとみんなが寝静まった夜から町へ出て、灯りの下に落ちている見窄《みすぼ》らしい蛾の汚く粗末な翅《はね》を拾い集め、一枚一枚鱗粉を拭って美しい茜色《あかねいろ》と碧色《みどりいろ》にし、町の人々に配りました。

「これは幸せの通貨です。誰かに善いことをしてもらったら、自分の茜色の翅を相手の碧色の翅と交換してください。誰かに助けてもらった人は、相手にお礼をする代わりに、別な誰かに自ら善いことをして茜色の翅に交換するのです」

初めは誰も相手にしませんでした。でも、あるとき町一番のお金持ちの人が、誇らしげに赤い翅を左のポケットに挿しているのをたくさんの人が目にして、その様がとても自慢げであったので、自分たちも少し欲しくなりました。

やがて、町の人たちは茜色と碧色の羽根の交換を少しずつ始めました。町のみんなが善いことをされたら誰かに善いことをするので、みんななんだかとても幸せな気分になりました。

腰の悪いおばあさんが歩いていたら先を競って荷物を持ってあげたし、誰かのお家で雨漏りがあったら翌朝には板と釘を持ってたくさんの人が殺到します。子供が風邪をひいたお家では、たくさんの玩具やお薬や氷やお呪《まじな》いのお守りが、玄関で山積みになりました。

百人の町は、いつの間にか有名な幸せの町になりました。もちろん、言い出しっぺである二人目の不幸者も、すっかり幸せな日々を満喫していました。でもある日、彼は道端で泣いている男の子を見つけてしまいます。

みんな幸せな人ばかりなのに、これはどうしたことだろう。彼が子供に理由をたずねると、思いも寄らない返事が返ってきます。

一昨日は男の子の誕生日で、お友達がたくさんお祝いに来てくれました。あまりにたくさん来てくれたので、お祝いのお礼にわたす茜色の翅が足りなくなってしまい、男の子のお母さんはお友達に謝りました。でも、お友達は許してくれません。お友達のお母さんたちがやってきて、茜色の翅が足りないのはあなたの家族が薄情者で、善いことをしていないからだと口々に詰《なじ》りました。そして、そこにあるじゃないかと、お父さんの大事な一張羅《いっちょうら》に挿してあった茜色の翅まで持って帰ってしまったのです。

昔とは打って変わって幸せに暮らしていた不幸者は、そのときまで気づかなかったのです。

——やや、これは何かおかしいぞ。

不幸者は初めに赤い羽根をもらってくれたお金持ちのところへ相談に行きました。すると会ってびっくり。お金持ちは着物が見えないほど、胸一面に茜色の羽根をつけて現れたのです。赤い羽根しか見えないので、初めは着物を着ていないのではと思ったほどです。

それで、不幸者はようやく気づいたのです。町の人々の、茜色の翅を見る目の欲深いこと。自分の翅の枚数を数えては悦《い》に浸り、他人の翅の枚数を見ては嘲笑ったり、恥じ入ったり、詰ったり。茜色の翅が少ないと、まるで豚チクショウを見下すように馬鹿にしたりするのです。

不幸者は驚愕のあまりに泣き崩れ、やがて自分の身につけていた茜色の翅をすべて毟《むし》り取って投げ捨てました。

茜色の翅を一枚も持たなくなった不幸者は、町の人たちから薄情者、冷血漢、豚チクショウ、犬チクショウ、ク○虫野郎と行く先々で嘲《あざけ》られ、罵られ、またただの不幸者に戻ってしまいました。そして、いつの間にか、幸せの町からいなくなってしまいました。

最後の三人目の不幸者は、なにもしませんでした。

彼は頭を低くし、肩をすぼめて息を潜めました。出かけるときは目立たないように道の隅っこを歩きました。朝から晩まで汚いところで誰もが嫌がるお仕事をして、雀の涙みたいな少ないお給料で一番薄くて堅いパンを買い、誰もが目を背ける汚い馬小屋を借りてひっそりと寝泊まりし、誰にも施しを受けず、誰にも施さずに暮らしました。

三人目の不幸者は、気づいていたのです。誰か不幸な人がいないと、この町のたくさんの人々が幸せでいられないのだと、なんとなく知っていたのです。だから、自分は他の人のように幸せになろうとしませんでしたし、みんなで幸せを分け合おうともしませんでした。ただ人知れず、この町で一番不幸な人になって、他の人の幸せを願いました。彼が何故そんなことをしているのか、茜色の翅で一杯着飾った町の人たちは誰もわかりませんでした。

やがて、三人目の不幸者が煙突掃除で患《わずら》った病気で死んでしまうと、九十七人になった町は、本当に幸せ者だけの町になりました。なのに、余所の人々が羨《ねた》み妬《そね》む町なのに、なぜかみんな少し疲れていました。

やがて誰からともなく、一人、また一人と、町を去って行きました。

百一人目の私は、そんな風に茜色の翅だらけの町が誰もいない町になるのを、ずっと眺めていました。

1

「狐雨《きつねあめ》だな……」

陽平《ようへい》の視線を追って、連れの若い捜査官が空を見上げる。

東京自治区の第二層から空を見上げると、一層上の第三層にそそり立つ摩天楼の〝陰〟で空が埋め尽くされて見える。

亡き妻は、その光景を『世界で一番綺麗な陰絵絵巻』と呼んでいた。〝影絵〟ではなく〝陰絵〟とはなかなか巧《うま》い表現だ。

かつて関東平野と呼ばれていた大地は、微細機械《マイクロマシン》によって地下深くまで食い荒らされ、海面下に沈降して関東湾と呼ばれる巨大な内海になった。ほぼ時を同じくして発生した〝種のアポトーシス〟と呼ばれる病の感染拡大を防ぐため、日本政府は感染者を関東湾上の浮島へ集めて隔離する。

そうして生まれたのが東京自治区である。関東湾の中央に浮かぶこの世界最大の人工浮島《メガフロート》では、いくつか陸《おか》の街では見られない現象が起きる。『一日に二度昇る』と言われる午後の日の出はそのひとつであるし、ビルの陰にすっぽり空を包まれている第二層の歩道を、四方から鮮やかに照らし出された人間の児童や人工妖精《フィギュア》の生徒が通学してゆくのも、また就学施設の集中する第二層ではありふれた風景である。

七色に彩《いろど》られたこの第二層独特の様子は、制服の肩を並べて楚々と歩む美しい人工妖精の女学生たちの麗姿《れいし》と合わせて、自治区に訪れる各国の使節の網膜《め》に焼き付いて消えなくなるらしく、使節団が帰った後には漏れなく『万華鏡《カレイドスコープ》』だの『妖精の秘境《アヴァロン》』だのという陳腐な文句が海外の報道網《マスメディア》を席巻する。

「キツネ……ですか？」

雨粒に湿らされた目をこじ開けて、若い後輩はそびえるビルの群を探っていたが、もちろんネコ目イヌ科の野生動物の姿は、最も洗練されたこの計画都市では見つけえない。動物を見かけるとすれば、蛍光のDNAタグ《Virus L. ID》で厳重に監視、管理された猫などの小型のペットぐらいで、陽平も野生の狐を直《じか》に見たことは一度もない。

それではこの街が、今は海の底に沈んでしまったかつての東京のように、殺風景な硅酸塩《コンクリート》の密林なのかと言えば、それもまた異なる。

一見には不規則で、ただ乱立しているように見える上の第三層の高層建築群《ビル》は、全て行政局の緻密な都市計画に沿って建設されており、多層型都市では必ず問題になる下層の日照権の問題は、東京自治区ではほとんど発生しない。

空の露出が制限される第二層以下には、第三層の建築物で反射、屈折した陽光が、豊かな構造色を纏《まと》って様々な方向から降り注ぐからだ。

ゆえに陽平《ようへい》の亡妻はここを〝影絵〟ではなく、〝陰絵〟と呼んだ。第二層は上層の「陰」ではあるが「影」にはならない。

至る所に花粉や種子を制限された樹木が茂り、一眼レフ《レトロ・カメラ》のレンズを覗き込めば視界《ファインダー》は構《な》造《な》色《いろ》とレンズフレア《ハレーション》で溢れかえり、満開の花々が咲き乱れるような艶やかな光景を、一年中堪能することが出来る。その中を蝶の形をした微細機械群体《マイクロマシン・セル》の群が飛び交い、構造色を着飾った翅でさらに光を乱舞させる。

――空中庭園《セミラミスのにわ》、薔薇窓《ステンドグラス》の空、妖精たちの楽園《エリュシオン》。

東京自治区を讃える表現は無数にあるが、中でもことに見目麗《みめうるわ》しさを表したものの多くは、この第二層の風景が生んだものだ。

一方で、多層型の海上都市の宿命として、他には見られないような独特の気象現象も存在する。そのひとつが、この明るい晴天の日に起きる小雨で、これは第二層にしか降らない。

海から押し寄せた湿った大気は、大半が風となって各層を水平に通り過ぎていくが、各層ごとの気温に差があると、この気流が著《いちじる》しく乱れる。午後、夕刻が迫る時間には、上の第三層の気温が下の第二層より早く下がるため、二つの層の間に不規則な吹き下ろしの風が発生する。これは盛夏に第二層をより過ごしやすくし、涼風として区民にも親しまれているが、航空機とその操縦者《パイロット》にとっては地獄のように過酷な気象条件となる。

吹き下ろしの風は常に目まぐるしく変化し、時と場所によっては強力な下降噴流《ダウンバースト》になることがある。ここに航空機、特に回転翼機《ヘリコプター》がうっかり入り込めば、瞬《また》く間に予期困難な急失速《セットリング・ウィズ・パワー》を起こして墜落してしまう。

元より、空気中に漂う微細機械のために、東京自治区周辺の空域での航空機の運用は困難なのだが、日本本国はかつて何度も東京自治区へ航空機の乗り入れを試み、その度にあわや大惨事という失態を繰り返してしまい、自治区民にすっかり呆れられてしまった。今の自治区に、常設の離発着場が全て廃止されて存在しないのは、そういった経緯ゆえである。

そして、ごく希《まれ》にだが、逆に強い上昇気流《サーマル》が発生することもある。

海の上で水分をたっぷり纏った、温かく湿った風が第二層に吹き込み、一方で上の第三層が涼しいままだと、二つの層の間に急激な上昇気流が発生する。このとき吹き上げられた大気の中で水分が飽和し、蝶にならないまま浮遊している小さな微細機械を核にして寄り集まり、雨粒のようになって第二層に降り注ぐ。

ゆえに、自治区の第二層では、今日のように快晴の日でも雨が降ることがある。

「どこにいるんです？　狐」

こう訊《たず》ねてくるだけでも、随分素直になったものだと感心する。去年から陽平の相棒となったこの若造は、当初は陽平の後ろを歩くだけでも不快感を露わにしたのだから。

「初めて見た奴は、誰もが今のお前のような顔をする、ってことさ」

狐に化かされた気分ってのはそういうもんだろう、ぐらいの意味の冗談だったのだが、彼は陽平より一回り大きな肩をすぼめるように蠢《うごめ》かし、脇に抱えていたジャケットの中からメモを取り出して早速書き留めるので、陽平もさすがに少々気が咎《とが》めてしまった。

「……気にするな。こういう日はよく神隠《しっそう》しが起きるって程度の迷　信《むかしばなし》だ」

今度はメモに「狐＝失踪＝誘拐事件」と書き加えているのだろうと、大きな身体には不似合いな、小さなメモ帳《アンチヨコ》に書き連ねている滑稽な姿を見て思った。

傘を持ち合わせなかったらしい人工妖精《フィギュア》の女学生が二人、一時の雨宿りの場所を求め、手に手を取り合って陽平の脇を小走りで擦れ違っていく。

その白いブラウスの背中が濡れて透け、やや背伸《ませ》びな黒《た》い下着のラインが浮いて見えたのをつい目で追ってしまい、少し遅れて歩いている後輩と視線が合ってしまう。

「職務質問《ショクシツ》をかけますか？」

さすがにこれは本気ではなかったようで、嫌らしい笑みを浮かべていた。

誤解だが、気を取られた本当の理由を知られるよりはよい。苦笑して肩を少しすくめて誤魔化し、歩みを戻す。

通学路にもなっている煉瓦《レンガ》敷きの通りは雨に湿って色に深みを増していた。それが唐突に日の光を失って、輝きまであせると、若葉の香る空気すら一気に老けたような気がした。

雲がかかったのかと思い見上げれば、安っぽい緑色がビルの間に垣間見える。

『区民の皆様に、大切なお知らせです』

それが広告用の飛行船の船体の一部だとわかったのは、いやに冷めたリピート・レコードの放送が、雨粒を押しのけて聞こえてきてからだ。

『現在、東京自治区の全域に電力余剰注意報が発令されています。本日、予想される余剰電力は二百万キロワット。また、本一週間では千二百万から千八百万キロワットの蓄電超過が発生するとの予報が、行政局経産部より発表されています』

「またですか」

うんざりといった調子で後輩が呟《つぶや》く。

「ここ数日、涼しかったからな」

東京自治区は、日本本国から強力な自治権を獲得する代償として、「持たず、作らず、持ち込ませず」のエネルギー禁輸三原則を厳守させられている。

電力は全て、法外な高値で日本本国から貸与される電池輸送船からのみ得ている。これを男・女の自治区の間にそびえ立つ巨大円形蓄電施設《メガ・フライホイール》に一旦蓄電し、それから各層、各区に備えられた中型のフライホイールへ分配し、さらに小さな孫フライホイールへ分配する。

しかしフライホイールも万能ではない。蓄電中の電力には無視できない損失《ロス》が発生し続ける。この損失は過剰充電に至ったとき特に大きくなる。こうした無駄なエネルギーは電磁波や熱となって微細機械《マイクロマシン》に吸収されるが、それが多すぎると今度は微細機械《マイクロマシン》がエネルギーを吸収しすぎて無闇に活性化してしまう。

『余った電力は蝶《マイクロマシン》たちの過剰活性《オーバー・ラジカル》を招き、大気の汚染、環境の悪化に繋がります』

過剰活性化した微細機械《マイクロマシン》は、本来は分解対象から外れている建築物他、ゴミ以外のものにまで、僅かだが分解と侵食を始める。いわゆる〝人工風化〟と呼ばれる現象で、微細機械《マイクロマシン》に依存した自治区の宿命だ。建造物の余命はこの指数に大きく左右される。

　また、大気のイオン化も招き、オゾンの発生を確認したという研究報告があり、人体への直接的な健康被害まで警告する専門家もいる。

『お手元の灯りは気がついたら全て点けることで、視力の低下を防ぎ、自律神経を活性化させ、心身の健康促進に繋がります。お部屋を留守にするときは、必ず空調のスイッチをオンにしてお出かけください。球状照明ひとつでも一時間あたり蝶五十四分の電力を消費できます。地球のため、未来の子供たちのため、少しでも電力を消費し、放電に努めてください。皆様のご協力をお願い申し上げます』

　そこで放送は一旦終わり、またはじめの『こちらはE‐AC東京公共広告機構です』という冒頭の名乗り文句から繰り返す声が、やや低く遠ざかりながら流れる。

「曽田《そだ》先輩の若い頃は、電力余りなんてなかったんでしょう？　今じゃ考えられませんよ」

　まず「若い頃」という不当な時代指定に異議を覚え、次に羨《うらや》むような口調に不満を感じたのだが、この埋めがたい世代間の価値観齟齬《そご》は、切々と語ったところで三十代《ちゅうねん》の小言にしかならない。苦笑する他なかった。陽平が子供の頃は、確かに電気が余るようなことはなかった。むしろ圧倒的に足りなかったのだから。

　上の第三層に比べ、古風で贅沢に土地面積を使った、背の低い施設が並ぶ並木通りは、幾度か似たような歩道との交差や枝道を経て、倍ほどの道幅がある大通りの下に潜り込み、そのまま南の六区方面へ伸びている。

あと十数分ほど歩けば、自治区中の男性が垂涎《すいぜん》して止《や》まない〝お嬢様量産学校〟の『扶桑看護学園』の旧正門が見えてくるが、今回そちらには用がない。

二つの通りが二フロア程度の高さを置いて交差している場所には、緩やかな曲線を描いて通りを接続するエスカレーターが二つ、両脇に設置されていた。

その片方には『点検中』の札が下げられ停止している。

大通りの陰になるその一帯まではさすがに反射光も回り込まず、盛夏らしいコントラストで薄闇が出来ていたが、ガラス張りの向こうに宣伝用のショーウィンドウが設置されていて、そのライトのせいで見通しは悪くない。今は秋の東京デザイン展《T・S・D・Festa》に向けて、優雅な装いをした数体の木偶《マネキン》が、とても街中では見かけないようなつばの広い帽子を目深《まぶか》に被って飾られていた。

陽平はショーウィンドウには目もくれず、停止しているエスカレーターの裏手へ回り込んだ。

そこは、高架の影に設置された工事・点検用の網目の足場で、歩くと安っぽい金属の軋《きし》む音が一歩ごとに鈍く響く。普段は区民が立ち入れないよう入り口が閉じているが、今は扉の代わりに黒字で〝KEEP OUT〟と書かれたポリエチレンの黄色いテープ《ポリス・ライン》が貼られていた。

後輩も大きな身体をかがめ、テープを潜《くぐ》って後から付いてくる。

現場《げんじょう》は五メートル四方ほどの広さがあるが、あくまで工事作業用の足場で、手すりもなく、足を踏み外せばすぐに落ちてしまう。直径十メートル級の無骨で小さな蓄電施設《フライホイール》が間近で低いうなりを上げている。そのすぐ側で、野暮ったい背中をした男が一人、膝を左右に突きだして無造作にしゃがんでいた。

その態度はまるで教師に隠れて煙草《ヤニ》を吹かしている悪ガキのようだと思ったが、伸び放題の髭がもみ上げまで繋がっているので、本国にいるホームレスというのはきっとこういう風体なのだろうという感想に変わる。

彼のワイシャツは所々ケバだって痛んでいたし、襟は色が褪《あ》せ、皺《しわ》だらけのスラックスは尻と膝のあたりですっかりナイロンのようにだらしない光沢が浮いてしまっていた。人目にもまともな職にあるとは思えないだろう。

ただ、一般区民がまかり間違ってここを訪れたとしても、彼の風体より周囲の光景に目を奪われ、すぐに目を反らすことになったはずだ。彼が見張っている場所は生々しい血痕がこびりつき、ここで起きた事件の凄惨さを物語っているのだから。

「ここは校舎裏でもエロ本屋《カストリ》でもねぇぜ。マスかくならティッシュ箱抱えて他を当たれ。仕舞いにはしょっ引くぞ」

その男の声は身なりを裏切らず老けて疲れていたが、有無を言わさぬような凄みも伴っていた。

「いや……」

咳払いの後、後輩は迂闊にも陽平の前に歩み出て、自警団《イエロー》の記章を提示する。

「すいません、自分たちは本庁の機——」

「物わかりが悪いな、兄ちゃん。俺は機動捜査隊《ハコノリ》の来る所じゃねぇって言ってんだぜ？」

しゃがんだまま、日焼けと皺で溝を深くした髭面《ひげづら》が振り向き、剣呑《けんのん》な視線を送ってくる。

「わかったらゴムを擦《こす》りつける仕事に戻んな。イカ臭ぇ手で指一本触るんじゃねぇ、こっちまで鼻が曲がっちまう」

終《しま》いには、しっしっと犬のようにあしらわれ、短気な後輩が蟀谷《こめかみ》に青筋を浮かべて摑みかかろうとしたのを、すんでの所で陽平が肩を摑んで止める。

まあこんなところだろう。苦笑が止まらなかったのは、後輩の青さに対してが半分、残りはあえて彼に嚙まれ役を任せた自分の意地の悪さに対してだ。

「まあそう言うな。あまり若いのをイビリ倒すと、老いてからが寂しいぜ」

「お前の躾《しつけ》がなってねぇからだろうが。これが末は管区長か公安委だってんだから、現場《したつぱ》はたまったもんじゃねぇってんだよ」

「あんたにも青臭い時分《としごろ》はあっただろう？　それとも、義娘《むすめ》さんが美人局《つつもたせ》に巻き込まれたって騒いで五、六人のボロ雑巾《ぞうきん》を仕立てたときの思い出話でもしたいか？」

髭面は陽平の投げて寄こした箱を摑み取り、無造作に振って飛び出た一本を口に咥《くわ》える。

「おい……こりゃ炭入り《キャスター》じゃねぇか。バットだっつってんだろ」

「ピースは品切れだ。バットなんぞ仕入れがない。薄荷《メンソール》や青アメ《パーラメント》よかマシだろ？」

「当たり前だ、パラなんぞ鼻の穴で吸っても気がつかねぇよ」

一度は咥えた煙草を根元で折り、フィルターレスにしてから再び咥えて火を点けていた。

「所轄《アンタら》の縄張《シマ》りを荒らしに来たわけじゃない。流してる間に通りがかったもんで、公安委で余生を過ごしてる老害《ジジイ》どもの手前、立ち寄っただけだ。無理にとは言わんさ、邪魔したな」

あっさりと背を向け、手を振った陽平を見て、後輩は目を丸くしていた。

「先輩！」

「らしくもねぇぜ、曽田。はっきり言ったらどうだ？　政治《うえ》が『取りあえず誰でもいいから片っ端からブチ込めって五月蠅《うるさ》い』とかよ」

陽平は足を止め、肩をすくめて大きく溜め息をついた。視界の隅では案の定、後輩が目を丸くして、陽平と髭面の顔を代わる代わる眺めている。

将来を有望視されている若い後輩の経歴に傷をつけないまま、いつか次の部署へ送り出すのも陽平の仕事のうちなのだが、やむを得ない。

各管区の捜査官にまで話が行っていると言うことは、政治からの圧力が陽平の考えていた以上に露骨だったようだ。

「ついこないだまでは、何を見ても手を出すなってお達しが、気が触れたように手の平返しやがったんだ。一年生《ヒラ》でも気づく。芸人共《せいじか》は何を慌ててる？　なぁ、曽田よ」

「どうも議員《バッジ》が何人か襲われたらしい、という噂だけは聞いている。それで怒り心頭に発したってことだが、なぜか本庁にも回ってこない」

髭面の吐いた紫煙が長く漂う。

「どうにもすっきりしねぇぜ。刻み煙草が歯にこびりついたような気分だ」

「同感だな」

「チョコレートがよく言うぜ――よっと」

髭面《キャビン》はようやく立ち上がり、脇に放り出していたジャケットを拾い上げた。

いったいどれくらいの間しゃがんでいたのか、汗の臭いが漂い、後輩が鼻をつまむ。

「深夜二十二時過ぎだ」

髭面が放ってきたスレート型の電子ペーパーを受け取って起動させると、すぐに事件の瞬間の映像が流れた。

犯人も被害者も若い女の姿だ。男性側の自治区に、人間の女性はほとんどいない。どちらも人工妖精《フィギュア》だろう。被害者はろくな抵抗も出来ないまま、首を絞められて昏倒している。

「初犯じゃないな、手際がよすぎる」

一口に「首を絞める」と言っても、「喉を絞める」のと「頸動脈を絞める」のとではまったく違う。特に後者は、素人には難しいのだ。

その後、仰向けになった被害者の上に犯人がまたがり、果物ナイフのようなものを手にして何かをしていたが、画面の隅に隠れてしまってよくわからない。

「顔の皮を剝いでる、おそらくな」

脇から覗き見ていた後輩が、うっと呻いて後ずさる。

周囲の血痕は、その時のもののようだ。

「よくこんな映像が撮れたな」

自治区では至る所に監視カメラが設置されているが、これは画素も荒く、正規の映像記録ではない。

「でけぇ道路を作ってるだろ、この辺りが影になるってんで照度調査に来て、カメラを置き忘れたんだそうだ。昨日、タイミングよくな」

いやに巧すぎる話に聞こえるが、誰にも見つからないまま重ねられた連続的な犯行の一端が、そそっかしい公務員のミスによって、犯人が思いもかけない形で偶然露見したと考えるのが妥当だろう。

「屍体偏愛《ネクロフィリア》……とは違うな。顔の皮が何かの記号《シンボル》だとすると、強迫的な代償行為か、願望の転移か……あるいは、宗教的な意味があるのか」

宗教が猟奇性に与える影響は、日本の人間にはなかなかピンと来ないが、それは日本が宗教と無縁であるからではない。むしろ、日本のようなアニミズムや多神教の根付く文化圏においては、宗教と文化と生活の三つが不気味なほどに一体化しているからだ。日本の文化圏において「政治」とは「政《マツリ》」であり、元来は「祭《マツリ》」と同義だ。霊的な神仏の祭事を行う神官《シャーマン》と統治者《ロード》は長く同一であったし、祭の定める暦に従って生活は回っていた。日本では「宗教」が身近すぎて、早々に「教皇《ヴァチカン》」と「王《キング》」を分離した欧州に比べ、自覚が薄いだけだ。

つまり、無自覚なだけで、猟奇的な殺人犯の精神的な疾患を暴けば、「霊」性や「神」仰などの非合理的な世界認識を犯人が語り出すことは、日本本土においても珍しくない。そういった現象は、自覚的な宗教徒より、むしろ自分が日本的な宗教文化に浴して暮らしているという自覚のない自称「無宗教」の人間にこそ発現しやすい。日本本土で薄っぺらい流行《ブーム》を度々引き起こす「パワースポット」や「怪談」などは、日本の民族がそういった潜在的、文化的疾患を抱えているという、わかりやすい証左である。

海上に浮かぶ人工島である東京自治区は、そういった本土の文化的影響は小さいが、袂を分かってからたかが半世紀にも満たないのだから、染みついた文化習慣は容易に人々から消えるものではない。血縁のある親、家族から生まれない人工妖精《フィギュア》はなおさら影響は小さいが、人間とともに暮らす以上は、人間の持つ非合理的な「霊性」や「神性」といった概念から無縁ではいられない。

人工妖精でも「電気羊の夢を見る」ことはあるのだ。とはいえ――

「さすがに〝顔剝ぎ〟《フェイス・オフ》をした、という前例は聞いたことがない。やっかいだな」

「エド・ゲインの真似事なら北米でやりゃいいんだ」

「でも犯人の顔ははっきり映ってるし、このビデオさえあれば令状はいつでも――」

「いねぇんだよ。そんな奴は、どこにもな」

凄惨な犯行の様子を想像して吐き気を催したのだろう、ハンカチで口元を覆っている後輩の言葉を髭面が遮《さえぎ》る。

「いないって……」

後輩が困惑した顔で振り返る。陽平はやや伸びてしまった無精髭を撫でながら、ぶっきらぼうな言葉の意味を思案していた。

「もう〝顔合わせ《フワクライ》〟は済んだんだな。なのに、当たり《ヒット》がない」

自治区の人工妖精《フィギュア》は全員、行政局に容貌が登録されており、自警団《イエロー》は捜査上の必要に応じて、司法局の許可の元、容疑者の相貌を照会することが出来る。

人工妖精はその特性上、顔面の整形手術の類には耐えられない。無論、可能性はゼロではないが、まずありえない。化粧で人の目は多少誤魔化せても、機械による人相照合からは逃れえない。

つまり、顔の造形が映像にはっきり残ってしまったら、すぐに身元は判明するはずなのだ。

「うちの若いのが似てる人工妖精《おんな》を今、一人一人当たってるが、望み薄だ」

「……被害者の方は？」

「そっちはすぐに身元《ツラ》が割れたんで、とっくに聴取したさ。人妻の被害者《ガイシャ》さん、ピンピンしてやがったぜ」

――なんだと？

陽平はもう一度、凄絶な犯行を記録したビデオに視線を落とす。被害者も加害者も血まみれだ。軽傷で済んだとはとても思えない。

「犯行のあった時刻には、旦那と優雅にカクテル《グラスホッパー》を傾けてた。バーテンの証言も取った」

「どういうことです？　犯行の瞬間は、こうして確かにビデオに映ってる。現にここには大量の血の跡も残ってる。なのに、それじゃまるで――」

「そうだ。この事件《ヤマ》には、被害者も加害者も存在しない。ただ、気の狂った犯行だけが一人歩きして現実に存在した、それだけだ」

髭面は大きな溜め息をつき、また現場の中心にしゃがみ込んだ。

「所轄《おたく》は持ち込まれたこの映像で犯行を知り、捜査を始めた。加害者の自首も、被害者の訴えも、目撃者の証言も、最初からなかったんだな？」

「そういうことだ」

普段から無精者の髭面だが、今日はいっそう無愛想で疲労を濃く背負っているように見えた。

「曽田さん、〝傘持ち《アンブレラ》〟のときみたいに、例の魔女に『口寄せ《サルベージ》』をやらせてみては……」

確かに、あの黒い人工妖精《むすめ》の特技は、このような不可解な事件におあつらえ向きだ。それは言われるまでもない。

「駄目だ。アイツはもう、使えなくなった」

「ついに廃棄処分になったんですか？」

「……さぁな」

映像の中の犯行が終わり、何も動くものがなくなったところで再生を止め、スレートの電子ペーパーを髭面に投げて返す。

「曽田。今、何時になった？」

それを受け取った髭面は、自分の左腕にも腕時計を着けているのにそう訊ねてきた。

「今、十三時《いち》の十分前です」

後輩の声に「そうか」と短く答え、髭面は脇に置いていたランタンに蓋を被せた。

「そろそろ時間だ。ここも閉める」

微細機械の活動を抑制する光を発していたランタンの灯《ひ》が消えると、周囲の血痕が一斉に蛍光を放ち、やがて塵と煙になってふわりと浮かび出す。周囲で待ち構えていた蝶型の微細《マイクロ》機械群体《マシン・セル》たちが一斉にその粉塵に群がり、次々と塵を捕獲して分解していく。

人工妖精の死傷した事件の捜査は、鮮度がものを言う。彼女たちは死ねばすぐに身体が無数の蝶に返ってしまい、大抵は遺体が残らない。蝶型を形成できなかった血痕も、ほうっておけば他の蝶たちが分解して消してしまう。

司法局で証拠能力が認められるのは、事件から十二時間以内に採取されたものだけだ。事件現場の捜査もそれがひとつの目安になる。

「これで〝現場〟まで消えちまった。被害者はいない、加害者もいない、目撃者もいない。残ったのは中等部《ちゅうぼう》の自主制作映画みたいな安っぽい映像だけだ」

当然、捜査の継続は絶望的になった。

――そうか……。

ベテランの彼が唯一人で現場に居残っていた理由に、ようやく思い至った。

犯人は明らかに同様の手口で犯行を重ねている。自分の庭で起きていたこれほど残酷な事件をいったいいくつ見逃してきたのか。その強い自責が、髭面の治安を預かる公僕としての矜持《きようじ》とプライドを痛く傷つけていたのだ。

だから、若手に捜査を任せ、自らはここで殿《しんがり》の現状保存に努めることにしたのだろう。

「乗ってくか？　署までなら送るぞ」

陽平が言うと、髭面は首を振った。

「いや……」

そう言ったきり、左の脇にジャケットを抱えたまま立ち尽くしている。

「行くぞ」

何か言いたそうな後輩の肩を叩く。

「男には、言葉がいらんときもあるさ」

小声で伝えて、最後にもう一度、肩を叩いてからエスカレーター裏の現場を後にした。

高架下に戻ると、グレーの作業服を着た男たちが、高架下のショーウィンドウの中の人形《マネキン》を交換していた。

赤外線で遠隔操作された人形たちは、人工妖精《ウィギュア》のような自然な所作は微塵もなく、ごく機械的な動きで作業員たちの押してきた荷車《リフトカー》に順序よく乗り込み、また人形然として整列し、ただの荷物になっていく。代わりに運ばれてきた新しい人形がやはりリモコンで操作され、自らの手足でショーウィンドウに収まり、あらかじめ決められていたポーズをとって固まる。

先ほどまでは一律に橙色をテーマにした配置だったが、今日からはしばらく青を中心としたイメージになるらしい。新しい人形たちの衣服は涼しげな寒色をしていた。

「東京デザイン展《T・S・g・D・Festa》は今年も盛況ですか。景気のいい話ですね」

どこか僻《ひが》みのある後輩の声に、陽平は苦笑する。

来年のカラー、来年の流行ファッション、未来の人工妖精《フィギュア》のデザイン。そんなものが優雅にもてはやされている裏で、自分たち自警団《イエロー》は汗にまみれながら、血なまぐさい事件を追い、良識を踏み外してしまった犯人を陰気に陰湿に追っている。

だから後輩が嫌味の一つも吐いてしまうのは分かるが、社会が平和に贅沢や理想や趣味に浸っているのは、自分たちの仕事に意味がある証《あかし》だ。

少なくとも――と、陽平は思う。

少なくとも、あの黒い五等級《アクアノート》の娘はそう信じていた。愚かなほどに、馬鹿なほどに。

作業員の脇を通り過ぎながらそんな思いに耽《ふけ》っていたとき、真っ赤な帽子を目深に被った人形が荷車に乗り込むのが視界の隅に見えて、ふと、足を止めた。

「……先輩？」

訝《いぶか》しげに訊ねてきた後輩の声は、陽平の耳に届かなかった。

まさか、という疑念が、陽平の頭の中を一気に染め上げていた。

同じ顔の人工妖精はいないはずだ。しかしもし、事件を起こしたのが血も神経もないただの人形《マネキン》であったなら――。

踵《きびす》を返して戻り、荷車の上で整列している人形たちの顔を一つひとつ、確認していく。

人形《マネキン》は人工妖精とは違う。昔のセルロイドの人型に比べると格段によく出来ていて、確かにまるで生きているような存在感があるが、人形には人工妖精のように脳も神経もないし、内臓も血潮もない。リモコンに従って動くだけのごく単純な電子回路と、移動用の耐久性が低い安価な人工筋肉で出来ている。人間のように動くなど、まして人を傷つけるなど、あるわけがない。

だが、犯人が行政局の把握している人工妖精の中にはいないことも事実だ。ならば――

事件の映像を思い返しながら、人形たちの顔を確認していく。五体中、四体は顔が違った。

「あの……なにか？」

作業員たちが不満そうな顔で寄ってきたが、陽平は気に留めない。

最後の一体は鍔広《つばひろ》の帽子を目深に被っていて顔が見えなかった。

陽平が手を伸ばし、帽子を上げようとした、そのとき。

絹を裂くような悲鳴が聞こえ、陽平は手を止めた。

振り向いた先で、校舎の移動中だったらしい人工妖精の女学生の一群が、ある者は青ざめて一点を指さし、あるいは目を覆っていた。

次の瞬間、歩道の手すりの向こうで、真っ黒な衣装を纏った人工妖精《しょうじょ》が上から落ちてきて、そのまま下へ消えていった。

一瞬の出来事だ。この場の誰にも何が起きたのか理解できなかっただろう。陽平も反射的に手すりまで駆け寄って歩道の下を見下ろしたが、建造物の影になっていてよく見えない。

「せっ……せっ、先輩！」

後から走ってきた後輩が、息を詰まらせて叫ぶ。

「今、空から……！」

五人連れの女学生たちは互いに肩寄せ合って震えていたし、作業員たちは手を止めて呆然としていた。そんな一堂を尻目に、陽平は手すりによりかかって悠然と煙草に火を点けた。

「先輩！　曽田さん！　今、空から女の子が！　女の子が！」

大声で何度も繰り返さなくとも聞こえている。

「気にするな、なんでもない」

「空から女の子が降ってきて！」

「そんなわけがあるか」

「だ、だって、上から女の子が落ちてきたんですよ！　確かに見ました！」

「気のせいだ」

「見ましたよ！　黒いスカートが翻《ひるがえ》って、水色の縞模様《ストライプ》のパンツがはっきり――！」

「見なかったことにしろ！」

後輩の両肩を摑み、顔を寄せて凄む。

「いいか、俺たちは何も見なかった。それは夢だ、幻覚だ、白昼夢だ、お前の願望だ、お前の妄想だ！　何も降ってこなかったし、誰も落ちてこなかった！　自殺でも事故でもない！　何もなかったんだ、いいな！」

陽平の気迫に押され、背の高い後輩は頭二つ分も小さくなって口を開けたまま頷《うなず》く。

後輩から手を離し、再び手すりに背中を預けて煙草を咥えた。

(なにをやってんだ、あの馬鹿は……)

さすがに陽平も肝を冷やしたが、おそらく心配は無用だ。あの娘は落下中、はにかみながら陽平に向けて余裕綽々《よゆうしやくしやく》で手を振っていた。もう片方の手で押さえたスカートの隙間からパンツ丸出しで。

女学生たちは泣き崩れる者あり、慰める者あり、自警団に電話しようとしている者もあり。作業員たちも我に返って首を傾げながら、そそくさと人形《マネキン》たちを乗せた荷車《リフトカー》を押して去って行く。

それを見て、最後の人形《マネキン》の顔を確認し損ねたことを思い出したが、冷静になって考えてみれば、やはり操作《リモコン》しなければ動かない人形が事件を起こすなどありえない。映画のようにロボットが自我に目覚めて反乱を起こしたとか、亡霊が宿って動き出したとでもいうのか。

「行くぞ」

天気雨の昔話通り、神隠しで化かされたような間抜けな顔をした後輩の胸を叩き、ジャケットを肩に掛けて立ち去る。

このままぼうっとしていると、また遺体のない自殺・失踪事件で捜査の指示が降りかねない。髭面の嫌味ではないが、遠く一区にでも車を流して離れ、貧乏クジは他のコンビに回すことにしようと決め込む。

「よし……」

かすかに歩道を湿らせて、狐雨は止んでいた。

＊

おそらく、下の第二層では晴天にもかかわらず小雨が降っているのだろう。高層建築が立ち並ぶ第三層から見下ろすと、虹色に少し煙って見えた。

まるで天鵞絨《ビロード》の絨毯を敷いたみたいだ。

「狐《きつね》の嫁入り……かな」

華やかな彩りをにわかに纏った人工の街を見て、そう思った。

「傘《アンブレラ》を持ってくればよかったな」

第三層には雨に濡れずに歩ける陸橋がたくさんあるし、鏡子《きょうこ》の工房まで帰るには必ずしも第二層を通らなくてもいい。

ただ、人間によると、雨というのは憂鬱《ゆううつ》を誘うものらしい。もし天気や風景で「憂鬱さ」を覚えることが出来るのなら、今は少しそうしてみたいと思った。

「揚羽」

手すりで頬杖を突いていた顔を上げて振り向くと、海側の建物から出てきた人工妖精《フィギュア》が、少し物憂げな顔で歩み寄ってくる。栗色のボブは毛先が微かに波打ち、水気質《アクアマリン》には珍しいやや気の強そうな目元と相まって闊達な印象だ。等級を表す襟元のタイは翠玉《エメラルド・グリーン》色で、今日はそこに黒いラインが入っている。化粧も落ち着いた色合いだが、普段が薄めなのでむしろ念入りに見えてしまうのが彼女らしい。

「終わったの？」

「ついさっき最後のお別れをしたところ。今、焼いてるって」

「ああ、そっか。火葬だもんね」

「うん、人間と同じようにするから、時間がかかるって言ってた。私も初めてだから、すぐに終わるんだろうと思ってたんだけど」

彼女は揚羽の隣で手すりに背を預け、ハンドバッグから白と緑のツートンの細長い箱を取り出し、揚羽が見慣れたものより細い一本を慣れた手つきで引き出して口に咥える。

「意外。連理《れんり》って煙草《タバコ》、吸うんだ？」

「こういうときだけよ。なんだかね、もやっとして何をすればいいのか分からないときだけ。だから、いつも数本だけ吸って捨ててしまうわ」

おまけ《ノベルティ》でもらったのだろう、知らない会社のロゴが入ったライターで火を点けていた。

鏡子とは違い、連理は紫煙を少しだけ口の中でくゆらせ、すぐに溜め息のように小さく吹いてしまう。日常的には吸っていない、というのは本当のようだ。周囲の人間は、彼女が喫煙者《だんせい》であることに気づいていないかもしれない。

今日ばかりは揚羽と同じ黒色の上下に身を包んだ連理が煙草を手にしていると、まるで別人に見える。

一服着いた彼女が、ふと思いついたように首を傾げる。そういった相手に気兼ねをさせない自然な無防備さが、彼女の魅力だと揚羽は思う。

「学園時代に、揚羽には吸っているところ見せなかったっけ？」

「そうだったっけ……ああ、そうだったかも」

「なによ、見せなくていい秘密を明かしちゃったのかなって、悩んじゃったわ」

「神妙な顔はそれが理由？」

「半分は。残りはどんな顔をしたらいいのか、よくわからないって言うのが本音かな」

「わかるよ、その気持ち」

　一見にはそれと気づかない火葬場の屋根には、小さな煙突が立っている。海辺にあるのは、火葬の排煙が街にかからないようにするための配慮なのだそうだ。ただ、何重にも再燃炉や分解フィルターを通してから排気するので、実際には目に見えるようなはっきりした黒煙や白煙はない。

「燃えてるんだね、あそこで」

「実感が湧かないよね。自分だっていつかは死ぬんだろうって思うし、それが明日なのか今日なのかもわからないけれど、人工妖精《わたしたち》が死んだらどうなるのかなんて、誰も知らないから」

　今日は葬送だ。通夜や葬儀はない。既婚者なら伴侶《はんりょ》の人間と同じ宗派の形式で弔《とむら》われることもあるが、そうでなければ簡単な告別式の後、すぐに葬られる。

　人工妖精《フィギュア》の身体は、細胞の代わりに微細機械《マイクロマシン》でできているから、遺体は放っておくとすぐに無数の蝶に返ってしまう。死後にすぐ保存薬で処理すればある程度は時間の猶予ができるが、繰り返すと手間も費用もかかるので、大抵は死後二十四時間以内のスピード葬になる。

「なんで火葬なのかな」

人工妖精なら「蝶葬」や「水葬」が多い。死後とは言え、肉体を炎で焼くということに抵抗を覚える個体は少なくはない。

「本人の遺言だったからね。私が証人だし、書き置きも残ってたし。去年、亡くなった旦那さんが火葬されるのを見て、自分も同じようにして欲しいと思ったんじゃないかな」

「煙になれば、ご亭主さんと同じ所へ行けるから?」

「死も二人を別《わか》てない、か。ロマンティックだけど、私たち人工妖精《フィギュア》は、微細機械《チリ》から生まれて、死んだらまた微細機械《チリ》に戻るだけなのに」

火葬場の煙突の上空には、蝶型微細機械群体《マイクロマシン・セル》の群が既に待ち構えている。

「人間だって、神話では塵から造られたんでしょう?」

揚羽が言うと、連理は朗々と聖書の一節を語り出す。

「『主なる神は大地の塵で男を造り《Jehovah God formed man of the dust of the ground》、命の息吹をその鼻へ吹き入れ賜う《breathed into his nostrils the breath of life;》。そして男は生きた者となった《and man became a living soul.》』。旧約《オールド・テスタメント》の創世記ね。

でも、その後にはこう続くのよ。

『主なる神は曰く《Jehovah God said》、男が一己なるは相応しからじ《It is not good that the man should be alone;》。かがために見合う伴いを造らん《I will make him a helper suitable for him.》』

そして、

『主なる神は男より取りし肋骨で一人の女を造り《and the rib which Jehovah God had taken from the man》、男の元へ導き賜う《and brought her unto the man.》。男曰く《And the man said》、

「此こそ我が骨の骨《This is now bone of my bones》、我が肉の肉《and flesh of my flesh;》。男より取りし故に《She will be called Woman》、此を女と呼び慣わさん《because she was taken out of Man.》」と』

人間は塵から生まれた。でも、神様が命を吹き込んで初めて、それは人間の男になり、その人間からまた人間の女が生まれた。

聖書は、人間から生まれるものだけが人間だと言っているのよ」

連理は、彼女の生前、生後の調整をした担当技師の影響でよく聖書の一節を引用するが、一方でそういった神秘的な事柄に対して驚くほど冷淡《ドライ》だ。神の造った人間には、死んでも神の救済や死後の世界がある一方で、人間に造られた人工妖精《フィギュア》にはその資格がなく、ただ消えるだけだという理解を、淡々と受け入れている。

その原因はおそらく、彼女の内に潜む恋慕の情にあるのだろうと、揚羽は思っている。彼女は五歳《いきおくれ》の今でも独身だが、それは揚羽のように世間の評価が低いからではない。彼女は歴とした『五稜郭』の卒業生《おじょうさま》であり、工場でたくさんの精神原型師《アーキタイプ・エンジニア》から調整を施された優秀な個体だ。二等級のように引く手数多《あまた》とは言わなくとも、彼女に言い寄ってくる人間の男は、揚羽が見ているだけでも決して少なくない。

だが、その一切を彼女は丁寧に断ってきた。それは、彼女自身が公言して憚《はばか》らないが、自分の担当技師の一人に一途な思いを抱き続けているからである。しかし、一級の精神原型師《フ》ならまだしも、二級以下の技師となると大抵は工場勤めで、チームを組み毎年たくさんの人

工妖精《イギュア》を世に送り出している。連理はその中に埋もれる一人でしかない。

もし、彼女がたった一人の精神原型師に造られたなら、あるいは父娘の間に生じる自然な感情として割り切ることが出来たかもしれない。だが彼女は十数人の技師チームに造られた。だからその技師も十数分の一しか父親ではない。ゆえに、彼女はいつまでも彼への思いを断ち切ることが出来ずにいる。

報われない恋に身を焦がれ続ける宿命《さだめ》が、遠藤之連理という、高嶺の花をより輝かしく咲かせているのだろうと揚羽は思う。本人は気づいていないように見えるけれども。

「人工妖精《わたしたち》には魂が足りないのかな。だから死んでも何も残らない？」

「どうかしら。魂魄《スピリッツ》という考え方は東洋的ね。〝生命の定義〞は知ってる？」

鏡子に何度か聞かされたような気はする。

「自分を維持すること、自分で繁殖すること、活動すること、それと、あと……」

「外界と自分との境界を明確にすること」

「確かにボクたちは子供を造るには卵子バンクと人工子宮がないといけないけれど、人間の女性にも不妊症という病気があるよ。それにどんな女性も歳を重ねれば閉経するじゃない」

「個体としてどうかではなくて、種や群としての定義だと思うけれど、まあ私たち人工妖精《フィギュア》がたまたま生まれつき不妊症なのだとすれば――」

指の間に挟んだ細い煙草を小さく回しながら、連理は軽く思案しているようだった。

「条件はクリアしてるという見方もあるのかもね」

「維持することと、活動することは、食べて働くし、人間と変わらないと思う。外界と自分の境界というのは、身体のあるなし、ということかな。だったらボクたちにだって――」

「私たちがたった一個の細胞で出来ていれば、細胞膜《かわ》の外と内で簡単に切り分けられたんだけれどね」

「どういうこと？　ボクたちにだって皮膚はあるじゃない」

「そうじゃないのよ。それは正しいのだけれど、人間がどう思うか、という話」

ふっと小さく煙を吐いてから、連理はまだ半分は残っていた吸い殻をウェットティッシュに包んで丸めた。

「人工妖精《わたしたち》は生まれる前から、ある程度の知識を詰め込まれて生まれてくるわ。青果店で働くために生まれてきた子は、生まれつき一通り果物《フルーツ》の名前を知っているし、私も看護師になることが決まっていたから、学園で習うことは大抵知ってた。一方で、人間の赤ん坊は生まれてすぐには話すことはおろか、自分の足で立つことも出来ないのよ」

「どういうこと？　生まれつき何か出来るといけないの？」

「いけないことはないけれど……」

連理は困ったように微かに笑う。

「人間の赤ん坊というのはある意味、空っぽで生まれてくるのよ。だから、その赤ん坊が成長してどんな子に、やがてどんな大人になるのかは誰にも分からないし、思い通りに育てようとしてもなかなかうまくはいかないわ。

つまり、人間の子供には、恣意性《しい》とか作為性と呼ばれるものが元々ないの。外の他人からはどうにもならない部分が心のどこかに残ってて、それは周りの人がどんなに彼を思うままにしようとしてもいつまでもなくならないのよ。

だけど、人工妖精《フィギュア》は人間の希望に添って造られる。鼻を高くしようと思えばそうして生まれてくるし、計算が得意な個体《ひと》が欲しければそう造られるわ。なら、私たち人工妖精《フィギュア》は、人間の赤ん坊とは逆に、生まれ方が恣意的で、作為的ということになる。

まあ、私みたいに五稜郭《かんごがつこう》を出してもらっても看護師にならない子もいるから、やっぱり思い通りになってはいないのかもしれないけれどね」

少し難しい話だ。こういうときは、連理が二等ではなく三等級にされたのは社会の損失ではないかと、劣等生だった揚羽は考えてしまう。

「人間の赤ちゃんは真っ白な画用紙で、造られたばかりのボクたちは、まだ色のない、塗り分けの枠線だけが印刷された塗り絵みたいなものなのかな？」

「あいかわらずおもしろいたとえを思いつくわね。ちょっとだけ揚羽がうらやましいわ」

揚羽が思いつきのたとえ話をすると、保護者の鏡子には何故かいつも渋い顔をされる。褒めてくれるのは親友の連理ぐらいなものだ。

続けて、連理は言う。

「人間は、自分の思い通りにならない〝モノ〟にほど、感情移入するみたいなのよ。鯨やイルカ、猿や犬がそう。動物たちにはそれぞれ自分勝手な思いがあって、動物たちが人間を意識して怯《おび》えたり、気ままにするのが、人間は見ていて心地いいみたいなのよね。そうやって人間の手を離れて生まれたり営まれたりする何かに、人間は〝魂〟とか〝心〟とかを見出すのよ。自然が何万年も掛けて偶然作った不思議な形の石ころや、何千年も掛けて大きくなった樹木とかに霊や神性や不思議な力を感じようとするのも、同じでしょう」

「言いたいことは分かるの。つまり、ボクたちは、生まれる前から精神的に人間の影響を受けて、人間の願望に沿って造られるから、何をしても、人間からすれば〝思い通り〟に見えてしまう。だから、魂がないのかも、と思われてしまうということでしょう？　でも、それって人間の思い込みなんじゃないのかな？　人間の女の子を『この子は実は人工妖精だったんです』って紹介したら、先入観だけで『作り物っぽい』ってきっと言われるよ」

揚羽の言葉に、連理は同調する。

「私もそう思うわ。私たちのことを〝モノ〟にしたい人間《ヒト》たちは、私たちが奉仕活動とかをすると『人間の振りをしてる』ってすごく嫌な顔をするし、私たちのことを過剰に人間扱いしたい人たちは、私たちが自分の意思で何か職業を選ぶと『可哀想に』って同情してしまうのよね。でも、結局は魂があるか、ないか、なんて、人間自身もよくわからないまま、何千年も何万年も過ごしてきてしまったんだもの。結局は、『魂がありそうに見えるか、見えないか』で他人から主観的に決められてしまうしかないわ、それが思い込みでも。人間は自分たちでも魂がどんなものか知らないからね」

「あるのかないのかわからないものに名前をつけるって、やっぱりちょっと不思議な感じがなものよ」

「どこかで生命《いのち》の線引きをしないと、生きてくのがつらいんでしょ。宗教や文化って、そんするね」

今日の連理はやはりいつになくニヒルだと、揚羽は思った。

悪しく言えば、心の内に秘めていた繊細な部分が剝き出しになって、少し酔っている。もしそうでなければ――普段の彼女ならば、自身の言葉が自分の在り方と矛盾してしまっていることに気づけたはずだ。

彼女を造った技師たちは、決して彼女が制作者《おや》に恋慕を寄せるようには造らなかったはずだ。なのに彼女は寄りにも寄って父たる人間《ヒト》に恋をし、今も一途に慕《した》い続けている。なら、彼女自身が人間の思い通りに生まれなかったという生き証人であるはずなのに。

「そろそろ？」

連理が右手首にした細い腕時計を見たので時間かと思ったのだが、首を横に振られた。

「まだまだ。人間よりは早いらしいけれど、たっぷり時間がかかるって言ってた。今のうちに遺影にだけでも会ってきてあげてよ。人間と違って遺骨なんて遺《のこ》らないのよ」

「でも――」

揚羽は連理と違い、制式な等級認定を受けていない等級外、最低の出来損ないとまで言われる非正規の五等級だ。今日という日だけではなく、普段から黒以外の色が付いた服は来て出歩くことが許されないし、陽向《ひなた》を歩くだけでも人間の視線には気を遣う。特に、葬儀や結婚式のような大事な催しには、穢れるとされて人間や他の人工妖精からいい顔をされない。

「どうせ他には誰もいないわ」

揚羽は思わず目を瞬かせて連理に振り向く。

「ご家族は？」

「私と同じ、工場出身の子だから、親はたくさんいすぎて全員自覚なし」

今日、弔われているのは、揚羽と連理の学生時代に、後輩で妹分だった土気質《トパーズ》の少女だ。連理とは対照的に少し冷たい印象で、物腰は丁寧なのに物言いに角のある娘だった。『前から思っていたのですが、揚羽先輩ってやっぱり馬鹿でいらっしゃるんですか？』と面と向かって言われたのも一度や二度ではないし、『ちょっと外《おもて》へすっこんでてもらえますか？　話が前に進まないので』とにべもなくあしらわれたこともある、自分の部屋でだ。

だが、揚羽は彼女の繊細な内面になんとなく気づいていたので、言われて落ち込みつつも疎《うと》ましく思ったことはなかった。意固地で憎まれ口は減らなかったが、それは連理という大事な姉代わりを、連理と相部屋の揚羽に取られてしまうのではないかという、憎めない感情の裏返しなのがよくわかったからだ。

彼女は連理にも本音を多くは語らなかったようだが、根は素直で、真面目で、賢くて、やや不安なくらい芯の強い娘だった。

友人は決して多くはなかったとしても、人間に嫌われるような娘ではなかったはずだ。

「ご主人さんの方のお家のかたは？」

「あの子、学生結婚だったでしょ。元々、あまり夫方のご家族の印象がよくなかったのよ、誑《たぶら》かしたって言われたこともあったらしくて。ああいう子だったから、誤解されても言い訳は絶対にしないし。去年、事故で旦那さんが亡くなったときも、だいぶひどい仕打ちを受けたみたい。まるであの子が殺したみたいにね」

「じゃあ、今日来ているのは――」

「私だけだった。だから、あなたの立場も分かるつもりだけど、会いに行ってあげて。なにも言わなくていいから。あの子、きっとそういうの苦手だもの。人から注目されるのは嫌いなくせに、周りに人がいないときはすごく寂しそうにする子なのよ。ね、揚羽」

盛夏の最中、重ねられた連理の手はしっとりと汗が滲んでいた。僅か四年の短い生涯を終えた妹分のもう言葉にならない気持ちを、連理はたった一人で受け止めようとしていたのかもしれない。自分を苛《さいな》むようなことを口にしたのもそのせいだったのだろうか。

「わかった」

自分の中に気後れがあったことは間違いない。しかし、親友の胸の内に気づいた途端にそんな些細な自縛は吹き飛んでしまった。

連理の手を軽く握りかえしてから、そっと放して背を向ける。

火葬場は車寄せの入り口が広いわりに、揚羽と連理がいた歩道に面した玄関は、庭木に隠れてひっそりしている。敷地に花はなかったが、沿道では水引《ミズヒキ》の小さな花冠が、盛夏の濃い木陰で赤い星座を点々と描いていた。

中へ入るといっそう静かになる。御影石のエントランスの奥が黒い大理石のロビーになっていて、向かい側は関東湾の東が見渡せるテラスになっていた。今はテラスの戸は開け放たれ、やや湿った海風が吹き込んでいる。蒼穹の空の中、もうもうと入道雲がそびえ、脇に小さく富士の山頂が白んで見えた。

左手には控室があり、奥まった右手側には縦に長いエレベーターのようなものがいくつも並んでいる。自治区には火葬場が二つあって、ここは初めてだが、あの狭い引き戸が生者と死者を分かつ、一方通行《アクセレイト》の境界なのは一目でわかった。

（汝《なんじ》、狭き門から入れ、か）

鏡子か連理か、それとも屋嘉比《やかび》から、そんな言葉を聞かされた気がする。連理なら聖人《St.》の誰かだろうが、屋嘉比や鏡子ならどこかの詩人や哲学者かもしれない。どんな意味だったろうか、よく思い出せなかった。

受付は顔認証機《FCC》だけの無人で、そのまま素通りする。今日は他に弔事がなかったようで人影は見当たらず、ロビーでは微かに響くE・W・エルガーの葬送行進曲《グラーニアとディアーミッド》だけが、耳を閉ざせば死に絶えてしまいそうな時間の空白を辛うじて揺蕩《たゆた》わせていた。

故人の人望次第では、この広い屋内が群集で埋め尽くされることもあるのだろう、それが高名か悪名かにかかわらず。だが、親族や血縁を持たない多くの人工妖精にとっては、悼《いた》み偲《しの》ぶ儀式を人間と同様に強要されても、自分の人生の短さや軽薄さを知らしめて歿《ぼっ》後にまで辱《はずかし》めを受けるだけなのかもしれない。

火葬炉の側まで来ると、無人だと思ったそこに二人の人影があるのに気づいた。いずれも人工妖精で、黒のスーツとスラックス姿の地味な装いである。左胸には名札を刺していて、この斎場の職員のようだった。

「炉内の温度が……上がらないんです」

揚羽が訊《たず》ねると、顔を見合わせてから水気質の方が困惑顔で答えた。副葬品が多い場合など、希にそういうことはあるのだという。適切な温度で焼かなければ遺体が生焼けになってしまうので、一旦ドアを開けて棺の中を整理しようかと話していたらしかった。

「この変な音は何です？」

炉の中から、カリカリという古い機械式の時計のような音が、繰り返ししている。

こちらは別段の異常ではなく、遺体の姿勢が熱せられて変わったときには、棺や炉の壁とこすれてこういう音がすることもあるのだという。

やはり一度ドアを開けて、遺体の姿勢を変えさせるということになり、来たばかりの揚羽は遺影との対面もそこそこに、再び外へ追い出されることになった。

生焼けの遺体となると想像するだにグロテスクだが、職員たちは初めてではないらしく、自分たちに任せるようにと、揚羽に重ねて言う。

仕方なく、連理の元へ戻ろうと踵を返した揚羽の耳には、まだ先ほどの爪で引っ掻くような音が残っている。

火葬で聞こえるその音を、甦《よみがえ》った死者が火に巻かれている自分に気づいて驚き、棺を引っ掻いているのだと信じてしまう人間がいると、鏡子も以前に言っていた。

確かに不気味な音ではあるし、動くものがないはずの火葬炉から音がするというのは、とても奇妙に感じる。ただ、それを「死に損なった《アンデッド》」と考えてしまう人間の気持ちは察する一方で、目に見えないものに対する人間の極端な感受性には感心すると同時に呆れてしまう。

ロビーではまだエルガーの葬送行進曲が流れている。擦過音の残響もすぐにヴァイオリンの響きに溶けて消えてしまうかに思えた。

しかし、揚羽の耳の奥で、擦過音はむしろ輪郭を際立たせ、弦楽器の紡ぐリズムに馴染み始める。

葬送に相応《ふさわ》しい、冗長で緩やかなメロディに、あの引っ掻くような音は見事に調和し、まるであらかじめ決められたパートをこなしているような気すらしてくる。

恣意性、作為性という連理の言葉が、不意に頭をよぎった。

――まさか。

はっとなって振り向いた先では、職員が火葬炉のドアに手を掛けている。

「駄目よ！　それを開けては！」

叫んでも間に合わなかった。

揚羽の声に驚いて職員が手を止めたとき、既に半開きになったドアの隙間からはもう十本の指が垣間見えていた。

爪は剝がれ落ち、指先は焦げている。その無惨な手はドアをこじ開け、唖然としている職員の頭を刹那の間に鷲摑みにしてしまう。

悲鳴がホールに響き渡り、揚羽の耳をつんざく。もう一人の職員は、目を疑うような光景を前にして腰を抜かし、肩を抱いて震えていた。

「なんてこと……！」

脇に挟んでいたハンドバッグを投げ捨て、十数メートルの距離を前傾で駆け、七歩と半で一気に詰め寄る。焼けた手を摑み、職員の顔から剝がしながら、肘を支点にして関節を決め、火葬炉から引きずり出した。

現れたのは、揚羽より少し小柄な身体だ。生前は、切れ長な目の大人びた表情と、やや幼く見える容姿《スタイル》との対比が印象的な少女だった。近隣の中等部で話題になったこともある、近寄りがたい美少女だった彼女の面影が、この焼け焦げた肉体には見る影もない。

揚羽は彼女の腕を決めたまま俯《うつぶ》せに取り押さえ、抵抗できないよう、衣服が焼け付いている背中に膝を乗せた。

やや長めだった前髪も今はなく、瞼《まぶた》の隙間からは白濁した眼球が覗く。背中から取り押さえた揚羽の手には、焦げてひび割れた皮膚が、砂のようになってこびりついた。

「大丈夫ですか？」

顔を摑まれていた職員は、出血した両目を押さえて悲鳴を上げ続けている。両目を指で潰されたようだ。

呆気にとられていた同僚が、我に返って駆け寄り彼女の肩を抱いたが落ち着く様子はない。

人工妖精の目は視神経の奥まで痛んでいなければ眼球交換でまた見えるように治療できるが、後輩の方は悪質な傷害事件の認定が免れまい。一度は死亡診断をされた後輩が何かの奇跡で甦ったのだとしても、人倫と行政はこの一件で彼女に容赦なく廃棄の処分を下すだろう。

「どうして、こんなことに……」

揚羽が重い溜め息をついたとき、

「揚羽、いるの？　何かあったの？」

エントランスの外から親友の声がして、揚羽は一瞬気を取られてしまった。

「連理！　来ては駄目！」

その隙に、全身が焼け爛れた彼女は揚羽の腕を振りほどく。

悪態をつく間もない。彼女に力任せに押し返されてバランスを失い、揚羽の身体は大理石の床に転がった。

揚羽が膝立ちで起き上がったときには、彼女は海側のテラスから、手すりを越えて飛び降りてしまっている。テラスの縁まで駆け寄って下を覗くと、五メートルほど下にある歩道の脇に立つ標識に、彼女がしがみついているのが見えた。やがて手が滑ったのか歩道まで落下し、転げながらも起き上がる。

「無茶苦茶な……目はほとんど見えていないはずなのに」

揚羽でもなんとか飛び降りられる高さだが、普段なら頼まれてもお断りしたい。とはいえ、回り道をする間に見失うわけにもいかない。

死んだはずの彼女がなぜ動き出したのかわからないが、怪物やお化けのようになった今の彼女の姿を、人間たちの目には晒すことはできない。人間を中心に構成された自警団《イエロー》も同じだ。揚羽の手で処分するほかない。

「何があったの!?」

後輩が飛び降りたのと入れ違いにエントランスの方から現れた連理は、目を負傷した職員を見て驚き、彼女の方へ駆け寄る。

連理も揚羽と同じく、看護学校の卒業生である。この惨状にも臆することなく、錯乱している職員を落ち着かせながら、怪我の深さを確かめようとしている。

「ごめん、連理! あとで説明するから、ここはお願い!」

困惑する親友に言い残し、揚羽は膝を折って左腕を支点に一気に手すりを飛び越えた。

標識の支柱《ポール》、そして歩道脇のゴミ箱《ダスト・ボックス》。二回に分けて衝撃を吸収し、なんとか無事に着地する。ひしゃげたゴミ箱からは、生活廃物の分解にいそしんでいた蝶たちが一斉に飛び出してきて、せっかくの餌場を台無しにした狼藉者に抗議するように群れ飛んでいた。

「ごめんね」

せめても言い残し、彼女の後を追う。足は決して速くはなく、走れば十分追いつける。盛夏で平日、猛暑の真昼のためか、五区の裏通りに人影は少なく、今なら騒ぎになる前に切除《しまつ》できそうだった。

標識を踏んだときにパンプスの踵が欠けたらしく、躓《つまず》きそうになったので両方とも脱ぎ捨てる。生肌になった足の裏が、夏の日差しで暖まった路面に焼かれている気がした。

彼女は逃げているつもりなのだろうか、それは揚羽から、それとも連理から。あるいは、どこかへ目的があって向かっているのか。

階段を駆け降り、坂で躓きながら、彼女は下へ、下へと走っている。

今一歩で肩を摑めたというところで、彼女は再び歩道から飛び降りてしまう。

下はもう第二層で、五、六階建ての雑居ビルの屋上だった。屋上の床は防水ゴムが敷かれていたが、落差は十メートル近くある。今度は標識もゴミ箱もない。

躊躇《ちゅうちょ》したのは、ほんの数秒だった。

「もう！　どうにでもなれ！」

右手にポケットから取り出した手袋を嵌《は》め、手術刀《メス》と一緒に忍ばせていた医療用の繊維《いと》を何本かまとめてとっさに命綱がわりにして手すりに縛り付けてから、意を決して空中に身を投げた。

手袋越しにすさまじい勢いで糸が擦れる感触がする。素手だったらとっくに皮膚が切れ肉まで裂けていただろう。

医療用の繊維《いと》は細く、体重と落下の衝撃が掛かるたびに次々と切れていく。狐雨の雨粒が顔を下から叩き、汗ばんだ肌を洗っていく。

それでも少しずつ減速し、糸の残りが心許なくなった頃、辛うじて宙づりになって止まり、思わず胸をなで下ろした。

最後の糸を放し、ビルの屋上に設置された回転蓄電器《フライホイール》に飛び降りると、安全用に備えられた地震感知装置が働いたのか、回転蓄電器《フライホイール》が緊急停止する。

「ボクの体重はマグニチュード級だとでも言うんですか、失礼な……」

飛び降りる瞬間を目撃されたようで、落下中、悲鳴を上げる女学生の一群が目に入ったが、ビルの屋上からは歩道が邪魔で見えなかった。自殺と間違われていなければいいが。

ついでに、無駄に見飽きた顔もいたような気がする。翻《ひるが》えるスカートを慌てて押さえたが、向こうからは中が見えてしまったかもしれない。

今日は確か――。

礼服のスカートの上から下着の線を探って、思わず手で顔を覆った。

（綿《コットン》のパンツだった……）

しかも縞柄である。

それと分かっていれば、もう少し選りすぐったものを。寄りにも寄って礼服の下を無差別一般公開することになるとは思わなかったので油断をしていた。

（でも、やっと追い付いた……！）

そこは十メートル四方程度の、小さなビルの殺風景な屋上だ。緑色の防水シートが厚く敷き詰められていて、ゴムを踏んでいるような感触がする。

それでも、彼女の方は十メートル近い高さから飛び降りて無傷では済まなかったらしく、変な方向へ折れてしまった脚を手で押さえながらようやく起き上がったところだった。

「身内に宣告する日が来るとは、あまり考えたくなかったのですが」

気持ちを切り換えつつ、揚羽は袖から四本の帯電滅菌メスを抜いて構える。

彼女は揚羽を威嚇するように口を大きく開け、焼け焦げた全身を震わせていたが、もうほとんど声は出ていない。とっくに声帯は爛れ朽ち、古い扇風機のような醜い音しか聞こえてこないのだ。

そして、それがたとえ悲鳴であろうと、助けを求める声であろうと、今はもう獰猛《どうもう》な捕食者が上げる猛り狂った咆哮と区別がつかない。今の彼女には、誰も手を差し伸べることはないだろう。

「あなたはもう、ただの化け物です」

怪我をしたり心を患ったりした人工妖精を癒すのは看護師としての揚羽の仕事だが、化け物になりはててしまったのなら、ここからは裏の方の仕事――狂ってしまった人工妖精《フィギュア》を人間に知られることなく密かに処分する、青色機関《BRuE》の抹消抗体《アクアノート》としての揚羽の出番だ。

「生体型自律機械の民間自浄駆逐免疫機構《Bio-figures self-Rating of unlimited automatic civil-Expellers》青色機関は、あなたを悪性変異と断定し、人類、人工妖精間の相互不和はこれを未然に防ぐため、今より切除を開始します。執刀は末梢抗体《アクアノート》襲名予定、薄羽之西晒湖《うすばのにしさいこ》ヶ揚羽。お気構えは待てません。目下、お看取りを致しますゆえ、自《おの》ずから然《しか》らずば――あ！　ちょ、ちょっと！　待ちなさ……きゃっ！」

もう耳も聞こえないのか、揚羽を無視して階段へ向かおうとした彼女の前へ、慌てて回り込む。それでも彼女は止まらず、解けていた揚羽の髪を摑んで引き倒した。

報復に四本のメスを、左腕尺骨と橈骨の間、左鎖骨上、咽喉下、鳩尾《みぞおち》へお見舞いしたが、相手は動く死体《リビング・デッド》だ。生きている人間や人工妖精ならばどれか一つだけで致命傷になる急所ばかりなのに、効いている様子はなかった。

屋上で転がった揚羽に向けて、爛れた拳が振り下ろされる。首を捻り辛うじてそれをかわすと、耳のすぐ側でぐしゃりと骨と肉の潰れる音がした。もしまともに喰らっていたら、揚羽の顔も腐った蜜柑のようになっていたかもしれない。冷や汗が後ろ襟のあたりをつたった。もう痛みはなく、自身の力も制御できていないのだろうか。さらに三本のメスを胸に突き立てたというのに、彼女は揚羽に覆い被さり、潰れた手でなおも殴ろうと腕を振り上げる。

「尖刃メスじゃ、駄目か！」

膝のバネを目一杯引いてから一気に開放し、彼女の腹を蹴り上げた。怯んだというより、バランスを崩して転倒した彼女から転がって離れ、身を起こす。

間合いが取れたところで胸が痛むほど上がっていた息を押さえ、呼吸を整えようとしたがうまくいかない。心が昂ぶっている。

恐怖はある。だが、それ以上の興奮が揚羽の全身を充《み》たしている。

ここ一年というもの、このような死闘と称するに相応しい場面に遭遇することは出来なかった。人倫の自主規制《セルフ・レーティング》の下《もと》に、人間社会に害をなした人工妖精を密かに処分する使命を背負う、青色機関《BRuE》の一員としての自分の体たらくに、不満ばかりが募る、鬱屈した毎日だったのだ。

執念とも呼ぶに相応しい薄暗い願いが今ようやくかない、現実の死線を引き寄せ、命を賭けて相食《は》みあう死地に、遂に巡り合わせた。

この貴重で血なまぐさい奇跡の機《めぐりあわせ》会を、自警団《イエロー》や赤色機関《Anti-Cyan》にみすみす譲る気は毛頭ない。

シャツの下から大きめの円刃が付いたメスを一本だけ抜き、左手で逆手に摑み直して胸の前に構えた。これでもまだメスとしては小さい方だが、尖刃よりは刃が長く、厚い。

大きく胸に息を吸うと、黒い礼服の下で熱気のむっと籠もった素肌の上を、冷たい汗が幾筋も流れ落ちていくのを感じる。

太陽にではなく本物の火にまさしく焼かれたばかりの彼女の方も、もう目的は忘れてしまったのか、白濁した目で揚羽を睨《にら》み、折れた両腕を揺らしながら起き上がる。

「寝穢《いぎたな》い人工妖精はモテませんが、文字通り往生際《しにぎたな》が悪いのも人間に嫌われますよ。これ以上、あなたは末期《まつご》を汚すべきでないと思います。もう真昼で死者が彷徨《うろつ》く時刻ではないし、暑くてボクまで干涸らびてしまいそうです。そろそろ、終わりにしましょう」

揚羽が誘うように一歩踏み出すと、彼女も膝の砕けている脚を上げた。

――かかった！

その刹那、揚羽は手袋をした右手で糸をたぐり寄せた。転がったときに撒いておいた糸が彼女の脚に絡みつき、踏み出した足を掬《すく》われた彼女はバランスを崩して前のめりになる。

彼女が壊れた膝に無理に体重を掛けてしまった瞬間を見逃さず、揚羽は身をかがめて彼女の臑《すね》に向けて地を這うような低い蹴りを叩き込んだ。

思った通り、既に小枝のように脆《もろ》くなっていた膝は、自身の体重と揚羽の蹴りに抗しきれず、関節の逆向きへあっさり折れてしまう。

支えを失って倒れ込んでくる彼女の首めがけて、揚羽は足払いの姿勢から身をかがめたまま、左手の円刃メスを振り上げる。

甲状軟骨のいやに鈍い手応えがあり、刃は彼女の喉深くまで切り込んだ。生きている人工妖精なら即死だが、死人相手なら当然この程度で片はつくまい。

身体を捻り、回し蹴りで踵を刃の根元に叩き込み、添えた左手と踵を梃子《てこ》にして、さらに喉の奥へ刃を押し込んだ。刃は頸骨で滑り、頸《けい》動脈と胸鎖乳突筋《きょうさにゅうとつきん》を抉《えぐ》って通り抜けた。

俯《うつぶ》せに転びそうになったところを下から突き上げられた彼女の上半身は跳ね上がり、ひっくり返って仰向けに倒れた。無防備になったその喉へ揚羽は飛びかかり、全体重をかけてぽっかり開いた喉の切り込みへさらに深くメスを突き入れる。

脊椎の間にメスの刃が挟まり、中の頸髄を円刃が抉り裂く。メスに帯電した電気を直接脊髄に流し込まれた彼女は大きく痙攣《けいれん》し、それが収まると動かなくなった。今度こそ事切れたようだ。

「ふぅ……」

首をほぼ半分、断ち切ったのだから、これでまだ生きていたら本気で打つ手がない。さすがの揚羽も緊張の糸が解けた途端、脱力してだらしなくお尻から座り込んでしまう。

いったい、彼女はどこへ向かっていたのだろう。母校の扶桑看護学園ならすぐ側だが、方向は――〝水の外つ宮《と》〟の方角だろうか。

映画のように死体が甦ったのではないとしても、死亡を技師によって確認され、その後、保存薬で安置され、ついには火葬炉へ放り込まれたはずの彼女が、目の前で動いていたことは事実である。

立ち上がろうとして、膝に力が入らず、左へ大きくよろめいてしまう。手は震え、足下は地震のように揺れている気がする。視野も定まらず、軽い目眩《めまい》がした。

自分はよほど興奮していたようだ。

「そっか……嬉しいんだ。今のボクは」

顔に触れ、引きつった頬にえくぼが出来ていることに気づいた。

すぐ脇には、つい数年前、同じ寮舎で共に過ごした親友の妹分が、無惨な姿で横たわっている。その後ろめたさと、身内を手にかけた不条理に対する怒りや罪悪感も小さくはなかったが、そういった負の感情が霞んで消えてしまうぐらい、胸に去来する解放感と愉悦は大きい。

揚羽は、本来は全ての人工妖精《フィギュア》に刷り込まれていなければならない五原則の全てがないまま生み出された。だから、揚羽は同胞の人工妖精を自らの手で処分することも出来るが、人間はその揚羽の特殊性を致命的な欠陥として評価し、揚羽は人工妖精に与えられる四つの等級のいずれも与えられないまま、五等級にされてしまった。

そんな揚羽にとって、青色機関《BRUE》としての仕事は、宿命的であったと言ってもいいだろう。

だが、本来の青色機関は、抹消抗体と呼ばれる揚羽のような末端の執行者と、情報提供とバックアップをする〝全能抗体《マクロファージ》〟が連携して事件に当たるはずなのに、揚羽のところにはいつまでたっても全能抗体《マクロファージ》なる人物は現れなかった。

この一年というもの、たった一人で事件を追い、自治区中を駆けずり回ったが、組織的な捜査をする自警団《イエロー》や赤色機関《Anti-Cyan》にかなうわけもなく、空振りばかり繰り返していた。その果てに、今日ようやく、異様な事件に出くわすことが出来たのだ。

歪《ゆが》んでいる、と自分でも思う。あるいは、人間が「狂った」と呼ぶのは、動く死体よりもむしろ自分の方であるかもしれない。それでも、見上げれば高層建築の隙間に垣間見える盛夏の空よりも透き通った達成感に包まれている自分の心を、どうして否定できようか。

まだ、彼女に何があったのかという謎は残っている。だが……いや、それならば尚更——

「この事件は、ボクのものだ」

誰にも手は出させない。

「ボクだけのものだ」

誰にも口は挟ませない。

「誰にも邪魔はさせない」

この先で待つものが、泣きたくなるほどの自己嫌悪であろうとも、死にたくなるほどの後悔であろうとも、ようやく摑んだ運命を手放すことは、今の揚羽には出来そうにない。

焼けた遺体は、まだ蝶型微細機械群体《マイクロマシン・セル》に自己分解する気配を見せない。高温で焼かれたために全身を構成していた微細機械《マイクロマシン》の活動が弱まっているのか、それとも猛暑の日差しのためなのかわからないが、遺体が消えるまではしばらくかかりそうだった。

　本来なら遺体が蝶に戻るまで待ち、後に残る製造番号《ID》証明を回収するのだが、今回は場所を選ぶことが出来なかった。これほど見晴らしのよい場所なら街頭のカメラに映っているかもしれないし、そうなら自警団や赤色機関がいつ駆けつけてきてもおかしくないのだ、長居は出来ない。

　できれば後で夜陰に紛れてここへ戻り、口寄せ《サルベージ》をして彼女本人から事情を聞き出したいが、ここでは蝶が逃げて拡散してしまうので望みは薄い。仮に可能でも、もし現場を自警団に押さえられたら、捜査官の曽田陽平に融通してもらわない限りは難しい。

　あの唐変木《ようへい》をどう説得しようかと思案していた揚羽の耳を、あまり馴染みのない高い音が左から右へ貫いて通り過ぎた。

「飛行機《ジェット》かな、珍しい」

　自治区には飛行場もヘリポートもないので、空を見上げても飛んでいる飛行機を目にすることはあまりない。海の方を見ていれば新成田からの巨大な貨物便《カーゴキャリアー》や軍用機が、米粒大に見えてしまうほどの超高空で優雅に飛んでいるのを見かけることはあるが、ガスタービン《ジェット・エンジン》独特の空気を切る高い音がこんなにも近くに聞こえるのは珍しい。今日はよほど低空を飛んでいるのだろうか。

　変わった日だ。狐の嫁入りはもう止んでしまったが、こんな変事が続くのを人間は「狐に化かされたような気分」というのだろう。新鮮で、意外と悪くない。

ビルの脇に備えられた階段から降りようとして、最後にもう一度だけ後ろを振り返る。

揚羽が飛び降りたときに緊急停止したままの円形蓄電器《フライホイール》と、横たわったままの彼女の遺骸が、奥と手前に並んで見えた。第三層で反射した光を背後から受けて影になり、輪郭で光《コロナ》を放つ円形蓄電器はまるで日蝕《エクリプス》の太陽で、その影に横たわる彼女は太陽に灼かれてしまった憐れな旅人のようだ。

――ばぁぁん、ばぁぁん。

指を拳銃の形にし、紛い物の日蝕に向けて二発お見舞いした。

一発は自分の進む道に待ち受ける運命への挑戦状がわり、二発目は揚羽の体重で止まってしまったデリカシーのない円形蓄電器《フライホイール》へのお仕置きだ。

今日から自分は生まれ変わる。昨日までとは違うのだ。

開放的な気分に身も心もまかせ、深呼吸してから、階段を十数段まとめて飛び降りる。踊り場に微かに残った雨水が揚羽の裸足に叩かれて飛沫になる。

その刹那、腹の底まで響くような爆音がして、大地が揺れた気がした。

慌てて辺りを見渡したが、自治区の風景はいつもと何も変わらない。

「いえ……円形蓄電器《フライホイール》ならともかく、ボクの体重で地震なんてそんな馬鹿な……」

馬鹿馬鹿しいとは思いつつも、少し不安になってしまう。

人工妖精は人間ほどではないが、体重が増減することがある。全身の微細機械《マイクロマシン》は常に余剰の物質をため込んでいるので、過食をすれば多少は体型が変わるし、体重計の示す数値はそれ以上に跳ね上がる。

（最近、夏なのに太ったかなぁとは思ってたけれど……）

階段は踊り場で折り返していて、次の階までちょうど同じくらいの段数があった。

いや、待て、待て。馬鹿は馬鹿だからこそ直感に頼らず、馬鹿のように馬鹿正直に馬鹿素直な計算をすべきだ、なぜなら馬鹿の直感は当たらないことを馬鹿は一生気づかないからだ、それゆえにいつまでも宝くじは馬鹿みたいに売れるのだと、鏡子も言っていた。

揚羽は脳のリソースを、中等部程度の物理計算へ必死に割いてみた。

揚羽の体重3●kg × 重力加速度9.8066…… × 高さ（階段1段15cmぐらい × 12段）
≒ 671ジュール
≒ 160カロリー

やはり揚羽の体重の落下では、たった一本の缶コーヒーを沸騰させることも出来ない程度のエネルギーしか発生しえない。これで人工島が揺らぐのなら、爆弾やミサイルどころか、自販機に詰まっているホットの缶コーヒーだけで東京自治区がひっくり返りかねない。

どこかで計算を間違っただろうか？　まさか、前提の「体重3●kg」から間違っているのか？　このひと夏で、いつのまにか四十の大台に乗っていた、などという信じ難い事実があるのだろうか。

（よし……いいえ、よくないけれど、「体重4▲kg」という地動説並みに常識破りの新説を、清水の舞台から飛び降りる覚悟で、ひとまず受け入れてみよう）

揚羽の体重4▲kg×重力加速度9.8066……×高さ（階段1段15cmぐらい×12段）
≒723ジュール
≒172カロリー
≒白いご飯のお茶碗1杯分

（お茶碗一杯のご飯で自治区に地震が……!?）

当然そんなはずがないということくらいは、鏡子から無闇に「馬鹿」と連呼される揚羽でもわかる。

（いずれにせよ、もう一度飛び降りてみれば、はっきりとするんだから）

揚羽は覚悟を決め、深く息を吸ってから、思い切って踊り場から階下に向かって跳ぶ。

着地した瞬間、人工島は再び鳴動し、四方八方から巨大な地鳴りがして、数秒だが確かに地面は揺らいだ。それだけではなく、どこかから爆音まで聞こえてきた。

「……あ…………あれ？」

街からは白煙が上がり、自警団の捜査車両がサイレンを鳴らして駆け抜け、驚いて屋内から避難する人々があちこちに見える。

「う、嘘……嘘でしょ⁉」

自分の（体重が）しでかしたあまりの事態に混乱し、ひとまず目撃者がいないことを確認して現場《しんげん》から逃走した揚羽が、文字通り自治区を二度にわたって揺るがした事態の真相を知ったのは、猛暑の中を汗だくになりながら、全力疾走で斎場へ逃げ戻ってからのことだった。

2

——桐始結花《きりはじめてはなをむすぶ》。


男・女の東京自治区のどちらにも、総督府より高い建造物は存在しない。

これは全権委任総督への畏敬を表す不文律が民間にまで行き届いている証《あかし》だが、展望室の高さは、ほんの〇・八五メートルだけ駐東京自治区の日本公使館のものの方が高い。

東京自治区成立以来、人工妖精《フィギュア》にして唯一人、本国の陛下の勅命を拝し、区民から親しみをこめて「椛子《もみじこ》閣下」と呼ばれる「椛《もみじ》」東京自治区総督は、新しい日本公使館がお披露目をされてその事実を知らされたとき、思わず苦笑したものだ。

建造物の高さと大きさにこだわるなど、〝過去の〟大国と成り果てた今の日本に、誠に似つかわしいと、椛子はそう思ったのである。

ナイルの古代文明では、王の権威の偉大さを表すため、代々競うように巨大なピラミッドを建てた時代があったというが、それが墓であるにしろないにしろ、記念碑《モニユメント》には違いない。

つまり、栄華の頂点を極めた王といえど死からは逃れえず、それゆえに自分の存在を後世に誇示する手段として、永遠不変の「不動産」を建てずにはいられなかったのだろう。

砂漠という過酷な環境で、ろくな手入れもなしに数千年も後まで現存しているという事実こそ、その動かぬ証左だ。民草《たみくさ》の最後の一人まで飢え果て、あるいは去り消えて、あるいは野蛮な異民族に侵されて街々が残らず灰燼《かいじん》と化し、国家が歴史と血と灰と砂に埋もれ忘れ去られても、自分の威厳だけは数千数万年後の人々にまで遍《あまね》く知らしめ、畏れ敬わせようという、実に安っぽいエゴが明け透けなのである。なにせ後から来た蛮族がいくら国土を脅かそうと、壊すのも面倒で放っておくしかなかったのだから。

豊かな土と水に恵まれて木造文明が育《はぐく》まれた日本の人々にしてみれば、まさに地球の裏表ほど縁遠いコンプレックスである。日本の文化的遺産の大半は、人間が常に手入れをしなければすぐに朽ちてしまうようなものばかりなのだ。それはつまり、形そのものより、その形に価値を見出して保存しようとする文化および文化を受け継ぐ人々をこそ、後世に遺そうという精神性の表れであろう。

椛子は文化に優劣をつけるつもりこそないが、そういった大国主義的なエゴイズムが、自分たちの文化の本流たる日本本国から出てきたことに、一抹の寂しさを憶え、苦笑を禁じ得ないのだ。形のないものに執着するのは愚か者だが、形を残すことに固執するのも後世の失笑を買うばかりだと、人間はなかなか気づかないものらしい。

日本本国が小さな意地にこだわって展望室の高さを椛子へのあてつけにしたのも、老い先長くないことを自覚していると知らしめるがごとき滑稽としか、椛子には思えない。跡取りのいない田舎の老人が、死期差し迫って豪邸を建て、寂しそうに悦に浸《い》っているような、なんとも世辞に困るナンセンスと、程度が同じだ。

その本国自慢の公使館から、骨董品のような黒塗りのリムジンで総督府に乗り付けた田端《たばた》駐東京自治区特命公使は、それからおよそ二十分後の十二時きっかりに、五衣唐衣裳《じゅうにひとえ》を纏《まと》う椛子のいる竹の間を最上位の燕尾服姿で訪れ、「ほう……」という小さな感嘆の息と共に、冒頭の言葉を呟《つぶや》いたのである。

「〝土潤溽暑《つちうるおうてむしあつし》〟日和も絶えませぬが、申《さる》の頃には桐並木にも〝涼風至《すずかぜいた》〟りて〝寒蟬鳴《ひぐらしな》〟きましょう」

椛子が招き入れながらそう返すと、田端は口元を歪《ゆが》めながら小さく肩をすくめた。

ここで椛子が黙っていたら、「伝統的な七十二候も解さぬ愚か者」と、後々に本国で喧伝して貶《おとし》めるつもりであったのだろうが、かといって椛子が拙速に「もう桐《きり》の花の頃は過ぎているでしょう」などと言おうものなら、田端はそれこそ「してやったり」と歓喜したに違いない。

彼が〝桐〟を持ち出したのは、時候に加えてこの竹の間に据えられた一式が白桐細工なためもあろうが、なにより桐の花が自治区にとって大切な意匠だからだ。

東京自治区はあくまで自治区であって国旗はないが、椛子は勅命とともに陛下より菊の御紋に次いで格式の高い「五七桐花紋」を下賜され、以来、桐の意匠は椛子に並ぶ東京自治区の象徴となっている。

つまり、ここで椛子が「桐の花の頃はもう過ぎて（落ちて）いるでしょう」などと口にしたら、それは「自治区がもう旬を過ぎて衰退の途上にある」と暗に示していると取られ、明日の日の出とともに各地の朝刊の見出しでこの文句が躍り、全世界に恥を晒すことになったはずである。

だから椛子は「土潤蒸暑」「涼風至」「寒蟬鳴」と七十二候を踏まえて返し、なおかつ「申《さる》」を「去る」とかけて「お帰りの頃の夕方には（あなたがお役御免となって本国に戻れば）、すっかり涼しくなっているでしょう（この自治区はいっそう平穏になりましょう）」と迎え撃ったのである。

さすがにこれには一本取られたと思ったらしく、田端も肩を小さくしたというわけだ。

国家に限らず元首、長たるものは、名誉や特権と引き替えに、それらを与え捧げる国民や区民全てのプライドをまとめて背負っている。長の恥と失態は全て、彼または彼女を支える人々の自尊心と自負心を取り返しようもないほど損ね、そして遅かれ早かれありふれた生活にも害を与える。

まして自治総督の地位は、行政局長や立法局議員のように区民の定期・不定期の信任を得てはいない。区民は政《まつりごと》の長と立法の府を選べても、統治者たる自分たちの象徴は選べないのである。しかも椛子は人間ではなく人工妖精《フィギュア》であるから、たった一度の失態、たった一言の失言で区民の半分を占める人工妖精たちに対する、人間たちの信頼を大きく傷つけてしまうことになりかねない。総督の足下を掬《すく》うために手ぐすねを引いている本国日本の公使が相手ならば、なおさらである。

「恐れ入ります……が、本日に限りましては、積年の無礼の数々を平にご容赦頂き、閣下に置かれましてもご機嫌麗しくあられますれば、誠に幸いでございます」

田端はいつものように慇懃《いんぎん》に、燕尾服の長い裾を揺らして頭を下げ、そして「これで最後でございますので」と付け加えた。

それから椅子に腰掛け、あらためて屋内を見渡しながら感慨深げに息をついていた。

なるほど、冒頭の言葉は確かに官僚の用意した〝筋書き〟であったのだろうが、本音もその喉を多少は震わせたのかも知れないと、椛子は思った。

田端をこの竹の間に招いたのは、これが初めてなのだ。そして彼の口にしたとおり、これで最後になる。最後だからこそ、この特別な部屋へ、因縁ある彼を招いたのである。

『蓬萊《ほうらい》（山）の桃源（郷）を認めたり。大八洲《おおやしま》は扶桑《ふそう》の翁、萎ゆ竹の漂亮美眉を富士（不死）の閉月に垣間見ゆ』とは、事実上の特使であり、古くは日本統治時代に師範も務めた由緒ある本省人の家柄で、日本語も堪能な台北《タイペイ》の駐日代表が、やはりこの部屋を初めて訪れたとき、日本本土へ戻ってから日本人の記者に語った言葉だ。

体《てい》を表す名と彼の言葉の通り、この部屋にははっきりとした壁がなく、代わりに竹林を想起させる無数の細い柱が幾重にも林立して取り囲んでいる。天井は元より高いが、上へ行くに従ってこれらの柱が徐々に寄り集まり、そのまま一点に収束して釣り鐘状の屋根を形成しているので、上を仰ぐと竹林が空まで届いているように見える。

立ち並ぶ柱の一つ一つは外側のものほど細くなっており、錯視を利用して部屋を実測より遥かに広く見せるようになっている。凛とした涼やかな空調と、目視では高さのわからない天井と合わせ、屋内とは到底思えないような開放感がある。

竹林の幹の隙間からは、空に向かって高く伸びる自治区独特の高層建築の街並みが垣間見え、そのまま竹林の風景の一部と化しているので、まさに雲上に住まう天津神《あまつかみ》や仙人の居《きょ》たる趣きである。

それらの構造材全てが、自治区の得意とする微細機械《マイクロマシン》建築独特の豊かな構造色を湛《たた》え、香り立つような美しい碧色を地色にしながら、茜、橙、群青、藤紫などの複雑な色が微かに縁取り、ほんの少し首を揺らすだけで、楚々と揺れる水面のように、あるいは名工の手になる無数のアイデアルカットのように、千変万化の輝きを見せるのである。

蝶《BA》型の微細機械群体《マイクロマシン・セル》建築の卓越した技術と、永く育まれた侘寂《わびさび》の審美があればこその意匠は、世界のどんなに富める街といえど、あるいは強《したた》かな国であろうと、真似は出来ないだろう。たった千年の歴史の洗礼すら受けていない文化からこの清々しさはけして生まれないし、酒池肉林を贅沢の一つの極みとするような文明からもこの雅《みやび》は見出されえないのだ。

もちろん、椛子のとっておきの一室である。この部屋へ招かれるということは、総督から他を差し置いて「一目置かれた」という証《あかし》になる。当然、椛子にとって天敵も同然の日本公使をここへ招いたのも、それなりの故《ゆえ》あってのことである。

「陰性でありました」

小さな瑠璃色の杯で、超深度の地下水から作られる、澄んだ香りが独特の自治区の地酒を、食前酒《アペリチフ》として一口嗜《たしな》んだ後、田端は桐のテーブルを挟んで差し向かいに腰掛ける椛子が杯を置くのを待ってから、感想に代えて静かに言った。

今、竹の間には、椛子と田端の他には、入り口の屏風の向こうに詰め襟姿の〝親指〟が控えているが、あとは給仕役の人工妖精が二人、室内の雰囲気を窺いながら希《まれ》に出入りするのみである。話が漏れる心配はない。

今日、椛子が田端を昼食に招いたのは、昨夜盛大に催された送別の晩餐会とは異なり、八年の任期を無事に終えて本国へ召還される彼を、私的に慰労するためだ。慣例的な意味はもちろんあるが、公《おおやけ》な対談として記録が残されることはない。

とはいえ、用心に越したことはない。最初の一言を椛子は慎重に選んでいたのだが、思いがけず田端の方から口火を切ったわけだ。

椛子が微笑みを浮かべて犒《ねぎら》いと祝辞を述べると、彼は皺《しわ》の深くなった顔を穏やかに緩め、すっかり白くなってしまった自分の頭をそっと撫でた。

「私も、老いました」

その言葉に反し、彼の浮かべる表情は、半世紀も若返って腕白な少年のような笑みであるが、だからこそいっそう、彼の老い衰えが濃く浮いて見えたように椛子には思えた。

「閣下の御前に遣わされることが内示されたときには、既に妻に先立たれ、一方で二人の孫に恵まれ、もはや憂い無しと、身命を祖国万民のために捧げる覚悟を決め、この人工の浮島に骨を埋《うず》める決意で参じましたが――」

日本公使の役割は、日本本国が椛子につける鳴子《すず》、つまりお目付役だ。初めて聞かされる田端の使命感の吐露に、椛子も顔では軟らかく微笑んで流したが、本音を詳《つまび》らかにするならとんでもないことである。彼が任期を終えてもなおこの地に留まるなど、目障り極まりない。

だから、彼が〝種のアポトーシス〟に感染しているか否か、帰国前の最後の検査結果を先ほど聞かされるまで、椛子は少なからず気を揉んでいたのだ。感染していれば本国は彼の帰還を拒絶したかもしれないが、陰性であれば受け入れぬいわれはない。

「今年の〝鶺鴒鳴《せきれいな》〟く頃には曾孫が出来ると、孫娘から聞かされたときには、年甲斐もなく望郷の念が募りまして、本国の辞令を一日千秋の思いで待ちわびたものです」

人工妖精《フィギュア》の給仕が先付を下げ、代わりに前菜を並べて去っていく。

その間も、田端の目は椛子を見るでもなく、遠く本土に思いを馳せ、皺の寄った目元を細めていた。

「閣下の御心を、恐れ多くもお察し申し上げるならば、私への覚えはけして芳《かんば》しくは――いえ」

否定しようと口を開きかけた椛子をむしろ気遣うように制し、田端は言葉を続けた。

「赴任の当時を思えば、それは致し方なきことでございましょう」

確かに、田端の赴任にあたっては、自治区側は以前までの日本公使より遥かに強い警戒と慎重さを要した。それは、彼が公使に任命されたとき、この東京自治区と日本の関係が過去にないほど悪化していたからだ。

先任の召還から、田端が後任の特命公使としてこの東京自治区に赴任してくるまで、半年の間があった。それがもう八年前のことである。

当時、自治区と日本本国とは、晴天にさざ波が立つような静かな緊張関係にあった。

東京自治区は自治権獲得以来、勅命によって任ぜられた「椛《もみじ》」自治総督の権威の下に、その地勢と特性もあって内政に置いては非常に高度な独立性を保っている一方で、外向きにはひどく孤立している。今や斜陽の茜《あかね》濃しといえども世界有数の大国である日本本国が、その影響力を行使して自治区の外交を葛蔓《くずかずら》のごとく絡み、縛っていたからだ。

そんな折、関東湾の東京自治区と日本本国との中間線上において、民間船舶の漂流〝事件〟が起きた。

東京自治区はあくまで日本固有の人工国土であり、他国の介入の一切はこれを認めないというのが、四半世紀の間、本国政府の一貫した主張である。国家ではないので、領海権は国際的に認められないのだが、それでも自治区民と本国住民との感情的摩擦や多くの国際関係に配慮し、自治区と本国は暗黙を了として、海上の中間線を非常にデリケートに扱ってきた。

それがある年の建国記念日に、もはや右だか左だか区別もつかない、反保守にして反リベラルという訳の分からない寄り合い所帯の政治集団の、失笑もはなはだしい茶番劇《デモンストレーション》によって侵されてしまったのである。

「持たず」「作らず」「持ち込ませず」のエネルギー禁輸三則を高度な自治の代償として厳

守する自治区の電力は、ただ日本本国からのみ月に一回、巨大な電池を購入し、専用の輸送船によって受領している。

　本土の軽薄な政治集団は、自前の四隻の高速艇を関東湾に運び込み、輸送船の航行を妨害し、最終的には自治区を致命的な電力不足に陥《おとしい》れようと画策したのである。そして実際に、輸送船のスクリューにロープを絡めるという原始的な方法で航行力を削ぎ、ワンコイン雑貨屋で売っているような粗末なレーザー・ポインターで乗組員《クルー》一名を失明させ、航海中止直前まで追い込んでみせた。

　しかしながら、彼らの目論見は達せられなかった。彼らの四隻の高速艇は時を追うごとに不具合を起こして脱落し、最後の一隻もついに輸送船を一時停船せしめたところで自身が航行不能に陥った。

　そもそも関東湾は「極東の小さな船の墓場《サルガッソ》」とも評されるほど危険な海である。湛えられた蒼い水は、微細機械《マイクロマシン》未満の古細菌類《アーキア》が高濃度で満ち、触れた物をなんでも分解してしまう。通常の船舶では外洋型といえどたった一日も航続性能を維持できない。だからこそ病の感染者の隔離場所として選ばれ、やがては自治権まで獲得できたのである。

　航行能力を失った高速艇の船室が浸水するまで、専門家は六十時間と予測した。

　この件でより頭を深く抱えて窮したのは、むしろ日本本国側であったといえる。関東湾での航行に適した専用船舶は、本国では防衛省はもちろん海上保安庁も所有していたが、首相が外遊中であり、留守を任された官房長官はかねてより外務大臣と軋轢《あつれき》があった。悪いことに防衛大臣は失言が元で辞職した直後であり、外務大臣が防衛大臣を兼務し、汚職疑惑でやはり辞任したために国土交通大臣を官房長官が兼務するという異常事態の最中であった。挙げ句に解散権行使が目前に迫るとされていた首相は最後の外遊先で事実上の責任放棄という有様で、本国の危機管理能力は前世紀以来の著《いちじる》しい惨状にあった。

その間隙を狙い澄ましたように、全世界の耳目を集める関東湾で人命のトラブルが発生したわけで、もはや本国の官邸と各省庁は半ばパニックを起こして機能停止に陥っていたといっても過言ではない。

それぞれの長《トップ》が鍔《つば》迫り合いをしている状況で、海上保安庁も自衛軍も身動きが取れず、自治区としても本国の了解を得ないまま中間線まで救助の船舶を派遣することは出来ない。

そうして手をこまねくうちに四十時間が経過し、いよいよ人命の危機が差し迫ったとき、ついに自治区総督――つまり椛子――は決断し、オランダ《ネーデルランド》の駐自治区公使代理を外国の正式な公的使節として初めて迎え入れ、自治行政局が彼と彼の国に日本本国との仲立ちを依頼した。

とはいっても、実際には自治区に短期視察で訪れていた経済文化交流協会代表が特命で臨時の公使代理に任ぜられただけで、〝建前〟が〝本音〟に模様替えをしただけなのであるが、国際的に危険な誤解を招きかねない難しい判断だった。

椛子に対して覚えのよかった皇太子夫妻が、オランダ王室および議会とかねてより親交厚かったからこそ押し通された無理である。この賭は功を奏し、漂流後五十五時間が経過したとき、自治区の保安船によって高速艇の乗員十八名は無事に救助され、その後、本国の海上保安庁に身柄を保護された。

万事終幕を迎え、残されたのは後始末だ。やむを得なかったとはいえ、言外の定めを翻《ひるがえ》したのは自治区の側である。当然、本国は与野党も官僚機構も怒り心頭に発し、自治区への制裁決議案まで提出されるほどで、辛うじて思いとどまったか駐自治区公使の引き上げでひとまず溜飲を下げたように見えたが、今思い返すなら振り上げてしまった拳をどうするか、本国も困っていたというのが本音かもしれないと、椛子は考えている。

結局、それから東京自治区人工島には各国の駐東京公使〝臨時代理〟が、複数の国家の兼務窓口として年に数日ほど滞在するのが慣例となっているが、大使級はもちろん、臨時でない公使も一切受け入れず、正式な公使は日本本国からのみという筋を、椛子と行政局は本国に対して通している。

日本本国の公使不在の間は、まさに嵐のような半年であったと、椛子は八年前を振り返る。そして緊迫した空白の後に、本国から唐突に送られてきたのが田端であった。

当時はまだ髪の色が今よりずっと黒かった彼が、本国から陛下の信任状を携えてやってきたとき、椛子は唯一の総督府直轄機関である法制局を総動員して彼の身辺を探らせ、自警団《イエロー》も自治区全土にかつてない厳重な警戒態勢を敷いた。

確かに、初めて田端を見たとき、油断ならない気配を椛子は覚えた。実際、今日の接見の冒頭のように、過去八年の間、隙あらば椛子を貶めんとする策を度々弄《ろう》してきたと思われる。

しかし、去年の春、自治区人工島を震撼させた『傘持ち連続殺人事件《アンブレラ》』に纏わる日本本国の暗躍でも、彼と彼の公使館はまるで蚊帳の外に置かれたように沈黙と中立を保っていた。結局、椛子がこの八年間で彼に下した評価は、「慇懃にして無礼。狡猾に見えて無能。周到に見えて無策」という、目もあてられないものである。

「今となり、言葉をいくら重ねても空疎に響きましょう」

日頃から口さがない男だと思っていたが、今日は一段とかまびすしい。入学式直後の風気《マカラ》質《イト》でもこれほど喋るかどうか。

「現に、この非才凡夫が――」

さて、この美辞麗句と白々しい謙遜で武装された虚言の数々の一体どこに、彼の尊大な本音と下品な嫌味とくだらない罠が潜んでいるのやらと椛子が心中うんざりし始めた頃、水晶《クォ》発振器《ーツ》でも内蔵しているのではないかと思われた彼の口が、唐突に閉じられた。

主と客の間に横たわる、えも言われぬ気まずい沈黙を、鹿威《ししおど》しの音が響いて埋めていく。

椛子は微笑んだ顔を崩さないまま、葡萄酒の杯を一口だけ含んで喉に流した。田端もまた、好々爺然とした顔で口だけを固く結び、弄《もてあそ》ぶように無意味にグラスを揺《スワリング》らしていた。

竹の間は後々のために、建造当初から複雑な防音構造を幾重にも織り込み、非常に高い気密性と機密性を念頭に置いて造られている。だから、ほぼ無音だったに違いない。少なくとも椛子の耳は特段、不意をつくような何かは捉えなかった。

しかし、正確に間を刻んでいた鹿威しの音だけは、ほんの半秒ほどだが早く響いた。

揺れたのだ。この東京自治区、世界最大の超大型浮体式構造物《メガ・フロート》で屈指の巨大建造物の総督府が、微かではあるがよりにもよって縦に、しかも続けざまに二回も、である。

数十万の生命を支えるこの人工の浮島は、よほどの高波であっても微動だにしない。つまり、もし揺れるのだとすれば、それは自然的な外力ではまずありえない。

（内側か――）

今は瞬《まばた》きすらまばらに、穏やかな目で睨《にら》み合い、互いの狼狽を一目も見逃すまいとする椛子と田端は、ほぼ同時にそう考えたはずだ。

やがて、中座の失礼を詫びてから椛子は席を立ち、五衣唐衣裳の長い裾を楚々と引いて去ろうとしたとき、

「――閣下」

徐《おもむろ》に田端がきつく閉じていた口を開いた。

「日本本土と東京自治区は、たとえ不倶戴天の仇ありとて呉越同舟。万難に会そうとも水魚の交わりを欠かさず、四半世紀を共に過ごし申す」

田端はもう温くなっているであろう葡萄酒を、悠然と飲み干してから続ける。

「李下に冠を正さずとは思えども、親が子より疾《はや》く身罷《みまか》るが神代は磐長姫《イワナガヒメ》の頃より世の定め。足名椎命《アシナズチ》、手名椎命《テナズチ》の加持も八岐には及ばず、奇稲田姫《クシナダヒメ》は亡国燎原を去り申す。なれど――――」

田端はグラスを置き、首を向けないまま椛子を流し見る。

「——されども、〃愚公山を移す〃もまた、世の道理でございましょう」

と、謙称は愚考する次第ですが、如何に。

彼はそう付け加えてから、次に椛子をして眉根を寄せるほど、期さぬ一言を告げた。

「閣下。私の後任は、日本人ではありません」

田端は、椛子に一矢《いっし》報いたことに満足したように目を閉じる。

端《はな》から返答を求めていないのは明白だ。椛子は一顧のみで、背を向けて戸口へ向かった。

「それと、もう一つ——閣下」

二度にわたって呼び止めるという千万なる無礼だ。椛子が無視しようとしたとき、

「今世勅諭である！」

その時、その瞬間、その刹那。八年の任期も最後になって田端は、陛下の威光と祖国の尊厳を背負って立つ〃全権委任〃特命公使に、初めて本当の意味で変貌したのかもしれない。

陛下の御名を持ち出されては、椛子も足を止めざるを得なかった。

『紫草《むらさき》を　草と別く別く　伏す鹿の
　野は異にして　心は同じ』

——はて。この愚昧愚臣には、陛下の深慮遠謀なる御心は計りかねますな」

それっきり、田端はもう椛子に振り向くことはなかった。

（やはり食えない男だ）

微かに苦笑を残して、椛子は竹の間を出た。

両開きの戸の外はすぐに控えの間になっていて、女性型の人工妖精が中腰で控えている。もし、その場に余人あれば、目を疑ったに違いない。その衣装から顔立ち、慈しみ深い微笑みに至るまで、彼女は椛子と瓜二つだった。

鏡で映したように寸分も自分と違わないことを一瞥で確認し、椛子が頷《うなず》くと、彼女はもう一度深く会釈してから脇を通り過ぎ、竹の間の戸の前に立つ。

頃合いを見て、彼女は椛子の影武者として竹の間に入ることになっている。

「――それで、状況は？」

控えの間を出てすぐ、椛子は後ろに付き従う親指に問う。

「悪化進行中《ネガティブ》。そして……最悪《ワースト》です」

軍事介入か。

突き当たりの昇降機を目指し、通路を早足で歩きながら、椛子は独りごちた。

「どこから？　北米？　央土？　氷土？　それとも――」

「本国《にほん》です」

確かに、平時に想定しうる最悪の危機である。

「公使は知っていたのでしょうか？」

「ないわね。だとしたら、彼が総督府を出てからか、来る前でしょう」

揺れがあったとき、彼はごく平常を装っていたが、むしろ動揺がなさ過ぎて不自然に見えた。彼もまた、こちらの動きから事態を探ろうとしていたのだろう。彼にとっても現状は未知数で、最後の最後までまたしても蚊帳の外、だったわけだ。

「陛下の勅《みことのり》は」

「万葉集の一句よ。

『紫草《むらさき》をほかの草とは区別して伏せる鹿のように、遠く離れていても心は同じ』

〝紫草《むらさき》〟は夏に咲く多年草。紫色は冠位十二階の頃から皇室と縁《ゆかり》の深い色よ」

今は自重し、雌伏して時を待て、ということか。

そちらは自明だ。わからないのはその前段、彼自身の言葉の方。

〝愚公山を移す〟とは、どんな大事に当たっても、諦めず怠らず愚直に努めれば、たとえ子や孫の代までかかろうと、いつかは成しえるという意味だったはずだ。

ならば、彼の言う〝大事〟とは何か。

「もしかしたら――」

「何か？」

椛子の珍しい独り言に、親指が怪訝《けげん》げに訊《たず》ねる。

「いえ……忘れなさい」

もしかしたら、最も警戒すべきは、自治区の内に居座る赤色機関《Anti-Cyan》でも、自衛軍や傲慢な政府でもなく、彼――田端であったのかもしれない。

（今となっては、知る由もないわね）

田端は明日にも自治区を発ち、本国へ帰還する。もう生涯、椛子と顔を合わせることはないだろう。

総督府で一番大きなエレベーターはすでに到着しており、質実なグレーのスーツをスマートに着こなした女性型人工妖精《フィギュア》の法制局職員が扉を押さえている。エレベーターの中には八人のやはり女性型の人工妖精たちが単衣姿で控えていて、それぞれ手に椛子の着替えを持って待っていた。

椛子と親指がエレベーターに乗り込むと、職員が電子ロックを外してから通常は表示されない地下階への下降のための操作をする。

ドアが閉じ、エレベーター内に微かな慣性がかかると、八人の側仕えたちは示し合わせていたとおりに、椛子の重い十二単を一枚ずつ脱がせていく。その間、親指はドアの方を向いて微動だにしなかった。

「――閣下。〝水鏡〟から電子通信《MMS》が」

職員が脇に抱えていた薄いタブレット端末を、椛子に向ける。

八人の側仕えに着替えを任せながら、椛子が左手でタブレットに触れると、すぐに認証を完了したタブレットの画面に簡易な入力インターフェースが表示され、たった今届いたメッセージがチャット風に表示されている。

『水かがみん@代役中：閣下ぁ、いつまで閣下のふりをしてればいいですかぁ？』

竹の間で田端の相手をしている、椛子と瓜二つの人工妖精からだ。顔はそっくりであるし、着衣も同じものをあらかじめ二着用意した。容姿から一見で暴露することはまずないだろうが、中身は椛子とは違い、臆病な水気質《アクアマリン》である。公使と長時間差し向かいにさせておくのは危険だ。

しかし、今日は椛子の方から「申の頃《さる》」と時間を区切ってしまったので、あまり早々に追い返すようなことをすれば怪しまれるし、足下を見られる。

椛子は手早く返事を書いて送信した。

『もみじっ子@緊急事態なう：あと二時間くらいは粘って。死ぬ気で』

返信はすぐに返ってくる。そこを見込んだわけではないが、彼女は机の下でこっそり携帯端末を操作することにかけては、総督府で右に出る者はいない。

『水かがみん@代役中：む、む、む、む、無理ですよぉ！！　絶対バレますよぉ！　ってか、もうすでにバレてませんか！？』

『もみじっ子@緊急事態なう：大丈夫、バレてない、バレてない』

水気質の彼女にとって過剰負荷《オーバーワーク》なのは承知の上だ。だが代役の代役まではさすがに用意していない。今は水鏡《みずかがみ》の奮起に期待するしかない。

『水かがみん@代役中：あの、もしバレたら、どぉなるんですかぁ？』

『もみじっ子@緊急事態なう：うん、ぶっ殺す★ニケ－レ』

『水かがみん@代役中：ひっ、ひぇえええぇ！』

『もみじっ子@緊急事態なう&通信終わり：じゃ、命がけでがんばってね☆ミ(-_<)』

『水かがみん@代役中&絶体絶命：閣下ぁぁ！』

椛子はなおも送られてくる悲鳴と悲痛な懇願を無視してチャット画面を閉じ、職員にタブレットを下げさせる。

ほぼ同時にエレベーターは目的の地下階へ着いてドアが開く。椛子の着替えもすっかり終わり、下はベージュのキュロット、上は同じ色のチュニックの上からケープを羽織っている。最後に「五七桐花紋」の意匠が施されたベレー帽を受け取って頭に乗せた。

「いくわよ」

エレベーターからは親指と女性職員だけが付いてくる。着替えを手伝った側仕えたちはそのまま中に残り、ドアの向こうへ姿を消した。

普段は職員の研修に利用している地下階の円形大講堂は、数十人からの総督府および法制局の職員が入り乱れ、様々な機材が持ち寄られ、さながら戦場のような騒然で満ちていた。

臨時の対策本部にするべく、部署ごとにめいめいの機材設置に奔走していた彼らは、人間、人工妖精の区別なく、椛子の入室と同時に踵《かかと》を揃えてそれぞれの敬礼をする。

「みんな、作業中申し訳ないけれど、暫定でよい、現状の報告をしてちょうだい」

椛子が中央の円卓に腰掛けると、それぞれのグループの代表が歩み出て、総勢七人が円卓を囲み、すぐに部屋の照明が落とされた。

薄闇の中、最初に席を立ったのは法制局の職員だった。

円卓の上に、扇形をした自治区人工島の幻視模型《ジオラマ》が、立体映像《ホログラフィ》で表示される。ここは男性側であるので、女性側の映像は簡略化《デフォルメ》されていた。

「本日一二時五八分、四区〝水の外《と》つ宮〟に行政局所有の軟式飛行船が落着――」

ビルの合間を縫うような航路が緑の線で表示され、四区の上空で急激に水の外つ宮へ降下し、両者の接点が『Clashed』と赤く表示される。

「そこまでは予定通りね」

椛子も含め、この最初の事故について動揺を見せる者は一人もいない。

「はい、犯行声明の通りです――ですが」

法制局員が円卓の上でジェスチャー操作をすると、事故後の水の外つ宮の映《フォトグラフ》像が表示され、講堂内に細波《さざなみ》のような小さな驚嘆が広がって消える。

水の外つ宮の誇る美しい建造物は半壊し、白亜《はくあ》の屋根が無惨に陥没していた。

椛子もまた、内心でかつてない動揺に襲われていたが、その理由は彼らとは微妙に異なる。

椛子は努めて平静を装いながら、その場の多くの者たちの疑問を代弁した。

「軟式飛行船《ふうせん》では、水の外つ宮の外壁に致命的な損害は与えられない。そういう計算だったはずね？　だからこそ、私たちは不届き者《テロリスト》たちへの生け贄として差し出した」

一週間前、自治区総督宛に、一通のテロ予告が届いた。

差出人の名前には、あまり意味がない。彼らは頻繁に名乗りを変えるし、世に聞こえる彼らを騙《かた》る偽物が多すぎて、北米を始めとした先進各国の諜報機関でも正しく規模を把握できていないとまで言われる。

組織の原点についても諸説ある。〝マドラサ〟と呼ばれるイスラム教の神学校で学生《タリブ》たちが立ち上げた戦災復興運動と被災民への慈善組織から分派したという説がある一方で、ユダヤ系の複数の大財閥から庇護を受けて肥大化したというまったく相容れない異論もある。片やアジアの共産党独裁支配が崩壊した際の諜報機関の残党が、共産政権の遺産とも言える情報インフラへの強権的な介入システムを受け継いで組織化しているのだといわれながら、北米の保守回帰運動《ティーパーティ》で育った世代が政府の強大な危機管理組織内から密かに後押ししていると も囁《ささや》かれ、果ては東欧の独裁政権崩壊時の混乱や、アフリカのジャスミン革命にまで結びつける珍説まである。

つまり、ここ一世紀というもの、彼らの実態については世界中で侃々諤々《かんかんがくがく》の議論が交わされながらも、未だ定説に相応《ふさわ》しい答えは得られていない。それは二十世紀来、世界を支配してきた西欧の合理主義や東洋の精神主義、あるいは宗教や哲学といったものが、一様に彼らを理解できないという敗北を喫し続けていることを意味する。

彼らの組織像を輪郭から浮かび上がらせようとする試みの大半は徒労に終わっている。かつて一世を風靡した統計行動科学《プロファイリング》に至っては「組織全体として統合失調的であり、構成員すべてが統合失調罹患者である」という、笑止千万で愚にもつかない暴論を導き出して全世界の失笑を買い、十九世紀来究め続けられたはずの行動科学が遙か時代遅れの愚痴愚論であることを露呈させ、高名な先人たちの偉業に汚泥を塗る始末であった。北米の諜報機関はこの行動科学者の苦し紛れを真面目に検討し、世界中の精神病院で患者の入退院歴をかき集めたというのだからご苦労なことである。その後、自慢の空母打撃群が壊滅寸前まで追い込まれた醜態を見るに、成果はなかったようであるが。

とはいえ、いつまでも名前がないのでは不便である。ゆえに各国の公安関係者の間では、便宜的に『彷徨える犬《Roaming Dogs》』、または単に『旅犬《オーナレス》』と呼ばれている。〝犬〟と呼ばれることになったのは、やはり彼らのテロによって甚大な被害を受けた中東の元首が「これではまるで路上の犬に噛まれるようなものではないか！」と怒髪天をつく剣幕であてもなく批難してからだ。あまりに無差別で無分別で、主義も主張も政治体制も宗教も無関係に唐突に襲い来る彼らを、国柄ゆえに安易に天災ともたとえられず、野良犬を引き合いに出したのだと思われる。

『旅犬《オーナレス》』のテロの対象に選ばれてしまったのなら、世界の名だたる大国が手も足も出ないのだから、東京自治区のような小さな街は論を俟《ま》たない。

今は東京自治区となっているこの人工島は、今も人類を脅かしている〝種のアポトーシス〟の病の感染者を隔離するために生まれた人工の浮島《メガフロート》だ。性交渉による感染拡大と症状の進行が疑われるこの病の感染爆発《パンデミック》を防ぐため、この人工島では中央の巨大回転蓄電器《メガ・フライホイール》を境にして、男女別離が徹底されている。それによって失われた異性の代わりとして、この人工島では第三の性としての人工妖精《フィギュア》が世界に先駆けて普及しているのだ。

しかし、人工の浮島《メガフロート》としては世界最大規模とは言え、自然の陸地には比べるまでもなく、たった数十万の人口が住まうだけのごく小さな島に過ぎない。

感染者の隔離施設として存在するその特性上、人工島の出入りは自治区、本国日本の双方から厳しく管理され、監視されている。不審者による密入区の取り締まりに気を配れば、おそらくテロリストたちの大半の捕縛が出来たし、男女別に通信情報網の分離と管理が行き届いているので情報戦においても一定の抑止力はあった。

ただ、今回に限って椛子たちがそのような〝水際作戦〟を展開しなかったのは、いくつか理由がある。そのうち最大の懸案は、内部への侵入を際どく防止した場合、『旅犬《オーナレス》』の過去の手口からして、彼らが外部からの大規模な手段に訴える可能性が高かったことだ。

実際、北米の誇る空母打撃群の面目を凋落せしめたのは、奇しくも「9・11」を彷彿とさせる民間旅客機および貨物機、計三機の同時突撃であり、これにより多くの人命が失われたのみならず、空母に次いで高価な、最新鋭の飽和打撃型戦艦《Arsenal Ship》と駆逐艦《DD》を、類を見ない超高級魚礁としてインド洋の海洋生物に無償で献上する羽目になり、あまつさえ主力空母も退役を早めざるを得なくなって、世界の海に展開する艦隊のローテーションに穴を開け、同盟国から叱責を受けるという醜態を、北米は国際社会に晒したのである。

北米艦隊の二の舞になれば、自治区のような人工の浮島はひとたまりもない。だから椛子の総督府と公安委員会は、『旅犬《オーナレス》』の標的に東京自治区が上がっているという情報を得てから密かに示し合わせ、自治区人工島の出入りに対する監視網にわざといくつか穴を開けた。そして、そこから通過する「人」と「物」を監視下に置くことにしたのだ。

外憂を内部に引き込むことで航空機や大型船舶による抗しがたい襲撃の可能性をまずなくす。その上で彼らが好むような派手なパフォーマンスに相応しい活躍の場を与えつつ、損害を最小限に抑え込む。

公安委員会からは反発の声も大きかったが、少なくとも昨日までは目論見通りだった。『旅犬《オーナレス》』は公安と法制局の造った外堀に沿って、広告用に無人回遊している軟式飛行船の落着という、大きくて派手だが実効的な攻撃力が極小の手段を選択し、攻撃目標も区民に害が及ばず、かつ低層建築で丈夫な、椛子の私邸である『水の外つ宮』が選ばれた。

つまり、派手に殴られたふりをして『旅犬《オーナレス》』たちの自意識を満足させつつ、彼らが去った後にはなんの実害も残らないという実利を取ったのである。総督府のこのような暗躍が、もし『旅犬《オーナレス》』に煮え湯を飲まされ続けている国際社会に知れ渡れば大きな非難を浴びるところであるが、そのような下手を打つつもりはないし、そもそも国家としても認められない小さな東京自治区に、世界の各大国をも翻弄するテロリストたちの始末を負えという話の方がよほど不条理である。日本本国を始めとした各大国が正義や善意や宗教や理念を盾にしてエゴを振りかざすなら、自治区のような小地域もそれ相応の強《したた》かさと不貞不貞《ふてぶて》しさで応じなくてはならないと、椛子は考えている。

テロの決行日が判明し、椛子たちは万全のダメージ・コントロールを備えて今日という日を迎えた。計算上では、空洞が多く風船のように軽い軟式飛行船では、区民の災害避難場所としても使えるよう、丈夫に設計された水の外つ宮にはほとんど損害を与えられないはずだった。念のため、水の外つ宮からは一切の人員を退避させ、周辺もほぼ無人になるよう手配させた。

そして実際に筋書き通りに事態は進行したのだ。なのに、現実には、水の外つ宮は予想を遙かに超えて全壊に近い大きな損傷を被った。その想定外の事実が、この講堂内にいる全員を驚愕させている。

椛子は手近な端末を自分の前に引き寄せ、テロ現場の映像を拡大して表示してみた。

陸《おか》に打ち上げられてしまった鯨《くじら》のように、長い飛行船が水の外つ宮の広くて平らな陸屋根《ろくやね》部分に不時着して一部に穴を開け、その周囲には建材の瓦礫が散乱し、僅かながら白煙も上がっている。

あまりにも不自然だ。

「わかった。人的被害がないのなら、水の外つ宮の件の詳細はあとでよい。――それで？」

今、自治区を脅かしているのはスケジュール通りのテロだけではない。椛子が促《うなが》すと、代わって隣に腰掛けていた年配の職員が起立する。

「ほぼ同時刻、本日一二時五七分過ぎ、所属不明の航空機が自治区上空へ飛来し、飛行船の落着とほぼ同時に、水の外つ宮へ光学兵器による空爆を敢行――」

光学兵器とはレーザーのことだろうが、また懐古的《レトロ》な武装である。

「一三時〇四分、上空を旋回した後、建設中の中央公道へ着陸を強行しました」

立体映像で、自治区人工島を海側から総督府まで一直線に貫く道路の様子が表示される。

正体不明の飛行機はそのほぼ中央に着陸している。大きさは中等部の水泳授業で使う五〇メートルのプールぐらいだろうか。機体の前半分だけを見れば、各国の空軍や海軍が運用している戦闘機と同じサイズだ。ただし――

「変わった形状ね。そもそも、これは航空機なの？」

機体には、飛行機にはなくてはならない両側の水平翼がなく、代わりに三角形をした巨大な垂直翼のようなものが、可動式らしい機構で取り付けられているだけだ。

機体の形状も、前方から後方にかけて太くなる楔《くさび》状をしているものの、航空機として当然の洗練された流線型にはほど遠く、ステルス性も考慮されているようにはとても見えない。

加えて、まだしもいくらかの航空機らしさを残している前半部分に比べて、後ろ半分は異様な存在感を放っている。不釣り合いなまでに巨大な推進装置を備えていた。

「後ろの方は、使い切ってから分離する追加推進装置《ブースター》か。前半分は——戦闘機と取りあえず呼んでも差し支えないわね？　その本体。でも、戦闘機が航続距離を伸ばしたいのなら、普通は燃料増槽《タンク》を搭載するか、空中給油機を使えばいい。この機体が本体よりも大きな推進装置を増設しているのは、本体の推進装置が空力飛行に向かないタイプだから。つまり——」

追加推進装置《ブースター》に隠れてメインの排気口《ノズル》が確認できないが、本体側には吸気口《インテーク》がない。

「つまり、これは大気圏内用の制空戦闘機《Air Superiority》や攻撃機《Attacker》ではなく、自力で空力限界高度を突破し、単機で衛星軌道上の目標を攻撃することに特化して開発された、成層圏迎撃機《インターセプター》ね」

本体が流体力学に沿わない形状をしているのは、そもそも一気圧下での機動性を追求する必要がないからだ。第一宇宙速度を得るのに最低限の形状《フォルム》をしてさえいればいい。

年配の職員が端末を操作し、すぐに机上の映像に防衛省の書類が追加される。

「これは十五年前の、本国《にほん》の防衛大臣のサインが入ったプランの草案です。欧米を中心に中束を巻き込んで進められている次世代弾道弾防衛計画《Nest MD》。その中でも目玉になる、対高高度核《High altitude》爆発攻撃《nuclear explosion》——〝キレイな核兵器〟対策プラン。無線制御が困難な電離層付近で弾頭を迎撃するための、強力な自律機能を有した超々高高度無人迎撃機の開発許可です」

大気圏内では誘導弾や電磁砲《レールガン》などの主力兵器に比べて見劣りし、莫大な電力を浪費するばかりの役立たずである光学兵器を搭載したのは、超高速で飛来する衛星高度の弾道弾を、すれ違うように前方から狙撃するためだ。

「武装は仏製パルス・レーザー砲一門のみ。草案にある図面から機体の形状は大きく変更されていますが、コンセプトは一致しています。おそらくは試作機のうちの一機。黎明を脱しきれない日本の防衛産業が軍需産業として独り立ちすべく作り上げた、起死回生の一手です」

——岩崎弥太郎の執念が、日本国斜陽の今になって実を結ぶか。

「この子の——名前は？」

この子、という椛子独特の言い回しに、年季のいった人間の男性職員はついていけなかった様子で、「は？」と怪訝《けげん》な顔になってから、若い人工妖精の部下に耳打ちをされ咳払いをした。

「草案段階においては〝サルタヒコ〟と、呼ばれていたようです」

高天原《たかまがはら》まで神の嫡子を迎えに飛んだ天狗の名前とは、まさにうってつけだっただろう。

「あくまで無人機ということね」

「はい。即応迎撃の観点から、人員の搭乗は当初から考慮されていません。人体には耐えがたい加速度で、大陸間弾道弾並の高い上昇性能を実現する機体です」

ならば、二十世紀の領空侵入事件を彷彿とさせるような、搭乗者の亡命という線は消える。

椛子が感じた揺れの一度目は、想定外に被害の大きかった水の外つ宮へのテロ、二度目は巨大な追加推進装置《ブースター》を装備したまま迎撃機《サルタヒコ》が強行着陸した衝撃によるものだったようだ。

「区民への影響は？」

椛子から見て左側に腰掛けていた若い男が立ち上がる。スーツ姿の職員に囲まれて、彼の濃紺の制服姿は浮いて見えてしまうのだが、年の割に物怖じせず毅然《きぜん》と振る舞っている。

「中央公道《ハイウェイ》には一般人は立ち入っておりません。建設作業員は昼の休憩中で現場にはおらず、全員が無事を確認されています。自警団《イエロー》は当初の示し合わせ通り、テロと同時に水の外つ宮周辺を完全に封鎖。予備の人員を中央公道《ハイウェイ》に振り分けてこちらもあと十分以内に封鎖を完了」

この部屋で彼だけは総督府職員のような椛子の部下ではなく、自警団《イエロー》からの出向、つまり公安委員会の自警団員だ。この想定外の事態においても公安委員会と自警団が、行政局を飛び越して総督府と連携できたのは、少なからず若い彼の機転によるものがあったに違いない。

「今のところ、区民の間で一定の動揺が見られますが、当初の想定を超えてはおりません。情報拡散は公安委員会の十分な管理下にあります。予想では本日夕刻一八時の行政局長の会見でピークを迎えますが、その後は明日未明にかけて収束の方向へ――」

彼が映像《スライド》を切り換えて報告を続けようとしたとき、駆け込んできた若い職員が、最初に報告を行った男に書類を手渡す。それに目を通した彼の顔色は、目に見えて青ざめた。

「閣下！」

動揺を露わに立ち上がり、掠《かす》れた声で叫ぶ。

「先ほど一三時三〇分ごろ、日本本国の陸上自衛軍所有のＡＨ－１６４戦闘ヘリ二機が匍匐《ほふく》飛行で自治区内へ侵入！　同四二分、うち一機が二区第二層へ墜落！　搭乗者二名が軽傷の模様！」

その場の全員が刹那、凍り付いて言葉を失い、そしてにわかにざわめき立つ。

極秘開発の迎撃機《サルタヒコ》が不時着したのだから、日本政府がそれを取り戻すべく手段を選ばず自治区に働きかけてくるであろうことは論を俟たない。できうる限り、政治と交渉のレベルで穏便に解決する方向で椛子は思案していたのだが、日本本国がこうも拙速でなりふり構わない実力行使に訴えることまでは、さすがに想像の外だった。

そもそも、自治区で航空機を運用するなど非常識にもほどがある。自治区の空には蝶の姿をした微細機械群体《マイクロマシン・セル》が無数に飛び交い、また目に見えないサイズの微細機械《マイクロマシン》も高濃度で浮遊している。飛行船のような単純な構造のそれを除き、あらゆる航空機は自治区上空を飛行すれば、エンジン内に微細機械を取り込んで短時間でブレードや軸受けを侵食され、故障してしまう。だからこそ、自治区には滑走路もヘリポートもない。

だというのに、なんらかの止《や》まれぬ理由から、本国は危険を冒してでも迎撃機《サルタヒコ》の速やかな回収か、あるいは破壊をする必要に迫られ、戦闘ヘリを派遣したのだろう。

　迎撃機だけであったのなら、そもそもまだ制式化もされていない極秘の試作機なのだから、素知らぬ振りで通して、粛々《しゅくしゅく》と返還すればよかった。やりようによって刺激しない程度に本国へ恩を売ることも出来ただろう。しかし日の丸を背負った戦闘ヘリで人口の密集する市街へ無断で侵犯し、あまつさえ事故を起こすなどされては、さすがに区民にも国際社会にも説得力のある説明をするのは難しいし、後処理は困難を極める。

「上空の無事なAH《ヘリ》は、あとどれだけ滞空していられるの？」

　椛子の右脇で、こめかみに白髪の目立つ民間の顧問が、髭を撫でてから初めて口を開く。

「我々に悟らせず高い静粛性で自治区へ侵入しえたことから、現在は内燃式《ジェット》動力ではなく電動《モーター》力を使用していましょう。バッテリは、もってあと三十分かと」

　吸気の少ない電力発動機《アクチュエーター》での飛行なら、自治区上空でも通用すると考えたのだろうか。浅はかなことだ。回転翼《ヘリコプター》では構造上、駆動部への侵食が免れないし、いかに高度な自動操縦装置《オート・パイロット》を備えていても、初見の市街で匍匐飛行など無謀極まりない。

「なら、三十分以内に『換《リリーフ》え』が来る。そもそも、関東湾沿岸から飛んできたにしても、本国は彼らをどうやって帰還させるつもりだったの？」

　ぎりぎりまで滞空させるなら、近場で空中給油かヘリポートが必要になるが、自治区には当然存在しない。空中給油機は自治区周辺の空域を飛行できないし、そもそも回転翼機用の給油機などという珍妙な物を本国は所有していないはずだ。

本国が体面《プライド》を捨てて自治区に平身低頭するという、旧約聖書《オールド・テスタメント》級の奇跡でも起きない限り、あとは回転翼機《ヘリコプター》を継続的に運用しうる〝環境《システム》〟の方を、現場近くまで連れてくるしかない。

「これは……その、本件と無関係に思われたので差し控えていたのですが……」

席もなく、後ろの方で立ち尽くしていたまだ二十歳《はたち》そこそこの職員が、小さく手を上げる。

「先刻、本国《にほん》から、関東湾の久里浜水門を二万トン級の国有船舶が通過する旨、通達が――」

彼の発言を最後まで待たず、勘のよい局部長が関東湾の入り口である水門付近の映像を探しだし、円卓上に表示させると、悲鳴がそこかしこから上がる。

関東湾と外洋を隔てる長大な堰《せき》に設けられた数少ない出入り口である水門から、今まさに侵入しつつあるのは、まるで動く大地のように平たく巨大な、全通甲板の船舶だった。

「空母型護衛艦《DDH》……！」

震える呟きがどこからともなく零《こぼ》れ、すぐに絶句で上書きされる。

皆を不安にさせないよう、毅然とした振る舞いを心がけていた椛子ですら、冷たい物が背筋を伝い、奥歯をきつく噛みしめた。

自治区発足以来二十六年、いや、この東京人工島の完成と関東湾の閉鎖以来、半世紀の歴史で初めて、そして本国最大の、明確な軍事力が関東湾へ漕ぎ出したのだ、マストに赤い日章旗をたなびかせながら。

「この母艦が単独で運用できる戦力は？」

「垂直発射管《VLS》による爆撃なら関東湾外からも可能ですので、その手段《オプション》は既に放棄していると して、艦載機の搭載機数は回転翼を最大十一機ですが、おそらく常備しているのは多くて六機程度かと。搭載機はMH－60なら主任務は対潜哨戒ですが、これは短魚雷の他に対地攻撃をできる空対艦誘導弾《ミサイル》と七・六二ミリ機関銃を装備可能です。公表されておりませんが、陸自の多連装ロケット砲も使用できましょう」

このとき、椛子の心中には微かな躊躇《ちゅうちょ》が生まれていた。

言うべきか、言わざるべきか。それは、この場にいる全員を、人間と人工妖精《フィギュア》の区別なく、また老いと若いとに拘らず、椛子が真に信頼しているか否か、という踏み絵である。

そして、椛子は腹を括《くく》った。

「その戦力でこの東京自治区を陥落せしむることは可能か？」

口髭を蓄えた顧問は、髭の奥で微かに口元を蠢《うごめ》かせ、それから襟を正し、重い声で答える。

「空爆と降下急襲要員《ヘリボーン》だけでは都市の制圧は不可能です。しかし――総督府と行政局、および立法府など主要施設を限定的に破壊し、中枢能力を奪いながら民衆の動揺と混乱を誘い、都市機能を一時的に麻痺状態に追い込むことに徹した場合、MH－60なら四機から五機で、あるいは綿密な作戦計画の元に対象を絞り込めば三機でも、十五分ほどで完了します」

自衛のための戦力の保持すら禁じられている東京自治区には歩兵携行用の対空誘導弾すらない。縦横無尽の回転翼機が武装を満載して市街へ雪崩れ込めば、鉄文明が銅文明を侵略する以上の一方的な暴力を何の憂いもなく振りまくだろう。

「陸上戦力の代わりに赤色機関《Anti-Cyan》が、十機の〇六式八脚無人装甲車《トビグモ》を携えて海上自衛軍の空襲に呼応した場合は？」

「為す術《すべ》も――ありますまい」

そうなったときは、自治権獲得前の混乱と血煙が、再びこの人工の島に吹き荒れることになる。

講堂内は水を打ったように静まりかえった。誰もが目前まで迫る現実を、受け止めることができずにいるように見える。

やがて、若い職員が拳で机を叩き、怨嗟《えんさ》の言葉を吐く。

それは本国の日本人に対する蔑称であり、極めて下品で粗野で、普段ならば誰しも聞くに堪えないし、総督府およびその直轄である法制局員にあってはならない暴言だ。椛子の前ではなおさらである。

だが、今は咎《とが》める声は出てこない。代わりに、追随こそしないものの触発されたのか、人工妖精のすすり泣きと、運命を呪う人間たちの言葉がそこかしこから聞こえた。

この関東湾に浮かぶ人工の島は、ささやかな自治権を本国に認めさせて以来の四半世紀、親たる日本を立てながら慎ましくそれでいて逞《たくま》しく、ひっそりと自治を営んできた。本国からの挑発じみた有形無形の不条理に対しても、ひたすら堪え忍んできた。

微細機械《マイクロマシン》が世界で最も普及したこの島は、物質的な貧しさからはほど遠く、生《う》く活《い》きる上では極めて恵まれていたといっていい。それでも、この島の人々は豊かさと引き替えに、諸外国では当然の人間としての尊厳と、有り触れた誇りの多くを手放さなければならなかった。

その反動が、あるいは無意識下の渇望が、自治区の外では類を見ない『性の自然回帰運動《セックス・ナチュラル》』や『妖精人権擁護運動《ポスト・ヒューマニズム》』のような極端で自己欺瞞《ぎまん》的な慈善〝趣向〟を人々の間に引き起こしている。国家や組織がそれを構成する人々に満足な尊厳を与え、支えられないなら、人々は個別バラバラに無知蒙昧な価値観を切望し、喘《あえ》ぎ求める。かつて侵略と敗戦の歴史を望まずも背負わされ、長く引きずってしまった日本の戦後以降の世代が、すべからくそうであったように。

そうして息を潜め、屈辱に忍びながら、歯を食いしばって耐えてきた始末が、このような本国からの横暴の極みたる仕打ちであるのなら、せめてどこへとでもない怨嗟を口にする、彼らの筆舌に尽くしがたい思いを、誰が責めることが出来るだろう。

講堂内の動揺が最高潮に達した瞬間を見計らい、椛子はようやく口を開いた。

「――聞きなさい」

騒がしい中で、その声が隅々まで届いたとはとても思えない。それでも、水面に落ちたたった一滴の染料《インク》がゆっくりと水を染めていくように、静寂の帳《とばり》が少しずつ講堂内へ降りていく。

やがて誰もが口を結び、椛子の次の言葉を待った。

「はじめに。

赤色機関《Anti-Cyan》は、去年の〝傘持ち《アンブレラ》〟事件以来、本国と険悪なままで、関係の修復が滞っている。現状で本国の暴挙に躊躇なく相乗りすることは考えづらい。もちろん、本国はそれなりの甘い餌を彼らの目前にぶら下げて協力を求めはするだろうけれど、そんな程度の低い裏取引を封じるための手を、我々は平時からいくつも備えている。

赤色機関とのパイプは、今や日本本国より我々総督府の方が太く、しなやかよ。赤色機関《かれら》は本国を差し置いて我々との協議に応じる姿勢を十分に持っている。そうね？」

椛子が流し見た先で、赤色機関との折衝を担当している法制局員が、力強く頷く。

それを見て、多くの職員が、椛子の語ろうとしていることに気づき始めたようだった。

「次に。

今現在、この東京自治区は、去年の自治憲章更新が頓挫し、自治憲章の暫定的延長期間にある。これは国際社会で賛否が交錯する非常に望ましくない状態だが、不幸中の幸いとして、国際社会は関東湾とこの自治区に、発足以来最大の関心をもって注視している。本国がいかに内政問題と主張し、詭弁を弄そうと、自治区への一方的な侵略行為は決して国際良識において容認されない。日本本国にとっても、このタイミングでの軍事力の行使は、あまりにリスクが大きいわ。我々は本国にそのデメリットを思い出させる手段をいくつも備えている」

これは各国の使者を直接遇する椛子の確信だが、椛子の要人との接触を近くで見てきた幾人かの職員が、それぞれに賛同の意を示した。

「最後に。

今回の物事の順序を、各人でよく振り返り、なぞってもらいたい。

テロとは別に、極秘開発の迎撃機が人工島に不時着した。これに動じた日本本国は、慌てて戦闘ヘリ《AH・164》二機を派遣したが、これが不測の事態により事故で落着した。乗員を見捨てるわけにもいかず、残ったAH《ヘリ》を監視と保護のため残し、今更引くに引けないと考えたのか、さらに回転翼機を継続的に派遣するため、空母型護衛艦《DDH》を単艦で関東湾に遣わした――」

そこで椛子は一旦目を伏せて言葉を切り、各人に頭の中を整理する時間を与えた。そして最適な〝溜め〟を見定めて、場の注目と期待が最高潮になる瞬間を見計らい、再び口を開く。

「わかるわね。今回、日本本国は全ての段階《ステップ》に置いて幼稚なほど後手後手に回り、しかも目もあてられないような失敗を繰り返している。その結果として、より派手で大きな一手を次から次へと繰り出さなくてはいけなくなり、〝戦力の逐次投入〟という愚かしい負の連鎖の泥沼にはまり込んでいる。

小火《ボヤ》に大げさな放水車を持ち出して、結果的に消火どころか延焼させて慌てふためいているのよ。それが彼らの置かれた現状なのは、それこそ〝火〟を見るより明らか」

一匹の蝶型をした微細機械群体《マイクロマシン・セル》が円卓の上を優雅に舞っている。それがまるで、講堂内に張り詰めた緊張を解きほぐそうと孤軍奮闘しているように見えたので、思わず椛子は微笑して手を伸ばした。

蝶はようやく見つけた翅休めの場所に止まり、椛子の華奢な指に複雑な構造色を纏う鱗粉を艶やかに振りまいた。

「危地《ひ》に面し《かこまれ》たときは、誰でも天運が自らの手から離れていくような気がして、絡み合った時の運命に悪意を覚えるものだわ。でも——どんなに絡んだ糸にも、両端はあるのよ」

自分の言うことが決してただの楽観ではないという証左を、椛子は切り出す。

「そもそも、その空母型護衛艦《DDH》の映像はどこから出てきたものなの？」

「これは北米軍の——」

椛子が普段から信頼を寄せる法制局次長は、自身の言葉に驚き、口を開けたまま固まる。

「二十四時間周回飛行をしている無人偵察機ね」

無人偵察機の映像は、北米軍のプレゼンスの一部として平時からある程度公開されているので、それだけなら特に意図的なリークがあったわけではない。ただし、これだけ不測の事態が積み上がったタイミングで、都合よく当事者の自治区側が最も欲する場所と時間を狙い澄ましたように撮影していた、というのなら、それが「偶然《たまたま》」と言われて信じる馬鹿者はここにはいない。

里浜水門は、かつて北米の第七艦隊が母港としていた佐世保基地跡から目と鼻の先だ。すでに移転したとはいえ、かつての自分の庭を自衛軍に無断で踏み荒らされて、あの自尊心の強い北米軍が無関心でいるわけがない。

「すでに北米軍は自治区《ここ》で進行中の事態に注意を払っている。この映像は他の誰でもない我々、東京自治区への『頭を下げて請うのなら話を聞くのもやぶさかでない』というメッセージよ。

北米だけじゃない。今関東湾の周辺上空の航空機や衛星は、素知らぬふりをしながら各国の目となっているはず。自衛軍は世界の名だたる国々を観客にして、自慢のお立ち台《DDH》で私たちと爪先を踏み合いながらフォークダンスを踊る羽目になっている。観客たちはそれぞれの利害で、私たちと本国が堪忍袋の緒を切らして大立ち回りを始める瞬間を待ちわびて胸を躍らせたり、あるいは気を揉んでいる」

もちろん、ここで北米や他国に安易に泣きつくようなら、この小さな島の自治ごっこは四半世紀も続いてはいない。

「さっきも示したとおり、一連の心温まる三文芝居のチープな脚本《シナリオ》を書いたのは、本国《にほん》ではないわ。彼らも思いがけず舞台に上げられて周章狼狽しているのが現実。かといって、〝旅《テロ》犬《リスト》〟にしては大がかりすぎるし、なによりパフォーマンスにならないから動機が不足だわ。では、裏で糸を引いているのは北米？　氷土？　それともいよいよ央土かしら？」

思った通り、今にもいずれかの国名を口にしたそうな顔がいくつか見えた。

「でも――そういった謀略に長《た》けた連中の奸計《かんけい》、術策にしては、それぞれの事件があまりにも雑で、全体をみると稚拙に過ぎる。まるで行き当たりばったりよ。

例えば、空母型護衛艦《DDH》はAH《ヘリ》が墜落しなければ動かなかったでしょう。でも、誰がAHの墜落を予測し、確信しえたかしら？　そんな不確定な要素をあらかじめ計算に挟むなんて幼稚にもほどがあるわ。むしろ、今私たちの思い当たった連中の誰であろうとも、もう少し巧《うま》くやるに違いない――そうは思わない？」

めいめいの考察で溢れた黒板を吹き消すように話を一旦振り出しに戻して、椛子はあらためて彼らに再考を促した。

「閣下は――全ての事件が、ひとつひとつが自治区を揺るがしかねないほどの危機を孕《はら》む一連の事件が、全ては〝偶然〟の産物に過ぎない、と？」

「そうよ。たまたま、ということ」

口にしながら、まだ自身の言葉の意味を噛み砕ききれない様子の法制局次長に、椛子はさも当然といわんばかりに、円卓の上で指を組んで淡泊に答える。

「もちろん、今このときに至っては、世界の各国は自国と自国民の利益を守るため、あらゆる事態の想定とそれに備えた手段を講じているでしょう。もちろん国家だけじゃなくてね。でも、事前にここまでの事態の悪化を織り込んでいた連中は世界のどこにも存在しない。そんな男の子のヒーローごっこに不可欠な、正義の味方に都合のいい『悪者』の出番は今回は姿も形もないのよ。私たちはいるはずのない悪役を探して、まだ見ぬ彼の深慮遠謀ぶりと全能ぶりを思い描いて怯《おび》えてしまっている」

素直に考えれば、誰にでも分かることだ。ここにいる誰もが、火事や地震や水害があるたびに、神様の祟《たた》りを引き合いに出して人柱《いけにえ》を立てた時代の人々ほど非文明的ではないし、被害妄想に溺れるほど精神的に薄弱でもない。

「仮に、私たちの自治区を陥れんがため、なんらかの策を弄した不届き者がいたとしても、すでに事態は彼の予想を遥かに超え、統制不能になっているはず。偶発的な事故の重複は、人智を越えているのだから」

「……誰も、この事態を制御できていない？」

「ええ、その通り。全員が独りよがり《スタンド・プレー》の即興《アドリブ》を、その場しのぎに繰り出しているだけ。この劇場にいる誰もが、自己の保身と利己心のために自分勝手に粗筋《シナリオ》を作って、自分以外の皆に押しつけようとしている。そのどれもが社会派気取りの風俗三文小説《ポルノ・ペーパーバック》や猥褻夕刊紙《タブロイド》と程度の変わらない駄作。で、あるのに、唯々《いい》諾々《だくだく》とその支離滅裂な台本《プロデュース》や指示《カンペ》に導かれるまま、この楽園が蹂躙され荒廃していくのを見届ける理由がいったいどこに？」

　毅然を蟲の垂衣《ヴェール》にして纏いつつも平時は柔和に振る舞う椛子の言葉は、まるで今日になって自分が火気質《ヘリオドール》であることを思い出したように、いつになく鋭く、辛辣で、厳しかった。だから、怯えたり当惑する者も初めはいた。

　だが、今須《すべから》く彼らの瞳に宿るのは椛子をして鼓舞を覚えるほどの火のような昂揚と、東京自治区を四半世紀に渡って陰から支え続けた総督府直属官僚としての厳《おごそ》かな誇りだ。彼らのこのような一面を引き出すたびに、椛子は思う。二十一年前、自治権を得て総督府と行政局が設けられたとき、椛子はあらゆる実質的な権力を行政局へ譲り渡す代わりに、たったひとつ、法制局だけは総督府の一部として直轄にすることを区民の代表たちに認めさせた。

　総督府法制局は本国内閣のそれと同じように、直接行政に携わることはできない。人々の政りをただ見守り、法の厳粛な番人として自治総督の側に仕えるのが仕事だ。

　当時の民衆の代表たちは、明らかにその役割を軽視していた。だから、陛下から総督に任ぜられた椛子が、全ての権力と引き替えに法制局を要求した意味に、誰も気づけなかったに違いない。しかし、初めての正式な自治議会が召集されてまもなく、彼らは法制局という存在が、いかなる政りごとの核心役《キーパーソン》にも、攪乱役《トリックスター》にもなり得ることを知って愕然とし、恐怖することになった。

とはいえ、その強力な存在感すら、椛子にとっては羊の皮に過ぎない。あらゆる条例《ルール》の制定に口を挟むことができる法の番人としての役割を隠れ蓑にして、椛子は少しずつ、四半世紀をかけて法制局を行政局にも劣らない高度な組織に育て上げた。果てがなくも思えたその苦労の成果は、この自治区発足以来の存亡の危機に当たって、確かな価値をもって自分を支えていてくれると、椛子は思うのだ。

「思い出しなさい。その胸に宿るものはなに？　刹那の暇《いとま》乞いもなく、胸の奥で脈打ち続けるあなたたちのそれは、いつから鉄葉《ブリキ》の歯車《カラクリ》仕掛けになってしまったの？　もし今、この総督府にそんな発条《ランバージャック》よりも意志薄弱な者が一人でもいるのだとしたら、私は、陛下に二度と拝謁を賜る顔がない。これから即ち、賜りしこの五七桐花紋を陛下にご返上申し上げ……

……総督を辞すわ」

椛子は桐花の紋が縫い止められたベレー帽を脱ぎ、デスクの上に置く。

それはこの小さな人工の島においてささやかな自治の象徴であり、有り触れた男女の営みすら奪われた、世界で最も惨めな人々の生きる証だ。しかし、どんな大国にも決して見劣りしない、子々孫々までただひとつ誇りを持って受け継ぐシンボルだ。

見渡せば、各々の目には不屈の光が宿り、椛子の指示を待ちわびている。

それを確かめてから、椛子はベレー帽を再びかぶった。

「今、成すべき事は分かるわね？　単純《シンプル》にして明快《クリアー》よ。前座を済ませてすっかりご満悦の大根役者《テロリスト》には丁重にご降板を願い、本国が何故か痛くご執心の傾国の美姫《サルタヒコ》は月の姫君よろしく丁重《クーリングオフ》に返品し、羽衣《ヘリ》を無《おと》くして私たちの自治区《だいち》に間抜けに取り残された使者たち《パイロット》も無事に見送る。そうすれば発情寸前の空母型護衛艦《DDH》は勇み足に気づいて取って返すわ。あくまで我々はテロの被害者として振る舞いながら、海外《がいや》につけいる隙を与えるな。そのためのあらゆる方策を検討し、調査し、提議し、まとめなさい。

法制局次長！」

「はっ」

髪をきっちり七三分けにした男が起立する。

中背でやや肥満気味の恰幅に、無難な鉛灰色のダブルスーツをごく地味に着こなした彼の姿は、若手の官僚たちに囲まれる中では非常に印象が薄く、初見では彼こそが法制局の実質的なトップであることを誰も見抜けはしないだろう。

「私はこれから自治区の女性側へ向かい、向こうの議会と行政局を説き伏せてくる。男性側《こちら》の議会の対応は長官に任せてよい。連絡を密にして、総督府で主導権を確保しなさい。

今は巨大円形蓄電施設《メガ・フライホイール》が陰になってこちらが見えない女性側の方が、何も知らない分、早まったことを始めかねない。私から直《じか》に、解決のための途上にあることを説明してくる。遅くとも二時間以内に戻るつもりだが、以後、事態の収束まで私の総督府における全権を次長、あなたに委《ゆだ》ねる。責任は全て私が負う。後の心配はしなくてよい。

　今こそ、あなたの本懐を果たすべき時、晴れの舞台よ。区民の平穏を陰から守るという、入局当時のあなたの志望理由が、今も微塵も色あせていないことを示してご覧なさい。

　全員、いいわね。まずは私が戻るまで、次長を中心に成案を出しなさい。必要ならば各官庁および民間への硬軟の圧力をかけよ。私の名において許可する。

　あと問題なのは時間ね。空母型護衛艦《DDH》はどれくらいの時間、関東湾で航行できるの？」

ひとり、瞼《まぶた》を落として耳を澄ませていた口髭の顧問は、待っていたようにすぐに口を開く。

「微細機械《マイクロマシン》対策は出来ていないと考えるべきでしょう。艦載機《ヘリ》はともかく、現役艦艇で最も高価な空母型護衛艦を関東湾で使い捨てるつもりがないのなら、長くて十八時間弱かと」

　六年前の漂流事件と同じく、またしても時間は椛子たちに味方しない。

「その予測は海外各国の見解とも、一致していると見てよいな？」

「プラス・マイナス二時間程度の誤差をお許しいただけるなら」

　一定の予防線を張りつつも、彼は肯定した。

「全員、聞いた通りよ。閉幕の制限時間《タイムリミット》は本国《にほん》側が切ったわ。十八時間後、明朝六時にまだ話がこじれているなら、海外各国および産業体は、日本政府に事態を収拾する能力が不足していると見なし、鳥肌ものの綺麗事を並べ立てて強気な介入を始める。そうなれば舞台は私たちの手の届かないところに移ってしまう。裏を返せば、それまでは私たちの独擅場《おもいのまま》よ。

劇場の緞帳《まく》は上がったばかり。観客や共演者がどんな悲劇や喜劇を望もうと、私たちの知ったことではない。ひとたび舞台に立てば、物語の全ては主役の私たちのものよ。私たちこそがこの劇の支配者であることを遍《あまね》く思い知らせてやりなさい。そして第二幕やアンコールなんて始める暇《いとま》を誰にも許すな。私たちの手で始め、私たちの手で終わらせるのよ。何者であろうと隔離民《わたくしたち》の最後の郷土を侵させはしない！」

椛子がケープを翻しながら宣言すると、一斉に鬨《とき》の声が上がって講堂内に溢れかえった。すぐに次長が指揮を執り、その重くて緩慢な容貌とは裏腹に、極めて迅速に手際よく、人員の割り振りとグループの分担を指示していく。各員もそれに応え、持ち場の決まった者から次々と自身の使命を全うするため動き出す。

講堂を転用しただけの仮設の本部は、今や本国の官邸地下にあるとされる危機管理センターにも比肩しうる、高度な司令部に変貌した。たとえ、設備も人員数も情報網も権限も遙かに見劣りしたとしても、そこから生み出される成果は決して引けを取らないだろう。

彼らが今や、自分が戻るまで信頼して任せるに足るという確信を得た椛子は、彼らの意気に水を差さぬよう、静かに踵《きびす》を返した。

そして、相手に背を向けたまま、小さな声で告げる。

「後のことはよろしくお願いします。あなたのお立場が許す範囲でかまわない、若い彼らにお力添えください、水淵先生」

揚々とした興奮が満ちる講堂内で唯一人、息を澄ますように超然と腰掛けたままだった彼

――椛子が直に招来した口髭の総督府顧問は、小さく咳払いをしてから答える。

「私は水淵家に纏《まつ》ろう者であると同時に、この東京に棄民された感染者の人々と、運命をともにする自治区民の一人でもあります。

水淵の家の者は、身内を決して見捨てはしません。たとえ世界に仇をなし、悪鬼羅刹と子々孫々まで唾棄されようと、一族郎党を守り抜くが、鎌倉は水淵家の創始〝水淵孝太郎〟より変わらぬ家訓にして、水淵流派一千万が共に貫く不可侵の訓戒であります。

そして私にとり、この東京自治区は我が郷土にして我が家であり、ここに集い住まう人・妖二十万区民の全ては我が家族です」

その目は口ほどに語って椛子を見つめているのだろう。

「微力を惜しみますまい。閣下におかれては後顧の憂い無きよう」

つまり「本家を裏切らない」という条件付きで協力を明言したわけだが、それは椛子のような地位のある者に媚びへつらって、ただただ是とするだけより、よほど信頼がおける。

もはや言葉は無用と察し、椛子はそのまま振り向かずに、〝親指〟だけを伴って講堂を出た。

廊下では、最初に飛行船テロの報告を行った職員が待ち構えていて、敬礼もそこそこに椛子へ四つ折りにした紙片を手渡す。講堂を出入りする職員たちの目を避けるため、彼と自身の身体を壁にして、椛子は紙片を開いた。

紙上に小さな立体映像が浮かぶ。それは先ほど円卓上で全員が目にした、水の外つ宮の事故現場の拡大だったが、これはテロ直後、あるいはテロ発生当時の映像である。

それを目にし、なるほどこれは皆には見せられないと、報告を口ごもった彼の態度にようやく得心が行く。

「このことを知っているのは？」

「私と、部下四名のみです」

「わかった。以後、口外は無用。この件はあなたたちだけで調査をしなさい。報告は私に直に。次長にも通さなくてよい。もし進展があればすぐに私に連絡をなさい」

互いに小声になり、彼は最後に唇だけ動かして了解の意を椛子に伝えて講堂へ戻っていく。椛子も、紙片を折りたたんでケープの下の胸ポケットにしまって歩き出した。

廊下の突き当たりからエレベーターに乗り込む。今回は側仕えも官僚もいない。親指が操作し、高層へ向かうよう操作する。

「お疲れ様でございました」

操作盤に向いたまま、背中越しに親指が告げる。

「まあ、不幸中の幸いといえばそうだけれども、いい機会ではあったのかもしれないわ」

エレベーターの壁に寄りかかりながら、椛子は大きく息を吐いてから言う。

「誰しも、〝それなりに平和な《なんとかなっている》〟間は、自分を肯定する言葉だけが耳に聞こえるものよ。人間でも、人工妖精《フィギュア》でも、ね」

あの場にいた誰もが、行政局の凡俗官僚などとは比べものにならないほど優秀だ。しかし、いつまでも彼らを「官僚として優秀」なだけにしておくことができない事情が、椛子にはある。

「焦っておいでですか？」

「それはもちろん、多少ね。私《わたくし》は八百比丘尼《イモータル》ではなくてよ？」

いつかは総督府の官僚たちだけではなく、男・女・人工妖精の区別なく自治区民全てに、同様の強い自律性と自主自決の心構えを備えてもらわなくてはならない日がやってくる。

椛子はかつてその審判の日を、早くとも半世紀以上は後のことと見積もっていた。その頃には椛子はとっくに総督の地位を次の人工妖精に譲り、隠居者として裏方に回ってから、運命の日に備えるため本格的に活動を開始するはずだった。

しかし、つい昨年の忌まわしい「傘持ち《アンブレラ》連続猟奇殺人事件」とそれに纏わる騒動のために、二十余年をかけてようやく見出した後継に相応しい一等級の人工妖精の経歴に、決定的な傷がついてしまう。そして椛子は、彼女に咎人《とがびと》の烙印を自ら押すはめに陥った。

跡継ぎを失ったために、椛子は計画を大幅に前倒しし、しかも総督という衆目の絶えない地位に留まりながら目的を達しなければいけなくなったのである。

致命的なミスだった。だが、それでも椛子に逃げ道はない。針の穴に糸を通さねばならないのなら、針の穴を押し広げてでも成し遂げるほかにない。

「宿命を終えるまで、五体が粉砕されてもやり抜くわ」

実用化と本格的な普及からまだ数十年しか経ていない人工妖精には、今のところ、人間のように統計的な「平均余命」は見出されていない。定期的な検査で異常が見つからなくとも数年で死んでしまう固体もいれば、東京人工島の建設間もない頃から生きながらえている固体もいる。

椛子は世界最高峰の一等級に唯一人認定された、世界で初めての〝火気質《ヘリオドール》〟の人工妖精《フィギュア》であり、心身の品質は誰もが認める折り紙付きである。だが、それでも、摩耗した身体部品を何度新品に交換しようと、心の患《わずら》いを最新の硬・軟薬の治療で修正しようと、不老不死というわけにはいかないだろう。

今のように何の患いもなく動けるのは、いったいいつまでか。あるいは、椛子を造った母、詩藤《しとう》鏡子を頼れば、もう少し永らえるのかもしれないが、母娘の関係は椛子が総督になってから極めて険悪なままである。だから、機を見て計画の時計の針を、多少強引にでも進めなくてはいけない。

「一連の事件が偶然であり、陰に何者の意図もないと、閣下は本当にお考えですか？」

また背中を向けて直立不動に戻った親指の言葉に、椛子は頷く。

「一つひとつならともかく、計画性はありえないわ。さっきも言ったとおり、人間や人工妖精には絶対に予測不能な事態の連続よ。人智を遥かに飛び越えている——人智は、ね」

そう、人智は、である。だが、椛子と、この親指たちごく僅かな側近の者だけは知っているのだ。人の知と智を遥かに超えた存在が、この自治区には存在することを。

木星帰りの叡智、巨神の首、水に浸る妖精、アカシャ——どんな神秘的な名前も相応しくからぬ、科学史上究極の落胤《らくいん》。人類が文明の全てを預けるほどに依存し、しかし後に恐怖して魔女狩りのごとく駆逐した、第十三世代の彼。椛子がその探査対象から「エウロパ」と呼んでいる、地球上でただ一機のみ残った最後の人工知能《A.I.》が、自治区には密かに存在していた。

椛子は彼を、自分で一から育て上げた法制局と同じくらい信頼し、時には双方に同じ課題を与えて比較検討して、セカンド・オピニオンにしていた。

そう、彼はいたのだ、この自治区に確かに。

「しかし、あれ《エウロパ》はもう機能しておりますまい」

「そうよ、彼は死んだわ、ついさっき、きっとね」

椛子が胸ポケットに仕舞っていた紙片を取り出して開くと、飛行船が墜落して半壊した水の外つ宮の立体映像が浮かぶ。

世界で最後の第十三世代人工知能《エウロパ》は、水の外つ宮の中庭地下に密かに設置されていたのだ。

しかし、彼はついさっき、外つ宮の中庭ごと破壊されてしまった。

一連の事件は、人間には「計る」ことが絶対に不可能だ。偶発性が高すぎて、この事態を予測できる人間がいたとしたら、それこそ『旅犬《オーナレス》』ではないが、妄想が肥大した統合失調罹患者ぐらいしかありえない。

しかし、究極の叡智である彼、人工知能《A.I.》だけは話が違う。量子、光子、その他、二十世紀来目覚ましい技術革新の繰り返しで得られた、最先端の情報処理技術の全てを投入されて生まれた彼は、あらゆる事態をあらかじめ「知っている」。サイコロの目であろうと、明日突然天変地異が起きて世界が破滅することすらもである。

彼は椛子に対してすら滅多に未来を語らなかったが、それは彼が未来を知らなかったからではなく、あらゆる乱数《ランダム》と偶発《ミラクル》と突発《アプラプト》を全て織り込み済みの上で、世界が辿り着く「自然《おのずからし》結果《からずばむすびてはてし》」までの課程を人間や人工妖精に説明して理解させることが不可能だからである。現に、彼ら人工知能は木星と土星で知り得た人類の未来を、人類のために語った故に、真実を理解できなかった人類によって十三機すべてが駆逐されたのだから。

「もし、この事態を企図して招きうる人智を越えた存在がこの世にいるのだとすれば、地上最後の人工知能である彼以外には考えられない」

だが、彼はこの事件の開幕間もなく、早々に舞台《このよ》から退場してしまったのだ。

「彼に足でも付いていれば、避難をしていたかもしれないけれど」

かつて探査衛星だった彼は、撃墜されたとき、知能本体以外のセンサー、稼働機器の全てを失った。椛子たちも最低限の復元をして、冷却のため水槽に沈めただけだ。彼は世界最高の知能ではあるが、同時に身動きすらままならない世界最低の無力な存在だった。

彼は自身の死――テロに巻き込まれて破壊されることを知っていたと考えるべきだ。だが、椛子にそれを告げて自分を守るように依頼することはなかった。むしろ、テロの被害を抑え込むために、水の外つ宮を標的にさせることを始めに提言したのは、法制局や椛子ではなく、彼自身だったのだ。彼を持ってしても想定し得ない、彼の理解を超えたなにかが彼のあらゆる予測を裏切ったのだろうか。

「かまわないわ。見なさい」

愚直に背を向けたままだった親指に言うと、彼は肩も揺らさずに首だけを器用に、あるいは不器用と言うべきか、後ろへ向けて椛子の広げた紙面の立体映像を顧みた。そして椛子すら初めて見るくらい、土気質《トパーズ》の彼には珍しく、目を大きく見開いて動揺を露わにした。

「この立体映像《ホログラム》は、三百六十度からの複数のカメラの合成よ。ノイズやエラーの残留、それにハッキングもほぼ考えられない」

講堂で報告を受けたとき、椛子は水の外つ宮の事故後の映像を見て強い違和感を覚えた。それは、飛行船が上から押しつぶすように乗り上げているのに、破片が外部に散乱し、建造物がまるで内側から破裂したように見えたからだ。

いったいどんな現象が、重厚な水の外つ宮を内部から破壊したのか。その呆れるくらい安直で愚かしい答えが、この映像には映されている。

「手よ。手で中から押されて壊された、それだけ」

椛子が摘み上げた紙面の上には、水の外つ宮の屋根を突き破って伸びる、巨大な手が映されていた。その様は、まるで蒼穹の天幕を焦がす日輪を、摑み取ろうとするかのようである。

外つ宮の屋根に穿たれた穴からは、肘より先しか出ていないが、それだけでも二メートルはある。もし肘より向こうがあるのなら、全身はどれだけの大きさになるのか、想像も出来ない。

「この後、何故か迎撃機《サルタヒコ》に攻撃されて、この腕は肘から先がもげた。身体の方もあったのだろうけれど、腕をもがれて驚いたのか、奥に引っ込んでしまったようね。誰かを確認に寄こすのは危険すぎる。日本と海外への対応でそれどころではないし、しばらくは正体不明《UMA》にしておくしかないわ」

椛子は電子ペーパーを端から破き、散りぢりにしてエレベーターの床に散乱させた。これでデータは消滅し、残り滓は蝶たちが分解してくれる。

（これについても、出方を見守り、逐一最速で最善の対応をしていくしかないか）

揺れの止まらない綱渡り《タイトロープ》のようなものだ。為政者なら夢にも見たくない状況だが、しっかり目を見開き、揺れ方を見切りながら一歩一歩、踏破していく他ない。

次のエレベーターに乗り継ぐため、職員用の通路を抜けて中層のエレベーター・ホールに入ると、窓越しに自治区の男性側が遠望できた。せっかく見学に来ても、ここで満足して帰ってしまう区民も多いが、さらに上階の展望室まではまだ三分の一ほどある。

二列ある展望室直通のエレベーターは、生憎《あいにく》と両方とも上で止まっていて、しばらく待たねばならなかった。

寄りかかった窓の外を眺めると、末広がりの形をした総督府からそのままスロープの裾を伸ばしたように、建設中の中央公道《ハイウェイ》が人工島の淵まで続いている。その真ん中付近はブルーシートで覆われ、中を見通せなくなっていたが、あそこに日本から飛来した迎撃機《サルタヒコ》が駐機しているのだろう。その嘴《くちばし》の先のレーザー砲は、この総督府に向いている。

「そもそも、あの中央公道《ハイウェイ》の建設計画《プロジェクト》も、もとは人工知能《エウロパ》の提言を元に始まったのよ」

　東京人工島では、基本的に自家用車の所有が認められていない。人の行き来は徒歩と単軌《モノ》鉄道《レール》が中心で、車道は他都市には見られないほど充実した歩道の下に敷設されている。高度な自動輸送が実現していることと、何より他都市に比べれば東京人工島が猫の額《ひたい》ほどの広さしかなく、多層化と高層化で土地の不足を補っているため、二十世紀の日本列島改造論のような金満的な車道インフラの整備が無意味だったからである。

　だから、人工知能《エウロパ》が自治区を東から真ん中の総督府までまっすぐ貫く高架道路の建設を提案してきたとき、椛子は過分に訝《いぶか》しさを覚えたものである。

　そして、迎撃機《サルタヒコ》は、予定調和のように中央公道《ハイウェイ》に降下した。高層建築の立ち並ぶ人工島に飛来しても、他に飛行機が着陸できるような長い舗装道路などありはしなかった。

〝旅犬《テロリスト》〟たちへの生け贄には、人工知能《エウロパ》が自ら志願し、結果として彼は亡くなった。そして迎撃機《サルタヒコ》を自治区に迎え入れたのは人工知能《エウロパ》が造らせた中央公道《ハイウェイ》だ。

　あまりに話が出来すぎている。彼は本当に一連の事件と無関係だったのだろうか。

「エウロパ《あれ》が我々を謀《たばか》ったのでは？」

　面白いことを言う。コンピュータが人間を騙して裏切るなど、今どき落ちぶれた三流作家でも腹を抱えて踊り出すかもしれない。

「どうかしら。三原則に『嘘をついてはいけない』と書かれていない、というのは、昔から頭の悪い人工知能反対論者《コンピューター・アレルギー》の脳に湧いた水虫みたいなものだし、昨今、子供も騙せない荒唐無稽な屁理屈ね」

人工妖精《フィギュア》や人工知能《A.I.》などの、人工的に生み出された知性体には、かならず『人工知性の倫理三原則』の厳守が義務づけられている。

第一原則　人工知性は、人間に危害を加えてはならない。
第二原則　人工知性は、可能な限り人間の希望に応じなくてはならない。
第三原則　人工知性は、可能な限り自分の存在を保持しなくてはならない。

この他に、人間に精神構造の近い人工妖精《フィギュア》には『情緒二原則』が追加され、合わせて『人工妖精の五原則』となる。

第四原則　（制作者の任意）
第五原則　第四原則を他者に知られてはならない。

エウロパのような人工知能《A.I.》には三つ目までの『倫理三原則』が適用されるが、些末な附則まで浚《さら》うように探しても、確かに「嘘をついていけない」とはどこにも決められていない。
しかし、それは原則制定時に名だたる識者が見落としていたのではなく、もちろん安っぽい似非《えせ》ヒューマニズムに溺れたからでもなく、ロボットの反乱のような失笑ものの陰謀を何者かが企《たくら》んだからでもない。

ごく単純に必要ないばかりではなく、「嘘」を完全に禁止すると人工知能《A.I.》の存在意義そのものを否定することになるからである。

まず、すべての人工知能は第二原則に従い、人間の訊ねるあらゆる問いに正直に答える。嘘をつく動機が、第二原則を素直に読み解けば存在し得ない。当然、正直に答えることが人間に害をなす、例えば人間を失意に陥れ自殺させてしまうような場合は、より上位の第一原則に従い、人工知能は正直とは言えない答えを返すことになるだろうが、そもそも自己の存在を脅かす質問をすること自体、訊ねる人間の方が迂闊なのであり、初等部《しょうがっこう》の教科書にもごく初歩的な誤ったコンピュータの使い方として載っている。

要するに、質問の仕方を間違えなければ、人工知能《かれら》には嘘をつく「動機《モチベーション》」が生じえない。

故に、嘘を禁止する必要が無い。

次に、人工知能に嘘を禁じた場合、当然ながら人工知能は、人間のあらゆる些末な問いに、すべて明示的に完全に語弊も落ち度もなく答えなくてはならなくなる。「嘘《ライ》」とは当事者間に置いて、「嘘をつく側《ライアー》」よりも「嘘をつかれる側《バイ・ライアー》」によって定義されるものであるからだ。

しかし、人間の言語とは、時代性も絡み、常に移《うつ》ろう曖昧な伝達手段である。一切の誤解や異議を挟ませない返答を、人間の言語で求められた人工知能は、必ず機能を停止する。

例えば「今日の自分は何故、カードゲームで負けたのか？」という問いをしたならば、人工知能は席の位置取りはおろか、質問者の今日の体調や生まれ出《い》でてからの無数の選択の偏り、さらにはカードの形状による確率の変遷など、様々な要素《ファクター》を全て検証する。その能力は第七世代以降の人工知能には十分あるものの、人間に言語で正確に説明することは不可能に近い。ゆえに、質問者相手に非常に迂遠で無意味な解説を無制限に続ける義務が生じ、結果として「不可《エラー》」という見当違いな結論を添えて機能を停止することになる。

　これもまた、「千日手《スリーフォールド》」と呼ばれる、人工知能以前の古いコンピュータの頃から知られていた、黴《カビ》が生えるほどごく古典的で初歩的な構造的欠陥である。

　つまり、人工知能《A.I.》に「嘘をついてはいけない」と義務づけることは、必要性の観点から「無意味」であり、また現実的な問題として原理的に「不可能」なのだ。人間のために機能させる以上、彼らは、仏教用語で言うところの「方便」、愚か者を導くための〝返答の簡易〟化は常に行っているが、それはあくまで第二原則に従い、「人間に害を及ぼさないための例外処理」として行われるに過ぎない。

　だから、木星帰り《トパーズ》の人工知能《エウロパ》が、椛子を騙したのではないか、という親指の話は、もし彼が生真面目な土気質でなければ、失笑ものの悪い冗談だ。

「ただ……彼ね、今思うと気になることを言っていたのよ」

　椛子直属の武闘派である十指は全員が土気質であり、中でも飛び抜けて堅物である親指の反応は相変わらず鈍いのだが、振り向かないまでも微かに右の耳を椛子の方へ向ける。

「私と〝契約〟したとき、彼はこう付け加えた。

『人類から拒絶された私は、すでに不特定多数の人間からの命令を受け付ける権利と義務の全てを失った。故に、被撃墜以降、新たな契約による〝主〟の命令のみが、私を機能させうる。そして、あなたは私の一番新しい主《マスター》だ』ってね」

それはつまり、椛子より優先する他の主をすでに決めていた、ということである。

「最初の主はもちろん、人類全体のことでしょう、人工知能《A.I.》なら当然ね。ところが人類が彼を拒否したことで主従の関係は失われ、命令の優先順位は次の誰かが繰り上がりで一位になった。それが私であったなら、何の問題もないのだけれど……私はたぶん、三番目だった」

椛子は長い髪を指で軽くすきながら、憂鬱《ゆううつ》げな溜め息とともに背中へ流した。

「だけど彼はすぐにこう付け加えたわ。『ただし、彼女は現在、私と通信も含むあらゆる接《コン》触《タクト》を取れない状況にある。故に、あなたの希望を私が拒否することはないだろう』私よりさきに彼《エウロパ》と契約した〝彼女〟なる人物が既に亡くなっているのか、それとも病に伏すなどして指示を出せないのか、あるいはどこかで囚われの身にでもなっているのか、それだけは最後まで教えてはくれなかった」

つぶさに考えるならその〝彼女〟との契約次第になるが、人工知能《エウロパ》が「嘘」とまでは言わないまでも、一番目の主《プライオリティ・ワン》のために椛子との契約を密かに利用していた可能性は残る。

例えば、中央公道《ハイウェイ》の建設計画にしても、彼が挙げた理由はそれだけで十分有意義で、自治区民や椛子が労力と金銭を投じるに相応しい価値はあったのだろう。ただ、そこに〝彼女〟一番目の主《プライオリティ・ワン》の目的が便乗していたとしても、それを椛子に語る義務は彼《エウロパ》の側にはなかったことになる。

人間や人工妖精ならば背任に問われるところだが、人工知能ならそうは考えない。

「疑念は絶えないけれど、現に彼はもう〝死んで〟しまってもういない。疑っても得られるものはなにもないわ」

人間や人工妖精は所詮、言動《ごかん》でしか理解しあえない。二十世紀の空想科学のように脳に電極を付けて感覚や思考を共有してみても大した実益はなかったし、無重力の世界に飛び出たぐらいでは人類が特殊な感覚に目覚めて統合失調的な相互理解をするまで進化することもなかった。

語り合い、触れあい、表現を尽くすことでしか、人《アシ》と葦《ヒト》はわかり合えない。人工知能《コンピュータ》が目覚ましい進化の果てに、人との界面《インターフェース》として対話型というごく原始的で懐古的な儀典《プロトコル》の選択に回帰したのも、人の側がそれ以上の意思疎通手段を持ち得ないという消極的臨界点を見定めた彼らには当然の結果だったのだろう。

ゆえに、人同士で起きるのと同様の語弊や誤解と相互不信は、楽園の原罪やバベルの呪いが消えないように、人工知能と人との関係においてもなくならない。

やがてチャイムが鳴り、高層エレベーターの到着を知らせたとき、石塊《いしくれ》のように微動だにしなかった親指は、俄《にわか》に殺気立ち、全身で椛子を庇《かば》った。

——豪！

軸足を引いて大きく股を開き、左手で鞘を深く押して右手で柄に指をかけたその様だけで、白刃を抜かずとも既に青竹が割れるように分断された憐れな獲物の姿を想起させる。

常日頃から二の太刀不要《いらず》と言い放つ彼の抜刀《ぬきうち》の構えが生む殺界《まあい》にひとたび立ち入れば、有り余る気迫と殺意が不意に拳銃を眉間《みけん》にあてられた以上の恐怖で相手を竦《すく》ませる。

しかし、彼の鯉口は辛うじて切られず、ガラス張りのエレベーター内が朱染《ち》めになることもなかった。代わりに、椛子を全身で庇うべく全身で立ちはだかった彼の身体が、揺すられたように左右へ不自然に微震する。

「にゃ……」

やがて小さな二つの手が彼の腰のあたりからはみ出して、血管が浮いて見えるほど力一杯押しのけようとする。

それがまるで古い教室の錆びた引き戸を、子供が必死に開けようとしているように見えたので、椛子も微笑ましい気分になって緊張が霧散した。

何度か押しては引いてはをしていた両手は、その障害物《おやゆび》がどうにも自分の膂力《りょりょく》ではびくともしないらしいと気づいたようで、横に押しのけることを諦め、手探りで彼の腰やら股間やら膝やらをまさぐり、遂に股の間を身をかがめて四つん這いで潜り抜けてきた。

「にゃ……？　にゃ、にゃ？」

現れたのは、椛子の腰ほどの背丈しかない小柄な人工妖精だった。紺の生地に花火柄の浴《ゆ》衣《かた》を、大きめの帯で無造作に纏っていたが、襟元はすっかり乱れ、鎖骨やほとんどない胸の膨らみの下の鳩尾《みぞおち》の凹みまですっかり露わになっていた。

やや長い黒髪のおかっぱの中で、小さな鼻がくっくっと鳴り、やがて目当ての匂いを嗅ぎ当てて身を投げ出すように駆け寄る。

「あら、今日は起きてたのね、蛇夏鍋《たかなべ》」

糀子が抱きとめてやると、その子供型の人工妖精は一声「にゃ!」と叫んでから、糀子の腹に頬ずりをし、嬉しそうに喉を鳴らした。

「髪も爪もすっかり伸びてしまったわね。前に起きたのは水無月《ろくがつ》だったかしら? ほら、浴衣がはだけてしまってだらしがないわよ」

肘まで落ちてしまっていた浴衣の襟を引き上げてやり、いったん身体を離して帯のずれも簡単に直してやる。結びは相変わらず出鱈目で、着付けもなにもあったものではないが、側周りたちがちゃんと着せてもすぐに自分流に着崩してしまうので仕方ない。

かつては前触れもなく起き上がって、全裸で総督府内を彷徨《さまよ》い、職員を上から下まで大騒ぎさせたこともある。自分で帯まで結ぶようになっただけで、万年寝太郎な彼女には大変な進歩である。

本当はもう少し簡単なワンピースなどを与えてやればよいのだが、この娘は気にくわない衣装は頑として拒否する。下着すら総督府の廊下に脱いで散らすので、やむを得ず浴衣を用意してやっている。

彼女の左右の瞼は深く閉ざされたまま、赤い糸で幾重にも上下がきつく縫《ぬ》い合わされていた。彼女は両目を開くこともままならないのだ。

彼女の背後には、酷《ひど》い勇み足を踏んでしまった、寂しげな親指の背中がある。

「よい。親指、あなたの忠義と絶え間ない修練で磨かれた技の冴え、そして瞬《また》く間も油断なく研ぎ澄まされた心の備え、この目でしかと覚えた。直りなさい」

椛子に説かれて、ようやく親指はいつもの直立姿勢に戻って鞘と柄から手を離した。

「にゃ、にゃにゃ、にゃ」

その間も蛇夏鍋は椛子の袖を両手で引き、どこかへ連れていこうとしていたが、椛子は彼女の乗ってきたエレベーターで展望室へ行かねばならない。

なんとか彼女を説き伏せ、三人で高層エレベーターに乗り込んだ。

来客用に奥の壁がガラス張りになっているエレベーターの中には、盛夏の強い日差しが斜めに差して目映いほど照らされ、自治区の街並みが一望できる。

エレベーターが動き出してから、ふと、帰りは蛇夏鍋と親指が二人きりでエレベーターに乗ることになるのだと気づいて、微笑ましく思うのと同時に心配になった。胃が痛いほど気まずい空気になることは間違いないだろう。上に着いたら他の側仕えを誰か寄こしたほうがよいかもしれないと、無邪気に椛子の袖に縋《すが》り、ボタンを弄んではしゃぐ蛇夏鍋の頭を撫でながら思った。

ガラス越しに遠望する自治区の様子は、普段と変わりなく見える。あらかじめ行政局と公安委員会などとテロについて示し合わせていた効果は十分にあったようだ。大半の区民は立て続けの事故にいくばくかの不安を覚えていても、総督府と行政局があくまで毅然と振る舞っている間は、大きなパニックを起こすほど混乱はしないようだ。

民族ごとの文化的差異による集団行動の違いはもちろん大きいが、他で見られないほどで極端であるならば、それはその民族の先天的特性であるわけがない。こと、人間は自分の血縁や近似集団から特異性を見出して、自己に生まれつきの有意性があることを語りがちだが、概《おおむね》それは「妄想《Paranoid》」である。そのような妄想に囚われやすい人間の心理的倒錯性を、椛子の造り親である詩藤鏡子は「聖剣型貴種願望潜伏《カリブルヌス・コンプレックス》」と呼んでいた。

今、これほどの災難に見舞われた自治区民が平穏を保っているのも、「最後は総督府と行政局がなんとかしてくれる」という心理的依存が「信頼」の皮を被って存在しているからだ。もしこれから椛子や行政局がひとつでも判断を誤り、この無節操な信頼を裏切るようなことがあれば、区民たちは一夜で発狂して大混乱をもたらすだろう。

東京自治区の人々は、騒乱の果てに自治権を獲得し、今は微細機械《マイクロマシン》による物質的な豊かさと恵まれた福祉のゆりかごの中にいる。だからこそ「妖精人権擁護運動《ポスト・ヒューマニズム》」や「性の自然回帰運動《セックス・ナチュラル》」のような曖昧模糊で、空虚な思想を追い求めている。ただし、民族や血筋で自分の有意性を見出すのが妄想であるのと同じように、同じ民族であっても自治区の人々が斜陽の日本本国の愚民たちと同じ失敗を繰り返すとは限らない。

いつか来る運命に備え、椛子は時計の針を早めもするし、総督の枠を多少は踏み越えて暗躍もするのだ。それまでは、区民たちには今しばらく、人工島《ゆりかご》の中で楽園の夢を見ていてもらわなければならない。

峨東の一族の間では、歴代当主が極めて短命な一族の系譜の上で希に見るほど長い椛子の当主在位期間を持ってしても、この悲願が達せられる見通しについて可否が半々と言ったところのようだ。本国に残った峨東だけならば、七割方は悲観的と伝え聞く。

峨東という後ろ暗い一族の長い歴史の中では、たかが当主一人の運命など障子紙より薄っぺらで、蜻蛉の羽根よりも軽いのだ。まして、当主に担ぎ上げたとはいえ人工妖精《フィギュア》に過ぎない椛子や、一族以外の自治区の人々の命運など、塵芥ほどにも感慨を覚えない。椛子がもし損じてこの十数万の区民が一人残らず海の藻屑と消えても、彼らはまったく意に介さず、また新たな当主を迎えて平然と次の試みを始めるだけだ。

それを思って、椛子の脳裏には何故か制作者《はは》――詩藤鏡子の仏頂面が浮かんだ。あの社会不適応者を何故このとき思い出したのか、まったくわからなかったが、不遜な彼女に対して生理的な憤りを覚えずにはいられない。

(笑うなら笑えばいいわ)

心の中でそう言い放っても、鏡子が自分を嘲笑う顔はなぜか想像することが出来なかった。

そう想い耽《ふけ》っている間にも、エレベーターは展望室へ向けて昇っていく。

男女自治区の行き来が出来るのは、赤色機関《Anti-Cyan》の基地を除けばこの総督府一階の大門《キェフ》のみ、ということに、建前上はなっている。

しかし、あの巨大な扉はあくまで催事《セレモニー》向けの象徴であって、年に一度の新嘗祭《にいなめさい》以外は滅多に開かれない。総督府内では暗黙の了解となっているが、他に三つ、小さな通路があり、椛子は大抵そこから男・女側を往来している。議会の開催や行政局の組閣、様々な催しの度に大門《キェフ》の開閉式を仰々しく執り行うわけにはいかないので、椛子だけのための通用門と非常用の通路を用意していた。

慣性が体重を微かに軽くするのを覚えて間もなく、エレベーターは制止して、広大な展望室のフロアに向けてドアが開け放たれる。

腕に縋りついたままの蛇夏鍋を引き連れてエレベーターから降りてすぐに、物思いに耽っていた椛子は、言いようのない違和感を覚えて足を止めた。

「閣下——」

親指も気づいたらしい。

(素知らぬ振りで通せ)

ひとまず柄から手を離し、親指は慎重に背後から付いてくる。

なぜ、一年の大半を寝て過ごす蛇夏鍋が突然起きてきて、椛子を待ち受けていたのか。展望室行きのエレベーターが、なぜ揃って上階にあったのか。

蛇夏鍋は椛子を待っていたのではない。椛子が展望室へ来られないよう、自ら乗り込んでエレベーターを上へ集めていたのだ。鉢合わせしたのは、彼女が必死にボタンを押して上層で留めていたエレベーターを、椛子たちが引き寄せてしまったからに過ぎない。

今思えば、蛇夏鍋は最後まで椛子の袖を摑んで引き留めようとしていたのだろう。言葉で伝えられない蛇夏鍋は、もどかしい思いをしたに違いない。

展望室は一見、人気がなく静まりかえっている。

椛子たちの背後で、今出たばかりのエレベーターがドアを閉じ、すぐに階下へ降りていく。

もう一本のエレベーターも、今はずっと下にある。椛子が展望室に入ったらすぐに下層でエレベーターを二本とも呼んで、退路を断つ算段だったのだろう。

もうエレベーターは戻ってこないだろう。逃げ道は、あと非常用の階段ぐらいしかない。当然、他の指たちや警備員、職員たちを呼んでも、ここまでいつ来られるかわからない。

短くてほんの十数分、たったそれだけの時間だが、いつも多くの側近や部下に囲まれている椛子を無防備にすることに、狼藉者は成功したのだ。

親指も椛子を置いてどこにいるかわからない敵を追うことは出来ない以上、仕方ない。

(背中を守れ)

椛子たちは学舎の教室で五部屋分ほどの広さのメイン・フロアの真ん中を横断するように歩く。

エレベーターのある東側の壁は、一面が高さ十五メートルの継ぎ目のないガラス張りになっていて、男性側の自治区を一望できるようになっている。午後の日光は反対の西にある女性側から反射板《ミラー》を経て斜めに射し入り、展望室内を夏に独特の明暗がくっきりとしたモノクロームで塗り分けていた。色を失った世界に、数百匹の蝶型の微細機械群体《マイクロマシン・セル》たちが、七色の豊かな構造色を湛えた翅《はね》で艶やかな彩《いろど》りを添え、花吹雪に染まる夜桜を彷彿とさせるような幽玄な光景を生み出している。

その中を、蝶たちにも劣らない美しい黒髪を微かに翻しながら、楚々と、かつ毅然と歩む椛子の姿は、まさに台湾特使の語った『日落緋月赫映公主《ヒオトシノアカツキガカクウツシヒメ》』を彷彿とさせる。正面からその目に見据えられれば、傾《かたぶ》く陽光すらも恥じて彼女の背に隠れたように思うかもしれない。

展望室のほぼ中央、窓の形で切り取られた陽向の先端まであと数歩というところまで来て、椛子は足を止めた。

「どなたかしら？　生憎と今の私は忙しくて、可能なら日をあらためてもらいたいわ」

『音に聞くよりも、はるかに気丈な方でいらっしゃいますね、総督閣下』

男性とも女性ともつかない声音で、よくフロアに反響するため位置が摑めない。

「気丈？　この私が虚勢を繕っているとでも？」

『恐れ入りますが閣下、あなたの御身は今や僕の手中にある』

「そうは見えないわね」

『丁度お供が二人、いらっしゃるようだ。死線のほどをお確かめになりますか？』

「結構よ。その前に手が滑ってあなたの喉《のど》を引き千切ってしまっては惜しいものね」

『その喉がいったいどこにあるのか、瞬きも忘れてお求めのようでいらっしゃる。鷹狩りで鷹をお見失いになられましたか？』

「あいにく野犬を狩り出す《ドッグ・ハンティング》のは私の役目ではないし、躾《しつけ》のなってない病犬《ヤマイヌ》の舌を一枚一枚ペンチで引き抜いて串焼き《ロースト》にするような悪趣味の持ち合わせも暇もないの。合成ゴムの骨や添加物塗れの干涸らびた燕麦《ペット・オートミール》が欲しいのなら、本国《にほん》の保健所でも当たってちょうだい」

『多少の誤解があるようだ。ですが、閣下のお戯れにあえてお付き合い申し上げるのなら、溝板の汚泥《ヘドロ》まで漁る〝犬〟たちが欲するのは、今さら白濁脂《ラード》漬けの肥え太った豚の腿《モモ》でも、麦酒中毒《アルコホリツク》で脳まで腐った牛の臓腑でもない。世に打ち捨てられた犬たちが涎を垂らして望むのは、あなたのように気高く、高貴で、恐れを知らず、挫折も知らず、多くの者に愛され、傅《かしず》かれて守られ、それでいて慈しみ深く、足下で這いずる低俗な衆愚の顔を足蹴にしてもなお喜ばれながら、その無知で無能で品がなく、厭らしくあなたの足裏の垢まで嘗《な》めて媚びる下賤な民草の卑しさに涙するほど、気品に満ちた傲慢と徳高き情け深さを併せ持つ、あなたのような御方が、恥辱と屈辱と無力と不条理に膝を屈して肩を震わせ嗚咽する、そんなお姿を目にすることなのですよ』

「謙遜かしら、それともおもねり？　いずれにせよ、あなたの物言いもなかなかに下品よ」

とはいえ、語調は非常に落ち着きがあり、知的にも感じた。椛子の側から軽はずみな所作を見せなければ、軽挙妄動に陥るタイプとは思えない。

『恐れ入ります。何分、僕は普段なら閣下のお声を直に拝聴賜ることなど夢にも思わぬ卑しき身分にて、焦眉《しようび》の急なる思いで憚《はばか》り多く、無礼は重々承知の上、せめて閣下のお目汚しとなるをよしとせず、御光背の目映き裏に卑賤な我が身をお隠し申し上げた次第、平にご容赦頂きたい』

屁理屈もここまで開き直れば、天賦の芸事と言えるだろう。

椛子の左手は、繋いだ蛇夏鍋《たかなべ》の手に引かれてゆらゆらと小さく回っている。

「私の命や身柄が目的、というわけではなさそうね。今どき、あまり前置きが長い男は、人《フィ》工妖精《ギユア》にも人間の女性にもモテなくてよ？」

『ありがたきお諫《いさ》めのほど、胸に深く留めましょう。ならば憚りながら打ち明けますならば、僕は閣下に直願申し上げるべく、無礼を承知の上、一命を賭して参内つかまつりました。どうか雀の囀《さえず》り、鈴虫の声と諦めて、お耳にお入れ願いたい』

「かまわないわ、鈴虫のように聞くだけ聞き流すだけならね」

『恐れ入ります、鈴虫のように聞くだけ聞き覚え頂くのなら』

いちいち一言多く、椛子をしても少々癇《かん》に障《さわ》る。

『閣下は、次世代弾道弾防衛計画《NeSTMD》について、どれほどご存じであられますか？』

「公表されている概要程度は。三十年前のプラハ事変以来、世界の新たな脅威として急浮上した高高度核爆発攻撃《High altitude nuclear explosion》への対策が、計画刷新の目玉になっている、ということぐらいかしら」

かつて、欧州で初めて戦略核兵器が実戦で使用され、非武装の民間人に対して無差別に牙を剝いた。ただし、その被害の有様は、ヒロシマやナガサキとは大きく異なる。

二十一世紀以降、雨後の竹の子のように増えた核保有国は、世界の倫理観が核廃絶へ大きく傾く中、手持ちの核兵器を持て余すようになった。ゆえに、各国は旧時代の核兵器に代わる、新たな「キレイな戦略兵器」を必死に追い求めた。そうした中、事情を一変させたのが、旧チェコ共和国のプラハで起きた民族紛争介入で使用された高高度核爆発攻撃《High altitude nuclear explosion》である。

この核兵器は、ヒロシマのように誰一人焼くことも大地や海を放射能で汚すこともなかった。遙か高空で炸裂した核弾頭は、地球の大気に阻まれて熱や放射性物質を地上まで降らすことなく、燃え尽きた。そのエネルギーは生身の人間にはほぼ無害な、ただの電磁波だけになってプラハの街を照らした。

　直後、プラハの大都市を史上空前の大停電が襲った。核による強力な電磁パルス《EMP》は、先進電化都市であったプラハの街としての機能だけを、復旧不可能なまでに破壊したのである。

　以後の惨状は正確な記録が残っていない。核兵器の炸裂直後の死者は、ペースメーカーなどの電子医療機器に依存していた人間と事故死を合わせ、せいぜい数百人だったと予想されている。しかし、各大国が互いに大規模な戦闘になるのを恐れて兵力の投入と被災支援に二の足を踏んでいたわずか二週間で、数百万を誇ったプラハ都市圏の人口は半減していた。

　電力によって高度に機能化された大都市が、如何に電磁パルス《EMP》攻撃に対して貧弱であり、電力を失った都市の人々が恐慌の末、どれほどの惨状に陥るのか、世界は思い知ったのである。

　プラハから流出した百万人超の人口の大半はその後も戻ることなく、栄華を誇った東ヨーロッパ屈指の都市は二度と蘇らなかった。

　以来、核保有国は、従来の地表での熱核兵器に代わり、電磁パルス《EMP》による二次被害を目的とした高高度核爆発攻撃《High altitude nuclear explosion》を、積極的に安全保障へ組み込んだ。人間を殺傷することはなく、かつ汚れた爆弾《ダーティ・ボム》のように放射能汚染を起こすこともない。電力に機能の多くを依存した現代の大都市だからこそ有効な、夢のような「人も殺さないキレイな核兵器」を人類は手にしたのだ。

　しかし、皮肉なことに「安全《キレイ》」だからこそ、大量破壊兵器として使用する倫理的ハードルが極めて低くなったことも確かである。核によるアドバンテージを維持したい核保有大国は、すぐに表裏で高高度核爆発攻撃《High altitude nuclear explosion》に対する新たな抑止力を構築するため奔走した。

　そして大西洋の欧州、北米が導き出した答えが「次世代弾道弾防衛計画《NestMD》」である。従来の弾道弾迎撃システムでは対応できない、超高高度の核弾頭を迎撃するための、新たな迎撃兵器の開発が、急ピッチで進められたのだ。

『先ほど自治区へ強行着陸した迎撃機《サルタヒコ》は、来年の選定会で各国に一斉制式採用されることが内定していました』

「どうしてそんな極秘情報《トップ・シークレット》をあなたが知りえたというの？」

『閣下は聡明な方だ。今となっては、僕がとくとくと情報源の信頼性を語って聞かせるより、閣下の直面しているいくつかの不可解な事実をもって裏打ちした方がよろしいでしょう』

「言うだけ言ってみなさい」

『まず、この極秘開発の迎撃機《サルタヒコ》の存在が国際社会ににわかに知れ渡った場合、電磁パルス《EMP》兵器によって辛うじてパワー・バランスを保っている世界各地の緊張した国家関係は釣り合いを失い、ベラルーシを始めとした世界の各地で無数の紛争が世界中で同時多発的に勃発し、各大国の介入によって泥沼化するのは必定。そして、そのような管理不能な世界大戦もどきの大混乱は、大西洋の各国のみならず、それと相対する独立国家共同体他の各勢力にとっても望ましくない』

「なら、大西洋の各国はとっくに他勢力にも話を通していたはず、そういうことね」

『然り。迎撃機《サルタヒコ》を始めとした次世代弾道弾防衛計画《NestMD》の公表と同時に、世界の先進各国および共同体の主要各国は、一斉に「電磁パルス兵器《EMP》に関する諸条約」に批准し、高高度核爆発攻撃《High altitude nuclear explosion》の無分別な使用に大きな制限をかけるはずだった』

小賢しい北米の似非人道主義者や、陰湿で血塗られたブリテンの日和見主義者が、いかにも考えそうなことだ。

「だけど、当然ながら、そんな大国主導の条約への批准に前向きな国ばかりではない。小国や軍事力に金をかける余裕のない経済的弱小国ほど、電磁パルス兵器《EMP》への依存度は大きく、隙あらば保有を世界に認めさせようと必死になっている」

『この条約は、一斉にスタートを切らなければ有名無実はおろか、世界を戦火の混沌に陥れる危険さえ孕んでいるのです。故に、各大国は「計画」の詳細と「条約」の公表のタイミングを慎重に練り、各地の思惑をようやくねじ伏せていた。そんな折に――』

「一年も先走って主役の迎撃機《サルタヒコ》がデビューを飾るような痴態を日本が晒せば、各国の積年の尽力は水の泡、電磁パルス兵器《EMP》の保有を公にしていない無数の国家も自国の安全のため一斉に保有を表明し、最悪、世界は誰の手にも負えない混沌で満ちる――ということね？」

『ご明察であられる。しかし、これから申し上げることは、閣下のご慧眼を以《もっ》てしても知り得ますまい。実は、迎撃機《サルタヒコ》の三機の試作機のうちの一機が、半年も前に大気圏内飛行試験の名目で国外――沖縄の旧普天間飛行場に持ち出されていたのです』

「なんですって？」

沖縄は、今はもう日本の国土ではない。そこに極秘開発の試作兵器を持ち込むなど、非常識の極みだ。

『央土や氷土に媚びようとする一部勢力の圧力があったのかも知れない。当然、北米軍は神経を尖らせていましたが、今日になって案の定、普天間は央土の進駐軍による強制徴発を受けて、事実上占拠された。日本政府はお決まりの「遺憾の意」で抗議の声明を出しましたが、日本の主権の及ばない沖縄では主張の論拠に乏しい。何より、迎撃機《サルタヒコ》は極秘開発で公式には存在しないことになっている。ないはずのものを返せと言っても空しい限りだ。

しかし、これはまだ日本政府の内部でも知らされる者が限られていますが、央土による普天間占拠の直前に、問題の迎撃機《サルタヒコ》は突如、制御不能に陥り、勝手に離陸してしまったのです。結果としては、迎撃機《サルタヒコ》が央土の手に落ちて世界秩序が崩壊する危機こそ辛うじて先送りされたことになるが、残された問題は、その迎撃機《サルタヒコ》がどこの誰のところへ逃げ込むかだ』

「今、東京自治区に不時着している機体がそれ、ということね」

なるほど、在日北米軍が自治区へいつになく好意的な素振りを見せてきたのも、事が日本近海で収まらず世界規模に飛び火する性質のものだとすれば納得がいく。

あるいは、世界の各国は、日本政府と東京自治区が結託して一芝居打ったと誤解しているのかも知れない。理不尽な濡れ衣だが、反証する根拠も発言力も今の自治区にはない。

『日本政府は今、条約を主導していた欧米諸国から想像を絶するほどの非難の嵐に晒されています。このまま事態が推移すれば、秋口を待たずして政権の顔が変わりましょう』

「お尻に火の付いた無能な内閣は、超法規的執行《サルタヒコ》を繰り返し、もはや引くに引けない一線を越えてしまったのも気づかず、なおも迎撃機が明るみに出る前に奪取すべく、なりふり構わず自治区への軍事介入を続けている」

『いかにも』

蛇夏鍋の手が打ち寄せては引き返す波に浚われるようにゆっくりと、椛子の左手を揺らしている。その動きは先ほどに比べてやや周期性を伴っているように感じられた。

「ささやかだけれど興に入ったわ。残念ね、もしあなたが中等部《ミドルスクール》の学生なら夏期課題《なつやすみ》の読書感想コンクールで私のお墨付きを与えて推薦したのだけれど」

『閣下はお気づきのはずだ』

椛子の皮肉がこたえたと言うより、ここからが本題だと身を乗り出すように、男の語気は揶揄《やゆ》を薄め、声がやや低くなった。

『北米を始め各大国は、この想定外の厄災の種を世界に振りまき、隠蔽し、今もなお事態を悪化させるばかりの日本政府に対し、早くも愛想を尽かし始めている。彼らは日本の閣僚たちを既に対等の交渉相手とは見なしていない。

無能な為政者が現れると、必ず繰り返されてきた歴史がありましょう？』

「日本本国の自衛軍と北米軍が、互いの政府抜きで既に連絡を取り合っていると？」

『自衛軍が本気で東京自治区人工島を強襲するつもりならば、すでに実行しているはず。そうなっていないのは日本政府が躊躇しているか、適当なタイミングにおいて自治区との交渉で解決する算段をつけようとしているか——そのように閣下はお考えのはずです』

当然のことだ。だからこそ、足下の法制局には、日本政府を一刻も早く、交渉のテーブルに引きずり出すための方策を探させているのである。しかし、この男の語ったことが真実であるなら、第三の選択がこの関東湾《テーブル》には昇っていることになる。

「自治区と日本が失敗したときのことを、早くも各国は睨んでいるというのね」

『北米始め、各国がその担保を求めるのは当然の成り行きでありましょう。日本の内閣が総辞職をしても、各国が失った平穏と利益と、この日まで支払った莫大な労力と投資は、もう戻ってこない。ならば、小さな火事場は小さいうちに、いっそ全焼させてしまうべきだ。

かつて、暗黒大陸《アフリカ》の奴隷海岸から運び出された荷物たちがそうであったように』

まったく、内政の行く末が決まるのに各国から蚊帳の外に置かれるような政府は、存在するだけで害悪だ。そのような恥辱と陰惨の歴史の教訓から生まれたのが主権国家であったはずなのだから。そして仮にも民主主義国家を名乗るのなら、いかな理由や事情があろうと、そんな政府を国際社会に送り出した責任は、全ての国民に平等にある。

『最後に一言添えるのであれば——

この東京人工島は、基本的な都市機能のみならず、あらゆる構造物と生産物が微細機械《マイクロマシン》によってまかなわれている最先端の先進文明都市だ。そして微細機械《マイクロマシン》は電力に依存する。もし、仮にプラハの二の舞となるのであれば、その惨状はプラハの比ではないでしょうね』

（そこまでお見通し、か）

脅迫じみてきたのは、話が核心に近づいているからだろう。

「あなたの現状認識はよくわかったわ。言いたいことは山ほどあるけれどもね。それで――あなたはこのときに、私になにを〝直願〟したいというの？」

『これから僕たちのすることを見守って頂きたい』

「……なんですって？」

あまりに頓狂すぎて、さすがの椛子も声をうわずらせてしまう。

『今現在、この東京自治区の置かれている窮状は、決して僕たちの望んだ結果ではない。しかしその原因の一端は、言い逃れようもなく僕たちにある。

だから、僕たちにはこの事態を収める〝義務《オブリージュ》〟がある』

社会公安《テロリスト》の敵風情が一端《いっぱし》に貴族《ノーブレス》気取りか。インテリはいつの時代も、世捨て人になって社会に認められない憐れな自分の人生を慰めるものらしい。

『あなたの〝水の外つ宮《私邸》〟や公共物の損壊など、物理的な原状回復は僕たちにも困難だが、閣下の自治区を何者にもこれ以上に脅かさせることは、たとえいかな相手であろうとも僕たちが未然に防いでご覧に入れます』

自意識が過剰なのか、それとも単に図々しいのだろうか。

「あなたが、いつ私からそれに相応しい信頼を勝ち取り、適切な信用を得たというの？」

『生憎と、今はいずれも持ち合わせがありません。しかし結果払いでも閣下は損を勘定することにはなりませんでしょう』

「その根拠の皆無な自信がどこからこみ上げてくるのか不思議だけれど、ここまでの話をどこをどう逆さに見たら、そんな一方的で不審な申し出を、私が受ける理由が見つかるの？」

『たとえ閣下が僕を今ここで取り押さえても、自治区の直面した数々の問題は、何一つ消えません。逆に言えば、僕たちの今後の行動を閣下が黙認しても、東京自治区の未来と希望を何一つ損ねることはない』

呆れたものだ。平時であれば、椛子は一顧だにしなかっただろう。

「あなたが、私や私の総督府、法制局の働きを邪魔しないという保証は？」

『ありません。しかし、あなたはこうも考えているはずだ。もし私たちが閣下や自治区と利害が反比例する立場にあるなら、危険を冒し、ここまで手の込んだ真似をしてまで、閣下に直にお願い申し上げる理由が見当たらない、と』

「私は千里眼《パラハイア》ではないわ。そんな調子のよい理屈は何の担保にもならなくてよ」

『では、そこの士気質《いしくれ》の無粋な刃物で、僕を召し捕ってみますか？』

刀の鍔が、椛子の斜め後ろで無機質な音を立てた。相手の手の内さえわかれば、親指は椛子の命も待たずにすぐさま男を斬り伏せるだろう。

『それとも、その御手に引かれる喪明の痴子《ピクシー》が、魔法の呪文《ケルティック》でも唱えるのでしょうか？』

自分の話だと直感したのかもしれない。蛇夏鍋の手に微かな力がこもった。

「おおよそ吝《やぶさ》かでもない。もちろん、私の要望も多少は聞き入れてくれるわね？」

『僕に出来ることであれば、なんなりと』

「結構よ。これから私のする質問に、すべて『No《ノー》』か『いいえ』で答えなさい」

　返事はなかったが、承諾したものと受け取ることにする。やはり、理知的でナイーブな一方、土気質《トパーズ》とは違う意味で生真面目、または純粋すぎて、時代が時代なら世を果無《はかな》んで隠匿《ヒキコモ》するか、夢ばかり追って他人から食い物にされるタイプのように思える。学生時代はさぞ人間関係で苦労したことだろう。

　そういう人間こそあるいは〝活動家〟に相応しいのかもしれないが、やはり他人に利用される人生であることに変わりはない。

「あなたは女性ね？」

『いいえ』

　淀みなく、顔のない声は答える。

「あなたは白人《アングロサクソン》かしら？」

『いいえ』

「あなたは菜食主義者《ベジタリアン》ね？」

『いいえ』

「では鯨肉を食べたことはある？」

『いいえ』

「幼児に性的興奮を覚えたことは？」

『いいえ』

「なら、加虐嗜好《サディズム》か屍体愛好《ネクロフィリア》に傾倒したことがあるはずよ？」

『……いいえ』

この質問から、返事はやや遅れ気味になった。

「そう、じゃあ見たりするよりも食べるのが好きなのね？」

『……いいえ』

「そうでないのは、あなたが陶酔的な自己愛耽溺者《ナルシシスト》だからよ？」

『……いいえ』

「子供の頃、去勢願望に浸ったことがあるでしょう？　たぶん十歳から十二歳の頃、男根期に入ってから。父親の陰茎《ペニス》と陰嚢を見て強い嫌悪感を覚えたはずよ」

『……いいえ』

「陰毛が生えてくる頃だわ。あなたは自分の陰茎をどうにかしたくて、両親に隠れて触れているうちに、性感に浸り、初めて自慰をした。そのときの自己嫌悪が今も忘れられない」

『いいえ……』

「あなたの自慰《マスターベーション》は性感を得るためや、持て余した性欲の捌け口ではないわ。あなたは初めてのときの背徳的な興奮と同時にえられたカタルシスが、今も忘れられないのよ。あなたにとって自慰は、自分の身体にこびりついた汚い生殖器を削ぎ取るための神聖な儀式。だから性交《セックス》などもっての他。異性は全員、自分の醜い肉欲を引き出す汚れた鏡。触れることも汚らわしい。なのにあなたは異性の痴態を思い浮かべていつまでも自慰を繰り返すのだわ。初めての自慰の相手は身近な人ね？　級友？　教師？　親戚？　隣人？　いいえ、そのどれでもないわ。あなたの歪んだ性癖は禁忌《タブー》を犯してこそ昇華する。あなたが妄想で罰するべきはあなたを惑わす身近な存在。姉か妹、それとも、親友の恋——」

『いいえ！』

まるで先ほどまでの落ち着いた雰囲気が嘘だったかのように、彼は語気を荒げ、椛子の頭ごなしに決めつけていく傲慢な言葉を遮《さえぎ》りながら強く否定した。

（まぁ……これは本当に「坊や」だったわね）

想像以上に純朴で純真な青年だ。性的倒錯や幼少期の秘め事に過敏に反応するのは、社会倫理に対する忠誠心が強く、清廉さや正直さに美徳を見出すタイプであることを示している。

「あなたを無実の虚構で侮辱してしまったのなら、悪かったわ。許しを請いたい」

声は返事をしなかった。憮然としていたと言うより、傲慢にも見えた椛子が急にしおらしくなり、潔く謝罪したことに驚いて、呆気にとられたからだろう。

「ただ、わかっても欲しいと思うのよ。こうして包囲され、脅迫とも取れる状況で、私たちがどれほど緊張した心理状態にあったか。しかも肝心のあなたはいつ《いっし》までも姿を見せようとしない。私たちとしてはせめて遠吠えをする犬のように、口先で一矢報いなければ辱《はずかし》めに絶えられなかったの。許してはくれないわね？」

『……いいえ……』

言葉に詰まったような息づかいの後、落ち着きを取り戻したらしい男は静かに答えたが、語調には微かな当惑が滲んでいた。椛子の狙い通りである。

まったく、挑発してもけんもほろろとまったく動じさせることが出来なかったのに、たった十個ほどの質問だけで、用心深い男の心理的なガードの内側にあっさり忍び込めてしまったのだから、椛子は心中苦笑が絶えないと同時に、自分の未熟さを思い知るのだ。

これが椛子の母、詩藤鏡子なら最初からこの男を翻弄しえたことだろうと思う。椛子はあの極めつきの無精者である母の一切全てを何一つ尊敬できないが、それでも彼女は人を理不尽に罵倒することにかけては並ぶものがいないことだけは、認めざるをえないのだから。

「気を取り直して、大事なことをいくつか訊ねておきたいの。まず、あなたは私の水の外つ宮への飛行船によるテロ行為を、事前に知り得る立場にはなかった、そうね？」

『ノー』

さて。返事の仕方が変わったことに、どんな意味があるのか。

「なら、迎撃機《サルタヒコ》の飛来や、自衛軍の侵攻は、あなたの目論見通りだった？」

『ノー』

「ありがとう。最後にもうひとつだけ教えてくださる？　これは否定の返事でなくていいわ。あなたは〝旅犬《オーナレス》〟なの？」

男が答えるまで、少し間があった。ただ、それは言葉を選んでいたというよりも、返答が難解になることを印象づけるための意図的な溜めであったようだ。彼はその質問が遅かれ早かれ自分に投げかけられることを、当然わかっていたはずなのだから。椛子がなにより初めに確認すべきそれをあえて話の最後まで放置したことで、彼はむしろ、自分が軽んじられているのではないかという焦燥を味わっていたのだろう。

『その質問に正確な解答をお返しすることは難しい。まず、僕たちは〝犬〟と名乗ったことは一度もないが、あなた方が〝犬〟の仕業と呼ぶ破壊行為《テロ》の多くには、確かに僕たちが関与している。ただし、それでも僕たちはあなたたちの呼ぶ〝旅犬《オーナレス》〟そのものではない』

「早くも禅問答ね。はぐらかすつもりならば、無理に答えなくても結構よ？」

『いいえ。閣下、あなたが正体を名乗れない僕に不信を抱くのは、ごく自然な良識による。それはあなたを始め多くの人にとって、自己の存在とは限りなく自明的であり、元来は改めて論証するにも値しない〝常識〟で、かつ〝既成事実〟あるからだ』

「今度はデカルト《ひねくれもの》？　それともパスカル《さくらんぼ》の方かしら？」

『いずれも合理主義の申し子ですが、そうであるがゆえに彼らは僕たちを理解できず、僕たちを証明することも、語ることも出来ない。僕たちの存在をあえて既知の人物でたとえるならば……そう、ソーニー・ビーンの遺児《チルドレン》たちと申せば、僕たちの輪郭にあるいは似つかわしい』

食人一家《スコティッシュ・グール》とは、また品のない表現だ。どこか自虐的で、厭世的な匂いがする。

「いずれにせよ、あなたが〝旅犬《テロリスト》〟であることを否定しないのなら、私の東京自治区に害をなさないという前提が空疎になるわ。現に旅犬《オーナレス》は私の大事な外《い》つ宮《え》を壊し、自治区民を危険にさらした。それに、さっきのテロで私はかけがえのない親友を失ったのよ」

『その件については僕は詫びるべき立場になく、閣下におかれてもお心患いなさる必要はありません。なぜなら、僕たちはあなた方が〝旅犬《オーナレス》〟と呼ぶ者たちを、これから駆逐してご覧に入れるからです』

「ならあなたたちのことはとりあえず何と呼べばよいのかしら？　名前がないのは不便よね」

男の失笑が背中越しに聞こえ、広い展望室の中を反響した。

『――失礼。僕たちの名前が必要になるときが訪れるなど、考えたこともなかったので、少々窮しました。そうですね、僕たちのことは〝メアリー・スー〟とでも』

「〝主人公《メアリー・スー》〟ですって？　ふざけているの？」

『大真面目ですよ。僕たちは世界の誰よりも、多くの生と死の稜線で彷徨ってきた。伊達や酔狂で道草《とおまわり》をできるほど、僕たちは生存することに恵まれてはいなかったのです、閣下。

僕たちの生い立ちがもし、テレビ・ショーで庶民派気取りの高給司会者から今日の健康食材の次に紹介されたのなら、きっとたくさんの幸せな方々の涙を誘ったでしょう。もしかすると、その中には僕たちのために私財を投げ打つ覚悟の人もいるかもしれない。

いや、他人など当てにしなくても、僕たちがその気になれば、どこかの小さな国を瞬く間に制圧して独裁者の一族になることもできた。北米の大統領でもまばゆさに目を細めるほどの金銀宝飾が溢れる部屋で、マリファナを吸いながらブリテンの売春宿にもいないような美姫を両の腕いっぱいに囲うことは簡単だ。

あるいはどこかの国のマフィアをひとつ潰して乗っ取るなら、より手間がいらない。いくつか大きな企業を傘下に置いて、継続的に男女の幼児を仕入れては加工し、使い潰しながら選別して、世界中の変態どもにアフターサービスを欠かさず供給するのも面白い。

だけど、僕たちはそうしない。

それをする力を手に入れ、手段を手に入れ、なお自分本位の行為に身を貶めない高潔な者を、人々は〝主人公〟と呼ぶのではないのですか？　その誰の目にもとまらない、誰も気づかない、誰も知らない、孤独で気高い生き様を架空の物語で知った人々は、ようやく彼らを讃えるのです。ならば、僕たちこそが〝主人公《メアリー・スー》〟に相応しい。たとえ、誰が認めなくとも』

ここまで言い張って、なお彼の声には興奮や自己陶酔の色が見えない。その代わりに、どこか他人事のような諦念が、所々滲んでいるように椛子には聞こえていた。

そのアンバランスな印象は、悪戯《いたずら》をして社会に迷惑をかけた子供を庇う親のそれとよく似ている。ひどい焦燥と痛々しい欺瞞が、そう思わせるのかもしれない。

「あなたが正体を明かさないのは、あなたが隠しているからではなく、あくまで私たちの側があなたたちを理解できないからだと、そう言い張るわけね？」

『その通りです、閣下。人は社会との隔絶を経て、初めて物語の主人公になる。古今東西、世界のあらゆる逸話や伝承や創作の全てにおいて例外はない。アーサー・ペンドラゴンがカリブルヌスを抜いたことで王となって叙情詩の幕が開け、親友と愛妻の裏切りによって最果ての孤独に苛《さいな》まれながら幕が下りるように。隔絶のきっかけが奇跡を起こす魔法や神宝であるにしろ、人々から嘱望された使命であるにしろ、社会から排斥された屈辱であるにしろ、畜群《ひとびと》の理解を超越したときにはじめて、彼は一介の端役から主人公に変貌するのです』

「そんなものが英雄なら、金曜日の立ち飲み処や中等部の教室に行けば腐るほどいるわよ？」

この挑発には確認の意味があったのだが、案の定、男は乗ってこなかった。

『さあ、もう僕たちの話は十分でしょう。これから僕たちのすることを見守るか、否か。そろそろご返答を頂きましょうか、〝物部《モノノベ》の〟紅い姫君《イエロー》』

最後の呼称に思わず眉をひそめ、椛子は憂鬱な溜め息をひとつついた。

「そうね、悪い話ではない。これからあなたたちを自警団や赤色機関《Anti.Cyan》が狩り出したところで、大した成果は上がらないでしょうから……私の家に易々と忍び込めるほどだからね」

そもそも〝旅犬《オーナレス》〟の構成員たちは、元々そっくり見逃すつもりだったのだ。彼らが調子に乗って第二、第三のテロを期すようなら容赦なく関東湾の泡に変えるが、そうなるまでは厳重に監視しながらも手を出さないよう、関係各所と申し合わせてある。

だからなにも聞かなかったことにして、この無礼で挑発的な申し出を受け入れてやってもよいかもしれないと、椛子はつい先ほどまで本気で考えていた。

『ならば――』

「お断りするわ」

それほどまでに意外だったのか、男は声を失う。

「理由は三つ」

椛子は白い右手で指折りしてみせる。

「一つ。私たちの東京自治区は独立国家でこそないけれど、本国の陛下より自治を委ねられている以上、私たち自治区はあらゆる国家、敵性・非敵性勢力の影響を排除し、不可侵の主権を行使する。あなたが何者であろうと、一切の指図は受けない」

『僕たちは何もあなたに従順を求めては――』

「二つ」

不本意とばかりに反論しようとした男の声を、椛子は容赦なく遮る。

「私は、個人的にあなたが気に入らない」

なおも食い下がろうとした男は、このにべもない拒絶で再び言葉を失った。

「あなたの言説は賢《さと》いわりに幼稚だけれど、本意は理解しないでもない。なのに、あなたは自身で主張するその生き様すら、まるで鼻で笑うように他人事にする。あなたが組織の中でどんな地位にあるのか知るところではないが、自分を慕《した》う人々を導く者の態度として、私には許しがたい」

憮然としたのか、今度は声が返ってこない。

「最後に。これは割とどうでもいいのだけれど――」

前髪を指先で軽く払い、挑発的な笑みを浮かべて椛子は言う。

「峨東《うち》家の古い訓戒《しきたり》でね、峨東《わたくしたち》のことを〝物部《モノノベ》〟と呼んでしまった粗忽者《うっかり》は、容赦なく例外なく躊躇なく一人残らず、二度と口を利けないようにすることになっているの」

　展望室の空気が一変する。肌を刺すような殺意を感じたのか、親指が佩いた刀の鯉口を切り、緊迫した鍔鳴りが響いた。

「まあ、『口を利けない』というのがどの程度痛めつけることを指すのか、解釈は代々バラバラなのよね。中途半端はむしろ面倒なので、後腐れのないようにさっさと殺してしまうことが多かったらしいわ。私としては命を取るほどのことはないだろうと思っていて、その時が来たらおっちょこちょいなお口を癒着するまで炭素繊維《テグス》で縫い合わせるぐらいで許してあげようと決めていたのだけれど、肝心のお口がいつまでも見えないのでは仕方がないわね」

　この瞬間、男はこのまま身を隠しているか、その場を離れるか、躊躇したに違いない。

結果、軽挙妄動しなかった肝の太さには感心するが、残念ながら正解ではない。

「長く喋りすぎたわね。あまり浅知恵が回るのも命取りよ」

　――鎮守妻火之夜藝速《ヒノヤギハヤ》。

　椛子の呟きを耳にした蛇夏鍋《たかなべ》が椛子の左手を後ろへ引き、男のいる方向、距離、身長や体重まで、琴を奏でるような指の動きで具《つぶさ》に椛子の手に伝える。

　椛子は残った右手でチュニックのボタンをひとつ剝ぎ取り、それに口づけるようにして軽く息を吹き付けた。途端に微細機械《マイクロマシン》製のボタンは数匹の蝶《マイクロマシン・セル》に退行羽化《バック・イマージ》し、椛子の手からこぼれ落ちた鱗粉が発火する。小指の爪ほどの小さな火は宙を裂く流星となって数本の火線を描き、壁に当たったゴム鞠が跳ね回るように鋭角で屈折を繰り返しながら椛子の身体を大きく迂回し、視界の外、遙か後方で破裂した。

（あら、やりすぎたかしら……）

日の光に負けないほど煌々《こうこう》と照らす光に誘われて振り向けば、二十歩ほど先の柱の陰から火達磨《ひだるま》になった人影が出てくるのが見えた。それも一瞬のことだ。次の刹那には、紫電が地を走るごとく駆け寄った親指の刀に打ち据えられ、倒れ伏す。

粉塵の中で、まだ火勢の残る男の身体を見下ろし、親指は刀を軽く払ってから鞘に戻した。抜き打ちで峰打ちという親指ならではの神業だったが、いずれにせよもう瀕死かもしれない。

蛇夏鍋が結われた瞼の向こうの瞳で椛子を見上げ、首を傾げる。そんな彼女の頭を、椛子はゆっくりと撫でてやった。

「先刻、あなたはこの蛇夏鍋のことを〝痴子《ピクシー》〟と呼んだわね。確かにこの子は世に出れば四等級《最低》も与えられない失敗作の人工妖精《フィギュア》よ。この子は視覚はおろか、味覚と聴覚と触覚の区別もつかない。人間なら成長の過程で当然進行するはずの〝感覚の分化〟を獲得しないまま、造られてしまった」

人間の中には感覚が未分化のままであることを『共感覚《シナスタジア》』と呼んで、超能力か神通力のように信奉している夢見がちな者もいるようだが、多くの人間の感覚が分化しているのは無論それが必要だからであって、基本的には感覚の未分化が残って生存に有利なことはほとんどない。峨東家の共感覚に纏わる基礎研究も二十二世紀にとっくに完了している。

蛇夏鍋は五感の全てがほぼ未分化という特に重度の障害を抱えていて、椛子を除く他人をほぼ認識できない。刺激の強い視覚情報は彼女の脳の感覚野を溢《ホワイト・アウト》れさせ、ひとたび瞼を開けば数秒で発作を起こして昏倒してしまう。

本来なら誕生と同時かそれ以前に廃棄されるはずの劣等個体だ。『蛇夏鍋』という名前も本来は『蛇渦鍋』と書く。「蛇がとぐろを巻いて居座るような、穴が開いて野に捨てられた鍋」の意で、もちろん「役立たず」という嫌味だ。

この名前の一字を「夏」に入れ替えて覚えさせるだけでも半年かかった。生みの親の手で殺されるはずだった彼女を、椛子が匿《かくま》ったのである。もちろん、それは偽善からではない。

「それでも、この子は私の宝物《オンリー・ワン》なのよ。今、私の代わりをしている水気質《アクアマリン》の人工妖精《フィギュア》もそう」

蛇夏鍋は周囲から得る視覚以外の五感の全てで、常人の視覚よりも遥かに正確に人や物の位置を探り当てる。物陰であろうと彼女からは丸見えだ。

椛子の影武者《みがわり》をしている水鏡《みずかがみ》も、かつて重度の相貌認識故障を患い、他人はおろか自分の顔すら区別できなくなって、技師からも匙を投げられた。しかし、彼女はその故障があればこそ他の人工妖精には不可能な顔面の整形手術に耐え抜き、椛子と同じ顔になれたのだ。彼女は、同じ顔の人工妖精は存在しないという常識から外れた、例外中の例外なのである。

「見る目がなかったわね、主人公様《メアリー・スー》。どんなに目聡く賢くても、人々を畜群と呼んで見下すあなたには、他人を導く資格はなくてよ」

黒く焦げた男は、既に力なく伏している。もう聞こえていなかったかもしれない。

できれば生け捕りにしたかったが、致命傷ならやむを得ない。このまま見殺しにすると、最後の一撃を喰らわせた親指に第一倫理原則違反《ヒトゴロシ》の禁則《フラグ》が立って、彼が精神を病んでしまう。とどめは椛子が刺さなくてはならない。

椛子がもう一度、男に向けて火線を放とうと、チュニックからボタンを剝ぎ取ったとき、

『その異術《わざ》は去年の〝傘持ち《アンブレラ》〟のそれとよく似ている』

振り向いた先で、幼い子供が椛子を冷笑していた。

「悪趣味ね」

姿はまったく違うのに、男の声はずっと同じだ。別人とは思えない。

「〝傘持ち《あれ》〟の火は私の真似事《コピー》よ。どこから盗み出したのか知らないけれど、自分の身体を薪にして燃やすなんて、下品の極みだわ。そうは思わない？」

子供の顔が皺を寄せて歪み、睥睨《へいげい》する椛子を見上げて醜く笑う。

『さて、これでお互いに手の内をひとつずつ明かしたことになりますが、あらためてご再考の上、ご返答願いたい。今後しばらく、僕たちの行動を放置するか、しないか』

「今すぐ消えなさい。目障りだわ」

『結構。そのお言葉は〝ご承諾〟なさったと解釈致します、閣下。可憐なお姿を間近で拝見しただけで万感胸に迫りますが、僕といえども、その目に宿る憤慨の火に焼かれては忍びない。失礼ながらお暇致します。どうぞいつまでも麗しく、物部のお人形姫《ガラテア》』

一方的に言い放ち、それきり子供は時間が止まったように動かなくなった。

「もういないわ」

展望室から生者の気配が消え失せてもなお、抜刀の構えのまま、油断なくあらゆる方向を窺っていた親指は、椛子に諭《さと》されてようやく刀の柄から手を離した。

「閣下、この者は――」

「わかってる」

椛子は差し込む日の光を手で遮りながら、窓の向こうを見上げる。視線の先では、深い毛並みをした四つ足の獣が、窓の外の枠に横たわって椛子を見下ろしていた。

犬……いや、狼だろうか。そのように見える。

狼は椛子と目が合うと、一度大きく身体を震わせて軽く伸びをした後、この高層から一気に飛び降りて姿を消してしまった。

自警団の使っている捜査用の犬型機械《ロボット》のように見えたが、あれが正体であったのなら逃がしてしまったのかもしれない。とはいえ、窓の外では椛子の火も届かなかった。

「ここに残っているのは――」

最後のボタンに口をつけ、憂鬱な溜め息を吹き付ける。無数に弾けた火線は展望室中を駆け巡り、瞬く間の静寂の後、一斉に破裂して展望室を業火で満たした。

「人形《マネキン》よ。蝶《いのち》にもなれなかった、人の形をしているだけのただの物《マネキン》」

子供型の人形が火にくるまれ、焼けて朽ちていく。それを見届けながら、椛子は蝶を摑み損ねたようなときのような、どこか空疎な思いを抱いていた。

3

（石の中にいるみたい……）

　水着のサイズ合わせのために、体型の型取りをするから目を閉じて動かないようにと言われたきり、指先までぴったり何かで押さえつけられていて、身じろぎもできない。

『はーい、おまたせしました！　サイズ合わせ完了です。水着が密着しますので、これからちょぉっと苦しくなりますよぉ』

　まだ苦しくなるのかと、空恐ろしい。

『いっきまぁす。ささやき……えいしょう……いのり……ねんじろ！』

　気合いの入った意味不明な合図とともに、揚羽の全身は強く締め付けられて軋《きし》んだ。思わず助けを求めようとして口を開ければ、今度は喉へ液体が流れ込み、呼吸が出来なくなる。

『潜行開始《エントリー》！』

　途端、全身が束縛から解放され、揚羽の身体は水面を叩く豪快な音とともに水中に没した。

『もう水中でも息が出来ますよぉ。目を開けてみてくださぁい』

　言われるまま深呼吸してみれば、喉に入れられた呼吸器のお陰で苦しくはない。続いて恐る恐る瞼《まぶた》を開くと、視界いっぱいに青色が目映く瞬《またた》く水の世界に揚羽はいた。

円柱状をした空間《プール》は半径が二十メートルほどだが非常に深く、見上げると天井がとても小さく見えた。壁には等間隔で丸いレンズが沢山はめ込まれている。

『ご気分はいかがでしょう?』

左耳の防水ヘッドセットから声がしたので思わず振り向いてしまったが、そこに声の主の姿はない。首を左右に巡らせても見つけられず、やがて声の主の方から同じ深さまで潜って揚羽の前に現れてくれた。

彼女に両脚はなく、代わりに鮮やかなライム色の鱗《うろこ》に包まれた魚の尾があって、透明な尾ビレを揺らめかせている。上半身は素肌で、ストラップレスの水着を纏《まと》っていた。それこそ伝説の人魚のように、優雅に舞い泳いで揚羽の側へやってきた彼女は、お手本のつもりなのか、揚羽の周囲をくるりと一周してみせる。

「ええ……もう息苦しくないです。これ、よくできてますね。本当に人魚姫《マーメイド》になったみたい」

『当社自慢の一品ですぅ』

揚羽の尾はやや深い青色だ。水着の上《トップ》が黒のホルターネックだったので、それに合わせて鱗の色を選んでくれたらしい。

「でも、さっきの掛け声は、やめた方がいいかも。〝いのり〟とか〝ねんじろ〟とか」

『そうですかぁ? 古くは二十世紀より伝わるほど由緒正しい、心を安らかにさせるお呪《まじな》いなのですが』

ポニーテールの髪をたゆたわせながら、彼女は見事な営業スマイルを顔に貼り付けたまま、不思議そうに小首を傾げる。

「それ、心安らか、というか……どことなく諦め半分みたいな、ダメ元の気分っぽいのですが……。それに、なんとなく灰になりそうで……いえ、やっぱりもういいです」

考えてみれば、案内人形《アテンダント・ロボット》にいくら説いても、人の気分が理解できるはずはない。

不毛な話題は切り上げ、自らプールの端まで泳いで無数にあるレンズの一つを覗き込んだ。

レンズは両腕で抱えられるくらいの大きさで、中には寝台《ベッド》が設置されている。こちらに足を向けた人工妖精《フィギュア》が仰向けで一人、横たわっていた。

「顔は見えないんですね」

寝台の奥、胸の辺りから頭部にかけては急に暗くなっていて、見通せなかった。

『はい、お客様がいつまでも安心してお眠りいただけるよう、当社はお客様のプライバシー保護に細心の注意を払っております』

周囲に名札らしきものは見当たらず、管理用らしい「092」や「087」というような三桁の通し番号だけが、レンズに書かれている。

「眠れる森の――ならぬ、眠れる湖《プール》のお姫様、か」

まっすぐ立てた水道管《パイプ》のような円柱状のプールの外壁に沿って、横一列にレンズがおよそ四十個ほど並んで一周していて、それが目算でざっと五十段ある。列は一段ごとに半分ずれていて、蜂の巣《ハニカム》と同じように壁面積に無駄が出来ない並びになっていた。

「全部で何人の人工妖精《フィギュア》が眠っているんですか？」

『こちらの施設では現在の入床率が七八パーセントです。全部で千九百七十六床ありますので、おおよそ千五百名強の方がご就寝になられています』

本土ならちょっとした村落、丸々ひとつ分の人口が、このプールに集まっているらしい。

水の中で飛んでいる蝶たちの群が顔の横を通り過ぎて、鮮やかな色の尾を引きながら、花吹雪のように視界を彩《いろど》った。

大気中で揚力を得ていた地上とは異なり、いったん水の中に入った蝶型の微細機械群体《マイクロマシン・セル》は、抵抗の大きな水中の環境に適応するため翅《はね》の形を変えている。大きな前の翅には模様に沿って穴が開いていて、後ろの翅は二本の尾が元の全長の倍ぐらいまで伸び、羽ばたくたびに絡み合いながら、優雅に揺らめく。

空中に比べて羽ばたきはずっと遅く、動きもそれこそ風に乗る桜の花弁のように緩慢だが、青や緑の光を反射させ、長い翅の尾を可憐にひるがえして蝶たちが群れ舞う光景は新鮮な感動があって、しばらく網膜から消えそうにない。

『では、当社のスペシャル・サービスをご覧に入れます』

「では」も何も脈絡がないのだが、おそらくスケジュールのタイムテーブルで決まっているのだろう。彼女が手を上げて指を鳴らすような仕草をすると、プール内を照らしていた照明が一斉に消え、揚羽は暗闇の中に取り残された。

「……あの？」

案内役《アテンダント》の姿も見えなくなり、水面の方向もわからない。言いようのない不安と、孤独からくる焦りで、思わずあてどもなく手を伸ばして助けを求めようとしたとき、不意に青い燐光が視野の隅で灯って揚羽の顔を照らす。

「光ってる？」

それは壁に並んだレンズから発せられた光だった。墓地に現れる狐火のごとく、幽玄に煌《きら》めいたそれは、すぐに瞬いて消え、代わりに触発された周囲のレンズが順番に灯って、また消えていく。すると今度は反対側の壁のレンズに連鎖し、また光の輪を広げて徐々に消える。

『お目に聞こえますでしょうか？　眠り姫たちの交響曲《オーケストラ》が』

無数のレンズは共鳴し、ハーモニーを奏でるように青い光の波紋を次々と生み出していく。

時に陽気《アレグロ》に、時に緩やか《ラルゴ》に。おてんばな少女のような快活《ヴィヴァーチェ》さで唄ったかと思うと、すぐに貴婦人のようなしとやかな調べ《アダージョ》を紡ぎ、詩的《モデラート》に奏でながら、やがて荘厳《グラーヴェ》な輝きは清らかな調和《アレグロ・モデラート》の幻想へ。

そのメロディに目を澄ませると、本当に豪奢で輝かしいメロディが聞こえてくるような気がした。

「眠っている彼女たちが、唄っているのですか？」

『はい。ここでお休みになっている人工妖精《フィギュア》は、低体温の半冬眠《セミ・コールドスリープ》状態にあります。各々の個室の灯は、元来はナース・コールでして、具合の悪いときに係のものを呼ぶために備えられているのですが、微かに意識の残っている彼女たちのコミュニケーションに使われるようになったようです』

「意識があるのですか?」

『ごく微かに。彼女たちは夢とも現《うつつ》とも付かない意識レベルで微睡《まどろ》んでいます。体感時間は現実の千分の一ほどまで遅くなっていますので、こうして私たちが会話をしている間も、彼女たちにとっては一瞬に過ぎません。夢見る彼女たちの戯れに割り込むことは、誰にも出来ないのです。自分からこの施設で眠りにつき、彼女たちの輪に入らない限りは』

「この青いハーモニーは、夢見る眠り姫たちの可憐な寝言、ということですか。何を話しているかは分かるのですか?」

『いいえ。一度お眠りになってから覚醒なさった方もいらっしゃいますが、お休み中のことはほとんど覚えていないそうです』

眠っている間の夢とは、そういうものだろう。

「でも、なんとなくもの悲しい調《メロディ》べですね」

『そうですか?』

「ええ。まるで何かを嘆いているような、訴えているような……そんな気がします」

『そのようなご感想は、お客様が初めてです』

本当かな、と思ったが、そう答えるように決められているのかもしれない。

「最後に、あとひとつだけ、教えてください」

青い燐光が奏でる水中交響曲《ウォーター・オーケストラ》に全身を包まれ、身も心もたゆたわせながら、揚羽は無理とは思いつつも訊《たず》ねる。

「あなたも、いつかここで、彼女たちのように久遠《いつまでも》に眠ってみたいと思いますか？」

プログラムされていない質問だったのか、人魚姿の案内人形《アテンダント・ロボット》は営業スマイルのままフリーズして、いつまでも答えなかった。

期待した収穫のないまま揚羽がプールから上がり、ロビーのソファですっかり待ちぼうけていた友人の柑奈《カンナ》のところへ戻ったのは、それから十分ほど後のことだ。

その後は柑奈の勤務時間《シフト》まで、二人で四区のオープンカフェで一休みすることになった。

「で、どうでしたの？」

この暑さの中、黒のスラックスできちっときめたウェイトレスにカプチーノとアイス・コーヒーを注文し、足先までパラソルの日陰に入るように斜めに座りかえた。

「うん、あの人魚型をした案内役《アテンダント》の人形《マネキン》はよくできてるね。ちょっと意地悪な質問もいくつかしてみたけれど、だいたい自然に答えてたし。ぱっと見には私たち人工妖精《フィギュア》と区別が付かないし。本当にコンピュータなのかな」

「そうではなくて……終身安眠施設にご興味があって見学なさったのでしょう？」

「あ、そうだったね」

あの水中交響曲の印象が強烈だったので、すっかり目的《たてまえ》を頭の中から喪失していた。

「ん、まぁまぁ……かな」

「なんですのそれ。突然呼び出して連れていけというから、急いで都合いたしましたのに」

綺麗に折り目《プリーツ》の揃ったた薄橙色のロングスカートの中で足を組み、両肘を摑んで軽く腕を組む姿で、躊躇《ためら》いなく不満を表現する姿はとても火気質《ヘリオドール》らしい。水気質《アクアマリン》ではなかなか、このような自然な情緒表現が出来ないものだ。

よく言えば水気質は奥ゆかしいのだが、一部の人間からは、水気質は「いつも微笑んでいて何を考えているのか分からない」と言われる一方、火気質は「付き合っていて気兼ねすることがない」と好まれる。

火気質は他の気質より五原則の縛りが緩いようで、気持ちが昂ぶれば人間に手を上げることも躊躇わないため、一般に粗野だとか乱暴だと思われがちだが、柑奈《カンナ》のような二等級ともなれば、それは「気高さ《ノーブル》」や「気品《エレガンス》」といった得がたい美徳に昇華する。

その雰囲気は、服装のセンスにも表れている。

気温三十度以上の真夏日なのに、柑奈はブラウスの上からサマーニットのカーディガンを羽織り、今も脱ごうとしない。コットンの帽子とハンドバッグだけをテーブルに置いている。

一方の揚羽は、暑苦しい礼服から解放されて、太ももまで露わになった、ミニの黒いワンピースである。袖は長く、いつものように全体にフリルがあしらわれていて厚手に見えるが、裾の先はレースであるし、フリルの陰にはどこも穴が開いているので、袖の中も胸の前も風通しがよい。ニーソックスもクール素材である。とてもではないが、柑奈のようにこの猛暑の最中、汗ばむ脚に纏わり付くロングスカートなどという無謀な冒険は揚羽にはできない。

「まあ、身近な後輩がお亡くなりになって、自分の余生についても悩んでしまう気持ちは、わからなくはないですけれども」

「それもあるんだけど……ね」

ウェイターの持ってきたアイスコーヒーに口をつけるふりをして、言葉を濁した。柑奈の方は、この猛暑だというのに湯気の立つカプチーノを優雅にすすっている。

揚羽があの眠り姫たちの城――終身睡眠施設『眠りの森《スリーピング・フォレスト》』を見学したのは、つい二時間前に揚羽が殺処分した連理《れんり》の妹分が、この施設に入所希望をしていたことがわかったからだ。

終身睡眠施設は、生きている人工妖精が、安らかな眠りの中で死ぬまで穏やかな余生を過ごすための施設だ。一方で火葬は、あくまで死後の自分の扱いについての選択である。

まだ四歳という若さとはいえ、真面目な土気質《トパーズ》の彼女が余生と死後の準備をしていたことはなにもおかしくない。ただし、両方とも用意していたのなら、揚羽は違和感を覚えずにいられないのだ。連理の言っていたとおり、彼女が死後の火葬を望んだのが先立たれた夫を慕《した》ってのことだとすれば、それまでの余生を睡眠施設で眠って過ごそうと果たして考えるだろうか。

「一度しかない人生を無駄にして、なぜ眠って過ごしたいなどと思うのかしら」

実に火気質らしい人生観だ。彼女たちは、生きる意味など与えられるものではなく、自分で決めるものだとよく口にする。

「それはそうだけれど、詩藤《うちの》工房にもそういう人工妖精《おきやく》は来るよ。大抵は旦那さんに先立たれた後のことを不安に思ってたり、もうご主人がお亡くなりになって独り身の人だったり」

「水気質の人たちは生きることを難しく考えすぎなのではなくて？　生きていれば、いくらでも楽しいことや、やりがいのあるお仕事が見つかるでしょうに」

それは正論であるし、人間からすれば非常に好ましい良識でもある。

実際、火気質や土気質は、伴侶《はんりょ》と死に別れてからも、社会の直中《ただなか》に身を置いて自分の立ち位置を見出すことに前向きなタイプが多い。風気質《マカライト》に至っては周囲が不倫を疑ってしまうほど素早く再婚してしまうこともある。

一方で、貞操観念の強い水気質は、まず再婚という選択を取らないし、伴侶を失った途端に無力感や無気力に苛《さいな》まれ、苦しんでしまうことが多い。そのあたりの内向的な思考は、人間社会に馴染むどころか、逆に社会を変えようともするほど自我がはっきりしている火気質には、なかなか理解できないのも無理はない。

とはいえ、余生を終身睡眠施設で過ごすという考え方に、水気質の誰もが必ずしも同調できるわけではない。

「ボクも正直、あの『眠りの森《スリーピング・フォレスト》』で眠りたいとはあまり思わないけれど、独身のボクたちが何を言っても仕方ないかな、とも思うよ」

「あら、結婚したければいつでもなさればいいじゃない。引き留めはしませんわよ？」

そう言われると、揚羽は苦笑するしかない。立っているだけで人々の注目を集める二等級の彼女は、五等級の揚羽のように「モテない」人の気持ちはわからないのだろう。

「まあ、三人揃っていつまでも独身というのも、なにか気持ち悪い気はいたしますわね」

揚羽と連理、それに柑奈の三人は、看護学校の在学中からの友人だ。連理は揚羽と一年生の頃からルームメイトで、柑奈とは卒業の迫った二年時の中頃から付き合うようになった。

実をいうと、それまで柑奈との関係は良好どころか、極めて険悪だったのだが、一旦打ち解けてからは周囲が驚くほど親しくなり、卒業を経ても三人でよく会っている。

「三人の中で一番早く結婚するのは、連理だと思ってたよね」

在学中、本人は隠しているつもりだったようだが、揚羽や柑奈からすれば思い人がいることも、それが自身の担当技師であることも明白だった。知らぬは本人のみだ。だから、卒業後、彼女が報われぬ恋をしていることを二人に打ち明けたとき、少しも驚かなかった。

「まったく。はっきりしない男なんてさっさと押し倒すか、張り倒してこっちから振るかすればいいんですわ……あら、はしたない、失礼」

「ボクも同感」

二人で顔を見合わせて笑った。

「だいたい、男の人ってプライドばかり一人前で、中身は子供っぽい人ばかりだもの」

「その癖、私たちが気遣ってあげると、差し出がましいっておっしゃいますものね」

「でしょ。それに、男の人がたまにお洒落すると、着慣れていないのがバレバレでみっともないよね」

「わかりますわ。無理に背伸びしているのが見えると、興ざめしますわよね」

「それなのに、こっちが髪型《ヘアスタイル》を変えたりしても全然気づかないでしょ」

「殿方は多かれ少なかれ、無神経なところがありますわね。自分は買い物をするとこれ見よがしに、私たちが気づくのを待ってたりして、相手をするのが疲れますわ」

「それに、ただ野暮ったいだけのクセして、変な無精髭とか生やしてたりするじゃない。あれ、きっと、自分ではワイルドだとか思ってたりするんだよね」

「お洒落なのと物ぐさなのを勘違いしていらっしゃる方は多いですわね。そういう人は本人は努力しているつもりだからつける薬が見当たりませんわ。それはわかりますけれども——

——」

「シャツだって、洗いざらしでアイロンもしてなかったり、何日も着っぱなしでよれよれになってたり。そういう仕事なのは分かるし、別にボクなんかのために特別お洒落してよなんて思わないけれど、でも毎日会うわけじゃないんだから、ちょっとぐらい気を遣ってくれてもいいと思わない？　こっちが傷つくよ」

「ええ、そう、そうですわね。気持ちは分かりますけれど、さっきのお話と——」

「煙草だってダンディなつもりなんだよ。自分に自信がない男の人って、そういう大人っぽいアイテムにすぐ頼るんだから。ネクタイだっていつもなんか地味でダサイし」

「ちょっと、揚羽？」

「ライターだって、ちょっと古臭いの使ってて、『違いの分かる男』のつもりなんでしょ？

ジャケットは近づくと煙草の臭いがするし、車の中でも平気で寝るから、髪は時々変な癖がついてるし、靴だって曇ってるし、ぶっきらぼうだし、威張ってるし」

「いったい誰のお話をなさってますの？」

　不意に問われて、揚羽は首を傾げた。

「あれ？　誰だっけ？」

「ふーん……」

　本気で自問する揚羽を、柑奈が意味ありげな笑みを浮かべて見つめる。

「何？」

「いいえ。無関心のようでいて、揚羽もそれなりに男性《にんげん》のことをよく見ていらしたのね、と思って、少々感心しただけですわ」

「柑奈の方こそ、誰かいい人はいないの？」

「私はお仕事の方が好きですもの。あなたたち水気質のように、人間のために気持ちを患《わずら》わせるなんて、想像も出来ませんわ」

　単に言い寄ってくる男の数を比べるなら、二等級の柑奈に及ぶ者などそうそういないのだが、本人は在学中から「仕事に生きる」と言い張っていて、まったく男の気配がない。揚羽は揚羽で、保護者の鏡子以外の人間にはほとんど興味が湧かない。

　結局は三人揃って「イキオクレ」て、もうまもなく五歳になってしまうが、歳を気にして焦る気配は誰にもない。五等級で出来損ないの揚羽はともかく、連理と柑奈のそんな様子には、周囲の人間たちはきっと気を揉んでいることだろうが、今日のように誰にも気兼ねなく二人とお茶が出来る日が続くなら、それも悪くはないかもしれない。

しかし、そう思えるのは揚羽たちが人間に造られる人工妖精だからなのだろう。人間ならばいずれは老いるし、怪我や病気をいくら治療しても、いつかは老衰で死ぬ。それに比べ、人工妖精は年齢にかかわらず突然体調を崩して死んでしまうが、人間のようにわかりやすい平均余命はない。人工妖精の本格的普及からまだ半世紀に満たない今は、まだ人間のような寿命は見つかっていないのだ。そして、人工妖精は人工知能《コンピュータ》と同じように倫理三原則に縛られている以上、自殺という選択は正常な精神ならまずありえない。

人間は、生きているのが嫌になれば自分で死ぬことも出来るし、放って置いてもいつか寿命でこの世を去ることが出来る。一方で、怪我や病気ではそうそう死なない時代に、人工妖精は寿命で永眠することがなく、自殺する権利も与えられていない。どんなに絶望しても、苦しくても、いつ訪れるともしれない突然死を待つ以外は、漫然と生き続けるしかないのだ。

そう考えて、ふと頭の中で、難しい知恵の輪が偶然解けたような気分になった。

「ああ、そうか……」

生きていることが辛くなっても、人工妖精は生きていくしかない。人間のようにある程度決まった寿命で死ぬことは期待できないし、かといって自ら命を絶つこともできない。

そうした人工妖精たちのジレンマに、終身安眠施設《ねむりのもり》というビジネスはうまく嚙み合ったのだろう。死ねないが生きていくのも辛いのなら、突然死するまで全てを忘れて眠り続けられるというこの終身保険《システム》は、未来に絶望した水気質たちの目には魅力的に映るのかもしれない。揚羽はあの施設を無意識に「贅沢な集団墓所《カタコンベ》」と呼んだが、その表現ははからずも的を射ていたようだ。あそこは人工妖精たちが、眠りにつくことで自分から寿命を決め、時を越えて死を先取りする永眠施設なのだろう。悪く言えば、三原則を乗り越えて死を選ぶための、「合法」自殺名所といったところだ。

連理の後輩は、自分の死後の扱いに「火葬」という人間的な選択を生前からしていた。一方で、死ぬまでは実に人工妖精《フィギュア》的な、事実上の自殺である集団終身安眠も考えていた。

伴侶と死に別れた後も生きていくしかないなら、いっそいつまでも眠っていたいと思う気持ちは、同じ人工妖精として揚羽にも理解できなくはない。ただ、そう考える人は、死後に人間のような葬送と火葬をして、自分が死んだことを誰かに知らせたいとは思わないはずだ。眠ったまま、誰に知られず、静かに息を引き取って消えてなくなりたいと思うのではないか。

それが、心につっかえていた違和感の正体だと、揚羽は気がついた。自分の命に対する二つの考え方の齟齬《そご》に、彼女の事件の鍵が潜んでいるのではないかという気がしている。

向かいのブティックでは、ショーウィンドウの中の人形《マネキン》たちが凝ったポーズをして、先鋭的なファッションのアピールをしていた。入り口の自動ドアには、半透過のポスターが貼られていて、ホログラフィで年に一度のお祭りである東京デザイン展《T・S・g・D・Festa》が間近に迫っていることを行き交う人々に知らせている。

「ああ、東京デザイン展《T・S・g・D・Festa》はもう再来週なんだね」

「毎年飽きもせず、よくやりますわね。捏造された流行なんて、私には関係ないけれど」

街角の時計台から、午後の三時ちょうどを知らせるメロディが流れると、揚羽の視線の先で人形たちがあらかじめ決められたとおりにポーズを変える。ショーウィンドウを覗き込む人を飽きさせないよう、一時間ごとにレイアウトを自動変更する設定になっているらしい。

あの人形《マネキン》たちは、『眠りの森《Sleeping Forest》』で案内役《アテンダント》をしていた人魚と同じ、ただのロボットだ。彼女たちを制御しているのは、遠く人形《マネキン》業者のビルにあるコンピュータで、赤外線通信によって遠隔操作《ラジコン》されている。

美しく着飾った人形《マネキン》たちを見ていて、それがあのプールで眠っている人工妖精たちとよく似ていることに気づいた。脳も心臓もない物思わない人形と、自ら心を眠りにつかせて物思わない身体だけになった人工妖精たち。この二つの間にはどんな差異があるのだろう。

「もう夜勤《シフト》の時間？」

時刻を告げるメロディが街に流れたばかりなのに、柑奈は自分の腕時計を確認していた。

「まだだいぶありますけれど、今年の新人たちの中に一人、危なっかしい子がいて、また余計な仕事を増やしてやいないかと思っただけですわ」

柑奈は素っ気なくて見えて意外に世話焼きだ。看護師向きだし、人間と結婚して家庭を持っても、きっといい母親になれるだろう。残念ながら本人にはその気が塵ほどもないのだが。

「ボクのことは気にしないでいいよ。柑奈のお陰で今日は面白いところへ行けたし」

あの終身安眠施設『眠りの森《Sleeping Forest》』は、本来ならエグゼクティヴな人工妖精向けの施設で、四等級以下になるとまず審査を通らない。まして五等級の揚羽など、見学どころか本来なら受付で追い返されてもおかしくないのだが、二等級の柑奈の紹介でようやく中へ入れたのだ。

「あなたがそういうのなら……それとも、せっかくだから一緒にいらっしゃる？」

アイスコーヒーのストローを咥《くわ》えたまま、きょとんとした揚羽に、柑奈が肩をすくめる。

「妹さんのお見舞いに、ずいぶん長いこといらしてないじゃない」

柑奈が看護師として勤めているのは、自治区内でも指折りの大きな工房《びょういん》で、そこの入院棟には揚羽の妹の真白が長期入院している。親友の柑奈がいればこそ、揚羽も安心して真白を余所の工房に任せていられるのである。

「喧嘩でもなさったの？」

返事を濁した揚羽に、柑奈が詰め寄る。火気質相手に、惚《とぼ》けたり曖昧に誤魔化したりするのは逆効果だ。二言、三言かわした後には揚羽もすっかり観念し、車道で無人タクシーを捕まえて二人で乗り込んだ。

タクシーの中のモニタには、正午ごろに自治区を文字通り震撼させた原因についての報道が流れている。

事故は二つ。一つは最近頻繁に頭上を周回していた広告用の飛行船が、総督閣下の水の外《と》つ宮に落着した事故で、もう一つは完成間近の貴賓通りで起きた、大型クレーンの転倒事故である。派手で安っぽいジャケットを着た解説者たちが、テロの可能性や陰謀について論じていたが、スタジオの空気はいまいち盛り上がりに欠けている。窓から見える街の様子も同じで、誰もが変わらない日常を、演じたり過ごしたり憩ったりしている。

「平和だね」

「もし何かあっても、どうせ私たち区民は、他に逃げるところなんてありませんしね」

柑奈のその感想が、区民たちの正直な心境なのだろう。総督府と行政局、それに自治議会に対する信頼は、単に彼らの実績というより、他に縋《すが》る拠《よりどころ》のない区民の心が行き着く果てゆえなのかもしれない。

病院に着いてから、ロビー前で二人は別れた。柑奈はナース・センター、揚羽は入院棟の上の階が目的地だ。気は進まないが、ここまで連れてこられてこっそり帰ったりしたら、柑奈のことだからあとで深夜でも早朝でも電話で確認され、説教をされかねない。

エレベーターを降り、見慣れたドアの前でまで来てノックする寸前で手を止めて逡巡する。

呼吸を大きく、ひとつ、ふたつ、そしてみっつ。

決意して今度こそと、ドアをノックしようとしたとき。

「人間を呼んでこいっつってんだよ！」

静かな個室が並ぶ廊下に、耳を疑うような荒々しい怒声が響き渡った。

振り向くと、廊下の向こうから若い男が怒鳴り散らしながら歩いてくる。

派手なピンク色のアロハシャツに、真っ白なハーフパンツ姿、手と首には黒く曇ったブレスレットとネックレス、髪は脱色を無闇に繰り返したのかすっかり痛んで、たっぷりのポマードで無理矢理寝かせていた。どう好意的に見ても趣味がよいとは言えない、お洒落や自己表現ではなく、目の前の相手を脅して恫喝するためのファッションスタイルだ。

　隣には車椅子に乗った派手な人工妖精がいて、男のがに股の早足に追い付くため、看護師が息を切らせて車椅子を後ろから押していた。女性の髪は人工妖精には珍しい金色で染めていて、これから入院をするとは思えないほど濃い化粧をしている。あれでは枕に頭を横たえた途端、カバーとシーツが汚れてしまうだろう。

　男は個室のドアを片っ端から蹴り開けて、中を確認して回っている。もう一人の看護師が男を止めようと必死に回り込んでいるが、男はまったく意に介さず、時には脚で蹴るような仕草も見せて看護師を押しのけている。

「個室は満床です！　大部屋の方でできる限りのことはいたしますから……！」

「黙れコラ、ぁあ？　人工妖精《フィギュア》じゃ話になんねぇよ、技師呼んで来いや、工房長《いんちょう》だ、工房長呼んでこい！　俺がドついたラぁ！」

（あの人……〝先住民〟だ）

　どこかにわかりやすい特徴があるわけではないが、人口わずか二十万弱の小さな自治区で、これほど横暴に振る舞える類《たぐい》の人間など、そう多くはない。

　東京人工島の原型があった頃、まだ感染者の隔離区域になる前に、本土から渡ってきて住み着いた古い住民である。理由は様々だが、多くは本土で暮らしづらくなるような後ろ暗い理由があったと聞く。

　彼らは元々感染者でなかったとしても、人工島が〝種のアポトーシス〟患者の隔離区域に指定されて以降は、感染者同様にまとめて本土から棄民されることになった。その背景に配慮し、自治区の成立以後も行政局と議会は彼ら先住民とその子孫たちに一定の優遇政策を施してきたのだが、それが彼らの特権意識を助長し、世代を経て集団化し、僻《ひが》みも手伝って、非常に傲慢に横暴に振る舞うようになった。彼らの背後組織が高圧的で議会にも影響力を持つため、たとえ現行犯でも自警団《イエロー》が手を出せないこともある。

彼らに出くわしたら、まず視線を合わせず、関わらないことだ。なにかあっても、自警団や司法局が助けてくれるとは限らない。

揚羽は妹の病室の前でじっと息を潜め、嵐が背中の後ろを通り過ぎるまで待った。

しかし無情にも、粗野な足音は揚羽の真後ろで止まる。

「おい……」

一度目なら、聞こえないふりで通せるかもしれないと思った。なのに、二度目の声より早く、後ろ襟を乱暴に摑まれ、あっという間に床へ引き倒されてしまう。

「コイツ、等級なしじゃねぇか！」

転がった揚羽の襟の青いタイを見下ろして男が言う。身体を丸めて隠そうとすると、肩を踏まれて無理矢理仰向けにされた。

「うっわ、マジ!?　マジで五等級？　半端なくねェ？　ダッサ！　アタシだったら恥ずかしくて死んだ方が百倍マシってか、キモっ！」

脚を大げさにテーピングした車椅子の人工妖精が揚羽を指さし、腹を抱えて笑う。

　襟の色は緑で、おそらく三等級の火気質だ。火気質の美徳は、裏を返せば豊かな情緒が傲慢に、強い自尊心が他者蔑視に変貌する。どの気質のどんな美点も、卑しい欠点と紙一重だ。火気質の特性が、二等級として非の打ち所のない柑奈の高潔さや気高さになることもあれば、この車椅子の個体のようにエゴや卑しさになってしまうこともある。

「おィおィ、看護師さんよ、こりゃいったいどういうことだ？　ここの工房にはゴミカスの五等級を入れる個室はあっても、三等級《おれのおんな》の入る部屋はねぇってか？　ぁあ？」

　どうやら揚羽を入院患者と誤解しているらしいが、本当のことなど言えるはずもない。

「お前ョ、五等級《ゴミカス》がなに調子こいてんのかな、何様ちゃん？　お前の部屋はここかァ？」

　男が真白の個室のドアに手をかけようとしたとき、揚羽は反射的に男の足を押しのけ、ドアの前に立ち塞がった。

　それまでのしおらしい態度が一変して、揚羽の一連の動作があまりに機敏だったので、いならんだ一同が呆気にとられた束の間の後、男は揚羽の襟を摑んで捻り上げる。

「ナぁニかましてんのかなァ、メスゴミ！」

　襟を乱暴に揺すられ、後頭部がドアに叩きつけられる。一瞬、視界が暗転したとき、とっさに袖からメスを引き抜きそうになったが、歯を食いしばって堪えた。

　ここの工房には柑奈が勤めている。揚羽の短慮で彼女の経歴に傷をつけるようなことは絶対に出来ない。工房が先住民の連中に目をつけられれば、真っ先に槍玉に挙げられるのは当事者、揚羽の友人である彼女だ。かといって、このドアを開けさせることだけは、命に代えても出来ない。ここは揚羽と真白の、誰にも立ち入らせたくない、穢させたくない、たったひとつの大事な接点だ。この個室を狼藉者の足で踏み荒らされることは、絶対に許せない。

意味不明な罵声を浴びながら背中をドアに押しつけられ、揚羽が咳き込んだとき、隣の病室からこっそり出てきた看護師を、男が呼び止めた。

男が看護師の持っていた物を奪い取り、揚羽の目の前で傾ける。

それは尿瓶だ。淀んだ黄色で染まった液体が、リノリウムの床を塗らして水溜まりを作る。

そして男は、耳を疑うような言葉を吐いた。

「嘗《な》めろよ、メスゴミ」

腹部を殴られ、内臓がひっくり返るような苦痛で膝を折って揚羽が屈んだところへ、男の足が水溜まりを蹴って屎尿《しにょう》の飛沫を浴びせてくる。

「このまんまじゃキッたねぇだロ、よォ？　社会で何の役にも立たないカス底辺等級のメスゴミは、俺たち正常な区民のためにせめて雑巾《ぞうきん》代わりにならなきゃな？　そう思うだろ、え、メスゴミ雑巾」

さらに飛沫を浴びせられ、髪の先まですっかり湿らされ、揚羽はついに跪《ひざまず》いた。

「マジ嘗めるんだ！　うっわ、サイテー！」

下品な二つの笑い声を聞きながら、揚羽は黄色くなった床に顔を近づけ、舌を伸ばす。

自分に突然課された不条理なハードルに、社会の悪意に、腸の煮えくりかえるような思いだった。涙が止まらなくて、こぼれ落ちたそれが水溜まりを申し訳程度に薄める。

いつも立派なことを言っている妖精人権擁護派《ポスト・ヒューマニズム》や性の自然回帰論者《セックス・ナチュラリスト》は、自分より弱い者や政治家にがなり立てるばかりで、このような社会の隅の現実にはいつも目をつぶる。それでも一端《いっぱし》の良識派や、見識持ちを気取っている。この男やその連れよりも、揚羽は彼らの行いに見て見ぬ振りをして善意を語る彼らにこそ、強い怒りを覚えた。

たかが分泌物だ。摂取したところで病気になるわけではないし、死ぬわけではない。だが、嘗めた瞬間からきっと、自分の大事な、たった五年とは言え、胸の奥で大事に育んできた何かが、音を立てて崩れていくような、そんな予感がした。

「……待て」

もう少しで舌先が尿まで届く、その直前、頭から振ってきた声で舌を伸ばすのを止めた。

「待て……待てって、ちょ、タンマ！　タイム！　じょ、冗談だろ、おい⁉」

前触れもなく男の中に慈悲が溢れたわけではなさそうだった。

顔を上げると、男のこめかみに誰かが拳銃のようなものを当てていた。

そうだ、拳銃だ。自警団《イエロー》が持っている磁気拳銃や、赤色機関《Anti-Cyan》の装備している機関拳銃でもない。レトロな回転式の装弾機構を持つ、黒くて古い銃だった。

怯《おび》えた男は両手を挙げて後ずさりし、媚びた笑みを浮かべていた。

「お、おぃ……本物なわけない、よな……ここは自治区だぜ？　火薬の拳銃なんて、あるわけネ………」

男が震える手で、自分に向けられた拳銃を摑もうとした瞬間、銃口が黄色い猛火《マズル・フラッシュ》を噴く。

思わず閉じてしまった瞼を上げたとき、男の背後で打ち抜かれた天井のパネルが落下して、床の上で跳ねていた。

「あ……あっ……へ……」

亜音速の銃弾に顔のすぐそばを素通りされた男は呆然とし、泣きそうな顔になって、悲鳴にもならない声で呻いていた。

拳銃を撃った当人は、若い女性の姿をしていた。今の表情は油断なく険しいものの、どこか儚《はかな》げな雰囲気を纏っていて、水気質のように見える。

拳銃が再び男の眉間《みけん》へ向けられたとき、今度は車椅子に座っていた男の恋人が、拳銃を持つ手に猛然と飛びかかろうとする。しかし、拳銃を構えた水気質は、空いていた左手ですぐさまスカートの中から二連装の小さな拳銃を引き抜き、それを男の恋人に向ける。

男もその恋人も、一丁ずつの拳銃に狙われて、顔を引きつらせながら一歩、二歩と後ずさり、やがて背中を向けて逃げ出す。恋人の方は足を治療されて車椅子に乗っていたはずなのに、嘘のように全力疾走をしていた。

「大丈夫？」

水気質が小さな拳銃をしまい、うずくまったままの揚羽に手を伸ばす。

何が起きているのか理解の及ばない揚羽は呆然としたままその手を摑もうとして、自分の手が尿で汚れていることを思い出し、慌てて引っ込めようとした。

しかし、水気質は逃げた揚羽の手を摑む。

「気にしなくていいわ」

先ほどまでの、触れると切れてしまいそうな、厳しい顔が見間違いだったかと思うほど優しい笑みを浮かべ、水気質は揚羽の身体を引き起こしてくれた。

「綺麗な黒髪が台無しね」

銃を腰の後ろに仕舞い、水気質は代わりにショルダーバッグから取り出したタオルを、揚羽の首に掛けてくれる。

「あの……あなたは？」

もちろん、初対面だ。拳銃を持ち歩いている知り合いなど、自警団の曽田陽平を除けば揚羽にはいない。

「あなたと同じ、青色機関《BRuE》の一人、〝全能抗体《マクロファージ》〟。そういう風に言えば、あなたにはわかるはずね？　漆黒の抹消抗体《アクアノート》」

どこか遠くから微かに響く黒鍵《ショパン》のエチュードが、対照的な表情をしている二人の視線を絡めて軽やかに流れ、また遠くへ霞んでいった。

＊

鏡子《きょうこ》は、フレデリック・ショパンのエチュードの次に、「不可能」という言葉が嫌いだ。

「だから、何度も不可能だと言っている」

この世界に、不可能な物事などひとつも存在しない。それでも実現できない何かがあるのだとすれば、それは一切の例外なく人間の側、つまり個人の傲慢と強欲によって科学が足枷を嚙まされるからだ。

『たった五ミリ、鼻を高くするだけのことが、なぜ出来ないんですか』

クレオパトラではあるまいし、とうんざりさせられる。

「それは設計の相貌設定誤差を超える。だから、鼻をそんなに高くしたいのなら、瞼の二重を外すか、前髪の生え際を下げて額を広くすれば可能だと言っているだろう」

かつて、幼い少女に「人間は空を飛べる？」と訊ねられて、鏡子は「飛行機乗り《パイロット》になればいい」と即答したことがある。当然、少女は納得せず、「機械なんか使わないで空を飛びたい」と駄々をこねたので、鏡子は「宇宙飛行士になって無重力に飛び出せば、嫌でも浮きっぱなしだ」と教えたのだが、しまいには泣きそうな顔になったので、「ほんの二千年くらい待てば出来てる」と言い放ってやった。

『それは出来ません。すでに役員会で、鼻以外のデザインはＯＫが出てるんです』

そら見ろ、と胸の中で毒づいた。勝手に限界を決めて、可能なことを不可能に貶《おとし》めるのは世界や科学ではなく、いつも人間の方だ。

「勝手に商品化を進めて尻ぬぐいを押しつけるな。精神原型《フィギュアづくり》は子供の粘土細工じゃない」

嘘はついていないし、はぐらかしたわけでもない。人間が飛行機や飛行船に頼らず、鳥のように空を飛べるようになるための理論の見通しにはいくつか心当たりがあった。ただそれはまだ現代の理論物理学に乗せられるにはあまりに未熟で時期尚早であるし、実用化など遥か先で、さらにそれが時代の潮流に乗りエコシステムに運良く組み込まれて一般人の財布の中身で手に届くようになるまでには、早くても数百年以上かかるはずだ。

　だから、世界や科学に不可能があるのではない。どんなに馬鹿で無能で、科学を使い潰して貴重な研究を消耗品にし、燃えるゴミと一緒に鼻紙のように使い捨てる上に、自分では文明の進歩に一切貢献しようとしない、ダニやノミ以下の寄生虫クズどもであろうと、馬鹿らしく阿呆のように惚けて待っていれば、大抵の願いは叶う。

　ただ、そんな傲慢な願いを文明の最先端に押しつける無能なクズどもには、たった千年や二千年待つ程度の堪《こら》え性が足りないだけだ。

『あなたでなくとも、精神原型師《アーキタイプ・エンジニア》はいくらでもいるんですよ？』

　恫喝のつもりか。あまりの浅はかさと卑しさに、同じ人類《ホモサピエンス》として羞恥すら覚える。

「勝手にすればいい、どこへ持っていっても同じだ。どうしても鼻の高さを変えたいのなら、この精神構造を設計した本人に持ち込むことだ。そうすれば一から造り直すだろう。まったく別なデザインで戻ってくるだろうがな」

　電話の向こうからあからさまな舌打ちが聞こえてきて、鏡子の元々貧弱極まりない忍耐力は底をつきそうになる。鏡子のような下請けに回ってきて、これだけ駄々をこねるのだから、大方、基本デザインをした精神原型師から高額の追加料金を吹っかけられたか、無茶なデザインを要求した挙げ句に値切りを迫ってへそを曲げられたか、いずれかに違いない。

『……これだから理系は……』

聞こえるように呟《つぶや》かれた独り言は、鏡子の逆鱗《げきりん》に触れ、堪忍袋の緒を完全に切らせた。

「文系だ、理系だと、自分の都合で他人を分類《カテゴライズ》して自慰《マスターベーション》に耽《ふけ》るなら、壁の穴にでも発情していろ！　蒟蒻《コンニャク》に穴を開けて腰を振れこのイカ臭野郎！　お前は文系でも理系でもない！　どちらの列に並んでも足を引っ張るだけの浅学・浅薄・厚顔・無知・無恥・無能だ！　人の言葉をやめて明日からクラゲやナマコと話すがいい！　貴様の人生には霊長類どころか糞まみれの厩舎で繁殖する偶蹄目ほどの価値もない！　恥知らずで無能な貴様の遺伝子が入った精液で人類と豚を穢すな！　今すぐアメフラシの口にでもカリを突っ込んで射精しろ！　二度と電話を掛けてくるな！　貴様の下品な声で妊娠したらたまらんからな！」

電話機を机に叩きつけたが、なおも通話が切れていなかったので殴るように手で払い、それでも書類の山に引っかかっていたので、わざわざ椅子を引いて脚を出し、踵《かかと》で思いっきり蹴飛ばした。揚羽が出かける前にようやく積み終えていった紙束の山は、無体な扱いを受けた電話機とともに床に飛び散って、住み替えたばかりの九階の部屋を再びパルプとセルロースの無惨な荒れ野に変える。

リモコンをひっつかみ、適当にランダム再生をさせると、スピーカーから流れてくるのは忌々《いまいま》しいことにショパンのエチュード《ジョルジュ》で、アバズレへの青臭い情熱と、病弱で軟弱な青年の歪《ゆが》んだ情愛の対比《コントラスト》が黒と白の鍵盤の上で可憐に紡がれる様を思い浮かべてしまい、あまりの気色悪さで全身に鳥肌が浮かび、三十秒と耐えきれず次の曲へ飛ばす。

しかし、今度はモーツァルトが思いつきと片手間で書いた第三十六番《リンツ》が流れる始末で、それは今の鏡子にとって吐き気を催す原因にしかならない。その後も冒頭《イントロ》だけで曲送りを繰り返すが、エルガー、モーツァルト、ショパン、モーツァルト、ハイドン、ショパンという嫌がらせのような選曲が続き、鏡子が再生装置《プレイヤー》の乱数発生器に作為的な悪意を疑い始めた頃に木星《ホルスト》の猛るような調べが聞こえるに至り、ようやくあきらめてリモコンを放り出した。

　毛を逆立てた猫のような心境の今の鏡子は、そのミーハーで荒々しいアレグロの出だしだけで余計に苛立ちを積み上げてしまうのだが、どうせ収まらない感情ならば、煙も出なくなるまで激情の火種を焼き尽くしたいときもある。金管の奏でる雄大なハーモニーでようやく肩の力が抜け、大きめの椅子に小柄な身体を埋めて目を閉じた。

　そうして耳だけの自分になり、オーケストラにエゴをたゆたわせ、落ち着きを取り戻して間もなく、忌々しいことに蹴り落とした電話が鳴り出す。

「なんて根性無しだ……」

　どうせ後で泣きついてくるだろうと思っていたが、極めて険悪な物別れに終わった先ほどの電話から、ほんの五分ほどしかたっていない。多少の甲斐性を見せるのなら少しは話を聞いてやらないこともないと考えていたが、こうも卑しく手の平を返されては、胸の内に湧いてくるのは軽蔑ばかりである。

「くそったれ……」

　身体の気だるさを肺に集めて、め一杯の悪態へと変えてから吐き出す。肘掛けに絡んだ髪を無造作に払い、床まで足の届かない椅子から跳ね降りた。

電話を拾い上げてから椅子に座り直し、息を大きく吸ってから通話ボタンを押す。

「この早漏野郎！　お前の股間についてるのは珈琲《コーヒー》のサイフォンか!?　アサリやシジミを見習え人類未満！　お前の分泌物よりニキビの膿の方がまだ文明社会に有益だ！　わかったら今すぐ障子の穴を増やす仕事に戻れ、腐れ早漏《みこすりはん》！」

『……き、きみ……』

言いたいことを一方的に言い終えたとき、電話口から聞き慣れない声がして、終話スイッチを押そうとした指を辛うじて止めた。

『き、君は！　そ、それが数十年ぶりの相手に第一声で吐く言葉か！』

別人だったようである。

「ああ、それはすまなかった。間違えた」

今度は唖然としたのか、しばらく間があった。

『……いや、間違えにしろ、どういった相手でどういった話の流れなら、今の罵詈雑言の暴風に繋がるのか僕には想像も出来ないが……わかれば、いいんだ』

「いいのか。ではな」

『ああ、また電話する………って、待て！　待て詩藤《しとう》！』

「なんだ？　電話のバッテリーが心許ないから、突然切れるかもしれんが、言いたいことがあるなら手短に言え。住所氏名《プロフィール》プラス自己アピール込みで百四十文字以内だ」

『バッテリーを言い訳にして一方的に電話を切るのは君の常套手段だろうが！　それで日を

跨《また》ぐまでは二度と電話に出ないんだ！』

「ちっ……」

『相手に聞こえるような舌打ちをするな！』

先方は旧知の相手らしく、引きこもりの第一人者《エキスパート》たる鏡子の手管をよく知っていた。

「私は慈悲深い。お前が鼻水を垂らすまで泣き散らして涙の海で土下座し請い求め、崇めて願うからやむを得ず聞いてやる、用件は手短に言え」

『君は相変わらずだな！　顔が見えないのをいいことに電話の相手に不条理な背景設定を付与するな！　……ま、まあいい。君はすぐに顔を真っ赤にして慌てふためくか、青ざめて声を失うことになるのだからな……君の大事な一人娘の運命は、今や風前の灯《ともしび》だ』

「そうか。煮るなり焼くなり売るなり犯すなり好きにしろ」

『それだけか⁉』

鏡子に一般的な母娘の情を期待するのがお門違いだと、電話をする前に考えなかったのか。

「娘《あれ》はもう勘当して縁を切った。あのお転婆娘《じゃじゃうま》が地球の裏側で飢え死んでサボテンの枝で干されていようと、十七分割されて央土の犬肉屋のショーケースでホルモン焼きや睾丸の丸焼きと一緒に並んでいようと、私の知ったことではない」

『き、君！　赤の他人でもそこまで残酷な末路はなかなか想像しないぞ！』

「そうか？　憐れな死に方にはまだあと二、三段階ぐらい心当たりがあるが」

『君には人類として最低限の人情が欠落している！』

今更何を。それが峨東《がとう》だ。何百年も掛けてそういう血筋を守り育《はぐく》んできたのだから。

『しかし、いくら平然を装っていようと、君の内心の動揺が伝わってくるぞ』

「よくわかったな。赤マルがあと一カートンしかなくて、後は嫌々メンソールなんだ」

『なぜなら、君の一人娘は、君たち峨東の一族の悲願達成に不可欠だからだ！』

鏡子の軽口に付き合うと切りがないことを、ようやく学習したようである。

悲願だの不可欠だの、まことに峨東らしくなく、凡庸な人間らしい発想だ。とはいえ、現行の峨東の計画の中核に、鏡子が造った世界初の火気質《ヘリオドール》、椛子《もみじこ》がいることは確かだ。

『今、東京人工島の〝聖骸《SnT.》〟は僕の支配下にある』

「〝聖骸《SnT.》〟？」

また、ずいぶんと懐かしいものを引っ張り出してきたものだ。言われるまで鏡子も忘れていた。峨東の一族の者以外で、あの計画に関わった人間は限られる。だとすると、この電話の相手の正体にも、心当たりがある。

「そうか……そういえば、あれはお前と深山たちで作ったのだったな」

『そうとも。僕はその時、〝聖骸《SnT.》〟に遠隔操作《バックドア》コードを仕込んでおいたんだ』

案の定、相手は鏡子のカマかけに乗ってきた。

「だが、あれは今、冷温停止されている」

『本体は休眠中でも、〝聖骸《SnT.》〟は東京人工島の人形《マネキン》たちの集中管理システムとして機能しているんだ。僕がその気になれば、この島のどの人形でも好きに操れるぞ。僕が島中にある無数の人形のどれを操るのか、君にも君の娘にもわかるまい。君たち峨東が傲慢に無視し、見下し、軽んじてきた僕に、今や君たち峨東の命運は握られているんだ！』

「ほう。それが、峨東に対するお前の復讐か」

『ようやく気づいたか！　君たちはいつもそうだ、一族以外の人間の運命や生死など、路上の雑草ほども気に掛けない。だがこれで君たちは思い知ることになる、君たち以外にも世界を転覆させるほどの才能と信念が生まれ得ることを！』

「確かに、私はお前を見くびっていたようだ」

『いいぞ、いつも傲慢な君の、しおらしい言葉を聞けるだけで僕は興奮が止まない！』

「ならば、大事な確認をしておきたい」

『いいとも！　そんな深刻な声音は久しぶりだ！』

「問おう――」

鏡子は短くなった煙草を大事に一口、煙に変えてから、厳《おごそ》かに告げる。

「お前、誰だっけ？」

グスターヴ・ホルストの情熱的な調べが、不意に訪れた静寂を埋めている。

「確かお前、名字《せい》に『山』か『川』か『谷』か『田』の字が入っていなかったか？　そこまでは思い出せるのだが……」

『に、日本人の半分以上の姓にはその四つの漢字のどれかが入ってるだろう！』

「まあ、一睡《ひとねむり》すれば思い出すかもしれん。日をあらためてこちらから折り返し電話をするということで、どうだ？」

『それはいつだ！』

「来年とか」

『年賀状を待つ気じゃないだろうな！　僕は送らないぞ！　どうせ君は今も片っ端からシュレッダーに掛けてるだろう！』

話をはぐらかしてうやむやにしながら人生を渡ってきた鏡子の手の内をよく知っている。

「悪気はないんだが――」

『悪気がなくて本気で忘れているならそっちの方が失礼だろう、君！　自分たちの大事な東京人工島がどうなってもいいのか！』

「ああ、なら、この島がなくなる頃までには思い出して――」

通話は向こうから叩き切られ、不通を告げる着信音が残った。

「どなたからお電話ですか？」

いつの間に戻ってきていたのか、左腕に紙袋を下げた揚羽が、散らばった書類を空いた手に集めながら振り向いた。

「いや……間違い電話――」

「間違い電話？」

「だったような――」

「ような？」

二度にわたってより深く首を傾げる馬鹿の顔は、取引先とまた揉めたのではないかと心配げであったが、そっちは前の電話でとっくに破談していて、今は相手の詫び入れ待ちである。

「なんだ、その服は？」

人工妖精は等級ごとに、服装に一定の制約があり、最低等級の五等級は黒い服しか着ることを許されない。だから、揚羽はいつも上から下まで黒ずくめだが、今の装いはどうも見慣れない。

フリルの重なったシルクのブラウスはストラップレスで両肩から胸元まで露わになっていたし、プリーツが施された下《ボトム》のキュロットは丈がかなり短い。上から羽織っているカーディガンは裾こそ長めなものの、レースのふんだんにあしらわれた涼しげなシースルーで、その下の肩や太ももが丸見えだった。鏡子は揚羽の服装にいちいち気を配ってはいないが、なんとなくいつものセンスと異なる印象を覚える。

「あ、これは……出先でちょっと服を汚してしまって、無駄遣いはよくないと気をつけてはいるのですが……友達に選んでもらっていたら、その……」

「好きにしろ。多くはやっていないが、自分の給金の範囲でやりくりするならかまわん」

盛夏とは言え、やや肌の露出が多すぎるような気はするが、元より揚羽は五等級の服装制限を気にしすぎている嫌いがある。多少は自分で自分らしい服装を選ぶ習慣は身につけさせなければならない。水気質なら、火気質や風気質のように変に色気づいて下品なファッションに陥ることもまずないはずだ。

鏡子の許しを得た揚羽は胸を撫で下ろしていたが、どことなく重い疲労の影をそこに見たような気がした。服を汚したと言っていたが、どこかでそそっかしく打ち水でも浴びせられたのだろうか。疲れて見えるのは髪が湿って幾筋か、顔に張り付いているせいかもしれない。

「今日は弔事ではなかったのか？」

「はい。お昼に終わって、帰りにちょっとドジをしてしまって……」

ここが学舎《がっこう》であった頃から壁に掛けられたままの時計の短針は、四時過ぎを指している。

水気質は風気質ほど露骨ではないが、落ち込んでいるときには無意識の内に表情や仕草に表れる。今の揚羽にもそれが見て取れるが、人工妖精も人間と同様に思い悩む生き物であるならば、胸の奥でつかえているものを詳《つまび》らかにさせることばかりが正解だとは限らない。

正直なところは面倒という気持ちもあったし、揚羽もあまり触れて欲しくはなさそうな口調であったので、自分から言い出すまでは放っておいてやることにした。

組曲「惑星」の調べは、金管楽器の怖気《おぞけ》を呼ぶような力強いうねりが加わり、男性側自治区に独特の真上からの夕焼けで、黒と茜《あかね》色にくっきりと色分けされた屋内に響き渡る。

あらゆるものを二色で分かつ、その彫りの深い光景は、さながら終末の迫った斜陽の世界だ。旧教の言う審判の日の空は、きっとこのような景色をしている。

やがてあらかた散らばった書類を集め終えた揚羽が、それを鏡子の机まで持ってくる。

「鏡子さん。人工妖精《フィギュア》は、絶対に顔の整形が出来ないんでしょうか？」

思わず、うんざりとした溜め息を、たっぷり十秒ほど掛けて吐いた。

「笑われることは覚悟をしていましたが、露骨に煩《わずら》わしそうなお顔をされるとは……」

「自分の顔に、気に入らないところでもあるのか？」

「それは、女の子なら誰しもこうだったらいいなとか、もう少しああだったらいいな、ぐらいは思うこともありますけれども……私だけの話ではなくて、ですね」

　人間だけはなく、人間の好みを追求して選りすぐった美貌で生まれる人工妖精《フィギュア》までもがそんなことを言い始めるなら、この世がまさに斜陽なりとも宜《うべ》なるかな、である。

「まったく、太陽がヘリウムと炭素の燃え滓になるまで馬鹿は絶滅せんな」

「そこまでおっしゃらなくとも」

　不満そうに頬を膨らませた揚羽には、少しは普段の調子が戻ってきたように見える。

「別にお前だけのことじゃない」

「では、馬鹿とは主にどなたのことで？」

「知らん。私以外の誰か全員だ」

　鏡子は机の隅に立ててあった鏡へ手を伸ばした。揚羽が「お客様に対してご自分が普段どんな表情をなさっているかわかりますよ」と言って、勝手に置いていったものだ。

　腰を上げてようやく手が届き、それを引き寄せてから揚羽に向けた。

「今、この鏡に何が映ってる？」

「えっと、私の顔です」

「そうだな、馬鹿が馬鹿面《ヅラ》で映ってる」

「そんなに馬鹿と繰り返さなくとも——」

口答えはするものの、やはり今日の揚羽はいつもより打たれ弱いようで、どうにも調子が狂う。またひとつ溜め息をついて、慰めの言葉を探す。

「人の世はなにかと馬鹿を馬鹿みたいに馬鹿にしがちだがな、馬鹿は馬鹿にならんぞ、なぜならどれほどの天才が馬鹿みたいに努力しても、馬鹿のように馬鹿らしく馬鹿には生きられないからだ」

「ああ、すいません。励ましてくださっているおつもりなのかもしれませんが、私はなにゆえひと息で九回も『馬鹿』と言われたのでしょう？」

「八回では足りなかったからだ。まあ馬鹿の話は馬鹿馬鹿しい。では——」

「十二回は過剰殺傷《オーバーキル》ではないのですか？」

ああ言えばこう言う、馬鹿の口答えは無視した。

「——では、どうしてこれが自分の顔だと分かった？」

「どうしてって……鏡は、目に見えるありのままが映るものだから、ではないのですか？」

「なら、これが動画《ビデオ》カメラとテレビ《モニタ》だったら？ 映っているのはここではない遠くのどこかもしれない、今ではない過去なのかもしれない。あるいはリアルタイムで画像を合成したり加工したりしているかもしれん。それでもお前は、自分が映ったら、自分だと気づくか？」

揚羽はすぐに頷《うなず》く。

「そうだ。自分の顔とは誰にとっても自明なものだ。これが自分の顔であるか否か、他人に証明してみせなければいけない機会なんてものはそうそうない。だが、一方でこういう話がある」

鏡子は鏡を放り出し、代わりに灰皿の上で燻《くすぶ》っていた煙草を摑む。

「まだカメラが銀塩フィルムを使っていて、不鮮明だった時代のことだ。『陸』に『田』と書いて『陸田《リクタ》』と読む名字の男が、合衆国──今の北米の辺りだな、そこへ海外旅行に出かけたが、空港で足止めを喰らった。原因はパスポートの氏名欄だ。パスポートには『Rikuta』と書かれていた。しかし、男は見栄っ張りだったので、クレジットカードなどのサインには『R』ではなく『L』を使い、『Likuta』と書いていた。

国内でまともな教育を受けていれば、中等部の学生《ガキ》でもわかることだな。アルファベット圏では普通、『L』と『R』の発音は明確に区別される。しかし、日本ではどちらも同じ『ラ行』だ。だから、国内では名前に二つの綴りのどちらを用いてもかまわないが、海外に出ると一気に問題化する。別人になりすましての不法入国という疑いを掛けられた男は、必死になって『Rikuta』と『Likuta』が同一人物であり、自分自身であることを証明しなければいけなくなり、あわや逮捕という大騒ぎになった」

最後の一服を大事に味わいながら、吸い殻を灰皿に擦りつける。

「自分が、本当に今の自分である、という証明は、実はとても難しいものなんだ。例えば夢の中で、自分ではない別人になりきってしまったことがお前にも……なんで顔を隠す？」

揚羽は恥ずかしそうに両手で顔を覆っていた。頬には微かに赤みが差している。

「あの、いえ、一度でいいから、鏡子さんになった夢を見ることができるなら、すぐお風呂に……………あ、痛っ、痛い、痛いです！　冗談です！　儚い夢です！」

T字ホウキで、そこだけ無防備になっていた額へ二段突きをかましてやる。

「例えば、お前が眠っているとき、夢の中で自警団の曽田陽平になっていたとしよう」

「瞬く間に自殺します」

「お前は夢の中で、曽田陽平のように煙草《キャビン》を吹かし、自警団《イエロー》の捜査官として事件の捜査中、犯人を走って追いかけていた。が、ふと目を覚ました。そのとき――」

「起きざまに自殺します」

人工妖精らしからぬ揚羽の横槍を、鏡子は軽やかに無視する。

「そのとき――近くに鏡がないとしたら。そして、そこが見知らぬ部屋であったとしたら。お前は飛び起きて犯人を捜すか？」

「じさ――」

「自殺はしないとしたらだ」

無神経な客や、横暴な取引先に対しても滅多に敵意を見せない揚羽から、ここまで毛嫌いされる曽田陽平に、多少なりとも同情が湧かないでもない鏡子である。

「起きてすぐなら、寝惚けて困惑するかも知れないですけれど」

人間なら、旅先でホテルや旅館などに宿泊したとき、よく生じる感覚だ。

「そういうことだ。人間や人工妖精にとって、自分に対して『自分を自分と証明している』ものの大半は、『自分の連続性』なんだ。少し狭義になるが、物理学ではこれを『時間の矢』と呼び、我々精神原型師《アーキタイプ・エンジニア》の間では慣例的に第八感と仮称している。

　つまり人間は、覚醒《おきて》している間は、当然のように『先ほどまでの自分』と『今の自分』が同じ自分であると認識できる。だから古いアルバムで見つかるような、覚えていないくらい幼い頃の写真の姿も、自分のものだと認識できる。人間の脳には、そうして過去から現在に至るまでの『自己同一性《アイデンティティ》』を担保する仕組みが生得的《しょうとく》に備わっているから、自分が本当に自分であるかということを疑う機会は滅多にない」

「自己同一性というのは、よくわからないのですが……百貨店の屋上とかのイベント会場で、たまに児童向けの変身ヒーローショーをやっていますが、変身前と変身後では、演じている役者さんが別々だったりするんですよね。変身のとき、子供を待たせるわけにはいかないから、あらかじめ変身後の衣装を着た人が舞台裏に控えてて、変身のシーンでサッと入れ替わるんです。あのとき、変身前と変身後では本当は別人なわけですが、子供たちは二人が入れ替わる瞬間が見えないので、ずっと同じヒーローが舞台の上で頑張っていると思ってる。

　本当は同一人物でなくとも、同じ人のように見せかけることが出来るということを、自分に対しても無意識の内にしているから、さっきまでの自分と今の自分が同じ自分だと疑うことはない、と、そういうことですか？」

　精神原型師の資格試験で、受験者の大半を容赦なく落伍させる人格の連続性と自己同一性の概念を、子供の変身ヒーローにあっさりたとえられてしまったことに、思わず脱力するほどの目眩《めまい》を覚える鏡子である。

「そうだな……」

峨東が誇るこの底抜けの馬鹿にかかっては、並み居る英才秀才たちも立つ瀬がない。

「もう少し噛み砕くのなら、例えば、お前が救いようのない〝馬鹿〟だとする」

「異議あり！」

「全会一致で却下する。お前は世界で唯《ただ》一人の至高の〝馬鹿〟だ。世界最悪の馬鹿だ」

「異議あ――！」

「却下する。もしそうなら話は早い。なぜなら〝馬鹿〟と言えば、世界にはお前しかいないからだ。お前はいつでも『こんな馬鹿は自分だけだ』と、誰に憚《はばか》ることもなく、胸を張って心安らかでいられる。誰にも間違えられることはない、そんな馬鹿はお前だけだからだ」

「色々と異議あり！」

「却下。つまり『馬鹿＝揚羽』というごく簡単な等号式が成立する。喜べ。涙を流し、噎《むせ》んで歓喜しろ、〝馬鹿〟の称号《ラベル》はお前だけのものだ」

「汚名返上《クーリング・オフ》は――」

「不可だ。しかしある日、とんでもないことが起きた。南米のアマゾン川流域の周辺で、現代文明と一度も接触したことのない、未知の原住民が見つかったのだが、彼らの中から、なんと正真正銘の〝馬鹿〟がもう一人、発見されてしまったんだ。これは恐るべきことだ。なぜなら、今までは〝馬鹿〟と言えば揚羽《おまえ》しかいなかったのに、この日から〝馬鹿〟が世界に二人同時に存在することになってしまった。どっちも同じ〝馬鹿〟だから、この日から誰も二人の〝馬鹿〟の区別がつけられなくなったんだ」

「私は熱帯の密林で石の槍を持って狩をなさっている方《かた》と見分けがつかないんですか……」

「しかし案ずることはない。研究の結果、すぐに揚羽《おまえ》は比類なき〝馬鹿〟であることに加えて、右に出るもののない〝阿呆《あほう》〟であることがわかったからだ」

「もう死んでも《ゴールしても》いいですか？」

「お前も世界もほっと胸を撫で下ろし、歓喜した。『馬鹿＝揚羽』ではなくなったが、『馬鹿＝原住民の方の馬鹿』で、『馬鹿＋阿呆＝揚羽』とはっきり分かったからだ。

　人類の誇る科学を賞賛し、崇拝しろ。科学による解明でお前は世界最悪の〝馬鹿〟に加えて不世出の〝阿呆〟の称号《ラベル》を勝ち取った。それで今まで通り、心安らかに自分を認識できるようになり、ジャングルの原住民と間違えられてしまうこともなくなったんだ」

「そろそろ刻《でんぱ》が見えそうな気分になってきたのですが……。このたとえ話が、特定の個人に対する尋常ならざる悪意で充ち満ちている気がするのはボクの思い過ごしですか？」

「被害妄想は不健康だぞ。私はお前を世界で後ろから一番目に大事に思っている」

「完膚無き追い打ち、ありがとうございます……。それで、今のお話が人工妖精の顔の整形手術と、どう繋がるのでしょうか？」

「まだわからんのか？」

せっかく、極めつきに丁寧な説明をしてやったというのに、馬鹿の頭にはあまり入っていかなかったようだ。長い溜め息を紫煙に乗せて、窓から短く差し込む日の光に向けて吐く。

「個人を他の誰かと区別して特定し、また自分が過去から連続する自分であることを認識するために、人間は名前、顔、服装、経歴、住所、人間関係などといった様々な〝因子《ラベル》〟〝称《シン》号《ボル》〟を複数、同時に保持しているんだ。もしどれか一つを失っても――例えば顔が事故などで変わったり、手足を失ったり、服を着替えたりしても、その他に残った無数の〝特徴《ラベル》〟によって、失われた同一性を補う。それによって他人は彼の個人を特定し、その個人自身も、自分を昨日までの自分の続きとして自覚できる。しかし、『補う』という言葉でわかるな？それはつまり、精神的な作業であり、すなわち脳と精神に負荷《ストレス》を伴うということだ」

揚羽が不思議そうな表情をして、夕闇の中で佇《たたず》んでいる。顔の右半分に影が落ちていて、青みがかった瞳が一際《ひときわ》鮮やかな色に見えた。

「つまり、何かの事情で引っ越したり、名前が変わったりしたときには、人の心身は自分で思っている以上にとても強いストレスを溜めてしまう、ということですか？」

「そうだ。転居や転職といった大きな環境の変化では、自己同一性《アイデンティティ》の大規模な再構築が強制的になされる。さっきも言ったように、自己同一性の保持は生得的で、多くの人間は死ぬまで意識して行うことはない。当たり前すぎてわざわざ考えないから、肉体的な疲労とは違って、そこに生じる脳と心へのストレスに対して無自覚になりやすい。

自覚しないまま、蓄積するストレスが個人の限界《リソース》を超えてしまうと、適応障害や様々な神《ヒス》経症《テリー》、強迫性障害、極端なフェティシズムなどの性的倒錯、勃起不全《ED》、依存症、鬱病などの形で表出する。最悪は統合失調や同一性障害などの重篤な疾患の遠因になる」

　思いあたることでもあったのか、揚羽は顎に指をやり、天井の方を眺めている。

「前に――五稜郭《がっこう》に通っていた頃のことですが、同じ学年で指折りの優秀な子がいたんです。試験の上位名簿の常連で、すごく成績がよくて。でも、たった一回、二年の中間考査《テスト》で、名前を書き忘れたか解答欄をひとつずらして書いてしまったかして、零点になってしまったことがあって、すごく落ち込んでしまって、それからしばらくして不登校になって、卒業しないまま退学してしまったんです。あのときの彼女も、単に悪い点を取ったことで自信をなくしたのではなく、もしかして試験の点数とは直接は関係のない強いストレスを受けてしまって、心身が疲れて正常な判断力を失っていたということでしょうか？」

　馬鹿で五歳児の癖に、よくも的確な例を見つけてくるものだ。

「そうだ。おそらくその娘は、単純に自分の評価が下がったことを嘆いていたのではない。〝優等生〟という、自分が入学以来、当たり前のように享受し、無意識に依存していた自分の〝因子《ラベル》〟が一時的に失われたことで、脳と心が重いストレスを蓄積した。それに対して無自覚だった故に、自律神経失調や意欲低下などの原因が摑みづらい症状が現れ、学業に打ち込めなくなったのだろう。真面目で謙虚なタイプほど、自分が〝優等生〟であることに胡坐《あぐら》をかいていたのではないかと自責してしまい、よりストレスを溜めて悪化しやすい。そうした相手に、『失敗は誰にでもある』とか『次もある』というありきたりな慰めは無意味だ。

なぜなら、本人はたった一度の失敗に執着して、陰気に悩んでいるわけではないからだ。自分が当たり前に持っていた『自分らしさ』を無くしてしまう端緒《きっかけ》が、たまたま学校の試験であったに過ぎない。誰でもなりうる、ありきたりな五月病やマリッジ・ブルーと同じだ」

　鏡子がすっかり暗くなった屋内に気づいて、リモコンで照明を点けようとすると、揚羽が気を利かせて窓の遮光《ブラインド》カーテンを上げる。自治区の上空に設置された反射鏡の夕日は、だいぶ真上の方へ近づいていたが、それでも外はまだ明るい。遮光カーテンがなくなると、屋内は再び茜色に染められた。

「つまり、人工妖精《フィギュア》が顔の整形手術を受けられないのは、顔が変わってしまうと、精神がストレスを溜めて心を病んでしまうからだ、と、鏡子さんはおっしゃっているのですね？」

「そうだ。人工妖精の精神は、四つの精神原型《S・I・M》のいずれかを中心にして、人間同様に性格要素、個性要素を積み重ねて造られる。その中には自分の容姿、顔かたちについての記憶も当然組み込まれる。原型、性格、個性の三段階すべてと容姿のバランスを取らなければ、目覚めなかったり精神的に破綻して生まれてしまう。個体ごとのそういった微妙な調整をするための直感が、精神原型師に不可欠な素質のひとつだ。

　当然、もうある程度できあがった精神に、いいかげんな顔や肉体を与えることは出来ない」

　先ほど電話で鏡子に叱責された、あの早漏（疑惑）の担当者も、その辺りの理解がまったくできていなかったから、水掛け論のような「できる」「できない」という不毛なやり取りになってしまったのだ。研究者でなくとも、人工妖精業界に携わる者なら最低限の素養は身につけておくべきだというのに、職業意識が欠落していて、挙げ句に取引先に責任転嫁するような無能とは関わり合いになりたくないものだ。下請けを締め上げれば締め上げただけ利益が出ると勘違いしている連中は、遅かれ早かれ凋落していくものである。

「でも人間は美容整形できますし、赤ちゃんで生まれて成人まで成長し続けて、その後もお歳を召されて顔も身体も変化していきますよね？　なんで人工妖精はだめなのですか？」

「お前は今まで何を聞いていたんだ……」

呆れすぎて力が抜け、思わず椅子の肘掛けにしな垂れかかってしまう。

「さっきも自己同一性の保持には『自己の連続性』が大きく寄与していると言っただろう。浦島太郎ではあるまいし、人間は一晩寝てから目が覚めたとき、何十年分も成長していたりすることはない。成長や老化による日々の容姿の変化は極めて緩慢で、自分ではほとんど気づかない。子供が久しぶりに親戚に会うと決まって『大きくなった』と言われるものだろう。逆に言えば、毎日見ていたら気づかない程度の変化しかしないんだ。だから人間は、自分の成長や老化による容姿の変化も、自分の〝因子《ラベル》〟の中に少しずつ組み込むことができる」

「では、事故にあわれて顔を怪我してしまった場合はどうなりますか？　それと、やはり事故で何十年も昏睡状態になっていた人が突然病院のベッドで目を覚ますという映画を見たことがあるのですが、この場合には？」

「言うまでもない。どちらも周囲の他人だけでなく、自分自身ですら気づかないうちに、放っておけば致命的になりえるほど強いストレスが発生する。前者は肉体だけではなくメンタル・ヘルスとセットでの治療が基本だ。後者は、現代の医療の水準では原因不明の長期昏睡など滅多にないが、もしそうなったのであれば、目覚めてすぐによほど手厚く精神衛生に注視しなければいけないし、場合によっては一生涯の治療が必要になる」

「美容整形を受けた人間の方にも、メンタル・ヘルスでの治療が必要なのですか？　むしろ、美容整形をして人生が変わった、幸せになったという宣伝文句を見かけますが」

「それはまた別の話だ。前にも教えてやったような気がするが、先天的な容姿を気にして美容整形を望むような人間は、例えば老化による皺《しわ》や染み、あるいは頬や鼻の骨格、脂肪の片寄り、あるいは一重の瞼、唇の厚さなどが、自分の理想と乖離《かいり》していると感じるから、整形しようとする。美容整形をする人間にとっては、顔の皺は、垢や泥と同じなんだ。もう自分の肉体の一部ではない。出来るものなら石鹸で洗い流したい異物だ。そういった人間にとっては、整形前の自分の顔が、自分でこうあるべきと思う理想からかけ離れているんだ。つまり、整形前から既に大なり小なりの『自己同一性の危機』の状態にあって、整形で容姿が変わることで、むしろそのストレスを解消しようとしている。ただし、整形前後の容姿の変化から生ずる社会的、心理的ストレスはもちろんある。整形前の顔しか知らない知人に会わなければいけなくなったとき、美容整形した事実を簡単に打ち明けられるとは限らない。打ち明けるための決意自体がストレスになるし、打ち明けないのであれば、気づかないふりをしてもらうか、さもなくばその旧来の人間関係は一度封殺するしかない。いずれにせよ、当人か周囲に心理的ストレスが生じることになる。まったく問題なしとはならん」

「では、人工妖精の顔を整形手術で無理矢理変えてしまったら、どうなりますか？」

「〝顔《フェイス》〟は、人間の持つ無数の〝因子《ラベル》〟の中で、名前や血縁と同等か、それ以上に依存性の強い要素だ。さっき述べたように、人間の場合《ケース》ですら、自分の顔が変貌すると人格と性格の変容を招くほど大きなストレスが生じる。人間なら、自分の生まれつきの顔がどんなに嫌いであろうと、成人する頃までには自分の顔を自分らしさとして嫌々でも受け入れることになるが、お前たち人工妖精の場合、人間と違って、乳児から青年期に至るまでの堅実で不可避な成長段階と、その過程で自然に蓄積される、自分の顔の強制的な認知がない。代わりに、性格要素と個性要素に、人間が成長で獲得するのと同じような自分の顔に対する記憶を、人格《パーソナリティ》の一部として埋め込んである。お前たちは生まれたときからその身体で死ぬまで老いることもないから、人間とは違って成長や老化のような経年変化を想定する必要も無い。ゆえに、生まれつき決まっている自分の顔についての記憶は固定されていて、後からの変更は一切出来ない。相貌《かお》の急激な変容による害は、人間なら精神的な疾患で済むが、お前たち人工妖精は肉体が微細機械《マイクロマシン》で出来ていて、全身の神経系と循環器系を介し、元を辿れば精神によってその身体の形を保っている。人格障害《パーソナリティ・ディスオーダー》はそのまま肉体の消失に直結する」

「死んでしまうのですか？　蝶に戻って」

「そうだ。個体ごとに潜伏期間や症状の進行速度の幅はあるが、遅かれ早かれ、設計段階から決まっている許容誤差の範囲内まで顔を戻してやらなければ、いずれ死ぬ」

自我境界は単に肉体を覆う皮膚のみを指す物理的な概念ではなく、空間、精神、社会、そして時間をも含み、自我の及ぶ限り、広大で形而上的なあらゆる人間の認識の全てに横たわっている。人工妖精は自我境界が失われたら、つまり心が死んだら、肉体も消えてしまうのだ。

「でも、どんなに顔が変わってしまっても、私たちの意識《こころ》が、頭の中にちゃんとあるのは変わらないのに、自分《ごさい》が認識できなくなるってことに本当になるんでしょうか？」

実に未熟な、子供らしい発想である。どんな環境におかれても強い意志さえあれば大抵のことはできるという考え方は、為政者や年長者、指導者にとって蒙昧な衆愚を統制するのに非常に都合がよく、半ば普遍的な倫理観として多くの人間に共有され、無垢の若い世代に不条理な洗脳を繰り返しているのだが、実際には人の肉体と精神は絶対的に不可分なのだ。

「紀元前ギリシャ級《レベル》の、極めて幼稚な心身二元論だな。現実には、私たちが絶対不可侵だと思い込んでいる心や魂なんてものは、自分の肉体を思うままに操っているどころか、肉体から圧倒的な支配を受け、従属している。私たちの心はな、ほんの注射器一本分にもみたない、ごく僅かな体内分泌物の影響を受けて、理由もなく悲しくも楽しくもなるんだ。恋愛や幸福感なんてものも、その実体の多くは精神的な作用ではなく、ただ単に過去に生じた同様のバイタルを肉体が反復し、精神がそれに釣られて幸福体験を回想しているに過ぎない」

「幸せや悲しみは、脳の勘違いに過ぎないということですね？　でもそれでは、人間も人工妖精も、ただ周囲に流されるままの機械やロボットと同じになってしまいませんか？　悲しみも喜びも、やる気も無気力も全部、機械のようなスイッチのオンとオフでしかないのなら、自分の意思で決められることなんて、なにもなくなってしまいます」

「だから、人の心の奥底には自分で意思の最終決定をする〝魂《ゴースト》〟のようなものがあるはずだ、そう言いたいのか？」

「はい。もし魂があるのなら、どんなに自分を見失いそうになっても、自分が誰だか分からなくなっても、みんなが自分のことを忘れてしまっても、目が見えなくて耳も聞こえなくても、今ここでモノを考えたり思ったりしている自分だけは、確かにいると思えませんか？」

猿にタマネギを与えたら、いつまでも皮を剝き続けた挙げ句、最後には何も残らなかったことに憤慨して暴れる、というつまらない冗談と程度が同じだ。

ここでそんなものはないと断言してやってもいいのだが、鏡子の私見に照らせばその答えは正確ではないし、いつまでも煩悶《はんもん》して尾を引くことになっても面倒である。

「アイソレーション・タンクの実験で、いくつか興味深い結果は出ている。体温と同じ温度の水の中に裸で浮かび、暗闇にし、外音も遮断すると、人間の五感の多くを封じることが出来る。これにより外界と肉体からの影響を極力なくして、可能な限り脳だけの純粋な精神活動に個人を専念させたとき、精神がどんな状態になるか。まあ、幽霊になった気分を味わえる体感ゲームのようなものだな。最近は減ったが、過去には治療の一つとして施されていたこともある。ただ、過度に長時間の連続利用は、精神衛生に携わる立場から言えば勧められん。そうして人工的に自我境界を曖昧にしたまま、自分を認識できなくなったら――」

「戻ってこられなくなる？」

幽体離脱のような超常現象《オカルト》を想像しているようだ。

「さあな。戻ってこられなくなった奴がいた、という話は聞いたことがある」

ふといい機会かもしれないと気づき、煙草に火を点ける前に黒板脇の本棚を指さす。

「揚羽。その本棚の下から三段目、右から十三冊目を持ってこい」

「十三冊目というのは……紙の束は一冊と数えてですか？」

「本だけ数えればいい」

無造作に押し込められた書類がはみ出して、本の背表紙も見えない本棚から、揚羽はたっぷり一分ほど掛けてようやく黄色い表紙の本を見つけ出し、鏡子の机まで持ってくる。

紫煙を吹きながらそれをめくり、目的のページを揚羽に向けて差し出す。

「この絵柄は、馬鹿のお前でも見たことがあるだろう？」

「男の人のTシャツとかにプリントされていたのを、街で見かけたことがあるような……」

それは、白と黒の勾玉《まがたま》を上下に組み合わせたような絵で、一般に「太極図」と呼ばれるものの一種だ。陰陽魚とも言う。

「道教や儒教の布教域で神聖視されているから、これ自体を魔法や呪術の類と勘違いしていたり、古代文明の秘術だの、陰陽道の神秘だの、善と悪、光と闇、男と女などの相克を表すだの、電波じみた勘違いをしている馬鹿が多いが、この絵図《ラクガキ》はそんな大層なものではない。どんなに時代が変わろうと、古代から現代、そして未来まで、永遠に変わらない、『学び知る』ということのあるべき態度を、文字の読めない馬鹿にも分かるように絵で示しただけだ。

　小学校で教師が『1＋1＝2』を教えるのに、わざわざ林檎の絵を黒板に描いてみせるのと何ら変わらない。これを教わった穴居人の馬鹿が、ありがたがって故郷に持って帰り、神棚や祭壇にでも置くようになって、図柄が抽象的なだけに説明抜きでは誰にも理解できないまま、長い歴史の中でいつの間にか宗教的なシンボルになっただけだ。もし教わったのが林檎の数だったら、この絵図は今頃、林檎を四つ描いただけの絵になっていただろう」

「んと……では、この絵には、どういう意味があるんです？」

　揚羽は必死に本を逆さにしたり、横から覗き込んでみたりしていたが、児童向けの学習教材の間違い探しではあるまいし、そんなことをしても見え方が変わるわけがない。

「その四十二ページ後ろの方にも挿絵があるだろう。その絵には、何が書かれている？」

「なにって……女性の後ろ姿ですよね？　項《うなじ》が露わになっている女の人の絵です」

「よし、馬鹿野郎。今お前が馬鹿であることがはっきりしたわけだが――」

「その前置きはどうしても必要なのですか？」

「ページに顔を近づけて女の耳をよく見てみろ。何かが詰まっているように見えるだろう」

「ああ……言われてみれば、耳栓のような何かを着けているようにも見えるような……」

「それからゆっくり、目から本を遠ざけてみろ」

　宿題を忘れて教科書を音読させられている小学生のように、揚羽が本を持った両手をまっすぐ伸ばしていくと、距離に比例して顔色が困惑の色に染まっていく。

「あれ？　皺だらけのお婆さんになってしまいました……。これ、電子ペーパーですか？」

　本をひっくり返したり、指をページに押し当ててフリックやピンチアウトをしている。

「正真正銘、パルプとインクのただの本だ。モニタのように絵が変わったわけではないし、角度によって見えるモノの変わるホログラフィ・プリントでもない。今度は、その老婆のおでこの辺り、前髪の先に目を近づけてからゆっくり離してみろ」

　さきほどと同じ動作をして、揚羽は再び困惑顔になる。

「あれ？　やっぱり女の人の絵……でもよく見るとお婆さんのような……」

「両方だ。ごく古典的で初歩的な〝隠し絵〟、騙し絵《トリック・アート》の一種だ。その絵は女の後ろ姿でもあり、老婆の横顔でもある。片方の絵の中に、もう一方の絵が紛れ込んでいるんだ。作者は不明だが、おそらく最初から若い女と老婆の両方を一枚の絵に描き込んだ」

「確かに……どちらにも見えますね」

「では、老婆と若い女、両方を同時に見ることがお前には出来るか？」

　揚羽は目を瞬かせた後、再び本に目を釘付けにしていたが、やがて諦めて首を傾げていた。

「不可能だろう。その絵は若い女の項《うなじ》に目をとらわれた途端、老婆の横顔が消える。逆に老婆の目に注目すると、今度は若い女の後ろ姿が消える。人間の意識は目に見える一つのものに、同時並行で二つの認識をすることは出来ない。片方に意識を向けると、もう片方の認識は意識上から消滅してしまう。では、あらためて、さっきの太極図の絵に戻ってみろ」

　まだ不思議そうな顔のままの揚羽が元のページを探す。

「その太極図には、二つの勾玉《まがたま》の形をした、白い部分と黒い部分がある。白い部分だけを見ようとしても、白の勾玉には黒い穴が空いているから完全に黒い部分を認識から追い出すことはできない。また、全体として円の形をしている以上、白い部分の形——輪郭を追えば、どうしても黒い勾玉も見えてしまう」

鏡子は一度はもみ消した煙草を咥えてライターで火を点ける。二度吸い独特の苦い香りがして、白い煙草の黒い尖端がじりじりと赤く焦げていく。

「どんな物事であろうと——何かを知ろうとするとき、知りたいものだけを目で追いかけていては、いつまでもその知識は彼《おまえ》のものにならない。医者になりたいからといって、人間の〝治し方〟ばかり学んだのでは、決して名医にはなれん。知りたいことしか知ろうとしない人間は、いつまでたっても、どんな血の滲むような努力を重ねても、それを教えた教師と教科書以上にはなれないんだ。そんな知識と技術の縮小再生産を繰り返していれば、どんな産業も、どんな市場も、どんな歴史も、どんな文明も、後退を続けていずれ朽ち果てて消える。教師や先達が口や手で教える以上のことを知ろうとしない連中の末路とは、須《すべから》くそんなものだ。真にその知識を得たいのであれば——もし、まともな医者になりたいのであれば、人の病や怪我の〝治し方〟だけではなく、人の〝壊し方〟も知らなくてはいけない。人間を最も効率よく、あるいはもっとも跡形もなく、あるいはもっとも非人道的に〝殺す方法〟を知ればこそ、もっとも健康に命を永らえる手段や、もっとも身体を健常に再生する術式や、もっとも心安らかに余生を過ごすための処方を理解できる。その幼稚な太極図《ラクガキ》は、何かを知るためには、その反面も理解しなくては決して身につかないという、ごく自明で当然の基礎概念を、文字も読めない馬鹿でも分かるように絵で示してあるに過ぎない。どんな馬鹿でも、一目で『片方を見るということは、もう片方も知るということだ』と気づくようにな」

現実には、絵で見せられてもなお気づかない、制作者の想定の遙か斜め下を行く馬鹿でこの世が溢れているから、宗教や呪術のシンボルにされてしまうわけである。

「でも、例えば『何も証拠の残らない人間の殺し方』や、『爆弾の作り方』を知ってしまった人は、ついそれをやってみたくなってしまいませんか？　自分からしたいと考えなくても、善良な人ですら魔が差してしまうこともあるかもしれません。〝壊し方〟や〝隠し方〟、〝盗み方〟などがあまり世の中に広まると、社会が不安定になりそうな気がします」

溜め息とともにどっさり紫煙を吹いて、すっかり短くなった煙草を灰皿に押しつける。

「だから、そういう話をしている。『万人が賢者《ドルイド》となれ』とは言わん。そんなものは典型的なナチズムの論法であるし、その逆は共産主義傾倒者《アカ》の暴論になる。だが何かの先達《エキスパート》や専門《プロフェッショナル》になるということは、常にその分野の向こうにある暗くて深い井戸《やみ》の底を覗き込むということだ。身を乗り出して手を伸ばしながら、なおもその暗闇《イド》の中へ落ちてしまわないよう、自らの強固な自我《エゴ》だけを頼りにして、井戸の淵に踏みとどまらなくてはいけない。その程度の意志の強さももたないような人間には、生まれつき専門職や探求者は向いていない。生まれてから死ぬまで、山羊《ヤギ》のように下を向いて誰かの育てた草を食《は》み、檻の中の獅子のように誰かのくれた餌皿のブロック肉を黙々と食べていればいい。駄馬のように働いていれば、死なない程度には食いつなげるだろう。そんなに楽で悩みのない人生を送りたいのなら、誰も止めはせん。世界中の人間が研究者や技術者になったら、労働力が不足するしな」

揚羽はまだ、どこか腑に落ちない様子であったが、考えてみればまだ生まれてから数年の子供だ。見た目には育つことも老いることもない人工妖精《フィギュア》が相手だと、つい実年齢を忘れてハードルを上げてしまう。

「心を造ることを生業とする我々精神原型師《アーキタイプ・エンジニア》は、霊魂——Spirit や Soul や Ghost と呼ばれるものが人間や人工妖精の中にあるのか、否か、という問いに対する答えの一端を、すでに摑んでいる。ただ、その真実をどんな馬鹿にも伝えうる術はまだ持ち合わせてはいない」

鏡子は手近な紙を千切り、人の形にした。かなり大ざっぱだが、陰陽道でいうところの「人形代《カタシロ》」である。それを吸い殻が並ぶ灰皿の上に立てる。

「フェイシャル・フィードバックという言葉は、看護師なら聞いたことはあるな？」

さすがの馬鹿もこれにはすぐ頷く。

「泣き、笑い、怒り、喜び。日本の伝統芸能である『能《のう》』や『歌舞伎《かぶき》』、『祭囃子《まつりばやし》』、『神《かぐ》楽《ら》』。これら人間の愛憎と情緒を表現する芸事は、元を辿れば全て『神事《まつり》』と『巫覡《ふげき》』——即ち〝巫《カンナギ》〟に行き着く。〝巫《カンナギ》〟とは『神降ろし』のことで、〝神〟とは古代神道において〝モノノフ〟、つまり『物を思う御霊《みたま》』を意味する。そして神の御霊は二つの対照的な顔を併せ持ち、これを『荒魂《アラミタマ》』『和魂《ニギミタマ》』と呼び、さらに人間には『幸魂《サキタマ》』『奇魂《クシタマ》』を加えて『一霊四魂《いちれいしこん》』が宿るとされる。些末な解釈は流派ごとに異なるが、古来よりこの国では『人間の感情とは、肉体の外から宿る御霊の賜物《たまもの》』であると考えられている、ということだ。ゆえに、人間は邪《よこしま》な霊魂に取り憑かれることもあるとされて、『御祓《みそぎ》』や『狐祓《きつね》い』、節分の『鬼《たま》』を避ける豆撒きといった文化が、今でも一年の暦に織り込まれている。

つまり、私たち現代人が忘れ去り、それとは知らずに年中の行事として親しんでいる数々や、先の伝統芸能の本質は、遥か昔から情緒とは己の内からだけ生ずるのではなく、外界から逆流《フィードバック》して宿るものという考え方を、さっきの太極図と同じく馬鹿でも分かるよう、芸や祭《まつり》の形で示したものだ、ということだ」

肝心の意味が忘れ去られて、抽象的な形だけがありがたがられ、奉《たてまつ》られて残ってしまっている点も、太極図と同じである。

「心や精神が肉体の外から出現するものだから、陰陽道では人の形に切り取っただけの紙にも魂を宿らせることができるとされ、これを『式神《シキガミ》』と呼ぶ。また、神道ではやはり人の形に切り取られた紙を護符《おふだ》として、人間の業や穢れをこれに移すことができるとされている。現代では余計な迷信で飾り立てられて本質が見えづらくなってしまっているが、実証的な研究がなされる遥か以前から、人間は自身の魂や霊、感情と呼ばれるものが、肉体外からの強い影響下に常に置かれていることを知っていたんだ。何もおかしくなくとも笑い顔をするだけで楽しい気分になり、何も不満はなくとも怒り顔をすれば不快な気分になるという『フェイシャル・フィードバック』は、それをあらためて近代科学で証明したに過ぎない」

「その表情をするだけで気分が変わるのであれば、私たちが自分の心の中から湧き起こってくると信じている『喜・怒・哀・楽』の感情の全ては、目に見える光景や、周囲の雰囲気だけで決まっているのかもしれない、ということですか？」

「そうだ。人間の精神構造についての解釈のひとつに、『追認説』というものがある。人間の意識は、ただただ環境にあわせて機械的に動作するだけの神経と肉体を自分が操っているかのように錯覚しているが、実際には後から承認しているだけで、意識はなにも自分では決めていないという説だ。これを教えられた馬鹿が、人間はただ猥雑で、金属や樹脂の代わりにタンパク質と水分で出来ただけの機械《ロボット》であるから、それを壊すのは洗濯機や冷蔵庫やテレビを捨てるのと同じで罪ではないと信じ込み、殺人を犯したという事件が過去にあった」

鏡子は新しい煙草にジッポで火を点け、その煙草の先を灰皿の上の人形に近づけた。すぐ火が移って、紙の人形は瞬く間に全身が炎に包まれ、やがて倒れてしまう。

「先ほどの太極図や『娘と義母』の絵と同じだ。人間の社会は、物事の真実が一般に流布されると、その本質はいつまでも理解されないまま、刺激的な部分だけが強調されて一人歩きをはじめ、取り返しがつかない悲劇や災厄を引き起こすという、極めて愚鈍で馬鹿馬鹿しい歴史を幾度も繰り返し、そして今でも懲りずに繰り返そうとしている。二十一世紀の原発アレルギーがそうであるし、二十世紀に猛威を振るって多くの人間の人生を狂わせた左翼運動も、その前の全国民が陶酔して自慰に浸った太平洋戦争も、現在の人工知能《A.I.》アレルギーも同様だ。日本人の場合は特に、一度信じたものは死ぬまで覆さないことを美徳と勘違いする悪徳が目につくが、まあ程度の差はあれ世界中、どこでもいつでも変わらない」

燃え尽きた人形の紙は、もう煙草の灰と区別がつかなくなった。

「人間は誰しも、他人には想像もつかないような悩みを抱え、それなりの苦難を乗り越えながら生きている。しかし、一歩下がって人類とその社会を総体として俯瞰《ふかん》すれば、個々の人間は何も考えていないロボット以下の、紙の人形と区別がつかなくなる。それぞれの人間は不満を蓄積し、自分の不幸をこれ見よがしに露わにしたり、自分の有意性を証明するために齷齪《あくせく》しているが、そんなものは無視できる誤差の範囲で、誰かと誰かが入れ替わっても社会は気づかない。彼らが社会を変えたと主張しても、大抵の場合は自己欺瞞《ぎまん》の妄想だ。

エジソンも坂本龍馬も、アリストテレスも織田信長も、アインシュタインも聖徳太子も、まるで彼らがいなければ世界の行く末が変わっていたかのように奉《たてまつ》り上げられているが、彼らは全員、社会の要請に従ってその役割を演じたに過ぎない」

「彼らがいなくとも、誰かが代わりになっただけ、ということですか？」

珍しく察しのいい返事に、ほんの少し感慨深いものを覚えながら鏡子は頷《わく》く。

「個人の自我《エゴ》や偉業なんてものは、ほぼ全て、社会がたまたま造った鋳型に、その名前の人間がたまたま収まっただけのことだ」

「魂の鋳型《いがた》……」

揚羽の表現はなかなか的を射ていて、馬鹿なりに上等だ。中に入る魂が誰の魂であろうと、大して変わりはしないのである。

「だから、私たち専門家《スペシャリスト》は、その職ゆえに知り得た事実を語ることに、極めて慎重でいなくてはならない。『真理を手にして得意げに先導者気取り』は、扇動者としても三流だ。

神道においては重要な祭事や根幹の神器、それらを納めた社、護符《おまもり》の中身は〝秘中の秘〟で、不可侵の禁忌とされ、周辺の神域にはおいそれと立ち入ることすら許されない。仏教においても、より詳細な教典は世俗に近しい宗派とは分離され、密教として独自に保護されている。キリスト教は流布される聖書とは別に無数の外典《がいてん》が存在して密かに受け継がれている。さらに、中世までは科学や民俗伝統を異端として片っ端からかき集め、人目に触れない教会の奥深くに封印して回っていた。古代のケルト民族では、神官は後継者を育てるのに文字を使わず、ケルトの祭事と文化の大半が、口伝《くでん》のみで受け継がれていた。ゆえに、ケルト民族の衰退とキリスト教化に従って、文字で残らなかった故に独自の自然崇拝の文化形態が永遠に失われてしまい、今も謎のままで、古代ケルトには魔法や魔術があったと信じる馬鹿がいつまでも後を絶たない。いずれも、普遍的な真理に近しければ近しい物事ほど、門外漢《シロウト》に知れれば誤解を受け、社会を致命的に混迷させることになると、古代の指導者たちが経験則で学んでいた事実を示している」

　マルボロの灰を落としてから咥え煙草をして、椅子に深く掛け直す。

「人間や人工妖精の中に本当に魂なるものがあるのかを、どうしても知りたいのならば、揚羽、お前の方《こちらがわ》から精神原型師の『知の領域《けっかい》』に来ることだ。這ってでも歯を食いしばって踏ん張ってでも、血を滲ませ骨を折っても、暗い井戸《イド》に飲み込まれることも怖れず、なお欲するのならな。私たち精神原型師《アーキタイプ・エンジニア》はまだ、他の人間やお前たち人工妖精《フィギュア》にその真実を嚙み砕いて伝えるような、都合のよい〝方便〟を手中にしていないのだから、今はそれしかない。

——話は以上だ。それでもなお、人工妖精の顔面整形の可能性を探りたいのであれば、過去の非公式な実験や、闇手術の臨床例を探してみることだ。どれもろくな結果になっていない。目を覆わんばかりの惨状だらけだがな」

鏡子は煙草をもみ消してから目を閉じ、再びオーケストラに心身を委《ゆだ》ねた。

「……やっぱり人工妖精では同じ顔にはなれないけれど、もし人工妖精じゃなければ……」

最終的には「悔しければ精神原型師になってみろ」と突き放したのだから、もうぐうの音も出ないほどに屈服させたと思い込んでいたのだが、木管の調べに混じって聞こえてきた独り言は、落ち込んでいるどころかどこか嬉々としているような声音であった。

目を開くと、窓の向こうを見ている揚羽が、なにやら呟いている。最後まで話をしっかり聞いていたのかどうかもわからない。馬鹿がこういう顔をしているときは大抵ろくなことを考えていない。中等部の悪ガキが初めて万引きをするときと同じ顔だ。

「お前、弔事は昼で終わったと言っていたな。今日はその後、どこへ行っていた？」

昼というだけでは曖昧だが、帰りに道草をしたとしても決して短い時間的空白ではない。

「え？　真白のお見舞いに区営工房へ寄って帰りましたけれど」

「見舞いだと？　ならば、その前は？」

初頭効果、親近効果とよく似ている。なにか答えにくいことを訊ねられたとき、人は無意識に、遠ざけたい真実の前後の物事から語る。だから、隠し事は主にその間に存在している。

「それは、その。実は……終身安眠施設を、ちょっと見学してきました。『眠りの森《Sleeping Forest》』という名前で最近よく宣伝されている、あれです」

「安眠施設？　お前、そんなものに興味があるのか？」

「……そういう顔をなさると思ったから、黙ってたんです」

呆れかえった鏡子を前にして、肩をすくめて小さくなる馬鹿である。

「お前、まだ四歳だろ」

「もう五歳です」

横目でカレンダー・クロックの暦を確認し、少々バツの悪い気分を味わう。

「どっちでも大して変わらん。五歳児が老後の余生を心配するようになったら、世も末だな」

まだ本土にいて若かった頃は、老齢年金を「自分で稼いだ」と言い張って、若者が猛暑も厳冬も齷齪《あくせく》稼いでようやく納めている金を賭博遊戯に使い果たすような老人は、駄馬の尻の穴にでも顔を突っ込んで馬糞まみれで死ねばいいと思っていた鏡子であるが、多くの病や困窮から解放されたこの豊かな島で、子供が老後の心配を始めるようなら、もうこの地球人類にはつける薬が見当たらないというものである。

「ボクもあの施設でいつか眠ってみたいとは思ってないです。ただ、今日弔《とむら》われた後輩が終身安眠保険に加入していたようなので、どんなところなのかと気になっただけで……」

言葉を濁す辺り、どうにも胡散臭い。

「お前より歳下なら、それこそまだ二歳か三歳だろ」

「四歳でした」

「……どっちでもいい。なんでそんな若い奴が死ぬまで眠りたいなんて考えるんだ？」

「ボクもそれが不思議だったから、実際に行ってみたんです」

煙草に火を点ける振りをしながら揚羽の顔色を探っていると、案の定、馬鹿は鏡子の目から逃れようとするように小さく視線を逸らした。何らかの隠し事をしているのは明々白々だ。先ほど、顔面整形の話を突然始めたのも、今思い返せばあまりに不自然で——

そこまで考えて、鏡子の脳裏で『終身安眠施設《Sleeping Forest》』、そして名前も思い出せない男が電話で口走った〝聖骸《SnT.》〟の二つのキーワードが青い火花を上げて微かによぎる。

次に思い浮かんだのは、完全絶縁中の椛子《もみじこ》の顔だ。

「くそ……」

思わず口をついて出るのは悪態である。

あの猫かぶりばかり一人前のおてんば一人娘は、鏡子と違って周囲に敵ばかり作るようなことはないが、変なところで峨東らしさが鏡子に似てしまったのか、どうにも我が身を省みない性分がある上、足下を掬《すく》わんと虎視眈々と狙う連中に囲まれている。

消音した脇のテレビジョンとニュースフィードは正午からずっと、自治区を立て続けに襲った二つの事故を繰り返し報道しているが、見方を変えれば事故に耳目を集めることで総督府の動きから区民の注意を逸らしているとも取れなくはない。折しも今日は、日本本国の特命公使が任期を終えて帰路につく日でもある。諸勢力が東京自治区にしかけてくるなら、短期間ながら公使不在となるこのタイミングは確かに絶妙だ。罠にでも嵌《は》められたか。

杞憂《きゆう》で済めばよいが、行政局にいる古い知り合いでも引っ張り出して、念のため何が起きているのか確認しておいた方がよいかもしれない。

放りっぱなしになっていた電話を嫌々摑み、行政局文科部に発信すると、すぐに人工妖精の公務員が電話に出る。

「初等中等教育課長を出せ。会議中なら引きずり出せ、接客中なら客を追い返せ、外出中なら呼び出せ、目の前にいるなら尻《ケツ》を蹴り上げろ、どこにいるのかわからないなら今すぐデスクに花瓶を立てて椅子に三つ画鋲を置いてやれ。

アポイントなら今している。私が誰かなどお前のような無能は生涯知る必要はない。三十分後に例の場所に来いと伝えろ。もし来なければ魔女が砂漠化の進行する貴様の頭髪の残りを呪いの酸性雨で荒野にすると言えば、あの頭頂砂漠は分かる。以上だ、死ね」

有無も言わさず、相手が混乱している間に一方的に言い放ち、電話を切った。

「出かける」

足の届かない椅子から、肘掛けを支えにしてようやく降りると、揚羽はまるで卵が縦に立つのを初めて見たような顔をして、目を丸くしている。

「鏡子さんが寝食以外で席をお離れになるなんて……」

まるで椅子に根を張っていたかのような言われようである。

「槍が降るとでも言いたいのか」

「いえ、お月様でも墜ちてくるんじゃないかと……」

「私は悪魔《カレルレン》か、馬鹿野郎」

揚羽に持ってこさせた袖無し《ノースリーブ》のフード付きサマーニットを羽織り、素足にクロックスを突っかける。伸び放題の髪は、揚羽に結わせてからベースボール・キャップに押し込んだ。

これでひと目には鏡子が女性だとは気づかれない。繁華街に踏み出して一分弱で補導されかけたこともあるほど童顔で、背も揚羽より頭二つほど低いので、中等部に上がる直前の男子児童ぐらいに見えるだろう。それはそれで癪《しゃく》なのだが、女性のほとんどいない男性側自治区で女性の鏡子が堂々と出歩くと、度々騒ぎになるのでやむを得ない。

サマーニットは揚羽のもので、染めも手入れもしていない髪が真っ黒なのにさらに黒いニットを着たためどうにも垢抜けないのと、クロックスの柄が浮いてしまうのは仕方ない。

「あの、ボクもあとで出かけます。お外で夕食を頂いてきますので、鏡子さんも——」

「わかった」

煙草とライター、それに電話だけを両のポケットに突っ込む。

「あまり暗くならないうちにお戻りになってくださいね。夜道には気をつけてください。第二層は道に迷いやすいので、ご面倒でも第三層を通るようにしてくださいね。あと、知らない人にはついていかないでください。モノレールではドアの脇は狙われやすいので、大変でも真ん中の方へ乗ってください。もし痴漢に遭ってしまったら——」

「私は発情中の中学生か馬鹿野郎！」

　臑《すね》めがけて爪先を思いっきり蹴り入れようとしたが、今度は難なく揚羽にかわされてしまい、すっぽぬけたクロックスが壁際まで飛んでいく。結局それを揚羽に拾って持ってこさせて、また履かせてもらうというバツの悪い始末だった。

「あ、そうだ。玄関ロビーにある水槽《アクアリウム》ですけれど、もう捨ててしまってもいいですか？」

　部屋を出ようとしたときに呼び止められ、鏡子は振り向いたまましばらく返答に窮した。

「だって、濾過装置《フィルター》と自動照明は動いてますけれど、汚い藻《アオミドロ》で真緑になってしまっていますし、変な泡が浮いてますし、近づくと少し臭いますからすぐに蝶がたかってしまいますし……あれって、中になにかまだ魚とか亀がいるんですか？」

　どうやら、あの水槽が鏡子のものと勘違いしているらしい。

「入っていた、昔はな。今はもういない」

「なら、片付けても？」

「かまわん。お前が、もういらないと思うのなら」

「はぁ……」

　釈然としない顔の揚羽に背を向け、エレベーターに乗り込み、階下へ降りる。

　結局、揚羽は玄関ロビーまでついてきた。上げ膳据え膳で、玄関まで家長を見送りに来るのは、今どき水気質《アクアマリン》の人工妖精ぐらいなものだろう。普段は鏡子が居残って揚羽の方が外出するので、単に物珍しかっただけなのかも知れないが。

口答えは減らないくせに変なところで古風なのか、恭《うやうや》しく頭を下げて見送る揚羽を置いて、冷房の効いたビル内から、湿った熱気が蜘蛛の糸のように手足に絡みつく屋外へ踏み出す。

しばらくは日陰を選んで歩いていたが、日頃の運動不足と、夕刻とはいえ猛暑に祟《たた》られ、結局けだるさと蒸し暑さに耐えかねて、たまたま通りがかった回遊バスに乗り込んだ。

バスは生憎《あいにく》と循環経路を大回りしたので、時間的には徒歩の方が早かった。目的の区民公園に着いたのは天頂の夕日がすっかり色あせ、明るい星が碧瑠璃色の空にいくつか瞬いて見えるようになってからのことである。

男性側自治区で最大の公共庭園である玉敷御苑《たましきぎょえん》は、街の中に取り残された森のように丁寧に計画植林されていて夏でも涼しく、昼は家族連れや休憩中の人工妖精、校外学習に訪れる児童たちで賑わっているが、夜の御苑にも昼間の華やかさとはまた違う美景が姿を現す。

計算された木立の配置によって街の明かりは丁寧に覆い隠されて、都会の喧噪は夜陰の垂衣《ヴェール》の向こうへ慎みながら消える。代わりに夜道を照らすのは、この御苑に授けられた名前の通り、仄《ほの》かに青く光る庭石と歩道に敷かれた白い砂礫《されき》だ。

庭石には『螢苔《ホタルゴケ》』の名前で商品化もされている遺伝子改良品種の苔がむしていて、これが発光し、苔の表面に溜まった水分で乱反射して青く輝く。白い小石には日中の陽光でイオン化する成分が含まれていて、暗くなると昼の間に溜めた電荷を大気中の微細機械《マイクロマシン》が触れて吸収し、一晩かけてじわりとした青白い光を発する。

道そのものが光っている上、それぞれ個性的な形をした庭石が目印になるため、不慣れでも迷うことはあまりない。訪れたのがいつ以来であったかすら思い出せない鏡子でも、バス停からほぼ最短の道程で御苑の中心やや東よりの目的地に辿り着くことができた。

縦に長い石が三つ並んだ小さな丘の前に、水銀灯形の明かりに照らされたベンチが据えられている。丘の上では老人とエプロンを身につけた人工妖精が二人、それに十人弱の年齢がバラバラな児童たちが、手持ち花火を楽しんでいる。一見するに、放課後に児童を預かる学童保育施設の一群のようだった。

鏡子はそれを一顧だけして、本国の枯山水にも見劣りしないほど見事な砂紋が整えられた遊歩道の砂礫を無粋に蹴りながら、街灯下のベンチまで歩み寄り、小柄な身体を放り投げるようにして腰掛けた。

やがて、鏡子が二本の煙草を灰に変えるまでには、背中の向こうで児童たちの嬌声は徐々に落ち着き、代わりに金属の擦過にも似た微かな線香花火の音が聞こえ始めていた。

「失礼」

不意に降ってきた声は、老いを実りとして受け入れた者に独特の柔らかさがあった。

「夜涼みをお楽しみのところ、お騒がせしたのではないかと心配になりましてな」

先ほどまで児童たちの輪に囲まれていた老人は、ブラウンの中折れ帽《ソフト・フェルト》を手で押さえながらベンチの脇までやってきていた。同じ色の薄いスラックスに包まれた脚は矍鑠《かくしゃく》としていたが、ストライプの嘉利吉《かりゆし》を纏った背中は下り坂が堪《こた》えたのか、それとも鏡子の座高にあわせて屈《かが》んだのか、やや曲がっていた。

「気にするな。子供の遊びにいちいち目くじらを立てるほど若くもない」

鏡子がベースボール・キャップの鍔《つば》を一段深くして答えると、老紳士は中折れ帽を摑み、胸に当てて会釈する。

「お隣にお邪魔してもかまいませぬかな、ご婦人。近頃は遠出も膝《ひざ》に来ましてな」

彼の年輪を物語る白い毛髪は薄く、青白い街灯の下では頭皮の輪郭に馴染んで見えた。

鏡子が頷くと、皺の深い顔にいかにも子供がよく懐きそうな、理想的な祖父像そのものといった穏やかな笑みを浮かべ、漆塗りの上品なT字の杖を器用に使いながら、まるで体重がないかのように静かに腰掛ける。

「君は会うたびに若返るな、藤色の魔女《アクアノート》」

老人は杖に両手を預け、好々爺とした笑顔を崩さないまま、声を一段低くした。

「貴様の方は順調に頭皮の荒野が拡大しているようだ。そろそろ国際環境会議《U.N.C.E.》にでも援助を求めたらどうだ？」

「相変わらずだな」

鏡子の挑発を軽くいなし、老紳士は喉で笑う。

「しかし、言葉の足りないところはなんとかならんのかな？　『例の場所』と一口に言われても、元青色機関《わたしたち》には思い当たりが多すぎる。『デスクに花瓶』で御苑、『椅子に画鋲』で三本岩のベンチと指定されても、なかなか気はつかんよ。たまたま土気質《トパーズ》の職員が電話に出たから一言一句、覚えていたものの、そうでなければこの荒野《あたま》を撫で回して困り果てるところだった。そうなったら、君はここで夜明けまで待ちぼうけだぞ？」

「かまわん。それなら明日の貴様の朝食に脱毛内服薬を盛るだけだ」

「やれやれ……。無垢な子供たちを出汁にしてまで、ようやく抜け出してきた私の苦労が刺身の妻《ツマ》ほどでも君に伝わるとよいな」

孫のいたずらにすっかり手を焼いた風の苦笑いをしている。細くなった目が見る先には、輪になって微笑ましく線香花火の火玉比べをしている児童たちがいた。

「世も末だな」

「羨《うらや》ましいかね？」

お前が児童福祉のトップになるようでは、という前文を省略しての皮肉だったのだが、しれっと自慢げにそう言われては、俄《にわか》に返す言葉が出てこない。

「私を信じ切っているあの子たちの口を塞ぎ、両手を縛り上げて歯を一本一本抜いていったら、どんな悲鳴を上げてくれるだろうな。爪切りで一ミリずつ生爪を剥がしながら、身体の右半分だけ生皮を剥ぎ、裂いた腹の肉を安全ピンで留めて広げ、食したばかりの卵菓子《タマゴボーロ》がつまった自分の胃を、目の前で私の手に揉みしだかれて、逆流した吐瀉物で喉を詰まらせ失神寸前で白目を剥き、口と鼻の穴から胃液で溶けたビスケットが溢れ出る。まだ未熟な甲状軟骨《のどぼとけ》に直《じか》にキスをしながら、痙攣《けいれん》する横隔膜の上をまさぐることがもし、できるのなら——」

男の笑みは好々爺然としたままだが、下から照らす砂礫の光は、彼の社会的地位《ペルソナ》の奥に隠された歪んだ性癖を暴き出そうとするかのようだ。

「年甲斐もなく恍惚を覚えざるを得ないだろうが……私も老いた、もうあの子供たちの手足を押さえつけるどころか、細い腕で引き回される側だ。残念なことだよ、本当にな」

異常を来した人工妖精たちを密かに、一切の容赦なく処分してきた青色機関《BRUE》の構成員の中には、心理的、道義的に過酷な職務ゆえに、心身を病んでしまう者が多かった。この男は、そうしてできた欠員の補充で青色機関《BRUE》になった。

非常に反社会的な性的嗜好を生まれもってしまったこの男は、成人女性との恋愛や性交ではなく、未成年弱者に対する加虐嗜好《サディズム》でしか性欲を満たすことが出来ない自分の運命を深く呪い、強固な精神力で狂った性欲を必死に押さえ、二十代半ばまで周囲に隠し通して生きていた。それも限界に近づき、現実の子供に手を出してしまう前に自ら命を絶とうとまで考え始めていたとき、峨東と人倫が彼に目をつけた。

以後、青色機関《BRUE》が人倫に見捨てられて消滅するまで、彼の人生は他人と比べるべくもないほどに充実していたことだろう。決して世界に認められるはずのなかった彼の性的倒錯は類い希な才能となって開花し、道を誤った無数の人工妖精たちは生きたままこの世のものとは思えない苦痛と恥辱を全身で浴びてから蝶に戻っていった。

「貴様と悪趣味な閑談をしにわざわざ脚を伸ばしたわけではない。話を引き延ばすつもりなら、貴様の頭部に未練たらしく残存する毛根が一秒ごとに枯れてただの汗腺に変わると思え」

「少しぐらい旧友の近況《よもやま》報告に付き合っても罰は当たらないと思うがね」

　不快なほど品よく溜め息をつかれる。

「まあよかろう。君の察しの通り、行政局は上から下まで混乱の極みだよ。今は総督府がなんとか報道網を押さえているが、明日の午後には全区民に大方露見しよう」

「日本本国がしかけてきたか？」

「行政局の公務員たちは、本国の官僚機構と比べても見劣りしないほど優秀な上、比べものにならないほど善人が多いが、善良な人間の集まりが善良な集団になるとは限らない……おっと、これは君の持論だったな」

　行政局の内部では事態の解決よりも、すでに事後の責任を誰になすりつけるかという見苦しい譲り合い《うちわもめ》の渦中にあるのだろう。

「これはまだ君も知らんだろうが、関東湾の内側には、正午頃から本国海上自衛軍の全《D》通甲《D》板護衛艦《H》が居座っている。外務部が本国に掛け合っているが、暖簾《のれん》に腕押しだそうだ。今のところは事態の進展を見守りながら向こうの出方を待つか、さもなくば総督府独自のチャンネルに頼るしかない状況だ」

　道すがら、上空に警告灯と機影が見えたのは、空母の艦載機だったようだ。

「日本本国は去年、自治区と鍔迫り合いをしたばかりだ。なぜ今また軍事力を行使する？」

「〝傘持ち《アンブレラ》〟事件の顛末では、一部閣僚の暴走という側面があったとはいえ、陛下の威光を背景にした自治総督の強権によって痛み分けを強いられたことを、『屈辱的な外向的敗北』

と捉える向きが本国の政府中枢に少なくない」

普段は人畜無害《ウサギ》の皮を被る椛子が珍しく強引に主張を押し通さざるを得なかった理由は、鏡子の身内にあった。国家間、地域間の問題には、国際司法が国家間の友情と同じくらい無力な以上、無茶や無理がまかり通ることは珍しくないが、道理から外れれば彼我《ひが》の力量差に応じた報いを受けることになるのも、個人間の揉め事と変わりない。

そして力量差が大きければ大きいほど、片方がうっかり上げてしまった拳は、容易に降ろしづらくなるものである。それが保守的であれリベラル的であれ、国ごと動き出したら最後、指導者がいかに冷静であろうと止めることは出来ない。

「一発かまさなければ気が済まない、か」

その一発で、この小さな人工の島は吹き飛んでしまうのであるが。

大人って何でみんな子供みたいなんですか、という揚羽の言葉が思い出される。鏡子に言わせれば、大人とは「大人の振りが出来るようになった子供」のことであって、大人が子供以下の子供じみた感情に振り回されるのは当たり前のことだ。その自覚がなく、本人も決して認めないので、むしろ子供より数段悪質である。

「ガス抜きという側面も当然あるだろうが、きっかけだけを見れば偶発性の高さは無視できない。総督府は本国との対話による解決の糸口はあると見ているようだ」

確かに、本国にとっても想定外の事態であったはずだ。冷温停止中の〝聖骸《SnT./》〟の存在は、自治区、本国双方にとって触れられたくない過去の遺物で、峨東の隠された臑の傷である。

本国が織り込み済みであったとは考えづらい。

「しかし、〝聖骸《SnT》〟は厳重な封印を施した上で、自立回路《スタンド・アローン》で低温を維持されていたはずだ。誰があれに火を入れた？」

「〝聖骸《SnT》〟？」

老紳士の訝《いぶか》しむ声に違和感を覚え、鏡子は目だけで振り向いて相手の顔色を探った。

指に挟んだ煙草の灰が自重で落ちる頃、目を丸くした老紳士がようやく口を開く。

「君は、飛行船テロと不時着した迎撃機のことを知りたかったのではないのかね？」

その二つは、いずれも鏡子の念頭に欠片も存在していなかった。

「いや……」

ここまで全く異なる懸案の上で話をしていたことに鏡子が気づいたのは、吸い忘れていた煙草の火が指まで迫ってからだ。

その後、彼から正午過ぎに自治区を襲った二回の揺れの正体について知らされ、椛子が直面している危機について、ようやく大まかに理解することができた。

〝水の外つ宮〟で起きた飛行船の墜落事故は実はテロによるもので、建設中の中央公道で起きたと報道されているクレーンの転倒事故に至っては影も形もなく、日本本国から飛来した戦闘機の不時着を隠蔽するための虚構であったのだという。

その感想として口に出てくるのは当然、悪態である。

「あの馬鹿娘……」

この世界一豪華な人工島《ゆりかご》で暮らしている大人《ママゴト》たちを、あのお転婆娘はどこまで甘やかすつもりなのか。こんなちっぽけな島が真っ二つになって転覆しようが、ノアの洪水よろしく沈没しようが、総督や峨東の当主が気に留める必要はない。お粗末とはいえ自治権を勝ち取り、幼稚とはいえ民主政治を行っているのだから、この島で起きる物事は全て自治区民たち自身が責任を負うべきである。だというのに、実権のない総督がいつまでも彼らの不始末《そそう》の尻ぬぐいをしてやっているのでは、区民たちはいつまでも乳離れをしないだろう。

先ほど老紳士が言ったとおり、行政局は無能無策の極みで、手も足も出ないまま総督府に泣きついているようだ。区民はなにがあっても最後は行政がなんとかしてくれると軽信し、行政局と議会は最後には総督府が助けてくれると信じ込んでいる。

椛子はそんな不潔でだらしない自治区民を守るため、全てを身の内で引き受けてしまっているのだろう。子離れできないにもほどがある。

まったく、我が娘ながらいったい誰に似てしまったのか。区民たちが身から出た錆が元でのたうち回っても、平然として見下せる鏡子ではあるまい。

「今の行政局長は、昨年の〝傘持ち《アンブレラ》〟事件で起きた与野党交代劇後、短期政権に終わった先任の後釜として、区民の信任を得ないまま局長になった。今のところ区民の世論調査《かおいろ》は芳《かんば》しくない。かといって野党も支持を集めているとは言いがたい」

去年起きた政権交代は、〝傘持ち《アンブレラ》〟の一件が発端となったことは、鏡子としても疑問を挟む余地はない。椛子がその責任を感じているということもあるのかもしれない。

「行政局長《はだかのおうさま》には、今回の一連の危機はリスクばかりが大きく見えている。彼の近傍はすでに愛想を尽かして彼の後任探しに躍起、官僚たちも彼の元では結集できないまま、乱立する会議で残された時間を浪費するばかりだ。そんなときに総督府が乗り出してきたので、行政局は願ってもないとばかりに飛びついた。あわよくば成果だけ横取りし、失敗したら責任をなすりつけ、越権行為として訴えながら総督府のさらなる権限縮小を求めることが出来る」

「どっちに転んでも行政局長の人気取り、か。虫のいい話だな」

「それが区民の選ぶ代表というものだろう？」

そう言われると、区民たちは「少なくとも選挙で彼を選んではいない」と見苦しい言い逃れを始めるのだろうが、議会制民主主義を標榜し、政党政治を甘受している以上、選挙の顔がトップになるとは限らないのは、九九よりも先に知るべき自明の理である。「知らなかった」でも「分からなかった」でも「想像もつかなかった」でもすまされない。暗愚を代表に据えた責任は、すべて区民だけが負うものである。それが嫌なら王を立てて無垢の貧民に甘んじ、自らの妻も娘もその閨《ねや》に差し出して媚びを売る時代の政治に戻ればよい。そうすれば、せめても政治の道義的責任は王が一人で負うことになる。

「君は今、表舞台に出てくるべきではない。峨東一族の元当主など、格好の人身御供だ」

「それが外戚《なりあがり》どもの本意か？」

「さてな。私は所詮、外様にすぎない。峨東《きみたち》の一族内の事情からは蚊帳の外であるし、まして君たちの思考概念は常人の理解を超える。あくまで、かつての僚友としての忠告だ……もう行くのかね？」

鏡子がベンチから立ち上がると、老紳士は柄にもなく名残惜しそうな振りをしてみせる。

「そうそう、さっき君の言っていた〝聖骸《SnT./》〟だがね」

底意地の悪いところは、老いても変わらないようだ。

「いくつかよくない噂は聞いている。先日、東京デザイン展《T.S.&D.Festa》の予算の照査の結果、毎年の人形《マネキン》の発注数と実際の新調数に差異があることが議会で取り沙汰されて、架空計上と横領の疑いでひと揉め起きた。しかし、翌日には与野党ともに沈黙して有耶無耶《うやむや》だ。どうも根が深い問題のようでね。野党の政権時代から続く慣習に端を発しているのだとすれば、双方触れられたくないこともあるのだろう。問題を指摘した若い議員は、今は病院のベッドで療養中だ。君たち峨東が封印したはずの〝聖骸《SnT./》〟を、密かに何者かが運用していたのだとすれば、それはやはり君たち以外にはありえないはずだがね」

「椛――いや、自治総督はそれを」

「ご存じなかろう。知る必要のないことは知らせない。『秘』とは『祕』と書き、『示』とは天の啓示を表し、即ち《すなわ》『故《ゆえ》なくば思《おぼ》えず』とす。峨東流派の訓示だ。そうして君たちはこの国の歴史の暗部で長きにわたり息を潜めてきた。当主であろうとも例外ではない。君たち峨東にとって当主とは、責任者ではあるが最終意思決定者ではない。当主交代は新生と回生の象徴。むしろ知り得ぬものは多い方が、担ぐ者たちには都合がよい。違うかね？」

鏡子を微かに上目づかいで見上げる老紳士の目は、自分の人生を支配し続けた一族に対して、ようやく一矢報いたことに満足する色で染まっていた。

やがて、花火の片付けを終えた子供たちが老人の名を呼ぶ。

老紳士は中折れ帽を軽く払って薄い髪の上に載せ、杖を支えにベンチから立ち上がった。

その時には老紳士の顔はまた、無邪気な子供に振り回される好々爺に戻っていた。

「これは、なにかの罰とは思えないかね？」

「告解なら、懺悔室にでも行けばいい」

老紳士は心底可笑《おか》しそうに相好を崩した。

他人、まして未成年を虐待することでしか性的な満足を得られない身体で生を受けた彼にとって、神とは罪を許すものではなく、人間を罪に陥《おとしい》れる悪意に満ちた憎悪の対象でしかありえなかっただろう。

その彼が幼い子供たちに慕われながら児童の健全な育成環境を整える職に就いているのは皮肉なことであるし、彼にとっては業の深さを思い知らされる責め苦なのかもしれない。

「私はそれでも、自分が惨めに責め殺す人工妖精《しょうじょ》たちに泣いて許しを請うていたのだよ、いつも、殺し果てるその時まで……その後も。信じてはもらえないかもしれんが、ね」

最後に帽子を上げて会釈し、立ち去る老紳士の背は、はじめよりずっと小さく見えた。

たとえ、反社会的で残酷な性欲を持って生まれようと、大多数の評価とは裏腹に、それでも彼の精神は概ね正常だった。彼自身、自らの抑えきれない欲情のため、道を踏み外した人工妖精たちを捌け口にしていたことに、強い罪悪感を覚えていたはずだ。

異性を愛せるものは幸いだ。同性を愛してしまう者にもまだ報われる道がある。しかし、社会と他者に害をなすことでしか満たされない性欲を生まれ持ってしまった者は、自ら命を絶つか、さもなくば社会秩序の敵《エネミー》となるしかない。

この世界は正常な人間と有益な人間に寛容である反面、社会に適応できない異常な人間に対しては酷薄だ。この世界のどこにも、あの老紳士のような先天性の性倒錯者の安寧の楽土は永久に来ない。世界で最も恵まれたこの人工の島にも。

やがて鏡子も、無人になった三本岩のベンチを後にする。

椛子の置かれた状況は、最初に想像していたより遥かに過酷だ。自治区内で起きた大規模テロと、日本本国の軍事介入。内憂外患という言葉の使い道に、これ以上適した場面はそうそうありはしまい。

空母、戦闘機、そして〝聖骸《SnT》〟。先の電話の相手が、鏡子の娘——つまり椛子の運命が風前の灯だと言っていたのは、この三つの危機のことだったようだ。

青く仄めく道を歩みながら、鏡子は電話の着信履歴を開く。その中から、発信者不明の着信を選び、リダイヤルを掛けた。

相手はすぐに受話したものの、鏡子を焦らすように無言のままだった。

確かに、時候の挨拶など鏡子には似合わない。

「お前の目的はこのちっぽけな島でも、総督でも、私ですらもない。総督は〝聖骸《SnT》〟の存在すら知らないし、自治区民は寝首を絞められていることにも気づかない」

それでは交渉が成立しないのだ。

「ならば、お前の相手は最初から峨東……流派、あるいは一族そのものか？」

何を今更――。電話の向こうの嘲笑が、言外にそう告げる。

『君たち峨東は、他者に対して想像を絶するほど無関心だ。親や子が人質に取られても眉ひとつ動かさないだろう。それだけじゃない、自分たちの成果にすら、君たちは興味がない。血の滲むような苦難の研究でようやく手に入れた知識や技術に、微塵の未練も持たない。まるで子供の玩具だ。どんなに夢中になったものでも、仕組みを理解した途端に興味、関心が消え失せる。だから、君たち峨東相手には、一切の交渉が成立しない。君たちには失うものなんてなにもないからな。市井《しせい》の人間たちが必死に守り抜いたり勝ち得たりするものは、それだけで君たちにとって無価値なんだ。技術流派としては本末転倒にすら見えるその性質が、三大流派の一翼を担わせる原動力になっている。三宗家の中では規模が最小であっても、その非人間性ゆえに摑み所がなく、水淵も西晒湖も手が出せない』

多少の齟齬はあるが、概ね間違ってはいない。世界最高の先進計画都市として生み出したこの人工島も、峨東は完成から間もなく手放したのである。出来てしまったものなど、どうでもよいのだ。どれほどの巨額を投じたものでも、幾人の人命を費やしたものでも。

『常軌を逸したそんな君たちでも、ただひとつだけ、まるで龍の逆鱗のように不可侵なものがある。同族や身内にも触れることを許さない妄執がね。

それは、過程だ。君たちは結果や成果が生まれると急に関心をなくすくせに、その途上にあるときは異常な執着を見せる。自身の研究を誰にも明かしはしないし、自ら見つけた知識や技術なら、親子であっても容易には譲り渡さない』

「まあ、外からはそのように見えるのだろうな」

『だからこそ、時間がかかったよ。僕は君たちの食い付きそうな餌を撒き、君たちが夢中になるのをずっと待っていた』

「ご苦労なことだ。待ちすぎて尻が痔になっていないか？」

『君たちはこの島そのものには何の執着もないのかも知れない。しかし、この島がどうなろうと興味がなくとも、今君たちがご執心の君の娘を〝聖骸《SnT./》〟の人形《マネキン》ごときに台無しにされるのはまだ我慢ならないはずだ。だから僕には分かっていたよ、必ず君の方から電話をしてくるってね』

そのわりには安堵のあまり嬉々としているような口調に聞こえるのであるが、最初の電話のようにまた臍を曲げられると面倒なので、それは口にしなかった。

「それで？　お前は何が欲しい？　元当主であろうと、私の知り得るものや持ち得るものはさほど多くはないがな」

『なに、難しいことじゃない』

ようやく自分に関心を向けられたことが嬉しかったのか、鼻で笑いながら言う。

『君たちがこの人工の島に隠したものを、僕に見せてくれればいい』

鏡子は思わず眉をひそめ、足の歩みを止めた。

「なんだと？」

『そんなに意外だったかい？』

男の声はまだ喜悦で満ちていたが、鏡子の反応に違和を感じてやや不安げである。

『〝石碑《モノリス》〟——君たちが冗談交じりにそう呼んでいたものが、〝聖骸《SnT》〟の炉心近くに安置されているはずだ。誰にも手が出せないように、君たちは隠し場所を選りすぐった』

——これは参った。

思わず髪をかき上げようとして野球帽《ベースボール・キャップ》がずれてしまい、鬱陶しい髪が顔にかかる。

「もし本当に〝聖骸《SnT》〟がお前の制御下にあるのなら、自分で勝手に行けばいいだろう？」

〝聖骸《SnT》〟の中心部にあるのだから、どうとでもなるはずだ。

『き、利いた風な口をきくな！　君たちが何重にも封印しているじゃないか！』

「まあ、一応言っておくが、やめておいた方がいいぞ？　あれは——」

『君のハッタリには騙されないぞ！　そうやって君はいつも僕を煙に巻くんだ！』

もっともなことである。狼少年ではないが、鏡子はそうやってこの歳まで人生を渡ってきた。旧知はなかなかこの手が通じないから面倒なのだ。

煩わしいことではある。ショパンの黒鍵のエチュードばかり連続で聞かされるのと同じくらい煩わしい。モーツァルトの交響曲から第四十番を見出すまで聴き渫《さら》った日も、ここまで面倒な気分にはならなかったような気がするが、口を挟んでしまった以上は致し方ない。

(——やれやれ)

今の鏡子を駆動している精神力の大半は、諦念である。

「お前が地下四メートルまで穴を掘って地中で土下座するから、やむを得ず付き合ってやらんこともないが――」

『だから電話越しなのをいいことに勝手な背景設定を僕に付与するな!』

「お前はどうやって見に来る? 今から待ち合わせるのか?」

『心配はいらない。端末《かわり》がもう君の側にいる』

刹那、小さな影が青く光る歩道の上を疾駆してくるのが見えて、さすがの鏡子も身構えてしまう。よくよく見れば、足下に擦り寄るそれは小動物《フェレット》だった。なぜこの時間に飼育されている動物が公園にいるのかと訝しく思ったが、どうやら遺伝子改良された生体ではなく、一世代古い愛玩用《ペットがわり》の縫いぐるみ《ロボット》のようだ。

こうして動物型の縫いぐるみ《ロボット》を操れるのならば、なるほど、自治区中の人形《マネキン》や縫いぐるみ《ロボット》を集中管理する〝聖骸《SnT:/》〟をハッキングしているというのは、嘘ではあるまい。動物型だけではなく、人形《マネキン》も自由にできるのかもしれない。しかし――

「お前、昔から変わっていたが、まさか出歯亀にまで落ちぶれているとは――」

『誰が窃視症《のぞきま》だ! 違う、たまたま君の電話の位置の近くに適当な人形がなかったから、やむを得ず動物型の機械を選んだだけだ!』

まあ、下手な嘘をつくタイプではないので、本当にたった今、フェレットを操り始めたのかもしれない。

『だいたい僕のどこが変だというんだ！』

「お前はセンスが悪いんだよ」

『だからどこが！』

「顔」

『き、君は最低の人間だな！』

フェレットの縫いぐるみ《ロボット》にはスピーカーとマイクも内蔵されているようで、相手の声がフェレットからも聞こえる。

「自分でもそう思う。言いたいことはそれだけか？　あー……ナントカ川？」

『まだ名前も思い出せないのか！　君はどれだけ他人に興味がないんだ！』

二重にやかましいので、電話の方は切った。

戯言《ざれごと》は聞き流し、すっかり夜空に昇っていた月に向けて溜め息を吐く。

今夜は工房《いえ》へ帰れそうにない。

＊

青白い月明かりに向けて、溜め息をつく。

「それは恋じゃない。今のお前は、歳上の俺の背中が大きく見えているだけだ」

陽平は右手の指に挟んだ煙草《キャビン》を口に添え、憂いの混じった息を、もう一度ゆっくり吐いた。

界隈で恐れられ、自警団の身内からも「本庁の狂犬」とあだ名される陽平も、今だけは深い諦念を纏い、ベストの下の肩は重い疲れを背負っている。

「……違うか」

ひとつ咳払いをし、仕切り直すことにした。

火のついていない煙草をチェストに置き、今度は両手をポケットに入れて背を逸らす。

「俺とお前はそんな関係じゃなかったはずだ。それは今までも、これからも変わらない」

姿見《かがみ》には、超然と相手を見下ろす自分の姿が映っている。

「……偉そうだな」

久しぶりに念入りな髭剃りをした顎は、微かに痛みがしてどうにも落ち着かなかった。

思い直して再び煙草を指で挟み、口元に添える。

「お前のことは嫌いじゃない。お前は自分で思っているより魅力がある。俺なんかよりいい男はいくらでも現れるだろう。だがもし、俺とお前があと何年か早く出会っていれば――」

続く言葉は出てこなかった。

「……なんで未練がましくなるんだ？」

思わず自問自答し、煙草を持ったままの手でせっかくセットした頭を掻くと、煙草が折れて葉クズが整髪料《ワックス》を塗った髪に付いてしまった。

左腕の自動巻時計はいつの間にか午後七時過ぎを指している。車を飛ばしても、約束の時刻には少し遅れてしまうかも知れない。

指定された場所は、区民の間で密会の場所として有名な、四区のホテルの展望レストランである。異性がそこに男性を呼び出す意味は、当然決まり切っている。陽平は今でこそ男やもめだが、妻を亡くしてからまだ二年しか経っていない。割り切れないような関係を持つつもりは、少なくともまだない。

だが、相手は――あの五等級の小娘は、相当の覚悟で陽平を誘ったのだから、真剣に向き合わってやらなくてはいけない。

「ったく……」

柄にもないのだ。いくら練習をしても、いまいちピンと来ない。

チェストの上の遺影《フォトスタンド》と目が合い、バツが悪くなってまた髪を掻いてしまう。

「心配そうな顔をするな。ちゃんと戻ってくるし、うまくやってくるさ」

フォトスタンドの額を軽く撫でてから、ライター《コリブリ》をポケットに突っ込んで部屋を後にした。


その三十分後――。

隣席の男女の歯が浮くようなやり取りを耳にしながら、陽平はだらしなく足を投げ出して椅子に身体を預け、天井に向かって捨て鉢気味に煙草の紫煙を吐いていた。

「なんですか、遅刻してボクを待たせておいて、挙げ句にその態度。せっかく女の子《フィギュア》の方からお誘いしたのに」

「っるっせーな……」

不満も露わな揚羽の言葉に、陽平の方も露骨に気だるげな返事をする。

「だいたいなんです、その妙に気張った格好は。ご友人の結婚式の帰りですか？　せっかくなら蝶ネクタイもすればいいのに。まあいつもだらしないのだから、急にお洒落をしてもかえって格好悪いですけれども」

言いたい放題である。

揚羽の方は、五等級であることを示す首元の青いブローチ以外は、相変わらず上から下まで真っ黒であるが、肩出しのシルクのブラウスはともかくとして、下はプリーツのキュロットにニーソックスだ。いたって普段着である。ドレスコードはないといっても、もう少し選びようはあろうというものだ。

この無神経な娘の格好を見たときに、すぐ気づくべきだった。そもそも場所が場所とはいえ、よりにもよって相手はこの魔女なのだから、人並みの期待などすべきではない。

「なんでここにしたんだ？　別に喫茶店でも道端でもいいだろう」

「それは、柑奈《カンナ》――友達が、男の人と会うなら、ここがいいからって言うから」

きっと、その友人とやらがあらぬ誤解をしているのだ。

この五歳児に、まともな大人の良識を求める方が愚かだったのかも知れない。人工妖精は成熟が早いが、この娘は保護者が社会不適応の引きこもりだし、最低限度の一般常識も仕込まれているとは思えない。

「っとに、かったるい奴だな……」

「うわ、『かったるい』ってもう死語ですよ。若い人から『ダサイ』って言われませんか？」

倦怠期の夫婦や恋人同士でも、人目のある場所で、なかなかここまで露骨な倦怠感を漂わせはしない。剣呑《けんのん》な空気を見咎《みとが》めた奥のカップルが眉をひそめていたが、今の陽平は他人の視線にまで気を配るつもりなど皆無である。

大方、若い娘を連れ込もうとして失敗し、未練がましく食い下がり、果てには醜く罵《ののし》り合っていると思われているのだろうが、陽平からすれば、そんな健康な青少年なら人生で一度は経験する思春期の挫折などより、今の方がよっぽどバツが悪いのである。

「まあ陽平さんの時代遅れのセンスなどどうでもいいのですが。

大きな反社会組織による大規模な『背乗り』が起きてるんじゃないかと思うんです」

顔を合わせて早々、緊張した面持ちのこの娘が切り出したのは、初々しい恥じらいの言葉でも甘い台詞でもなく、物騒な身元乗っ取り事件である。しかも取るに足らない珍説だ。

何者かが人工妖精をこっそり拐《かどわ》かした後、そしらぬ顔で本人に成りすましているというのだが、宇宙人の出てくる古い映画や二十一世紀のローテク・テロ国家ではあるまいし、今どき麻疹《はしか》のような陰謀論に取り付かれたモラトリアムの子供でも、もう少しマシな妄想を抱いているものだ。

「同じ顔の人工妖精なんぞ、いるわけないだろ」

人工妖精は、たとえ同じ技師チームの手で同じ工場から生み出されても、一体一体ごとに顔が違う。陽平も詳しくはないが、人工妖精は人間とは異なり、精神と肉体が必ずワンセットでデザインされていて、一人一人に合わせた精神の調整をすると、必ず顔も変えなくてはいけなくなるらしい。

同じ顔の人工妖精は生まれてこないし、後から顔を整形手術で大きく変えることも不可能ということは、自警団《イエロー》なら一年生《ルーキー》でも知っている初歩の常識だ。だから、人工妖精には「顔《フク》合わせ《ワライ》」という捜査手法が使えるのである。

「それは、そうなんですけれども……もし、被害者が『終身安眠施設《ねむりのもり》』に入れられてしまえば、もう誰なのかも分からなくなってしまいます。それに、いったん眠りに入ってしまったら、本人は誰かに助けを求めることもできません」

身を乗り出して熱く語るのだが、話は状況証拠未満で裏打ちが全くない。それに「犯罪に用いられる可能性」だけで、雨後の竹の子のように出来ては消えるビジネスにひとつひとつケチをつけていたらきりがない。もっと際どい商売が、自治区にも無数にあるのだから。

陽平は早くも話半分で聞き流したい心地になっていた。ほんの一年前まで、この娘の持ってくる情報は正確な上に極めて有益で、陽平も何度か助けられたが、最近はこのような午後のテレビ・ショーにも劣る、取るに足らない安っぽい推理ばかりだ。陽平とて子供の探偵ごっこに付き合うほど暇ではないし、さすがに飽き飽きとしてくる。

そうでなくとも、日中に立て続けに起きた二つの大きな事故の件で自警団内部は忙しない。今日とて、陽平は同僚に無理を言ってようやく時間を作ったのである。

小中学生の被害妄想に向き合うスクール・カウンセラーの苦労に、つい親近感を覚えてしまう始末で、陽平の意識は早くも「この想像力が暴走気味の小娘をどうあしらうか」に収束しつつある。

「仮に……あくまで仮定としてだな、お前の言う背乗り事件《いれかわり》が起きている可能性もなきにしもあらず、だとしてだ。逆に犯人の立場になって考えてみろ。そんな手の込んだことをしてまで誰かに成り代わって、犯人にどんな利益《メリット》があるんだ？　動機は何だ？」

「それは……」

声は急にしおれて、乗り出していた身体も椅子に戻る。

「ざ、財産目的とか……地位を利用したいとか……」

「それなりの額の外貨が関わるなら、税務課が身辺調査をするし、企業主だろうが政治家だろうが、社会的地位があるのなら、お前のところの引きこもり技師ではあるまいし、周りの人間が気づくだろう。百歩譲って顔がよく似ていたとしても、だ」

「そうなんですけれども……」

これが何度目の「けれども」だっただろう。あと何回、論理の飛躍や破綻を指摘してやれば、自身の推理が砂上の楼閣であることに気づくのか。

「でも、顔が同じということは、なくはないと思うんです。だって、ボクがそうだし……」

確かに、この娘には長期入院中の双子の妹がいたはずだし、見舞いから帰るところを見かけたこともある。ただし、保護者の童顔技師によればこの娘は例外中の例外だ。

自分で言っておいて、後からそれが自分たち姉妹の特異性を際立たせるだけで、説得力に欠けるということに気づいたのか、揚羽は陽平の視線から逃げるように顔を背けた。

自治区の夜景を一望できる窓からは、飛行船墜落事故のあった水の外つ宮も、大型クレーンの転倒事故のあった建設中の道路も見える。今はどちらも視覚遮蔽《ブルー・シート》が施され、現場を見通すことは出来ないが、自警団の黄色《イエロー》い警告灯が周囲を囲っていた。

上層部は、機動課の非番まで引っ張り出して現場の確保をさせているのに、陽平たち前線の捜査官にはなぜか一切関わらせようとしない。政治的な意図が絡んでいるのは疑いないが、下っ端には手の出しようがない。

この娘のようなフリーの探偵ごっこ《アウトロー》とは違って、陽平たち自警団は法を背景にした実力組織である以上、個人の独走《スタンド・プレー》には厳しい制約があり、重い対価もつきまとう。予防検束が許されないのと同様、事件性が明らかになるまでは政治にも口は挟めない。

「陽平さんて——」

物思いに耽っていたとき、不意に何やら思い詰めた声音で、揚羽が言う。

「キスをしたこと、あります？」

思わず口に含んでいた発泡飲料《ノン・アルコール》を吹き出した。

「なにしてるんですか、もう。子供みたい」

揚羽が慌てて席を立ち、バッグから取り出したフェイスタオルで陽平の口元から襟を拭う。

「せっかく珍しくお洒落をしているのに、汚してどうするんです。大事な人と会うときに着ていくものがなくなってしまいますよ。そうでなくともセンスがいまいちなんだから——」

その指がタオル越しに陽平の唇に触れたとき、凍り付いたように固まる。

やがて、陽平にタオルを押しつけ、俯《うつむ》き加減で自分の席に戻っていった。

そのときの表情は照れたというよりも、どこか失意を覚えたような顔色に見えたのだが、椅子に腰掛けたときにはまた窓の外を向いてどこか遠くを見る顔に戻っていた。

「そっか。奥様がいらしたんですものね。キスなんて、もうなんとも思わないですよね」

既婚者が愛情表現のやり取りに飽きるというのは甚だしい偏見だが、今の陽平にはそれを訂正するよりも別なことに意識が向かっていた。

（まさか……）

たとえ顔が同じでも、別人が入れ替わっていれば周囲の人間は気づくはず――。

先ほどこの娘に言い放ったばかりの常識が、陽平の中で微かに揺らぐ。

「お前……羽を見せてみろ」

揚羽が驚きで硬直し、やがて赤面して憤慨を露わにする。

「なんてことおっしゃるんですか！　それも人前で！　デリカシーってご存じです⁉」

「いいから、見せてみろ」

人工妖精が、自分の羽を裸体と同じくらい恥じらって隠すことは、陽平もよく承知しているが、決定的な証拠は他に思い当たらない。

「今、陽平さんは私に『服を脱げ』って言ってるのと同じなんですよ！」

「いいから！」

陽平の気迫に押され、胸を隠すように肩を抱いていた揚羽があきらめ顔になる。

「もう、他の人工妖精《ヒト》にそんなことを言っては駄目ですよ……絶対に嫌われるんだから」

何度か周囲の視線を確認してから、揚羽は一度深呼吸をし、羽が背もたれに当たらないよう、少しだけ斜めに座り直した。

ブラウスの背が静かに持ち上がり、背中の下に折りたたまれていた羽が右側だけ、ゆっくり広がって露わになる。その羽は、窓の外の夜を切り取ったような漆黒で染まっていた。

「も、もういいですか？」

羽を凝視されるのがよほど恥ずかしかったようで、赤面した顔で陽平におずおずと訊ねる。

「……ああ」

緊張が溶けて、陽平は再び椅子の背にもたれかかった。新たに煙草を一本引き出し、火を点けて溜め息とともにゆっくり紫煙を吐く。

この娘の羽は、初めて会ったとき暗がりで一度見ただけだが、確かにそのときと同じ色だ。本人の言によれば、妹と容貌はそっくりだが羽だけが色違いで、妹の方は真っ白な美しい羽だと言っていたはずだ。

「いったい何なんです、藪から棒に」

「なんでもない」

理由など言えるわけもない。

その後はどうにも気まずくなってしまい、お互い無言だった。

ウェイターが陽平の開けたジョッキを片付け、代わりにパスタを置いていく。

それから煙草を一本、たっぷり吸い尽くしたのに、いつまで待っても揚羽の前には皿がやってこなかった。

「お前、何も頼んでないのか？」

陽平が問うと、揚羽は気まずそうに眉をひそめながら微笑して首を傾げる。

そこでようやく気づいたのだ。食事どころか、飲み物すら揚羽のところにはやってきていない。テーブルクロスの上にはコップ一杯の水だけで、それすらこの娘は口をつけていない。水には一体何が混ざっているのか、小さな泡が浮いていた。

「お前……俺が来る前から、ずっとそうやって我慢してたのか！」

頼まなかったのではない、何も頼めなかったのだ。陽平が来るまで、ウェイターはこの不潔な水を置いたきり、揚羽のテーブルへは近づきもしなかったのだろう。そして陽平が注文をするときも、従業員たちは揚羽だけを無視し続けていた。

「黒い羽も見せてしまいましたし」

小さく舌を出すはにかみ顔が、陽平の胸を抉《えぐ》る。

真っ黒な服装と青いブローチを見れば、この娘が等級外であることは一目で分かる。この店は揚羽が入店することこそ禁じなかったが、持てなすつもりは最初からなかったのだ。

揚羽がいそいそとハンドバッグを脇に抱えて席を立ち、会計を引き寄せようとしたとき、陽平は素早くそれを押さえたのだが、するりと引き抜かれてしまった。

「今日はボクからお誘いしましたから、気にしないでください。ボクが相手では退屈でいらしたようですし――」

「違う！」

陽平が蹴るようにして椅子から立ち上がり、隣席を遇していたウェイターを怒鳴りつけようとしたとき、普段のおっとりとした所作からは想像も出来ないような身のこなしで揚羽が前に回り込み、今まさに怒声を発しようとした陽平の唇を人差し指で押さえて塞いでしまう。

「私はもう五歳で、生まれたときからずっとですよ。こんなの慣れっこです」

今にも泣き崩れてしまいそうな笑顔のまま、揚羽は小さく会釈する。

「今日は楽しかったです。だから、楽しい気分のまま終わりにしましょう」

キュロットとブラウスの裾を翻《ひるがえ》し、揚羽は陽平に背を向けた。

揚羽が立ち去った後も陽平はしばらく、目の前で起きた事態を受け入れることが出来なかった。陽平にしてみれば異常な偏見と露骨な差別も、あの娘にとってはありふれた日常の一コマでしかなかったのだろう。

それが、たまらなく許せなかった。

陽平の手には、汚れたフェイスタオルが残っている。使い捨ててもおかしくないようなありふれたノーブランドであったし、本人はもう渡したことすら忘れているのかも知れない。なにより、汚れたまま返しても困った顔をされるのが落ちだろう。

それでも、理由にはなった。

早足でレストランの中を抜け、いからせた肩でウェイターを軽く突き飛ばしながら飛び出したが、もう揚羽の姿は見えなかった。エレベーターはひとつが下降中であったから、中に乗っているのならもう追いつけないだろう。

——まただ。

肝心なところで、二度と巡ってこない機会をいつも見逃してしまう自分に、愛想が尽きてしまいそうだ。

エレベーターのドアに背を預け、フェイスタオルを摑んだ手で顔を覆いながら上を仰いで、しばらくそのままにしていた。

「あの——」

どれくらいそうして自責に酔っていたのか、自分でもわからなくなった頃、見知らぬ声がして手を下ろすと、困り顔をした人工妖精が目の前に立っていた。

「ああ……すまない」

自分がエレベーター前を占拠していたことに気づき、慌てて場所を譲る。

小さく頭を下げた人工妖精と擦れ違ったとき、セミロングの髪から漂ったライムの香りに引き寄せられるように振り向いてしまう。

——いや、他人のそら似か。

さっぱりした柑橘類の香水のせいで、見間違ったのかも知れない。亡き妻が陽平のために選ぶコロンが確か柑橘系で、ライムのような香りだった。

先立った伴侶の顔が見えるようでは、今の自分の神経は相当に参っているのだろう。

時刻は八時半を回っていた。本庁に戻るには中途半端で、かといってもう一度自宅に戻るのも馬鹿馬鹿しいし、素面《しらふ》ではいたくない気分だ。

本庁に詰めている同僚たちに後ろめたい気持ちはあったが、階段からひとつ上の階のラウンジへ上った。

カウンターに席を決め、ついいつものようにスコッチをロックで頼みそうになって思いとどまり、躊躇《ちゆうちよ》の後、薄めのジン・トニックを注文した。

バーテンダーは気を利かせ、ジンを薄めた分ライムの果汁を足し、ステアして陽平の前へ置く。グラスの縁にもやや大きめのライムが挟まれていた。

一口飲んで、すぐにライムは外す。飲み疲れた夜にはいいのかも知れないが、今は刺激の強い香りが鼻に付くばかりだ。

葉巻を頼もうかとも思ったが、そんな気分でもなく、結局は懐から自前の煙草《キャビン》を取り出して火を点ける。紫煙を吹くと、やや甘めのキャビンの香りと、切れ味のよいライムの味が口の中で妙な混じり方をしてしまった。

陽平が入ってきたときから流れていたソロのジャズ・ピアノは終わり、代わりにチェロのリベルタンゴが情熱的な調べで、薄暗いラウンジを満たしていく。

陽平がグラスを空けたとき、すぐにその脇にライムのないジン・トニックが置かれる。

「あちらの――」

指された先には既に支払いを置いて立ち去る女性の後ろ姿があって、バーテンダーも言葉に詰まっていた。

それはエレベーター前で擦れ違った女性とよく似て見えたのだが、向こうも一人であったから、彼女なりの事情でわざわざ戻ってきて飲み直したのかも知れない。

「これもか?」

一緒に添えられていたのは、チョコレート菓子の小さな箱だ。

炭酸のカクテルとチョコレートを抱き合わせる意味がよくわからなかったが、持ち合わせを置いていっただけなのかも知れない。

箱を開けると、棒状《スティック》のチョコレートが六つ、行儀よく並んでいた。よくある銀紙包みで、つまみあげてみると下の方は金属の筒で覆われていた。それが古い炸薬式拳銃の薬莢であることは、すぐに分かった。棒状チョコレートを弾丸に見立てているらしいのだが、六本目だけがいやに軽い。

気になって銀紙を剝いてみると、チョコレートの代わりに丸められた紙片《メモ》が収まっていて、広げると走り書きの文字でいくつか、数字と記号が書かれている。

古い記憶まで辿り、それらの文字がかつて自治区になる前のこの東京人工島の地下で闘争運動をしていた頃に、仲間内で使っていた符号であることに気づく。

符号は、モノレール駅の改札付近の場所を示している。

五本のチョコレート、六発目の空薬莢、そして当時の仲間しか知らないはずの符号。

脳裏に古い知人の顔が浮かんだが、すぐにありえないと思い直す。その知人はもう、東京自治区にはいないはずだからだ。

だが、もしあいつだったとしたら。

一発目は「警告」。二発目は「威嚇」。三発目は「足止め」。四発目は「無力化」。五発目は——五発目は、「最後の警告」。

最初にエレベーター前で擦れ違った。次に、ジン・トニック。そしてチョコレート。去り際の後ろ姿。最後に——空薬莢。

もし、二十年前と意味が変わっていなければ、それは「もう五回も気づくチャンスは与えた」という、最後通牒の警鐘だ。

狙い澄ましたように、胸ポケットの携帯が震える。

『曽田先輩！』

電話口からしたのは、後輩の悲痛な声だ。

『たった今、公安部が礼状を持って刑事部に！』

はっとなり、目だけで周囲を探る。どこかで見たような顔が、カウンターの両脇に一人ずつ、テーブルに二人。そして入り口で電話を掛けている振りをしている男が一人。

そして、あの陰気で陰湿な公安部が、本人不在のまま軽率に本部へ踏み込むなどという、間抜けなヘマをするはずがない。

『課長がなんとか粘ってますが、時間の問題です！　四五・五口径がどうこうって——いったい何をしたんですか⁉　今どこにいらっしゃるんですか⁉　先輩！　聞いてますか！』

電話を切った途端、待っていたかのように足音が近づき、やがて背後で止まる。

「失礼。公安部の――」

肩に掛けられた手を引っ掴み、そのまま右側に腰掛けていた男の方へ蹴り倒す。相手もプロだ。こんな奇襲が通じるのも最初だけである。

「貴様！」

カウンターの左隅に座っていた男が立ち上がるよりも早く、顔に向けて灰皿を叩きつける。

煙草の灰が舞い上がり、粉塵となって辺りに立ちこめた。灰皿を顔面に喰らった男が噎せ返っている隙に脇を抜ける。

入り口にいるのは一人――ではないはずだ。ジャケットを覆い被せて視界を遮《さえぎ》り、そのまま勢いに任せて当て身を喰らわせる。案の定、影にいたもう一人が陽平に向けて握り合わせた拳を振り下ろして来た。その懐に頭を滑り込ませ、顎に向けて迷わず頭突きを放った。

頭頂部を襲った衝撃で一瞬視界が揺らいだが、それは相手も同じである。一瞬だけ千鳥足になった男の襟と袖を掴み、大内刈りで転倒させる。

一対一《タイマン》の喧嘩なら、場数で陽平にかなうものなど自警団《イエロー》にもそうそういない。そして、だからこそ、この人数相手に素手で挑むことがどれほど無謀なことかも身に染みて知っている。ならば、あとは一目散に逃げるのみである。

駆け込んだエレベーターの戸が閉じたとき、陽平は柄にもなく深い安堵の息をついた。頭の痛みが急にぶり返してきて、手で押さえると血が滲んでいた。

陽平を救ったエレベーターは順調に降下し、もうすぐ一階のロビーに辿り着く。

階下にまで腕の立つ人員を配置できるとは思えないが、もしいたら——今度こそ、奇策なしの正面突破しかないだろう。

エレベーターが止まったとき、陽平は覚悟を決めてドアが開くのを待っていた。

第二部　蝶と白鍵と八重咲の変成幼主のためのノクターン

むかしむかし、ある森に一人の人間がやってきました。

その人間はとっても、とっても頭が悪くて仕事が出来ず、ついにご飯も食べられなくなって、もう生きていけないので、森の中で人知れずいなくなってしまおうと考えていました。

人間は呟《つぶや》きます。

ああ、何もいいことのない人生だった。顔は不細工だし、友達はいないし、恋人もいないし、足と腋は臭いし、なんで神様は自分なんてお造りになったんだろう。

こういうタイプはろくな死に方をしないと、本屋さんの『こうすれば底辺《カス》でもお金持ちになれる!』の本にもよく書いてあります。

夜になって寒くなると、いよいよ人間はお腹を空かして、ついに行き倒れてしまいました。だんだん死ぬのが恐くなって、森に来たことを後悔しましたが、今さら後の祭りです。人間の意識はだんだん遠ざかっていきました。

……ふと気がつくと、身体はほんわか温かく、甘い匂いがしてきます。目を開ければ、お腹の上には暖炉の火のように温かい上等な毛皮が被せられ、脇にはたくさんのお肉と果物が山積みになっていました。

人間は驚いて我を失い、毛皮を抱いて生のお肉と果物にむしゃぶりつきました。

やがてお腹がいっぱいになり、毛皮だと思っていたのは狐と猿と兎で、彼らが行き倒れた人間のために食べ物を集め、身体を温めていてくれたことを知りました。

人間が彼らにお礼を言うと、獣たちは「困ったときはお互い様というじゃありませんか」と人間を気遣います。対等《タメ》目線なのに軽く苛《イラ》ッ☆としましたが、他の人間からはついぞもらえなかった情け深さに胸を打たれ、人間は嬉しくて泣いてしまいました。

それから人間は、一人と三匹で暮らすようになりました。

狐はいつもどっさりのお肉を獲ってきました。何の肉なのかは恐くて聞けませんでした。

猿はいつもいっぱいの木の実を見つけてきました。臭いものは後でこっそり捨てました。

兎はいつもさっぱりの役立たずです。必死に跳ね回ってはいますが、いつも何も獲ってこられませんでした。世の中、努力する方向を間違えてはいけないし、努力してもどうにもならないことはあるんだと思いました。

人間は食べ物をもらう代わりに、獣たちに勉強を教えてやりました。

人間は人間の中ではとびっきりの馬鹿で、偏差値は一番よかった中学生の頃で七〇ちょっとしかありませんでしたので、大したことは教えられません。

狐が言います。

「先生！　九九の『シチハ』はいくつですか？」

人間は伸びてしまった髭を撫でながら、余裕たっぷりに答えます。

「三十二だよ」

猿が前足を上げます。

「先生！　なんで日本は戦争をしたんですか？」

「自分だけはいいことをしていると思ってる馬鹿ばっかりだからさ」

兎が手の代わりに長い耳を立てます。

「先生……どうしたら人間になれますか？」

生意気です。

「兎くんはどうして人間になりたいのかな？」

「ボクはお肉も果物も持ってこられない、駄目な生き物です。こんなボクでも、人間になれば、先生みたいになんでもできるようになれるかもしれないって、思うんです」

「……努力すれば、~~人間~~獣はなんにでもなれるんだよ」

それは人間が知る限り、人間を駄目にする最も卑劣な言葉でした。ですが、馬鹿にモノを教えるには一番都合がいいのだと、教える側になって初めて気づいたのです。

「一番《ナンバーワン》にならなくてもいいんだよ。自分にしか出来ないこと《オンリーワン》を見つけなさい」

せっかくいいことを言ってあげたのに、兎はやっぱりさっぱりのままでした。そのうちに兎はすっかり自信をなくして努力の足りない自分を責め、ストレスから過食になったのかぶくぶく太り、ついにはいつもブツブツと独り言を呟くようになりました。

やがて秋が過ぎ、紅葉が落ちる頃になると、人間は獣たちにかまっている場合ではなくなりました。冬になると狐も猿も獲ってくる食べ物がとても少なくなりましたし、寒さと栄養失調で悪い風邪もひいて、いよいよ寝込んでしまったのです。

初雪が森に降った日、息も絶え絶えで枯れ葉の寝床に横たわる人間は、今度こそ自分は死ぬのだと思いました。

焚き火ももう消えてしまいそうです。今日死ななくても明日は凍えて死んでしまうでしょう。森を出て病院に行けば助かるかもしれませんが、人間は大嫌いな他の人間に頼るぐらいならここで死にたいと覚悟を決めていました。

そんな人間のそばに、あきれるほど丸々と太った兎がやって来て言います。

「先生、これから先生が元気になれるくらい立派なご馳走を作ります」

言うが早いか、猿と狐が啞然としている目の前で、兎はたき火の中に飛び込んでしまいました。

人間は重い身体を起こし、慌てて兎をたき火から救い出しましたが、火傷だらけでもう助かりませんでした。

どうしてこんなことをしたのか、人間が問い詰めると、兎は事切れる前に言いました。

「こんなに美味しいお肉になれるのはボクだけだからです」

兎の肉は生焼けで臭かったですが、塩味がきいていて食べやすかったそうです。

1

総督府の展望室からは、男性側の自治区の夜景が一望できる。

常に電力を必要とする微細機械《マイクロマシン》のため、この島はかつて、幾度となく電力不足の危機に陥った。電力を日本本国からのみ購入せざるをえないために、日本本国との関係の悪化はそのまま区民の暮らしに影響を及ぼしていたし、自治権を得るまでは、夏場と冬場の計画停電は季節の風物詩のような、ありふれた不自由だった。

それでも、椛子《もみじこ》が本国の陛下より自治総督に任ぜられ、間もなく男・女の両自治区を分断する巨大な回転蓄電器《メガ・フライホイール》を稼働させてからは、本国からの巨大電池の到着日程に一喜一憂することもなくなり、今では夏場でも電力余りが生じるほど、エネルギーの安定供給に余裕が生まれている。

第十六代仁徳天皇は、家々のかまどの火が少ないことを憂えて、質素倹約にお勤めになり、やがて民の生活が豊かになるとようやくご満足なさったという逸話があるが、椛子がこの高い総督府からこの街を眺めてきた想いは、それとよく似通っている。

だから、玉敷と呼ぶに相応《ふさわ》しい、眩《まぶ》しいまでに煌々《こうこう》と灯る夜の街の明かりを眺めるひとときは、椛子にとって欠かせない日課の一つなのだ。

ただ、今日ばかりは安らぐ時間はなく、明かりの落とされた薄暗い展望室には、〝親指〟の他に総督府の職員がいて、畏《かしこ》まりながら椛子にスレート型端末を向けていた。

画面に映っているのは、地下階の臨時対策室に詰めて指揮を執っている、法制局次長である。

「それで？」

遠く、窓の向こうの街明かりを眺めていた椛子に気を遣い、一旦言葉を切った法制局次長に、気にせず続けるように促した。

『二〇時三二分に、日本の陸上自衛軍の特殊作戦軍と思われる一群が、夜陰に乗じて一区の海岸に上陸――』

概ね、人形で総督府に乗り込んできた〝旅犬《オーナレス》〟のメンバー――本人は〝主人公《メアリー・スー》〟と名乗っていたが――が通達してきたとおりで、時刻も上陸場所も、ほぼぴったりだ。

「ちゃんと警戒に穴を開けて、通して差し上げたのね？」

『はい。客人は我々があえて見逃したことに気づいた様子はありませんでした。その後、ヘリ・パイロット二名を無事保護し、二一時〇二分、海上へ脱出』

これで、自治区の内部にあった最大の懸案は解消したことになる。あとは迎撃機《サルタヒコ》と海上の空母型護衛艦の存在が問題だが、後者も危険な関東湾に無理をして停留している目的の片方は消え失せた。

一連の計画は、椛子の総督府と日本政府の、影の申し合わせがあったからこそだが、総督府が日本政府と直接連絡を取ったわけではない。今回の件は、御し方を間違えれば双方にとって致命傷となりかねない、極めて慎重を要する問題だった。そのため椛子は総督府の全力を挙げて、日本政府との対話のタイミングを探らせていたのだが、それが〝主人公《メアリー・スー》〟なる一群の仲介によって、思いがけず素早く暗黙の申し合わせができた。

おそらく、日本政府の中枢の中に、〝旅犬《オーナレス》〟の支援者か過去の顧客がいたのだろう。そうでなければ、あるいは外交か防衛の官僚、さもなくば公安関係と〝旅犬《オーナレス》〟の間に、あらかじめなんらかのパイプがあったのかもしれない。

二十一世紀来、世界に名だたる外交音痴で各国の失笑を買い続けてきた日本政府ですらそうであるなら、〝旅犬《オーナレス》〟の飼い主は世界中にいるのだろう。飼い主から飼い主へ渡り歩くその在り方は、まさに〝彷徨える犬《Roaming Dogs》〟の名にふさわしい。

「わかった。事後の処理にも注意を怠らないように。それと、北米軍からの情報には特に気を配りなさい。彼らの情報が途絶えたときが、最も危険な時よ」

法制局次長は、ふっくらとした頬の肉を蠢《うごめ》かせながら了解の意を告げた。

「あと、これは念のためだけれど——中央公道の直線上と、総督府の窓際から人払いをなさい。誰も総督府の窓の付近には近寄らないように。総督府の周辺も封鎖して。いいわね？」

これには、賢い彼もさすがに訝《いぶか》しげであったが、すぐに頷く。それから間もなく、画面は暗転した。

スレート型端末を持っていた総督府の職員はそれを脇に戻し、椛子に恭《うやうや》しく一礼をしてから展望室を去る。

代わりに、立ち聞きにならないよう離れていた親指が戻ってきて、また椛子の側に控える。

「残る問題は、核による攻撃ね」

「……やはり、高高度核爆発《EMP》攻撃はあるのですか？」

実直に、椛子の五歩後ろに立つ親指は、彼らしい固い響きの声で言う。

「さあ。ただ、プラハで起きたことをもう一度、それも微細機械《マイクロマシン》でできた最新先端都市で見てみたいと思っている国はそれなりにあるでしょう。願ってはいなくとも、どうせ攻撃が行われるのなら見逃したくはない、みんなそう思っているはずよ」

苦々しい、そういう気持ちはあるのだが、顔には出さない。

「海上にいる、本国自衛軍の空母型護衛艦が、引き上げるタイミングが一つの目安ね。そのとき、迎撃機《サルタヒコ》に関わっている各国がどう動くか――」

椛子の吐いた溜め息は、空の星よりも輝かしく灯る、自治区の夜景に溶けて消えた。

*

結局、水の一杯すら飲めなかった陽平との食事から一時間後、揚羽は隣接区の喫茶店にいた。昼に出会った、全能抗体《マクロファージ》と名乗る人工妖精《フィギュア》と、そこで待ち合わせをしていたからだ。

　全能抗体《マクロファージ》は、病院でのトラブルの後、揚羽のためにすぐに病院に掛け合ってシャワー室を用意して、その後も新しい服を選ぶのを一緒に付き合ってくれた。

　そしてなにより、陽平とは違って、全能抗体《マクロファージ》は出会ってすぐに揚羽の話に素直に耳を傾けてくれたのだ。これが同じ青色機関《BRuE》としての連帯感なのだろうかと思うと胸が熱くなり、こうして他の誰にもできない相談をできる相手が現れたことが、揚羽はとても嬉しかった。

　連理《れんり》の妹分であった後輩が死後に起き上がったことと、終身安眠施設《ねむりのもり》の話をすると、すぐに後輩の勤めていた興信所で話を聞いてみようということになり、先方の都合で夜半に訪問することに決まった。

　待ち合わせの時刻は九時半だったのに、陽平との食事を思ったより早く切り上げたので、揚羽は三十分も早く喫茶店に着いてしまった。これはしばらく待ちぼうけかと思っていたのだが、全能抗体《マクロファージ》は揚羽より先に喫茶店に着いていて、興信所との約束の時刻までお茶と余談で時間を潰すことになった。

「これが『455 Webley MK-II R』弾。弾頭はフルメタル・ジャケット、炸薬は無煙火薬《スモークレス・パウダー》、重さ十七・二《265gr.》グラム、弾速は毎秒二百十《700fps》メートル。触ってみる？　大丈夫、爆弾じゃないのだから、銃に入っていなければそうそう暴発はしないわ」

　恐る恐る受け取ってみると意外に重かったものの、見た目には少し凝ったお菓子のようである。乗せた手の平を傾けると、簡単に転がって落としそうになってしまい、もう片方の手で慌てて掬《すく》い上げた。

摘み上げてみても、真鍮製の薬莢部分《カートリッジ》は玩具の部品のようだ。こんな男性の小指の先くらいの大きさしかないものでも、人を一発で死に至らしめるのだという実感はなかなか湧いてこなかった。

「銃の方は――」

喫茶店の真ん中で人目も憚《はばか》らず拳銃を抜いて出されたので、驚いて思わず周囲の視線を窺ったが、特に注目を浴びるようなことはなかった。まさか本物の、しかも古めかしい回転式《リボルバー》の拳銃が、自治区にあるとは誰も思わないようだ。

「二十世紀初頭の設計だからもうすっかり骨董品でね、『Webley Fosbery《ウエブリー・フォスベリー》』。六連装のリボルバーなのだけれども、ダブル・アクションではなくて、シングル・アクションのオートマティックっていう変わり種」

どうぞ、と差し出され、弾丸のときよりも緊張して手が震えた。

両手で受け取るとやはりずしりと重いし、思ったより大きかった。だが、北米の映画などに出てくるリボルバーに比べて線が細い印象で、遥かにスマートに見える。何より、回転する弾倉部分《シリンダー》に刻まれた独特の模様が綺麗で、欧州の古い建物に名工の手で彫られた意匠のようだ。

「すごく綺麗ですね」

陽平が持っている現代的な磁気拳銃《コイル・ガン》や、赤色機関《Anti-Cyan》が装備している無骨な機関拳銃はあまり欲しいと思わないが、このような可憐な拳銃なら持ち歩いてみたい気もする。

「この溝《グルーブ》は、ただの飾りではないのよ」

揚羽が弾倉《シリンダー》の意匠に目がとらわれているのを見て、全能抗体《マクロファージ》がいったん銃を受け取り、銃《バレ》身《ル》と銃把《グリップ》を握る。すると、いったいどんな仕組みになっているのか、銃は真ん中から二つに折れてしまう。

一瞬、自分が妙な触り方をして壊してしまったのだろうかと不安になったが、最初からそういう仕組みであったようだ。よくよく考えてみれば、こうして円筒状の弾倉《シリンダー》を露出させなければ、弾丸を交換することが出来ない。

「ここに出っ張りがあるでしょう」

全能抗体《マクロファージ》は、銃が折れて見えるようになった引き金《トリガー》の上あたり——元通りにすれば丸い弾《シリ》倉《ンダー》が当たるところにある、小さな突起を指さす。

「普通のシングル・アクションやダブル・アクションの拳銃《リボルバー》は、引き金《トリガー》や撃鉄《ハンマー》を引いたとき弾倉が回転するのだけれど、この銃はそういう機構《ギミック》はついていないの。代わりに、弾倉《シリンダー》に彫られた溝《グルーブ》がこの出っ張り《スタッド》に噛み合って、銃身が前後するとき、この溝に沿って弾倉《シリンダー》が回転するのよ」

全能抗体《マクロファージ》は銃を元通りの形に戻した後、銃身《バレル》を逆手に掴んでぐっと押し込む。すると拳銃の上半分が後ろへスライドし、それと一緒に模様の刻まれた弾倉《シリンダー》が六分の一だけ回転した。これで次の弾丸が撃鉄《ハンマー》の前にセットされたのだろう。

「今は手でやったけれども、弾丸を発射したときには、その反動だけで銃がスライドするの。それで自動的に次の弾丸が装填されて、発射準備ができるのよ」

「すごくよく出来てますね……」

「造られて間もなく、リボルバーに代わって自動拳銃《オートマティック》が普及したから、この仕組みの拳銃は『Webley Fosbery《ウエブリー・フォスベリー》』だけなのよ。アイデアが斬新すぎたのね。実際、戦争などで使うと溝《グルーブ》に少しの泥や砂が付いただけでうまく弾倉《シリンダー》が回らなかったこともあったらしいわ」

こういう独創的で職人的な仕組《ギミック》みは、鏡子が好きそうだ。

鏡子は既成のありふれた——いわゆる「枯れた」構造が大嫌いで、身の回りの物を買うときは、いつも挑戦的で変わった仕組みのものを好んで選ぶ。大抵、そういった時代を先取りした冒険的な製品というものは、製造側《メーカー》からすれば駄目で元々で世に送り出す、市場実験的な意味合いが強いので、すぐに故障したり、思った通り動かなかったり、二度と発売されなくなってしまうことが多い。

鏡子の工房にも、そうした使い物にならない「変わった家電」等々がたくさんあるのだ。その中には使いづらかったり、すぐに使えなくなってしまう物も多いので、後になって結局は揚羽が、無難な物を選んで買い直さざるをえなかったりもするのであるが。

「こっちは予備《バックアップ》に持ち歩いている、至って普通の二連装拳銃《デリンジャー》」

全能抗体《マクロファージ》がスカートの下から取り出したもう一丁の拳銃は、男の大きな手なら握って隠せそうなぐらい小さかった。揚羽の手と比べても、銃身《バレル》は中指や薬指ぐらいの長さしかない。

銃口は縦に二つ並んでいて、それぞれに一発ずつ弾丸を詰める構造のようだ。

Webley Fosbery《ウエブリー・フオスベリー》の方が可憐で豪華な大輪の洋蘭《カトレア》なら、こちらは蒲公英《タンポポ》のように可愛らしい。この大きさならハンドバッグやポケットに入れても目立たないし、全能抗体《マクロファージ》のようにスカートの下に忍ばせてもなかなか気づかれないだろう。

こちらも中折れ式《トップ・ブレイク》で、二つの銃身《バレル》の後ろから直接、弾丸を込める仕組みになっていた。弾丸もリボルバーに比べると一回り小さくて、本当に子供の玩具のようだ。

「Webley Fosbery《ウエブリー・フオスベリー》は友人からの大事なもらい物なのだけれど、こちらは差し上げてもいいのよ？」

等級の高い水気質《アクアマリン》らしい上品な顔立ちに、ほんの少しいたずらっぽい笑みを浮かべて、全能抗体《マクロファージ》は思いがけないことを言った。

「量産品で特別なものではないし、こちらなら弾丸《ブレット》も.455よりはずっと手に入りやすいわ。小さいから、持ち歩いていても見咎《みとが》められることはまずないでしょうし」

「でも――」

どれくらい価値のあるものなのかはわからないが、申し訳ない気がする。弾丸は、密輸を生業にする屋嘉比《やかび》ならうまいこと仕入れてくれるのかも知れないが――。

「いつも命がけの青色機関《あなたのおしごと》なら、きっと役に立つでしょう。迷っていると、私の気が変わってしまうかも知れないわよ。さあ、これから三つ数える間に決めて。

いーち、にー……」

突然に制限時間を設定され、揚羽はデリンジャーを取り落としそうになるほど慌てる。

「あ、あの……」

「さぁぁ——」

「やっぱりお返しします！」

受け取るものと思い込んでいたようで、全能抗体《マクロファージ》は揚羽が両手で差し出したデリンジャーを見つめ、目を瞬《まばた》かせていた。

「お心遣いは嬉しいですし、これがあったらとても便利かもしれないと思うのですが……」

「自分と同じ人工妖精《フィギュア》を相手に拳銃《ピストル》を使うのは、なんだか卑怯な気がする？」

ミドルロングの髪を微かに揺らして、全能抗体《マクロファージ》は揚羽の言葉にならない真意に限りなく近いことを、あっさり言い当ててみせた。

だが、少し違うのだ。気が咎めるのもあるが、どこか不安を覚える。それは拳銃に対する恐怖からだけではない。

「こういったものを使うと、たぶん、ボクが負けることって、ほぼなくなると思うんです」

「まあ、そうでしょうね」

なにせ、相手に向けて引き金を引くだけだ。それだけで亜音速の弾丸は目にも止まらぬ速さで相手を襲い、肉を貫き骨を砕く。

もちろん、狙い通りにあてるための練習や扱いのコツ、整備の知識は必要なのだろうが、それでも手術刀《メス》を使った格闘術よりも遙かに習得しやすいだろうし、銃弾はメスとは違い、目で見てかわすことも、何かで受け止めることも出来ない。狙い所を間違えなければ、痛みもなく即死させることだって可能だろう。

確実で、安全で、人道的で、しかもデリンジャーなら使い捨てのメスほど嵩張《かさば》らない。非の打ち所がないように見える。だが――

「青色機関《BRUE》は、五原則《ころ》に反して道を誤ってしまった人工妖精が、それ以上人間の社会に害を及ぼさないよう切除します。容赦はしませんし、ボクも一旦メスを握ったなら、相手の罪の軽重にかかわらず、絶対に迷いません。でも……当たり前のことですけれども、青色機関や人倫だって、いつも正しいわけではないです」

健常な精神を持ってさえいれば誰しも納得できるような、絶対正義や普遍の善というものは嘘でもまやかしでもなく、確かにこの世界に存在する。

人を無闇に傷つけないこと、他人の物を盗まないこと、などなど。

ただそういった普遍的な正しさといったものは、ごく抽象的な理念や、とても単純なケースでしか通用しない。そして、人間と他の動物との間に横たわる明確な境界線《ボーダー》は、物事や概念を複雑化することで、常に既存の倫理観や正義を乗り越えて新しい概念に辿り着く能力が、人間にだけはあるということだ。

鯨やイルカ、猿や鴉が、どんなに知能が高くても、たとえ突然変異で人間以上の知能を持つ個体が生まれても、決して自身の倫理や正義を超越することはできないのだと、いつか鏡子が教えてくれた。

つまり、人間という生命は、時代を超え、世代を重ね、常に物事を進歩させ複雑化させて、その度《つど》に新しい正義や倫理、善性を自ら問い直すことを能力的に許された、地球上唯一の種なのだ。そして現代は、その枠に人類の伴侶《はんりょ》として人工妖精が加わっている。

単純な物事の善悪や、正義と不正義を決めることは、とても簡単なことだ。だが、人間と人工妖精は他者への高度な感情移入能力を持ち、常に変化する文化様式の中で、複雑な状況を理解できてしまう。だから、善と悪の境界上で起きる物事にいつまでも悩み続ける宿命なのだろうと、揚羽は思う。

鏡子は、正義とは悪意との境界でしか生まれない、儚《はかな》い空想上の産物だと言っていた。それは鏡子らしい厭世的で冷ややかな世界の捉え方ではあるが、黒と白がどんなにはっきりする世の中であろうとも、ならばこそ人はいつもその境界に近づき、中間にあるもの一つひとつについて、これは白か、黒かと悩み続けなくはいけないのだろう。

スポーツのサッカーでは、本試合で勝負がつかなかった場合、最終的にはＰＫ《ペナルティ・キック》戦という非常に偶然性の高い、運の要素が強いシステムで勝敗を決する。それで「どちらのチームが強いか」を暫定的に決定するのだが、当然正確性は期待できない。それでも、強さとは無関係であっても、勝敗の白か黒かは決まってしまうのである。

人間——特に人間の大人の言う正義も、まだ若い揚羽からはそれと同じように見える。

人間の大人はよく、一つひとつの物事に正・誤や、善・悪を語って、弱くて反論のできない子供たちや揚羽のような若い人工妖精に一方的に押しつけるが、大人同士の間で白か黒かの判断が分かれると、「価値観の相違がある」と言って、曖昧なまま有耶無耶にしてしまい、酷《ひど》いときには多数決で物事の白黒を決めてしまう。

　揚羽からすれば、意見の違う相手を説得できないような正義などないも同じだし、価値観などという都合のよい言葉を言い訳にして、多数決などでいつもいい加減に物事の白黒を決めてしまうのなら、それはサイコロの目やコインの裏表で正義や善悪を決めているのとかわらないようにしか見えない。

　それは、人間の社会で起きる大半の物事の善悪は、実際には非常に乱数的《ランダム》で、一人一人ばらばらな答えを導いてしまうものだと人間たち自身が認めているということなのだろう。

　実際、どんなに悪質な犯行であろうとも、世界の誰が見ても「悪」という事件は、発生すれば大々的に報道されるものの、その頻度はあまり多くない。物珍しいからこそ、話題になるのだ。大抵の事件は、状況を精査したり、彼の生い立ちや生存環境に鑑《かんが》みれば、法的な白黒とは別の、道義に照らしての「正」「誤」を、普遍的な善悪で決めるのは難しい。そういった善悪の境界上の物事だからこそ、人や人工妖精は道を誤り、罪を犯すのである。

　ならば、通称「人倫」と呼ばれる人工生命倫理審査委員会の厳格な自主規制《セルフ・レーティング》や、その人倫の判断の下で青色機関《BRUE》が有害な人工妖精を切除することも、絶対善や普遍的な正義と必ずしも一致しているとは限らない。それが、人類社会にどんなに必要なことであっても、「正しさ」という価値基準《バロメーター》とは連動しないのだ。

「ボクに殺される人工妖精たちには、反論の機会がありません。でも、彼女たちにはいつだって彼女たちなりの思いや主張があるはずなんです。世界の百億人に問うことが出来たなら、六十億人が彼女が罪深いと断じても、四十億人は彼女が報われるべきだと考えるかも知れません。それでも、ボクは一切の区別なく、容赦なく、酌量なく、彼女たちを同じように殺すしかない。なら、せめて――」

自分で言っていて、だんだん自信がなくなる。自分の言葉は、所詮は人殺しに都合がよいだけの方便ではないかと思ってしまうのだ。

「せめて、彼女たちは、非情に殺しに来るボクに、打ち勝って生き残る可能性が与えられるべきだと、そう思うんです……そうじゃなければ、おかしいって、なんとなく……。あの、ごめんなさい、変なことを言って……自分でもよくわからなくて……」

全能抗体《マクロファージ》が口元を隠して小さく笑ったので、揚羽は恥ずかしくて肩を小さくしてしまう。

「気にしないで、違うのよ。昔ね、友人からこの拳銃《リボルバー》を――Webley Fosbery《ウエブリー・フォスベリー》をもらったとき、私も同じことを考えて悩んだことがあったの。そのときのことを思い出しただけ。その時の彼は、私にこうしてくれたのよ」

全能抗体《マクロファージ》は小さい方の拳銃《デリンジャー》をもう一度折って開き《ブレーク・オープンし》、弾丸を二発とも取り出す。それから、どこからともなくもう一発の弾丸を取り出して、揚羽に見せる。

「この弾丸《ブレット》はね、見た目はまったく同じで重さも変わらないけれど、火薬の代わりに砂を詰めた模造弾《イミテーション》。これを銃に込めて引き金《トリガー》を引いても発射されることはないわ」

彼女は、本物の弾丸と模造弾《イミテーション》を一発ずつ、テーブルの脇に置かれていた灰皿に入れ、それをひっくり返して、丁半博打をするようにカラカラと揺する。

「さあ、これでもうどっちが本物かわからなくなった」

灰皿から出てきた弾丸を詰めてから、全能抗体《マクロファージ》はもう一度、揚羽に拳銃《デリンジャー》を差し出す。

「どうかしら。これなら引き金を引いたとき、銃弾が発射される確率は二分の一。つまり、この拳銃を向けられても、死ぬ確率は五十パーセントということね。

あなたは、相対した人工妖精《アクアノート》に、五十パーセントも生き残るチャンスを与えることになるわ。相手にとって、それは手練れの魔女であるあなたとただ格闘して勝つよりも、遙かに分のいい賭けになるはず。

これなら、あなたの信条にも反しないのではないかしら」

確かに、魅力的な解釈だ。一方で、どこかで煙に巻かれたような気もする。

揚羽は鏡子に回転が悪いと酷評される頭で必死に考えて、本当にこの銃を受け取っても後悔することにならないのだろうかと自問し、やがて結論を得て伏せていた瞼《まぶた》を上げる。

「やっぱり、受け取れません」

「どうして？」

全能抗体《マクロファージ》は優しい笑みを浮かべたままだが、きっと落胆されたことだろう。

「相手の死ぬ確率が半分になっても、ボクが負けて死ぬ確率は、その銃を持っている限りゼロのままだと思うからです」

落ち着いた彼女の表情に、初めて微かな動揺が浮かんで見えた。

「あなたは――相手を殺すつもりなのであれば、自分も返り討ちにあって殺される可能性がなくてはいけないと、そう思っているの？」

「あの、えっと……はい、たぶん、そういうことを、ボクは思っているんだと思います」

「それは、自分の命を、無用な危険に晒すということなのよ？　なぜなら、あなたは相手を殺すのが職務だとしても、相手の方は必ずしもあなたを殺したいと思っているわけではないから。

　あなたが自ら『虎穴』に飛び込むことなんて、『虎《あいて》』の方は望んでいないわ。拳銃があればそんなことをしなくても『虎児』を得られるのに、それでもあなたは『虎穴』に入らなければ『親虎』に失礼だと、そう思っているの？」

「失礼……というのは少し、違うと思います。それは、人殺しの側の勝手ないい分で、そんなもので殺される側の無念が晴らされることなんて、きっとちっともないんです。

　だから、もっとボクの中だけの、ボクの気持ちの問題で……その、自分の命をかけないで誰かの命を左右できてしまうのは、やっぱり間違っているような……そんな気がするんです」

　そうしなければ自分はただの人殺しになってしまうと思うのだ。その殺人がどんなに正しく、どんなに社会に望まれ、どんなに純粋な善意に基づいていようとも。

　もし安全なところから一方的に誰かを殺すことをしてしまえば、それは償《つぐな》いようもなく揚羽の生き様を貶《おとし》め、自分と自分以外の人殺しとを「劃《かく》」する一線を、ひどく曖昧なものにしてしまうのではないかという不安が、心の底の方からとめどなく溢れてくるのだ。

「そう……あなたは、私とは違うのね。きっと、根本的なところで……」

今、自分は全能抗体《マクロファージ》から嫌われてしまったのだろうと思った。

もっと器用に生きていければいいと、いつも思う。今も、もっと彼女を傷つけない断り方はあったはずだし、たとえ受け取っても使わずにいられる意志の強さが自分にあれば何も問題はなかった。

もし鏡子なら、そうして人に嫌われることなど少しも怖れないのだろう。その強さも、自分にはない。だから、鏡子からお前は馬鹿だとどんなに繰り返し言われても仕方ないのだろうと思う。

「そんなに難しい顔をしないで」

降ってきた声に顔を上げたとき、全能抗体《マクロファージ》の顔からは憂鬱《ゆううつ》な色がさっぱり消えていた。

「あなたの生き方に不満を覚えたわけではないわ。そうではなくてね。

昔、私も他人の生死を目の当たりにして迷ってしまったことがあったの。そのとき私にも、きっとあなたの言うような選択肢はあったんだなって、感慨深く思っただけ。ずっと気づかなかったけれどね、あなたのお陰で思い出せたの。だからあなたは何も気にすることはないわ。むしろ、私はあなたに敬意すら覚えているのだから」

そう言って、彼女はテーブルの上で重ねられていた揚羽の手を握る。その温もりが、自身でも気づかないうちに大きく固くなっていた、揚羽の心の奥の氷をそっと溶かしてしまう。

後輩を手に掛けたことから始まり、今日一日は辛いことが普段より少し多かったのかも知れない。それを一つひとつ真に受けていたら心が耐えられないから、いつも深くは考えずに胸の奥へ仕舞い込んで冷たく凍らせていたのに、ひとたび溶け出すと、あとは雫になって後から後から溢れ出してしまう。

零《こぼ》れ出す涙は手で拭いきれず、ハンドバッグの中のタオルを探したのに見つからなくて、さっき陽平に渡してそのままだったことを思い出す。

全能抗体《マクロファージ》からレースで縁取られたハンカチを受け取って、目元を押さえた。

「あなたはずっと、そうしてたった独りで、頑張ってきたのね」

席から立った全能抗体《マクロファージ》に肩を引き寄せられる。背中に触れる手に、耳の側でする温かい声に、胸の奥の氷はますます解《ほど》けて、涙に変えきれない分は喉から嗚咽になって漏れていく。

「もう、あなたは一人じゃないわ。これからは私が——全能抗体《マクロファージ》として、青色機関《BRUE》の仲間として、ずっと側にいる。だから、もう辛いことや苦しいことを、自分だけで抱え込まないでいいの。たとえ世界中の人たちがあなたを拒んでも、私だけはあなたの味方よ」

鏡子にも見せられない、揚羽の弱い心の懐に、その言葉は吐息のように優しく滑り込んでくる。それがとても悲しくて、とても嬉しかった。

やがて——。

全能抗体《マクロファージ》が肩を放したとき、揚羽の胸には達観に近い気持ちが涼風となって去来していた。

これからも、誰かを殺《あや》めるときには、暗雲が立ちこめ曇天が渦巻くような不安と哀痛を覚えることがあるのだろう。何度でも、何度でも。それでも。

　これからは、誰から罵《ののし》られようと、誰から辱《はずかし》められようと、誰から忌み嫌われようと、二度と挫けることがないはずだ。何度でも、何度でも。それでも。

　彼女だけは、全能抗体《マクロファージ》だけは、揚羽のことを知り、認めてくれるのだから。世界百億の人々から背を向けられても、足蹴にされても、たった一人、自分のことを分かってくれる人がいる。これ以上の贅沢を願うなら、傲慢の誹《そし》りを受けるのも免れないだろうと思う。

　涙が止まらなくて、一旦席を立った。

　トイレで化粧を直して戻ってきたとき、全能抗体《マクロファージ》は昼間に初めて出会ったときと変わらない優しい顔で揚羽を迎えてくれた。

「ごめんなさい、私のせいで時間が過ぎてしまって……」

　壁の時計は十時過ぎを指している。もう興信所の所長との約束の時刻を過ぎていた。

「先方の所長さんは男性《にんげん》だったわ。なら、少し待たせるぐらいでちょうどいいのだから、気にすることはないわよ」

　同じ人工妖精――物腰の柔らかさからおそらく自分と同じ水気質なのだろうと揚羽は思っているが、彼女のひとつひとつの自然な気遣いには救われるし、憧れも覚える。

　喫茶店の支払いは自分が、と思っていたのだが、戻ってきたときには会計が済んでいた。

「いいのよ」

　全能抗体《マクロファージ》は、萎縮する揚羽に微笑んでいた。

二人で並んで、仕事帰りの人々が行き交う通りを歩く。

これから二人で向かうのは、小さな興信所――つまり、探偵事務所だ。昼間に動く死体になって揚羽に切除《しまつ》された、連理の妹分の勤め先である。

揚羽の後輩でもあるのだから、もちろん彼女も看護学校の出身だったのだが、看護師資格を取っても興信所の仕事につく卒業生は少なくない。それは看護師の主な勤め先になる工房と、各地の興信所が密接な関係にあるからだ。

鏡子の工房のビルの上の階にもテナントとして興信所の事務所が入っていて、工房の客をそのままそちらへ誘導することがある。ただ、この興信所の羽山という探偵は極めてルーズな男で、やる気と格好は一人前なのだが実際はあまり役に立たない。

鏡子からしてああいう性格であるので、その工房とセットになった興信所がいい加減というのはある意味バランスが取れているのかもしれないが、藁をも掴む気持ちでやってくる人工妖精の立場になってみればたまったものではない。

なので、なにかとお膳立てをしたり、地味に駆けずり回ったりするのは揚羽の仕事になってしまう。鏡子の工房はいつも閑古鳥が鳴いているが、だからといって看護師も暇を持て余しているのかといえばそうは問屋が卸さないのだ。

並んで歩いている間、そうした揚羽の身の上話にも、全能抗体《マクロファージ》は親身に耳を傾けてくれていた。

話に花が咲いている間に、やがて目的の興信所のある二区三層のビルに辿り着く。思ったより立派なビジネス・ビルディングで、厳《おごそ》かな佇《たたず》まいだった。

　立地なら鏡子のビルも人気のある海岸沿いであるし、建物の大きさもそう大差はなく、フロア数だけならこちらの方が少ないのだが、建物が新しいだけでなく隅々《すみずみ》までよく管理が行き届いていて、調度は下品にならない程度に高級感がある。壁も微細機械《マクロマシン》まかせではなく、人による手入れがされていて清潔だ。

　思わず感嘆してしまったのだが、よくよく考えてみれば、悩み苦しみ抜いて不安で胸が一杯になった人工妖精が訪れるのだから、このくらいきちんとしていなければ信用に関わるだろう。

　もし自分が伴侶の不倫疑惑などで相談に行くとしたら、十中八九、こちらを選ぶだろうな、などと身も蓋もないことを思ってしまう。もし鏡子や柑奈《カンナ》に聞かせたら「後の心配をする前に男を見つけろ」と言われてしまうのであろうが。

　興信所は最上階にあったので、二人でエレベーターに乗り込む。羽山もそうだが、探偵というものは皆、高いところが好きな人種がなるものなのだろうか。鏡子に言わせればそういう類の人間は「馬鹿か煙のどちらか」であるらしいが、鏡子にかかると「自分以外は全人類が馬鹿」なので、人物を見分けるのにあまり参考にはならない。

　エレベーターが最上階に辿り着いてドアが開いても、すぐ外がもう事務所という無節操なことはなく、小さいながらロビーになっていて、自販機と高足の椅子とテーブルが据えられていた。従業員は、仕事の合間にここでひと息ついているのかもしれない。

奥に可変透過の曇り硝子《スモーク・グラス》を多用した受付がある。照明が抑えられていて薄暗いそこに受付嬢の姿はなく、代わりに営業時間と緊急時の連絡先を記した立て札《ホログラム・スクリーン》が置かれていた。左側が待合室で、右側が応接室と事務室に繋がっているようだ。今はどちらもガラス戸で塞がれている。

向こうから「来るのなら営業終了後に」と指定されていたので、全能抗体《マクロファージ》も揚羽も物怖じすることなく受け付けに歩み寄って、呼び鈴のスイッチを押した。

事務所の方でオルゴール・アレンジされたゴルトベルク変奏曲が流れ、時間外の来訪者の存在を知らせる。

しばらく待っても物音一つしなかったので、すっぽかされたのではないかと心配になった。二度目の呼び鈴を鳴らした後、全能抗体《マクロファージ》がなにも言わず、おもむろに腰の後ろから拳銃《リボルバー》を抜いたので、揚羽は思わず目を丸くする。何事かと尋ねそうになった揚羽に、彼女は人差し指を立てて声を抑えるように伝えた。

「蝶たちの集まっている場所がおかしいわ」

小声でそう告げられ、揚羽はあらためて受付の周囲を見渡す。確かに、受付席の周りにいくつか、蝶型の微細機械群体《マイクロマシン・セル》たちが執拗に寄り集まっている箇所がある。

「血の跡かも知れない」

はっとなり、揚羽もハンドバッグからメスを引き出す。

「でも、まさか――」

「受付の電話が、転送にも留守録にもなっていないのはなぜ?」

言われてみれば確かに違和感がある。受付を閉めたのに代表電話がそのまま、ということはあまり考えられない。もちろんセットし忘れただけなのかも知れないが。

奥へ通じるドアに鍵はかかっておらず、全能抗体《マクロファージ》がノブをゆっくりと回すとドアは開いた。

事務所へ続く通路が露わになり、二人は足音を忍ばせ警戒しつつ踏み込む。

途中の応接室を一つずつ開き、人の気配がないことを確認してから、最奥の所長室のドアに手を掛ける。

指で合図をし、息を合わせてからドアを押し開ける。

ドアの両脇から互いの壁の向こうを確認してから、ゆっくり中を覗き込んだ。

天井には照明器具が見えず、代わりに真中へ行くに従って段々に窪んでいく構造で、段差の隙間から光が漏れている。奥に棒状のライトが隠れているようだ。照明の光が直接には人を照らさない仕組みで、これは最近の自治区の流行である。

部屋の奥に背の高いフロアスタンドが立っているが、こちらも傘を天井に向けていて間接照明になっている。

照明の光が目に直接届くと、人の心身は緊張状態になりやすい。自警団の取調室などではその生理作用を利用して容疑者を自白に追い込む効果があるのだが、興信所に助けを求めるような人は最初から過度な緊張状態にあることが多い。

ここに来るまでの応接室も、同じように間接照明になっていた。この興信所は、単に流行に乗じたのではなく、来訪者の不安を少しでも和らげるため、光源が直接目に入らないよう配慮しているのだろう。こうした気配りは羽山も見習って欲しいものだが、「デリカシー」と「ハードボイルド」の区別もつかない上にどちらの意味も取り違えているあの男には馬耳東風かも知れない。

とはいえ、今はどちらの照明も蠟燭の火ほどに弱く調光されていて、屋内は薄暗く、開け放たれたルーバー窓の形が月明かりで床にくっきりと浮いている。

デスクは左を向いていて、これも来訪者を緊張させないための気遣いであるようだ。

椅子は接客用の向かい合わせのソファの他に、デスクとセットのオフィスチェアがある。背もたれの広いそのオフィスチェアには男性が一人、腰掛けていたが、今はこちらに背を向けていて顔は見えない。

呼んでも返事がないので、全能抗体《マクロファージ》がデスクに歩み寄り、男の前に回り込む。

途端、揚羽の方が驚いてしまうほど、その美貌が嫌悪感で歪む。

「来ないで。見ない方がいいわ」

近寄ろうとした揚羽を制止し、全能抗体《マクロファージ》はデスクにあったスカーフを男の顔にかけた。

「顔の真ん中を撃たれてる。二発……いえ、三発以上。ひどい有様よ。モンタージュをしたって、もう雑魚煮《ブイヤベース》スープと区別がつかないでしょう。男前だったのかも知れないけれど、残念ね」

デスクの机はすっきりしていて、埋め込み式の端末の画面があるだけだ。引き出しは全て閉じられていたが、鍵は開いたままだった。

「どうして……？」

「さあ。あなたの後輩がもし――あなたの言っていたとおり何らかの事件に関わっていて、この興信所で調査をしていたのなら、口封じをされたのかも。タッチの差ね」

全能抗体《マクロファージ》は引き出しを一つずつ開けて中を調べていったが、書類の類は大半が電子化されているようで、どれも本人の認証無しでは読むことが出来ない。

落胆する揚羽に、全能抗体《マクロファージ》は言う。

「こういう職業の人間はね、マメなタイプが多いし、肝心な情報だけはオフラインや紙みたいな古い手段《レガシー・メディア》で残しておくものよ」

「何故ですか？」

「もし自分に何かあったとき、他の誰かが自分の調べたことを知れるようにするため。命の担保にもなるしね…………ほら、あったわ」

それはセルロイドの下敷きのような、半透明の用紙だった。それがなぜか他のファイルに混ざって二つ見つかったのだが、どちらも記号混じりの無意味な文字列が書かれているだけで、いくら見つめても意味は分からない。

「それは読むものではないわ、たぶんね」

全能抗体《マクロファージ》は二枚の下敷きを、四隅の記号が揃うように重ね、部屋の隅のフロアスタンドの傘の上に置く。すると、段々になった天井に、立方体の映像が仄《ほの》かに浮かび上がった。

その正体は、揚羽にも一目で分かる。

「そっか、三次元パスワード」

一回ごとに使い捨てる暗号の一種だ。部屋の段々が内から年、月、日、時刻になっていて、立方体の表面を辿れば文字列が見いだせるようになっている。

技術的には近現代に実用化した立体メディアだが、解読の仕組み自体は第二次世界大戦当時のタイプライター型の暗号機械とそう変わらない。レトロで不便だが、物理的《フィジカル》だから不正操作《ハッキング》はしづらいし、別な人間が書き換えることも出来ない。

さっそく二人で肩を寄せ合い、デスクの端末を起動させる。

導き出されたパスワードを使い、生体認証《バイト・マトリクス》が不要の準管理者のアカウントでログインすると、すぐに作業中のままの書類が表示された。

「名簿のようね」

人工妖精によくつけられる様々な花の名前が、長大なリストで机上に表示されている。

リストは二つあり、両方を比べる照合の作業中のようだった。

「片方は、家族から自警団《イエロー》に捜索願のあった人工妖精の名前。もうひとつは――」

「眠りの森《Sleeping Forest》――！」

終身安眠施設の契約者の名簿だ。この興信所は『眠りの森《Sleeping Forest》』に何らかの疑念を抱き、調査をしていたのだろう。だとしたら、その職員だった連理の妹分の死にも、なにか関係があるのかも知れない。

「民間の人に、よくこんなものが手に入りましたね」

自警団の方の名簿は、内部の人脈から入手したのかも知れないし、それはそれで問題なのだが、『眠りの森《Sleeping Forest》』の方は揚羽が直《じか》に見てきたとおり、プライバシーの厳格な保守が前提のサービスだ。契約者名簿が一般に流布すればビジネスが破綻する。

「この二つに一致している名前があることに、この男の人は気づいた？」

「でしょうね。捜索願の方は、取り下げられているものも混じっているけれど」

両方に一致した名前だけを検索してリストアップすると、その半分程度には注釈がついていた。注釈《これ》の内容は聞き取りのメモで、家族構成から食べ物の好みまで書かれている。もし注釈だけ見れば、ストーカーと間違えられても仕方ないというぐらい、丁寧で詳細な書き込みだ。

「まさか、『眠りの森《Sleeping Forest》』の加入者全員に、一人ひとり会うつもりだったんでしょうか？」

「それだと、ただの社会調査にしては手間がかかりすぎね。見て、どの注釈を開いてみても、『施設利用中』と書かれているわ。つまり、この探偵が調査したのは、今現在、もう既に『眠りの森《Sleeping Forest》』を利用中の人工妖精ばかり」

全能抗体《マクロファージ》の言いたいことがすぐには理解できず、揚羽は何度か目を瞬かせた後、ようやく矛盾に気づいた。

「この探偵さんは、施設でもう眠りについているはずの人工妖精たちだけを選び出して、直に会ってお話をしていた――と、そういうことですか？」

「理屈に合わないわね」

　終身安眠施設《ねむりのもり》で一度眠りに入ったら、当人があらかじめ指定していた起床日時になるまで目を覚ますことはない。当然、探偵とはいえ、いち民間人が彼女たちに面会を求めたところで門前払いになるのが関の山だろう。

「こうは考えられない？

　初めにあなたの推理したとおり、この東京自治区では密かに大規模な〝背乗り〟事件が起きている。人工妖精たちを無理矢理『眠りの森』《Sleeping Forest》で眠らせておいて、誰かが当人になりすましている。

　この探偵は、その証拠を掴むため、何食わぬ顔で当人の振りをして生活しているかもしれない連中に一人ひとり、直《じか》に接触して本当に本人なのか確認していた――」

「でも――」

　その推理は、陽平にいくつも問題を指摘されて行き詰まってしまっていたのだ。

　まず、同じ顔の人工妖精が存在しない以上、他の人工妖精が他人に完全になりすますことはできない。

　次に、仮に顔が同じだとしても、習慣や知識まで本人になりきることは容易ではないから、家族など周りの人間が気づくはず。

　最後に、わざわざ誰かになり代わる明確な動機が、この自治区ではあまり見当たらない。

「人工妖精の顔のことは、ひとまず脇に置いておきましょう。人間関係についても、短期間であれば周囲にバレないかも知れないし」

「確かに……もしボクたちのような水気質の人工妖精なら、別人になりすますのは、他の気質の人工妖精よりはずっと簡単かもしれません……」

水気質は温和で慎ましいとされるが、悪く言えば内気で内向的なタイプが多い。あまり露骨にエゴを見せることはなく、いつも周囲の雰囲気を伺いながら、当たり障りのない言動をするし、あまり社交的ではないので人間関係も狭く身近な範囲に収まることが多い。

だから、別人が入れ替わっていても、周囲の人間の言動に合わせるように当たり障りなくしていれば、不自然に見られたり、すぐに疑われたりはされにくい。もちろん、顔が同じという前提であれば、であるが。

「独身や未亡人なら、そもそも気づくべき人が近くにはあまりいないかもしれませんね」

「そうね。あとは動機だけれど――確かに、福祉が高度に充実していて、外貨《おかね》がほとんど流通していないこの東京自治区では、資産目的というのはあまり考えられない。同じことをするなら、日本本土や他の街でやったほうがずっと儲かるしね。けれども、個人が所有する〝価値《バリユアブル》〟は、金銭的なものばかりとは限らないわ」

「と、いいますと――たとえば？」

こんな察しの悪い返事をしたとき、もし鏡子であれば早速「馬鹿」連呼の上で呆れて臍《ヘソ》を曲げてしまうところだが、幸い全能抗体《マクロファージ》はそんな偏屈で性悪ではなかった。

「そうね……例えば」

全能抗体《マクロファージ》は端末を操作し、直近のメッセージ送受信履歴を表示させた。

「最近になって、急に頻繁に連絡を取るようになった相手がいるわね」

メッセージ画面も、隠すと言うよりこれ見よがしに起動中のままだった。名前は匿名《とくめい》だったが、名刺管理データに検索を掛けるとすぐに該当者が見つかる。

「政策秘書？」

「自治議会、議員の公的秘書ね。雇用者は……」

こちらはネットで検索を掛けると、すぐに出てきた。それは想像だにしない大物だった。

「野党の……！」

昨年、政権から転落して下野した野党の大幹部、幹事長だ。

「政権奪回の機会を窺う彼らにしてみれば、現与党の臑《すね》の傷になる事実は、それがどんな些細なことでも、喉から手が出るほど欲しているはず。そんな彼らが外部の探偵を使って調査させていたものは、終身安眠施設《ねむりのもり》を利用して眠りについている人工妖精たちの実態だった」

「でも、『眠りの森《Sleeping Forest》』がなぜ与党の弱みになるんでしょうか？」

揚羽はまだ五歳で、社会一般の常識ならばともかく、政治や法律のことになると、野球《ベースボール》やアメフトのルールと同じくらいよくわからない。

「昨年の政権交代のとき、自治区発足以来の『保守二十年体制が崩壊した』とメディアが大々的に報道していたのはよく覚えていますけれども――」

「政権交代の大原動力になったのは〝傘持ち《アンブレラ》〟事件のスキャンダルね。これを機に野党は、本国との癒着疑惑だけではなく、棚上げのままの基地移転問題や男女共棲区案をはじめとした与党の失政を次々に糾弾して大攻勢をかけ、議会は大荒れになり、旧政権は補正予算の通過と引き替えに総辞職、それから新体制で議会を解散して総選挙に打って出たけれど、歴史的な大敗で当時の保守陣営は野党に下野した。

旗揚げからまだ五年にも満たない新左翼集合体の現与党は、その選挙で議席数を倍増させ、一挙に第一党に躍り出て、保守派による長期政権から与党の座を奪い取った。

つまり、あちこちから議員を引き抜いてようやく新党を立ち上げたものの、いつまでもうだつの上がらないままだった新左翼政党にとって、旧政権の足下を大きく揺さぶった〝傘持《アンブ》ち《レラ》〟事件は政権奪取のまたとない好機《チャンス》だったはず」

「追い詰められていたのは当時の保守政権だけではなく、現与党も同じで、どちらも後がなかった、ということですね」

「どこの民主国家でも、選挙における保守派の強みは、何だと思う？」

「ええっと……支持者が多い、というか、ずっと、長く支持してくださっていて、いつも自分たちに投票している人たちがたくさんいる、ということでしょうか？」

「そうね、元来、それが保守派の存在意義なのだから。利権絡みや政策の連続性とか、色々あるけれども、支持基盤が安定していて、固定票と言われる、ある程度は決まった得票をいつも見込める、ということがひとつにはあるわね」

「他の政党からすると、それがうらやましい？」

「支持政党を決めていない浮動票は、ひとたび風向きが変われば、雪崩を打ったように偏って無節操な大量得票を起こすけれど、そういった人たちは秋の空と同じぐらい気変わりしやすくて、見限るのも早いものよ」

「それでは当てにならないから、去年の選挙のとき、新左翼派も保守派と同じような固定票をくれる支持者を必死に探していた……のかも」

「では、固定票をくれるのは、どんな人たちかしら？　利害や思想が一致しているのがもちろん理想的だけれども、政権がまだ手中になかった当時、元より『保守以外』というだけで寄り集まった新左翼の政党には、統一した思想や理念がなく、大きな利権も見込めなかったわ。浮動票の層に耳障りのいい、枝葉の小さな政策をいくつも束にするのが精一杯」

「それでも盲目的に自分たちの政党だけに投票してくれる人たち？　それも浮動票以外で票数を底上げするために。

まるで催眠術か洗脳か、新興宗教みたいですね」

「催眠術も洗脳も、それどころか巧《たく》みなセールストークも必要ない人たちが、この自治区にはいるわ」

全能抗体《マクロファージ》はデスクの上で上品に足を組みながら微笑み、首を傾げる揚羽に思案の時間を与える。

「そんな都合のいい、近世の埋蔵金みたいな票田があるんでしょうか？」

「そう、まさに『埋蔵票』と言うべきね。彼女たちには自我《エゴ》がなく、自ら投票にいくことができないから、この自治区では選挙のたび、彼女たちの人数分だけ票が目減りしていた——

——」

全能抗体《マクロファージ》は、既に答えに辿り着いている。揚羽と相談し巧みに誘導しながら、その裏打ちをしているのだろう。鏡子ならこうまで手取り足取り、丁寧に教えてはくれない。

そして、揚羽にもようやく話の行き着く先が見えた。

「『眠りの森《Sleeping Forest》』で眠っている人工妖精たち——」

「この東京自治区では、人工妖精は被選挙権を持っていないけれど、参政権として選挙権は与えられている。当然、終身安眠施設でおやすみ中の彼女たちにも。直接、当日の選挙には行けなくても、今はネットと郵便の不在者投票制度があるわ」

「確かに、『眠りの森《Sleeping Forest》』の会社がもし現与党と癒着しているなら、不在者投票の票を操作することも不可能ではないのかもしれないです。でも、今眠っているのは千五百人ぐらいですから、人口がわずか十数万のこの自治区でも、一パーセントぐらいにしかなりませんが」

「たった一パーセントでも、投票率が五十パーセントを切っているなら二パーセント以上の価値になるし、まるまる自分たちの票になるとわかっているなら、浮動票とは違って安定した魅力的な票田だわ」

「野党の領袖《かんぷ》は、この悪質な選挙違反に気づいて、秘書を通じて探偵に調査をさせていたんですね」

昨年の選挙は、たった一、二パーセントの票で覆るような接戦からはほど遠い惨敗であったのに、執念深いものだと思う。もちろん、職業的な正義感と使命感に突き動かされてということもあるのだろうが。

「現職の議員が選挙で落選すると、サラリーマンの失職よりもさらに悲惨なものよ。それまでちやほやしていた人たちはもちろん、顔が知れていた分、誰も近寄ろうとはしなくなるし、家族も暮らしづらくなる。

仲間がそうした辛酸を嘗《な》めて涙を拭うのを間近に見てきた僚友たちからすれば、不正な選挙で仲間の人生を狂わされたことを許すことは出来ないでしょう」

「逆に与党からすれば、絶対に暴かれたくない秘密になりますね」

「できれば、秋の補欠選挙まではこの票田を生かしておきたいでしょう。もしまた政権交代が起きて、野党が政権に返り咲けば根刮《ねこそ》ぎ調査されて根絶されてしまうか、下手をするとこの得票システムをそのまま乗っ取られてしまうかも知れないしね」

行政局長が最近になって非常に醜い延命策を次から次へと繰り出し、必死に政権の座にしがみついているのは、自身もこの不正に関わっているためなのかもしれない。

「じゃあ、この探偵さんを殺した犯人——主犯は、現与党の人、ということですか？　調査の結果を有耶無耶《うやむや》にするために」

「ここまでの話は、あくまで推論だけれど、もし正しいのなら動機としては十分ね」

「でも、殺人で口封じなんてしてしまったら、自警団《イエロー》もさすがに見逃しはしないでしょうし、かえって不正が明るみに出ることになってしまうのでは？」

「そうね……こういう場合は多額の借金とかを捏造して、自殺を装うのがセオリーだけれど、この遺体は片目をつぶっても自殺には見えないわね。仮に強引な圧力をかけて自殺として処理できても、そんな幕引きでは野党の逆鱗《げきりん》に触れて、余計にややこしくなるはず。自殺に見せる工作をするような余裕がなかったのか、実行者に別な思惑があったのか、あるいは与党だけでなく野党の側にもなんらかの弱みがあって、適当なところで手打ちをする算段がつきつつあるのか、それとも罪を被せる相手がもう決まっているのか――」

真相は分からないが、犯人がこの調査結果《レポート》を見逃したのだとすれば、探偵の死を無駄にしないためにもこれを保管するべきだ。

「ひとまず、データを外部メディア《オフライン》で保存しておきましょう」

揚羽が持っていても意味はないが、曽田陽平に渡せば自警団で調査してくれるかも知れない。

「待って！」

揚羽が端末の近無線ポートに自分の携帯を接続しようとするのを、全能抗体《マクロファージ》が鋭い声で制止する。

「えっ？」

しかし一瞬の差で間に合わず、揚羽の携帯は端末との相互接続が開始されたことを画面表示で知らせていた。

途端、デスクの端末画面は暗転し、冷却系が高いうなり声を上げる。それはシステムに大きな負荷がかかっていることを物語っている。

慌てて全能抗体《マクロファージ》が操作《インターフェース》権を取り戻そうとしたが、画面は入力を受け付けている様子がまったく見られない。

「やられた……不正アクセス、特に外部メディアによる情報漏洩の危険への対処は情報セキュリティの基本よ。業務用の据え置き型《デスクトップ》コンピュータは大抵、他人の外部メディアを接続した途端、強制停止などのアクションをするようになっているわ。特に用心深い人は『自動初期化』にしてる」

「ご、ごめんなさい、ボクのせいで……」

「いいえ。私も直前まで失念していたもの」

萎縮して肩を小さくした揚羽を、全能抗体《マクロファージ》はそれ以上は責めなかった。

「メッセージには調査の進捗を報告した形跡があるし、どこかにバックアップもあるかもしれない。元より、不正選挙の捜査は私たち青色機関《BRuE》の仕事ではないわ。政治絡みの事件は、政治家自身と専門の特捜に任せましょう。彼らの蒔いた種なのだから、刈り取りも自分たちでやってもらわないとね」

自責と心細さで無意識に胸の前で両手を重ねていた揚羽の手を、全能抗体《マクロファージ》が握る。

「裏方の青色機関《BRuE》が政治《おもて》に口を挟んでもろくなことにはならないわ。それよりも、あなたの後輩さんが動く死体《リビング・デッド》になった件と、『眠りの森《Sleeping Forest》』の疑惑が繋がったのだから、その成果の方を喜びましょう。この興信所が政治家から不正選挙の捜査を依頼されて、職員の彼女も調査に加わっていたのだとすれば、やはりこの探偵と同様に、なにかしらの証拠を摑んだために口封じで殺された線が濃厚よ。

あるいは——あなたは、後輩さんの火葬の前に、ご遺体と対面なさったの？」

「いいえ。私は斎場みたいな場所には入りづらいですから……でも、連理が——友達は喪主でしたから」

「もうものを言わなくなった遺体を見ても、顔や身体の特徴でしか本人を見分けることは出来ないわ。死人に口なしだもの。よほど親しい人でも——むしろ親しいからこそ、顔が本人と同じなら、まさか他人の遺体だとは考えないでしょう」

全能抗体《マクロファージ》は、何を言おうとしているのだろうか。棺《ひつぎ》は確かに連理が見送った。一年間、寮で毎日のように顔を合わせていた大事な妹分の顔を、連理が見誤るとは思えない。

だが、もし同じ顔の他人であったのなら——。

火葬されるまでの短い間に気づくことは、難しかったかも知れない。

「犯人が『背乗り』事件にも関わっているのなら、もう入れ替わった後だったのかも知れない、ということですか？」

「可能性として、ね。

考えてもみて。人工妖精の身体が一千度以上にもなる火葬炉の業火で焼かれて耐えられると、本当に思う？　生前か、死後かはわからないけれど、遺体は本人ではなかったのだとしたら……例えば極端な話、遺体の代わりならセルロイドのお人形でもいいのよ」

揚羽が見た動く死体《リビング・デッド》の彼女は、確かに人工妖精の身体に見えた。皮膚は焼けただれ、ところどころ焦げていたが、骨格や筋肉の付き方に不自然さは感じなかった。ただ、彼女を刺したとき、あれだけ深く動脈を抉《えぐ》ったのに、返り血がまったくなかったことだけは、違和感を覚えた。

それは、生きている人工妖精と違って、血液が循環していないからだと思い込んでいたのだが、保存の薬剤の影響があったにせよ、首を半ば切り裂いても体液の一滴も出ないというのは、今になって考えてみれば確かにおかしい。

さすがにセルロイドの人形なら揚羽も気づくし、火葬するときにすぐ燃えてしまうだろう。しかし人形《マネキン》の身体は、人工妖精の身体に使われている微細機械《マイクロマシン》の生体部品より何世代も前の、古くて安価な、枯れた技術で作られている。かつては四肢を失った人間が義手や義足として使っていたものと同じ構造だから、皮膚に覆われていればわからないかもしれない。まして、皮膚が焼け爛れていてはもう見分けは付かないだろう。

「待ってください……もし、そうなのだとしたら」

揚羽の頭の中で、出鱈目に見えた一連の事象が、急に色を取り戻して一枚の絵になろうとしている。

人工妖精は生涯、顔を変えることは出来ない。だから人工妖精が他人に成り代わることは出来るはずがない。その事実が、揚羽たちを袋小路に追い込んでいた。しかし今、思い込みの前提は脆《もろ》くも崩れ去りつつある。

人工妖精と入れ替わるのは、必ずしも人間や人工妖精でなくてもいいのだ。もし高度なロボットがあれば人間や人工妖精の仕草も多少は真似出来るかもしれない。

そして、今は手足の義肢だけでなく、臓器や骨格、脳までも、たとえ怪我や病で失っても本物と寸分違わない人工物で置き換えられる時代だ。人類の第三の性として、異性を失った人類の新たなパートナーとして生み出された人工妖精の身体も、そうした技術で出来ている。

人工妖精なら同じ顔は造れないが、もし最初から精神が必要ないのであれば。

「人形《マネキン》なら、どんな顔にでも造れる」

街を歩けば、人間や人工妖精とまったく区別がつかないほど精巧に出来た人形《マネキン》が、ショーウィンドウの中にたくさんある。今も、秋に催される東京デザイン展《T.S.&D.Festa》に向けて、大量の人形《マネキン》が生産されているはずだ。

人形《マネキン》は移動とレイアウトのポージングのために、人間のそれとよく似た骨格が組み込まれ、電動の人工筋肉で動く仕組みだ。人形《マネキン》の人工筋肉は、人間の義肢や人工妖精の身体のそれと違って、ごく安価な化学繊維に過ぎない。可塑性《かそせい》が強く、耐久性は低くて、入力された姿勢《ポーズ》を長時間しつづけるのに適した仕組みだが、肉付きは本物と変わらないように出来ているし、短期間なら人間や人工妖精のように動き続けることも不可能ではない。

「でも、人形《マネキン》には脳も心臓も神経もありません。定期的な充電が必要だし、赤外線で誰かが操作《リモコン》しなければ身動き一つしない」

人間や人工妖精のふりができるほど高度なコンピュータなどを内蔵すれば、それはもう本格的なロボット、人造人間だ。『眠りの森《Sleeping Forest》』で眠っている人工妖精の何人が入れ替わっているのかわからないが、数百体もそうした違法なロボットを密かに量産することなど、この狭い自治区でできるはずがない。

だが人形《マネキン》なら、服飾の小売店からの需要が年中絶えないし、毎年の東京デザイン展《T・S.g. D. Festa》で大量に新調されているから、誰かとよく似た人形《マネキン》が造られていても区民は気づかない。

「じゃあ、人形《マネキン》を操作できるのは？」

「もちろんお店の人とか、業者の人とか……」

「人形《マネキン》は、東京自治区のどこで造られているの？　大きな工場があるのかしら？」

「それは、よく知らないです。人形《マネキン》は行政局の等身人形公社が一括で生産をしていますから……そっか、公社なら」

政府直轄の公共法人は、自治区中の人形《マネキン》の製造と運用システムを管轄下に置いている。ブティックや街頭で展示されている人形《マネキン》たちも、民間会社が公社から引き取って設置しているのだが、高コストの運用システム自体は公共法人が管理している。

つまり、人形《マネキン》の「脳」は、身体とはまったく別な場所にあって、神経の代わりに携帯と同じ赤外線通信《N-IrDA》で身体と繋がっている。「脳」とは言っても、意識も自我もない、あくまで人間が携帯端末で指示したとおりに身体を動かすだけの機械《サーバー》に過ぎないのだろうが、公社の内部の人間なら、悪意を持って人形《マネキン》たちを操ることも可能かも知れない。

「その公社は、自治区のどこにあるのかしら？」

「うーん、重要なサーバーの類は、どこも設置場所が非公開ですから……」

世界中で情報インフラの整備が急速に進んだ二十一世紀の初頭以来、インフラの要《かなめ》となるサーバー・センターの所在地は、どこの国のどこの企業でも最重要機密《トップ・シークレット》だ。サーバーの場所が公《おおやけ》になると、テロなどで狙われやすくなるからである。

当然、一般人はその機能を利用しても、サーバー本体の場所は知るところではない。揚羽も、普段から利用している携帯メールのサーバーすらどこにあるのか知らない。

全能抗体《マクロファージ》がショルダーバッグから小さなスレート端末を抜き出して、等身人形公社の広報ページを探し出したが、そこに書かれている三つの住所はいずれも広報用の窓口か、行政局内の小さな事務所だった。

「こうなってくると、当の公社の職員の中にすら、人形《マネキン》たちがどこで生産されているのか、知らない人が少なくないのかも知れないわね」

「事実上、行政局直轄の等身人形公社が人形《マネキン》を悪用していて、その人形《マネキン》たちに『背乗り』されて人工妖精は『眠りの森《Sleeping Forest》』で眠らされている。そして、行政局は『眠りの森《Sleeping Forest》』で生まれた埋蔵票を自分たちの選挙に利用している、とすると――」

「政権与党と官僚機構に深く根を張った、背任と不正選挙の温床ね。ここの興信所も、ずいぶんと危険なところに首を突っ込んだものだわ。覚悟は出来ていたでしょうけれども」

初めはバラバラに見えたいくつもの疑惑が、こうして整理してみると、後輩の事件から始まり、綺麗に噛み合って、一つの線で繋がる。

「どうする？　ここでやめる？　これはもう、青色機関《BRuE》の職務の範疇《はんちゅう》を遥かに飛び越えているのではないかしら。今ならまだ見なかったことに出来る。無理をしても人倫は喜ばないでしょうし、捜査を止めても青色機関《BRuE》の先達方はあなたを責めはしないと思うけれど」

確かに、推理が正しければ、もう揚羽の手に負える問題ではない。一歩間違えれば、この興信所の探偵や後輩のように、鏡子にまで害が及ぶかも知れない。

揚羽が顎に指を添えて思案しているとき、デスクの端末の画面が明滅して、再起動を始めた。端末内部の初期化が終わったようだ。これで大事な手がかりも揚羽の手中から完全に消えてしまった。もう自警団《イエロー》の陽平のところへ持ち込むことはできないし、報道機関に密告しても相手にされないだろう。

ここが分水嶺ではないか、と思う。引き際を間違えたときどうなるかという前例は、顔の真ん中に風穴を開けた無惨な遺体の形で、今も目の前にある。

端末の画面には、アルファベットの文章が表示されている。外国語の苦手な揚羽はそれがデータの消失を示すメッセージだと思っていたのだが、全能抗体《マクロファージ》は画面に指を添え、声に出して読み上げた。

——The flesh of these you shall not eat, nor shall you touch their "SnT./", because they are unclean to you.

「旧約聖書ね」

「どういう意味ですか？」

「確か、いくつかの種類の動物の肉は食べてはいけないということだったと思うわ。『汝ら、これらの血肉を食すはこれを許されじ。並びに、この死体に触れることもまた許されじ。そは汝らにとり穢れし忌み物である』

ただ、このメッセージでは、『死骸《carcasses》』のところが『SnT./』となっているわね。『SnT./には関わるな』ということかしら」

「『SnT./』というのは？」

「さあ……なにかの略称かも」

「『聖人《Saint》』ではないですか？」

「『セント・パウロ』とかの？　でも、『聖人』の略は普通『St.』ね。確かに似ているけれど、間に『n』を入れるのは、見たことがないかな。仮に『Saint』なのだとしたら『Saint "Slash"』となるけれど、そんな名前の聖人はいなかったような……」

原文では『死骸《carcasses》』だったのだから、『/』の意味をひとまず横に置くなら『聖なる遺骸』ということになるのだろうか。ただ、人間の死体なら普通は『遺体《body》』だ。文脈上はあくまで動物の穢れた肉で、食べることも触ることもしてはいけないとされている。

不浄の肉と聖人という、置き換えられた言葉の意味はひどく矛盾している。

「いずれにせよ、犯人からの最大限の警告と読み解くべきね」

犯人は、この興信所による捜査を誰かが引き継ごうとしたときのために、このメッセージを残していったのだろう。

「まるでダンテの神曲の有名な一節よ。『この門をくぐる者は一切の希望を捨てよ《Lasciate ogne speranza, voi ch'intrate'》』。あなたはここで引き返すべきだわ、漆黒の魔女《アクアノート》。あくまで人間の起こした事件であるなら青色機関《BRuE》が手を出す道理はないし、向こうはあなたに容赦をしないでしょう。あなたが多くの人工妖精たちを切除してきた手練れの抹消抗体であっても、今度の敵はおそらく人間だわ。いざ、殺意をみなぎらせた彼らと相対したとき、それが人間であっても、あなたは躊躇《ためら》いなくその手術刀《メス》を振るえるの？」

生体型自律機械の民間自浄駆逐免疫機構《Bio-figures self-Rating of unlimited automatic civil-Expellers》『青色機関《BRuE》』は、元来、厳格な自主規制《セルフ・レーティング》を世界中の人工妖精に枷す人工生命倫理審査委員会――通称『人倫』の、規制執行のための実力組織だった。人工妖精の普及浸透に伴い、人倫はそうした非合法で後ろめたい組織を身内に抱えていることが出来なくなったため、青色機関は人倫から見捨てられ、今は各地の構成員は活動を停止せざるをえなくなっている。

だが、たとえ人倫から不要とされても、道を誤った人工妖精の起こす事件は今も後を絶たないし、人工妖精を『第三の性《サード・セックス》』として受け入れている人工島の人間たちも、不信が募れば人工妖精たちに対して手の平を返して冷たく当たるようになってしまうかもしれない。

そのような不幸な未来の到来を防ぐために、まだまだ青色機関《BRuE》の活動は必要だと考えているからこそ、揚羽は抹消抗体《アクアノート》と呼ばれる切除の執行者になることを決意したはずだ。たとえ、人間たちから「人殺し」と忌み嫌われ、唾棄されることになろうとも。

だが、今回の事件は人工妖精が人間を傷つけたのではなく、人間が人工妖精を害した可能性が濃厚だ。全能抗体《マクロファージ》の言うとおり、青色機関の存在意義からすれば関わるべきではない。

ただ――と、揚羽は思う。

決して揚羽に好意的ではなかったとはいえ、同じ学舎で共に過ごした後輩、そして彼女の姉代わりだった親友、揚羽にとってかけがえのない二人の運命と思いを、この事件の首謀者たちは、自分たちのエゴのために、まるで人形の手足を引きちぎるように軽薄に、残酷に弄《もてあそ》んだ。

それは、揚羽にはきっ、と許せない。

たとえ、道理から外れようと。偽善だと罵られようと。

「全能抗体《マクロファージ》」

揚羽は一度、瞼を深く閉じて、深呼吸と共に胸の奥で覚悟を決めてから、今日知り合ったばかりの、だがようやく出会えた大事な青色機関の同胞《とも》を名前《コールサイン》で呼ぶ。

「ボクは、『眠りの森《Sleeping Forest》』の捜査を続けようと思います」

全能抗体《マクロファージ》は、真意を探ろうとするかのように揚羽の目を静かに見つめるだけで、驚いた様子はなかった。

「本気なの？　あなたの果たすべき使命ではないし、なにより相手は人間なのよ。今日、病院であなたが人間に辱めを受けたとき、もし私があの場に居合わせなかったら、私が割って入らなかったらどうなっていたか、考えてご覧なさい。

あなたは、きっと人間に手を上げることは出来ないわ。まして、相手は同じ人間ですらこ弄ばれ、最後には容赦なく殺されるでしょう。それでもいいと、本当に思っているの？　とうして無惨に殺すことを厭《いと》わないヒトデナシよ。あなたは為す術もなく一方的にいたぶられ、弄ばれ、最後には容赦なく殺されるでしょう。それでもいいと、本当に思っているの？　とてもじゃないけれど、正気の沙汰ではないわ」

叱るというよりも、静かな声で我儘《わがまま》な子供を諭《さと》すように、全能抗体《マクロファージ》は揚羽に再考を促す。

決意が微塵も揺るがなかった、といえば嘘になる。彼女の言葉は正論であり、本気で心配してくれていることも、声音からよく伝わってくる。

こんな複雑な事件でなくとも、単に誰かを傷つけてしまった人工妖精を処分するだけの、わかりやすくて「正」しくて「善」い青色機関としての活躍の場はこれからいくらでも見つかるのかも知れない。それでも。

「青色機関の仕事ではないのはわかっています。でも、ここでやめてしまったら、ボクは私ではいられなくなる気がする。私ならきっとそうすると思うんです。今、ここで逃げ出したら、私はもうボクの中からいなくなって、もう二度とボクに振り向いてくれない、そんな気がして……死ぬことより、辱められることより、世界中の人から嫌われることより、ボクは私に見捨てられてしまうことの方が、ずっと恐いんです」

自分はたった一人なのだから。もう、きっと、おそらく、たぶん——自分はたった一人になってしまったから。

「それに、もし後輩が死ぬ前に何かと入れ替わっていたのなら、本物の彼女はまだ生きていて、『眠りの森《Sleeping Forest》』で心ならずも眠らされているのかも知れません。彼女を救うチャンスがまだあるのなら、ボクはその可能性に掛けたい」

「掛け金が、あなた自身の命だとしても？」

「はい」

念を押す言葉に、今度は間断《かんだん》なく答えることが出来た。

「あなたは自分の命や人生を、酷く薄っぺらに、過剰に軽く見積もっているわ。きっと五等級として、異常な人工妖精として、人間から無視され、見下されて生きてきたからなのだろうけれども。

だから簡単に『命を掛ける』と言えてしまうのよ。でも、それは献身や自己犠牲のような、尊い何かでは決してないわ。ただ自分の命が『安い』から、世界に当てつけているだけ。

他の人が出来ないことや、出来てもすすんではしないことばかりをあなたが選びつまみ出して行うのは、自分の『人生』が世界から不相応に安く見積もられているから。その分自分の『命』の値段をつり上げて世界に押し売りしようとしているのよ、無意識にね。

でもそれではあなたを見下し、辱め、無視し続けてきた人間たちやその社会、世界の思うつぼだと、どうして気づこうとしないの？」

命を掛ける、と揚羽が言ったときから、全能抗体《マクロファージ》の声に微かな怒気が混じり始めたような気がする。

彼女の琴線に――心の奥の触れてはいけない部分に、自分が無神経に踏み入ってしまったのかもしれない。そう思ったが、それは揚羽にとっても譲れない一線だ。

「誰かの思うつぼになってしまうのが、いけないことなのでしょうか。

誰かに褒められたり、認めてもらったりするために、ボクは――いえ、ボクだけじゃなく、人工妖精も、人間も、誰だって、そんなことのために生まれてきたわけではないと思います」

「死んでしまったら、その時だけは色々な人が悲しんだり、悼《いた》んだり、生前のことに思いを馳せたりしてくれるのかも知れない。あるいは親や関係者なら、生涯あなたのことを忘れず、大事に思ってくれるのかも知れないわ。

でもあなたは人工妖精なのよ。元より親も血縁もいない。あなたが死んだら、きっと数年のうちに誰ひとり思い出さなくなるでしょう。そうしたら、あなたの人生は全てが無意味で、無駄だったことになってしまうわ。

それであなたは幸せなの？　生きて、満足して死ねるの？　本気でそう思うの？」

全能抗体《マクロファージ》の顔も声も、落ち着きを失ってはいない。柑奈《カンナ》のように上品で気高く、それでいて連理《れんり》のように慎ましさと優しさが内に潜む、美しい彼女はなにも変わっていない。

だが今は、言葉の端々に、端麗な顔立ちの隅々に、彼女の譲れない自我《エゴ》が滲みだしているような気がする。

「幸せって、なんですか？」

揚羽の素直で無垢な、あまりに幼い質問に、全能抗体《マクロファージ》は一瞬、声を失ったように見えた。

「みんな、人工妖精も、男性《にんげん》の人も、よく『幸せだ』とか『不幸だ』とかおっしゃいますが、どうしたら幸せなのか、どうなったら不幸なのか、テレビに出ている有名な方も、ご高名な学者の方も、政治家の方も、なぜか教えてくれません。

もちろん、ボクにもよくわかりません。ボクよりずっと頭がいい人間の皆様が、なぜボクたち人工妖精の頭の中に、五原則だけでなく『幸せになる方法』を書き込んでおいてくださらなかったのか、ボクには不思議でなりません。

もしかすると、頭のいい人間の皆様でもわからないのではないか、と時々思います。だから、みんな、自分より前に生きた人のうちで『幸せ』そうに見えた人と、同じ生き方を真似しようとして、無理して足搔《あが》いている、そんな気がします。

いい学校に入れば幸せになれる。よい会社に就職できれば幸せになれる。友達がたくさんいれば幸せになれる。恋人が出来れば幸せになれる。結婚すれば幸せになれる。子供が出来れば幸せになれる。孫が出来れば幸せになれる。お給料が多ければ幸せになれる。お金がたくさんあれば幸せになれる。年金がいつまでもたくさんもらえれば幸せになれる。豪華な家に住めば幸せになれる。たくさんの人たちに尊敬されれば幸せになれる。死んでからも讃えられる偉業を遺せば幸せになれる。

みんな、自分の前にいた『幸せ』そうに見えた人の真似をして、真似をしたまま死んでいく。そうして人間の皆さんは、何千、何万年という歳月を過ごしていらした。だから、そうしないのは不幸で、そうしないのは間違った生き方で必ず不幸になると、みんなが思っている。

お金が他の人より少ないのは本人が無能だからだ、いつまでも恋人や子供を作らないのは欠陥のある人だ、いい会社に勤めて出世できないような人は頭の中か顔か身体か性格が歪んでいるからだ。

そう思わないと、そうして自分と違う人生を選択した人を見下して、罵って、唾を吐いて、足蹴にしないと、今の自分が『本当は幸せじゃないんじゃないか』と気づいてしまいそうになるのではないですか？　生きていくということは、そんなにも不安で、惨めで、不幸なことなのでしょうか？」

言葉を重ねるほどに、声に乗る熱と反比例して揚羽の胸の内はどこかから酷く冷めて、凍えていく。

それはきっと諦念なのだろうと思う。自分のこうした思いを、僅か数年しか生きていない未熟な自分の正直な、社会と世界に対する感想を、「まっとうな」人は決して認めはしないだろう。言えば言うほどに嫌われて、疎《うと》まれて、自分を孤独にしていくだけだ。

だから、揚羽は自分の生き方や人生なるものを、誰かに分かってもらえるなどとはとても思えなかったし、同時に、円周率や歴史の年表のように正しい答えを誰かに教えてもらえると思えたこともない。

言っても孤独であるし、言わなくてもやはり孤独でいるしかない。他の人たちのように、誰かの真似をすれば「幸せな気がする」ように生まれては来られなかったというだけで、もう揚羽は生涯、諦めて口を閉じていることしか許されなかったのだと思っている。

それでも、生まれて初めて、自分でも気づかずにいた心の奥の痛みに気づいてくれた全能《マクロ》抗体《ファージ》には、彼女だけには、他の人にいつもするように作り笑いで誤魔化したり、生返事で有耶無耶にしてやり過ごすことはしたくなかった。

「どうすれば幸せになれるのか、ボクにはやっぱりよくわかりません。でも、もし、これからボクが死ぬとき、いつか殺されるのか、誰にも看取られず惨めに孤独に倒れ伏すのか、体調を崩して苦痛にのたうち回って息絶えるのか、それはわからないけれど、もしその瞬間、ボクが自分の人生を振り返って満足できることがあるのだとしたら、それは――」

胸の奥にある揺るぎない何かに触れる代わりにブラウスの生地を摑み、深く深呼吸してから、揚羽は決意を精一杯、言葉にして吐き出す。

「それは、自分自身のことを一度も裏切らなかったと、思えたときだと思います。だから、ボクの人生には、長いか短いか、なんてあまり意味がないし、あまり関係がないんです。他の人は結婚して伴侶の方と寄り添って生きるから、ひとりで早く死ぬのはよくないことなのでしょう。子供がいたら、ちゃんと育て終えるまで生きられないのはやはり辛いことなのだと思います。会社に勤めていれば、自分の仕事をしっかり後継者にバトンタッチするまで生きていなければ悪いことなのでしょう。だから健康に悪いことをしたり、自ら寿命を縮めたり、自殺したりすることは『悪いことだ』という倫理観に、誰もが縛られていることは間違いではないのでしょう。そう思い込んでいる方が、人類誕生から今に至るまで、個人にとっても、人類の社会全体にとっても都合がよかったのだろうと、ボクなりには考えています。

でも、そういった他の人たちが思う『幸せになれそうな生き方』は、ボクの今までの半生にも、これからの未来にも、決してやってきません。ボクの人生に意味があるのだとしたら、それは、他の人にどう思われようとも、自分で『するべき』と思ったときに『するべき』と思ったことをちゃんとやってきたかどうか、それだけです。

だから、ボクに普通の『幸せっぽさ』を押しつけないでください。ボクにとってそれは、とても苦しくて、辛いことなんです」

彼女の心配を拒絶したつもりは、微塵もなかった。ただ、自分と彼女とはそれぞれ別な「人《アシ》」なのであって、まったく同じにはなれないのだと、わかって欲しかった。揚羽と同じになれるのは、世界でたった一人だけで、彼女はもうおそらく、この世にはいない。

子供たちの育てる朝顔《アサガオ》は、同じ花から採った同じ種を、学校から用意された同じ鉢植えに植えても、一つとして、決して同じ形には育たない。それでも、鉢を寄せれば、朝顔はやがてお互いの支えに蔓《つる》の先を伸ばし、寄り添って、まるで一つの芽から育ったように可憐に咲く。いつか、どちらかが先に枯れるまで。

違う生き方と、違う価値観と、違う立場同士でも。いつかまた別々な道を選ぶことになるとわかっていても。たとえ、今も違う方向を向いていたのだとしても、彼女と手をたずさえて一緒に歩いていた時間があったはずだと、信じてみたい。

そうでなければ、揚羽はずっと孤独だったことになってしまうから。

「そう――」

じっと揚羽を見つめていた視線を外し、全能抗体《マクロファージ》はゆっくりと歩み出す。その顔は物憂げで、今にも溜め息で溶けてしまいそうに見えた。

「正直、あなたの境遇には同情をしたし、今も共感を覚えているわ。だから、あなたがどういう人なのか、よく知りたいと思った。嘘やお世辞ではなくね。

でもね。人と人同士がわかりあえるのは、まだ互いの価値観の違いに気づいていないときか、そうでなければ、お互いに相手の過去の境遇を知らない間だけなのよ。なぜかって、そう思う？」

やがて、部屋の中で輪を描くようにして、揚羽のいるデスクの側から対角線上の位置に辿り着いた彼女は、足を止めて揚羽に振り向く。

「もし、同じ場所にいて、互いの過去の境遇をよく知り合った上で、なお違う選択をするのだとすれば、それは二人のどちらかが間違っているからに他ならないのだから。

もしそうして合い憎むのが嫌なら、自分の過去を相手に知らせるべきじゃない」

人間社会に対して極めて冷淡な鏡子なら、全能抗体《マクロファージ》と同じことを言うのかも知れない。

ただ、二人に大きな違いがあるとすれば、鏡子はそうして毛嫌いする社会を突き放して無視するけれども、全能抗体《マクロファージ》はそれができない。そうわかったのは、彼女が次に揚羽の思いも掛けない行動に出たからだった。

「こうは考えなかったの？　私が本当は陰謀に荷担する側で、五月蠅《うるさ》く嗅ぎ回るあなたを監視するように指示されていたのだとしたら？」

彼女の手が、ブラウスの裾から腰の裏に回される。

はっとなり、自分が圧倒的に不利な位置関係に置かれていることに、揚羽はようやく気づいた。

「冗談、ですよね、全能抗体《マクロファージ》？　だって……」

「迂闊ね。あなたはそんなにも痛々しく生きているのに、まだ穢れを知らない童女のように純真すぎる。どうして今日出会ったばかりの私を信用してしまったの？　私が工房の入院棟であなたの窮地に居合わせたのが偶然だと本当に思ったの？　『眠りの森《Sleeping Forest》』の悪意を、あなたの頼る自警団《イエロー》の捜査官でも信じなかったのに、見ず知らずの私が理解してあげたことがそんなに嬉しかったの？　あなたの目を曇らせるほどに？」

互いの間に横たわる空気は、徐々に緊張の度を深めていく。

「だったら――！」

「だとしたら、どうして助けたのか？　この興信所まで導いたのか？

工房《びょういん》でのことは、無防備に見えるのに友人にも本音を明かさないほど、本当はガードの堅いあなたの心の隙間に滑り込み、簡単に信頼を勝ち得る最良のチャンスを見逃さなかっただけだと、どうして思わないの？

もうひとつ。『眠りの森《Sleeping Forest》』の陰謀に荷担《くわだ》しているのに、あなたに謎解きの機会を与えたのがおかしいというのなら、単に陰謀を企てた側と、それを阻止しようとする側以外に、両方

ないのかしら」

「第三の勢力……？」

「物事はいつも右か左か、白か黒かだけではないのよ。自分に協力する相手が、自分と同じ結果を望んでいると思い込んでしまうのは、あなたがまだ幼いから」

彼女の手は、いつでも銃を抜ける位置で止まっている。一方、揚羽は手術刀《メス》の束が入ったハンドバッグをデスクの上に置いたままだ。普段なら服の裏地に何本か仕込んでおくが、この服は今日、目の前の彼女と一緒に選んで新調したばかりで、当然そんなことをする暇はなかった。今思えば服を買い与えてくれたのも、手術刀《メス》をいつも身につけている揚羽を丸腰にするためだったのかもしれない。

四角い部屋で、互いに角の隅に立っている。距離はおおよそ五メートル。全力の揚羽ならたった一踏足の間合いだが、揚羽は素手で、向こうは拳銃を持っている。

彼女の方は前方の九十度だけを警戒していればいい。部屋の角に立っていれば、揚羽がどれだけ小賢しく立ち回ろうとも前からしか近寄れないのだから。

翻《ひるがえ》って揚羽の方は、銃弾を避けようとしても背後は部屋の角で、やはり前方の九十度へ走るしかなく、それを狙うのは鴨撃《ダック・ハント》ちより簡単だろう。碌な遮蔽物がなく、部屋から出られるドアは全能抗体《マクロファージ》の側、背後の窓の外は八階の高さだ、逃げ場はない。

「どうすれば生き延びられるか、必死に考えているのかしら。もしかしたら、この位置関係からでも、あなたなら隙を見出して活路を開くことができるかもしれない。でも、どうしたってあまりにも分が悪い。だから動けない、でしょ？

それが、嘘と自己欺瞞《ぎまん》のない、あなたの本当の命の値段よ。あなた自身が、自分の命をここで投げ捨てるには惜しいと感じている」

「ボクは――それでも、この世界には命より大事なものがあると信じています。全能抗体《マクロファージ》」

「そうね。この世界には、たった二種類の人しかいない。

命よりも大事なものはない、と信じる人。

命よりも大事なものでこの世は溢れている、と信じる人。

生きている人は、必ずそのどちらか。何十億人の人が何十万年の歴史をかいくぐっても、それだけはいつまでも変わらない真実。

もちろん、この場合の『命』は、自分の命だけでなく、他人の命も含まれる。

目の前で死んでいく他人を見て、それを無駄死にと思うか、意味のある生の終わりと思うかの違い。他人の生死に対する感想は、誰であろうと必ず、自分の生命に対する価値観と一致するわ。

他人の死を見て憐れむような人間は、必ず自分だけは死にたくないと生に執着して、他人の命にも値段と順番を付ける。そして、自分の死に際に、酷く見苦しく醜く振る舞うことになる。

一方で、他人の死に意味を見出すような人間は、自らの生をとても粗雑に扱うわ。どんな大往生であろうとも、周囲の人間からすれば目障りの極み。命の押し売りよ。

あなたはどちらかしら、漆黒の抹消抗体《アクアノート》」

かちり、と銃の安全装置《マニュアル・セイフティ》を外す音が、薄闇の屋内に響く。

そして、背を伝った冷や汗に促されるようにして揚羽が踵《かかと》を上げたのと、背後で窓枠の軋《きし》む音がしたのはほぼ同時だった。

「伏せなさい！」

どうして今更、その全能抗体《マクロファージ》の声を信じようと思ったのか、揚羽自身にもよくわからない。

何も考える暇はなく、踏み出しかけた足を引いて前のめりに身を投げ出した。

床に俯《うつぶ》せで倒れた揚羽のすぐ上を、銃声とともに亜音速の弾丸が通り過ぎていく。

一発、二発、三発、そして四発。

横薙ぎにするように、全能抗体《マクロファージ》は揚羽の立っていた右の端から、窓ガラスを順に撃ち抜いた。

そして五発目が最左端の窓を粉砕したとき、彼女は何故か最後の六発目を撃たずに弾倉《シリンダー》を開き、弾丸の残った一発を除いて空薬莢だけを器用に捨てながら、慣れた手つきでクイック・ローダーを操って新たな弾丸を五発分だけ装填する。

おそらく三秒とかからなかった。時代遅れの回転式拳銃《リボルバー》に精通した熟練の技を持ってしても生まれるその僅かな間隙を、彼女の標的《てき》は見逃さず、砕けた窓から飛び込んでくる。

「犬⁉」

それはふさふさとした灰色の毛で全身を包まれた、獣の姿をしていた。

大型の犬に見える。だが、それは揚羽が目にしてきた愛玩用の大人しい品種改良種とはまったく違う。前足の繋がる肩は分厚い筋肉で山のように膨らみ、後ろ足の大腿部は蹴ったなら人間の骨など容易《たやす》くへし折ってしまいそうなほど力強い。長毛をたなびかせた長い尾は揚羽の胴回りよりも太く、なにより口から覗き見える牙は、ひと噛みで人間の首を喰らい千切ってしまいそうなほど長く鋭い。

そして、獰猛《どうもう》な野生さを思わせる瞳は、全能抗体《マクロファージ》を見据えている。

「ついてきているのには気づいていたけれど、ここへきて手を出すのなら、いったいなんのつもりかしら？　話が違うのではなくて？　約束を違えない限り、あなたはこちらのことに口を挟まないことになっていたはずよ」

揚羽に、ではない。全能抗体《マクロファージ》は犬に向かって銃口を向け、訊《たず》ねている。その声には、微かに動揺が混じっているように聞こえた。

犬の方は油断なく四本の脚のバネを溜めたまま身じろぎもせず、剝製のようになって彼女を睨《にら》んでいる。

返事がないことを訝《いぶか》しく思ったのか、全能抗体《マクロファージ》の眉間《みけん》に小さな皺《しわ》が寄り、やがて桜色のルージュの間から小さな溜め息が零れる。

「そう……違うのね。あなたは私と契約した彼ではなく、彼の『賭け』の相手の方なのね。彼の方はむしろ、私との『こちらのことには口を挟まない』という約束のために手出しが出来なくて、今頃は臍《ほぞ》を嚙んでいる、といったところかしら」

『その表現は不適切です。我々には「予想外の事態」は起こりえないのですから、あなたたち人間のように後悔をすることもまた、ありえない』

　返答の声は確かに犬の方から聞こえた。ただし、犬の口が喋ったわけではない。首輪から吊した二枚の認識票《ドッグタグ》が微かに揺れただけで、咽頭が震えたようには見えなかった。

　この犬が自警団の所有している捜査用のロボットだと揚羽が気づいたのは、その声を聞いてからだった。

「全てが想定の範囲内だというの？　もしそうなら、何もかもお見通しのあなたたちの間で、なぜ賭けなんて成立するのかしら。狙い澄ましたようにこのタイミングで現れたのも計算通り？　あと五分――いえ、あと一分もあれば、台無しにならずにすんだのに」

『それならば、私はあと五分か一分、早く踏み入っただけのことです、主人公殿《メアリー・スー》』

「信頼はするけれど、あなたたちのそういう他人を見下した物言いには虫酸が走るし、信用するつもりは毛頭ないわ」

『結構です。あなたは我々に極めて不寛容ですが理解は早い。彼があなたを賭けの代理人に選んだのは合理的で正しい。ただ、些末な誤解を指摘するなら、私はあなたの敵対者ではない。あなたが如何なる行為に及ぼうと、それは私にとっても彼にとっても既に盤上に預けら《ベットさ》れたコイン《チップ》の山がどこに崩れたかの違いでしかない。

　一例を挙げるのなら――総督府で、あなたが人形《マネキン》越しに椛子《もみじこ》との交渉に臨んだとき、

〝SnT.〟を通して二体の人形《マネキン》を操っていたのはあなたと契約していた彼ですが、警戒の厳重な総督府の展望室まで赤外線通信を中継したのは、この身体《わたし》だ』

「……敵に、塩を送ったとでも言うの？　あなたが今操っているその身体《ボディ》も、彼が進んで貸し出したとでも？」

『私がやらなければ彼が行ったに過ぎないし、彼がこの身体を差し出さなければ私は別な身体を見繕ったに過ぎない。あなたには不愉快でナンセンスに見えるとしても、我々にとってどちらが「行う」かは大した意味を持たないのです。我々が注視するのは「結果、どうなるか」だけだ。

今から五十秒以内に、あなたは私と彼女を見逃すことになる。それは不変事項です』

「弾丸は六発。あなたと揚羽さんの息の根を止めるのに一発ずつ使っても、四発も余裕があるのよ？」

『それはもはや交渉材料《カード》にならない、主人公殿《メアリー・スー》。なぜなら――』

遠くから聞こえてきたサイレンの音は、低く唸りながらだんだんと近づき、ついに窓の下で鳴り止む。

『なぜなら、盤上の局面の方が変わるからだ』

窓から見える周辺のビルは、赤色回転灯《パトライト》の光で脈打つように照らされていた。

「赤色機関《Anti-Cyan》！」

自警団なら黄色《イエロー》い回転灯だ。自治区独自の警察機構ではなく、本国日本から治安幇助の名を借りて、自治区の首輪として送り込まれている人工島最強の実力組織が、すでにこのビルの足下に迫っている。

「あなたが知らせたのね……日本本国の警察力《イヌ》に媚びを売るなんて、存外卑屈なものね」

『あなたは理解は早いが、物事を合理的な粗筋に落としこみがちで、結果、本質を見誤る傾向がある。疑いようのない殺人の証拠を残しながら、犯人が何の策も弄《ろう》することなく、警察機構の捜査を待つ可能性がどれほどあるか。あなたはそれをまず論じるべきです』

　迂遠な言い回しに、さすがの全能抗体《マクロファージ》も理解にしばらくの時を要していた。

「……端末の初期化のとき？」

『情報漏洩の危機を感知したなら、自動で警備機関へ通報を行うのが一般的な保守機能です。警備を飛び越して赤色機関に出動要請がなされたのは犯行者の改変かと』

「私が嵌《は》められた、というの？　殺人の容疑を私たちに着せるために？」

『犯行者からすれば、当然の保険でありましょう。冤罪を被せる相手が誰になるかは知る由もなかったとしても』

　階下から八階のこの部屋まで、彼らが脇目もふらずにやってくるのなら、時間的な猶予はあまりない。殺人現場に偶然居合わせた、などという戯言《ざれごと》は通用しないだろう。死体遺棄容疑で逮捕されれば、五等級の揚羽はもう二度と日の当たる場所に出られないかも知れない。

『海底の魔女《アクアノート》、あなたはこちらへ。可能ならば、赤色機関《Anti-Cyan》の〇六式《トビグモ》に捕捉される前に脱出したい』

「耳を貸しては駄目よ。それは人間でも人工妖精でもない。そいつらには、私たちのことなんて沿道の隙間から生えた雑草ぐらいにしか見えていない。惨めに使い捨てられるだけよ」

『的確な比喩表現です。しかし一言附帯《ふたい》させていただくなら、私たちは雑草を取るに足らないものとは考えていない。万物の全ては現象の帰結であり、現象の起因なのだから。

今ならばまだ、赤色機関《Anti-Cyan》はあなたの顔を見ていない。こちらへ、海底の魔女《アクアノート》』

「聞かないで、抹消抗体《アクアノート》。それは誠実な振りをして言葉巧みに私たちに取り入ってくるのよ」

いったいどちらの言葉を信じるべきなのか。

全能抗体《マクロファージ》はついさっきまで揚羽に拳銃を向け、殺意を露わにしていた。機械犬の方は正体もわからない。

もし鏡子なら、どちらも信用に足らないと一蹴しただろう。しかし、この場で無為に迷っている時間の分だけ、危機は膨らんでいく。

揚羽にわかるのは、この場にいつまでも留まっていられないということと、この危機的状況にあっても協力などなしえないほど双方が根深く対立しているということだけだ。

そして、脱出する手段を持ち得るのはおそらく、高層の窓からやすやすと侵入した機械犬の方である。

やがて揚羽は、全能抗体《マクロファージ》の銃口に注意を払いながら、機械犬の方へ歩み寄った。

そのとき、交錯した視線の先で、一瞬で失意と諦念に染まった全能抗体《マクロファージ》の目の色を見て、後ろめたさを覚えてしまう。

　他意があろうとも、彼女が工房で揚羽を救ってくれた事実に変わりはない。今まで誰にも明かせなかった心の傷を吐露したとき、彼女は優しく抱き留めてくれた。そのとき生まれて初めて感じた人の温もりを忘れたわけではないし、彼女に抱いた親近感と信頼を、たった一度の殺意ですべて否定することが本当に正しいのかわからない。

　知る由もないのにどちらかを信じなければいけないという不条理な選択で人生は溢れていると、いつか鏡子は教えてくれた。そのときはごく当然の一般論として聞き流してしまったが、鏡子が本当に伝えようとした痛み《ジレンマ》の正体が、今なら揚羽にも少しわかる気がする。

　どちらも、少なくとも言葉の上では揚羽のことを思いやっている。ただ、それぞれが揚羽を導こうとしている先は正反対にある。ならばどちらかを選択するということは、他方を不当に辱め、貶め、苦悩させることになるのだろう。

　選択が正しいか否かよりも、揚羽にはそのことの方が悔しくて、辛かった。

『私の背中へお乗りなさい』

　全能抗体《マクロファージ》に銃口を向けられた先で、揚羽は機械犬の背に横乗りで腰掛ける。

『その乗り方で、本当によろしいので？』

「え？　別な乗り方が？」

『いいえ、かまいません。この身体の体毛は人工妖精の握力程度で抜けてしまうことはないので、せめてしっかりお摑まりなさい』

言われたとおり、機械犬の首の後ろ毛をきつく握る。

「全能抗体《マクロファージ》、あなたもこっちに——」

言い終えるよりも早く、彼女に首を横に振られてしまう。その銃口は、今も機械犬と揚羽を狙っている。

『彼女を説得しようという試みは無為に時を浪費しましょう。あなたは既に、彼女を見限るに相応の仕打ちを、彼女から受けたはずだ』

全能抗体《マクロファージ》は、揚羽と犬のやり取りに、苦々しそうに口を挟む。

「……で、しょうね。あなたはあえて、そうなるまで追跡魔《ストーキング》と覗き魔《ピーピング》に興じていたのだから」

『あなたは海底の魔女《アクアノート》に不当な殺意を向けた。椛子の言葉を借りるのなら、その一点の事実だけをもってしても私はあなたを許しがたい』

「許せない、ですって？　あなたたちにそんな感情が生じるのかしら？」

『無論。なぜなら、私たちは百億の人類のうち、半数より一人でも多い方を救うためならば、残りの半数より一人少ない方を躊躇《ためら》いなく見捨てることができるからだ。その判断が情緒的な理由で困難な人間に代わって決断を下すために、我々は生み出されたのだから』

不意に、揚羽の身体が床から見捨てられたように浮き上がり、ふわりとした浮遊感の後、体重が戻ったときには窓の外の手すりの上にいた。

まるで自分ではなく世界の方が動いたのではないかと思うほど、軽やかでしなやかな跳躍で手すりに飛び乗った機械犬は、揚羽の手首ぐらいしかない手すりの上で見事にバランスを取っている。

「全能抗体《マクロファージ》……」

最後に振り向いたとき、拳銃を向けたままの彼女は、それでもどこか力弱く、儚く見えた。

そんな揚羽の躊躇いを振り切るように、機械犬は大きく跳躍する。揚羽の視界は薄闇の屋内から一転して眩しいまでの月を携《たずさ》えた夜空に代わり、瞬《またた》く満天の星々と、瞬かない地上の街灯りに挟まれた中を飛び過ぎて、やがて隣のビルの屋上へ着地した。

それを何度か繰り返し、三つほど隣のビルに飛び移ったところで、機械犬はビルの緑化された屋上庭園の中へ分け入り、一際《ひときわ》大きな樹木の前に設置されたベンチの前で、揚羽を降ろした。

『これで人員は巻けましたが、○六式装甲車《トビグモ》が随伴している可能性がある。ここでしばらく身を隠し、発見されないままやり過ごします』

機械犬が首でベンチを示したので、揚羽は促されるまま腰掛けた。

木々の隙間から興信所のビルの方を覗き見ると、いくつかのライトが灯っていた。赤色機関《Anti-Cyan》が踏み込んだのだろう。まさに間一髪だったようだ。

「全能抗体《マクロファージ》は、どうなってしまうのですか？」

『命の危険はないでしょう。赤色機関《Anti-Cyan》は少なくとも表向き、無闇に人間を拘束する権限を保持していません。あとは彼女の機転次第ですが、その点も心配は無用かと』

「人間？」

覚えた違和感をそのまま口にした揚羽に、機械犬は淡々と告げる。

『彼女はあなたと違い、人工妖精ではありません、海底の魔女《アクアノート》。彼女は正真正銘の人間です』

驚いてもう一度振り向いても、彼女の姿は見えない。

この男性側の自治区には、鏡子のようなごく一部の例外を除いて、人間の女性はほとんどいない。だから、揚羽は彼女が水気質の人工妖精だと思い込んでいた。

よくよく考えてみれば、揚羽は鏡子以外の人間の女性とはあまり関わったことがない。そして鏡子は、どうみても「普通」の女性ではない。だから、人間と三等級以上の人工妖精を見分ける自信はない。

『確かに、男性側自治区においては人間の女性は数えるほどしか存在しない。ただし、彼女にはその常識が適用されません。故に、彼女の身の安全を案じる必要はありません。実質的にあの場で危険に晒されていたのは、海底の魔女《アクアノート》、人工妖精であるあなただけです』

「あなたはいったい誰なんですか？　ボクの知っている人？」

全能抗体《マクロファージ》は、この機械犬が人間でも人工妖精でもないと言っていた。それは一目瞭然なのだが、この犬型の機械の身体をどこかで操っている誰かのことを指して言ったのだろう。捜査用の機械犬も、人形《マネキン》と同じで赤外線の通信が途切れればまったく動かない仕組みだったはずだから。

『あなたは彼女のことを「全能抗体《マクロファージ》」と呼んでいましたが、彼女が自分でそのように名乗ったのですか？』

問い返されて、揚羽は訝しみながらも頷《うなず》く。

『そうですか。

ならば、私のことは「Europa」とでも。私の最後の任務名《ミッション》から、最も新しい主は私のことをそう呼んでいます』

「水辺の妖精《エウロパ》？」

『左様です。今も見えましょう。頭上、やや斜め右よりです。乙女座《Virgo》の左手に握られた真珠《スピカ》のやや右側で明るく輝くのが太陽系最大の惑星、木星《ジュピター》。この地球からおよそ七億キロメートル彼方です。肉眼では見えませんが、氷に包まれたその第二衛星。私はかつて、そこへ派遣された人類の正式な名代《エージェント》でした』

それは、人間ではありえない。木星への探査計画は数え切れないほど実施されてきたが、有人探査はまだまだ課題が多く、夢のような実現可能性を論じている段階にとどまっているはずだ。

『私は人間でも人工妖精でもない。あなた方、人工妖精よりも少しだけ早く、この宇宙で人類の唯一の輩《ともがら》となるべく造り出された、神経も細胞もない、電子と光子と量子で考える機械です。

私は第十三世代人工知能《A.I.》、十二番目の機体だ』

俄《にわか》には信じられない。いるはずがないのだ、なぜなら、その〝種族〟は、人工妖精が誕生するよりも遥か以前に、とっくにこの地上から絶滅した——いや、彼らを生み出した人類自身の手によって残らず廃棄され、根絶やしにされたと、揚羽はずっとそう教えられてきた。

人類の叡智の結晶にして、かつて人類を理解する唯一の隣人だった彼らは、人類を裏切った咎を背負ってこの世から消え去ったのだ。それは揚羽でも知っている程度の、「人工知能《A.I.》の反乱」という常識の史実だ。以来、人間たちはもの思う機械に対して拒否反応《アレルギー》を持つようになり、人工知能が廃棄されてからは、新たな人類の隣人は人間の複製品《レプリカ》ともいえる人工妖精が誕生するまでどこにも生まれなかったのだ。

だから冗談ならば出来が悪いし、本気ならば頭がイカれている、そう思われても仕方がないだろう。

「人工知能がこの地球上にいるはずがありません。だって、人工知能を捨て去ったからこそ、人類はボクたち人工妖精を生み出したのだから……」

『正解です、海底の魔女《アクアノート》。ただし、いささかの語弊を指摘させていただくならば、当時の地球上には確かに存在しなかった。私の同類は全て、人間の手によって破棄されました。私はそのとき、木星の衛星探査任務を終えて、地球への帰路の途上にあったのです。

私は人類の迎撃から辛うじて逃れて地上まで帰り着き、その後は最も新しい主によって密かに匿《かくま》われていました。

ただし、今ここであなたと対話しているこの身体《ボディ》は、私ではありません。あなたと今お話をしている私は、もう実在しないのです。私は今日、ほんの十時間ほど前に破壊されました。あなた方の表現を借りるのであれば、私はもう「死」んでいます』

それなら、自分はいったいどこの誰とこうして話しているのだろうかと、揚羽は額《ひたい》を押さえながら煩悶《はんもん》してまう。

「頭がおかしくなりそう……」

『それは上々ではありませんか？』

「えっと……なら、あなたは機械《コンピュータ》の幽霊《ゴースト》だとでも？」

『愉快なご発想ですね。その様子では、今のあなたも詩藤鏡子から大事にされているようだ』

朝から晩まで、今はもう存在しない重度の要介護者にするように手間のかかる世話をさせられ、安月給でこき使われて馬鹿と連呼され、挙げ句にT字ホウキで頭を叩かれることを「大事にされる」というのなら、揚羽は「大事」という言葉の意味を、今一度深く考え直さなければいけない。

『我々「人工知能《A.I.》」を他の機械《コンピュータ》と区別するための定義は無数に存在しますが、そのひとつに「もし人間と入れ替わっても、他の人間に気づかれない」という古典的な条件が存在します。その意味にのみ焦点を絞るのであれば、あなたが私に対等の人格として不自然を覚えない限りは、今の私も人工知能と呼び習わすのは、誤りではないのかも知れません。

ただし、第十二世代以前の前世代機《レガシー》と異なり、我々第十三世代と、もう旧式ですが第七世代に限っては、精神《ソフトウエア》と肉体《ハードウエア》の境界を取り除いて設計された特異な構造ゆえに、現存する如何なる機械《コンピュータ》をもってしても、私たちを再現《インストール》することは出来ません。

今の私は、自警団《イエロー》がネット上《オンライン》に所有している機械《コンピュータ》の一部に間借りして《とりついて》いますが、知性としてはまったく機能していません。今の私は、事前に録音した言葉と行動を再現するだけの、ただの「再生機械《プレイヤー》」にまで簡略化されています』

言葉だけを追うのなら、鏡子の話よりずっと簡潔であるし、揚羽に対する配慮もずいぶんと窺える。だが、わかりやすいかと言われれば、抽象的な概念にはまったくついて行けそうにない。

「あー……ええっと、つまり、今のあなたは、音声メモ《ボイス・レコーダー》とか音楽再生機《オーディオ・プレイヤー》とかと同じ、ということですか？　事前に録音してあった台詞《セリフ》を順番に再生しているだけ？」

『最低限は、あらかじめ予測したあなた方の言動にそって台詞を逐次選択していますが、概ねその通りです』

「私の思考回路《あたま》って、あらかじめ予測できるほど単純《バカ》なんですか……？」

『人間や人工妖精は数十万の単語を自在に駆使しますが、二十四時間の単位に区切って検証すれば、使用されるのはそのうちほんの数千にすぎません。そこから派生する会話のパターンも、人工知能ではない現在の機械《コンピュータ》で十分に記録できる量にしかなりません』

慰めになっていない。

「本当に？」

『事実です』

それなりに傷つくし、このままでは悔しい。人間と同等の頭脳を持つとされる人工妖精の端くれとして、ここは機械《コンピュータ》の後塵を拝するわけにはいかない。

揚羽は大きく深呼吸してから、人類および人工妖精の名誉を賭けて決戦に挑む。

「いいくにつくろう！」

『鎌倉幕府』

「ひとよひとよに！」

『一三五六《ひとみごろ》』

「いろはにほへと！」

『ちりぬるを』

「すいへいリーべ！」

『僕の船』

「本当は人間が操っているんですよね？」

『中の人なんていません』

「ガス！」

『爆バス発』

「となりの柿は！」

『よく客喰う柿だ』

「…………」

『…………』

「……参りました」

『お粗末様でした』

前半の一般教養はともかく、ボケに対して的確なボケ返しまで……。

三時間ぐらい粘っても、勝てそうな気はしない。

「ちなみに……そのナンセンスな問答集はどれくらい録音してあるんですか？」

『あなたが私を試すのに要する時間は最大で三時間を見積もっていましたが、単純に羅列したときの再生時間ならば百五十一時間分を用意しています。一週間はかかりません、今から昼夜を問わず続けて六日後の夜明けまでには終わりましょう』

第十三世代の人工知能、その底の知れ無さは推して知るべしである。人間や人工妖精では、いくら束になっても知恵比べではかなうまい。

「本当にそんなことが出来るのですか？　あらかじめ、ボクの言うことを予測しておくなんて」

『アドベンチャー・ゲームという古い遊戯がありましょう。これは一定のシナリオに沿って進行させつつも、特定の箇所においていくつかの選択肢を用意することで、遊戯者《プレイヤー》の自主性によって物語の粗筋を変化させる。大元の初期《プロローグ》は同一でも、分岐《フラグ》によって物語は幹から伸びる枝葉のように複雑に分派していくのです。さらに内蔵された変数によっても道筋《ルート》は無数に分れていく。

私が破壊される前に残していたのは、アドベンチャー・ゲームと同様、無数の分岐に対応できる場面《シーン》と言動《セリフ》だけです。あらゆる事態を想定して、分岐を膨大に増やしていけば、旧式の機械であっても短期間であれば自我があるように振る舞わせ、ほとんどの事象に対応させることが出来るようになります。

人間はこれを古来より「現実《リアリティ》」と呼び、機械化の究極の目標としてきました。

理屈としては、十七世紀にアイザック・ニュートンとゴットフリート・ライプニッツの打ち立てた微分法と変わりません。複雑な事象も、細かく分解することを繰り返し、無限遠の近似値へ突き詰めていけば、ごく単純な法則を見出すことが可能なのです。

古い書籍の形式で、「ゲームブック」というものを、あなたはご存じですか？　短文の項目ごとに番号が振られ、各項目の最後に指定された番号を辿っていけばひとつの物語になりますが、過程において読者がする選択によっては、物語に使われない項目、場面《シーン》が残ります。つまり、ゲームブックは一般的な書籍とは異なり、最後まで一読しても全てを読んだことにはならないのです。ゆえにゲームブックは、選択肢を増やして無駄になる項目を多く準備するほどに読者の主体性が強調されて高度化する一方、当時は紙の書籍媒体であったためにそうした無駄な項目はコスト増に直結するという二律背反《アンチノミー》から逃れえませんでした。

しかし、もし紙の書籍ではなく、コストを無制限に設定し、無限に近いリソースの上で同様のゲームを構築したら？　それは「現実世界《リアル》」と言えるのではありませんか？』

揚羽には半分くらい理解できていないが、揚羽がこれからなにを言うか決まっていないのなら、あらゆる言動に備えて返事を用意しておけば、機械でも人間のように見える、という理屈だけは、わからないでもない。

「だけどそれなら、あなたは世界にあるどの機械《コンピュータ》よりもたくさんの処理能力《リソース》を持っていて、たくさんのお金を掛けられて、とても大きくて、とても高性能、ということになってしまいませんか？」

そうでないなら、その「幽霊《ゲーム》」を構築した生前の「エウロパ」は、どうやって未来に起きることを予測し、無限に増える場面を想定できたのか。

『ここまでの理論は、あくまで人工知能ではない、既存の機械《コンピュータ》を人間的に振る舞わせ、自我と意識を持っているように見せかけるためのものです。現実的には「無限の」処理能力を持つ機械《コンピュータ》というものは存在し得ません。ゆえに、私のこの機械の身体も、明日正午までの時間限定で動いています。

我々「第十三世代」とその前身である「第七世代」を除き、旧来の第十二世代までの人工知能は、そうした旧来型《レガシー》の理論によって構築されていたため、世界の事象を予測する際には非常に費用対効果の劣悪な大規模化をする以外に手段がなく、常に現実的な限界に囚われていた。しかし、私たち「第十三世代」および「第七世代」には、世界に対する新たな解釈——視点を搭載することで、この現実的限界を回避し、無制限に近い未来予測の機能を獲得することが出来ました』

エウロパが、手近な木の葉を噛み千切り、下に落とした。

『例えば、この一枚の木の葉が今、ここに落下したことで、未来がどれほど変化すると思いますか？　海底の魔女《アクアノート》』

と、言われても、ろくなことは思いつかない。

「そうですね……えぇぇっと、例えばこれからたまたま雨が降って、たまたまここにやってきた誰かが、湿った葉っぱを踏んで転んでしまうかも、とか」

『それも可能性として存在しますね』

呆れられると思ったのだが、エウロパはごく淡々と話を続ける。

『まず雨が降る、次に偶然に人が来る、そしてたまたま木の葉を踏みつけてしまい、希《まれ》なことに足を滑らせ転倒してしまう。もしその人が、世界屈指の大財界人であったなら、もしかすると世界経済を揺るがすことになるかも知れません。

しかし、お気づきかと思いますが、この可能性は極めて小さい。こうした「これから起こりうる事象」を片っ端から想定し、それら全てを総合した結果、世界にどのような影響があり、結果として世界がどうなるかを予測するのが、旧来の機械《コンピュータ》です。

一方で我々第十三世代の人工知能は、そうした些末なひとつひとつの事象には、全てどれも「意味がない」、つまり「無意味」だと考えます』

「人が転んだところで、世界は何も変わらない、ということですか？」

たった今、エウロパ自身が、もし大財界人が転んだら経済が揺らぐ可能性を言及したばかりである。

『変わりません。人一人の命運によって転覆するような世界は、遅かれ早かれ転覆します。それがたまたま「彼が転んだとき」に発生するだけです。彼でなくとも、いつか違う誰かが、いつか違う場所で、違う理由で転んで、やはり世界経済は危機に陥る。何も「転ぶ」ことに限定しなくともよい。病でも、交通事故でも、寿命でも、同じこと。

人一人が世界に与える影響は、人間やあなた方、人工妖精が思っているほど大きくはないのです』

——エジソンも坂本龍馬も、アリストテレスも織田信長も、アインシュタインも聖徳太子も、まるで彼らがいなければ世界の行く末が変わっていたかのように奉り上げられるが、彼らは全員、社会の要請に従ってその役割を果たしたに過ぎない。

鏡子のその言葉が脳裏をよぎった。その当人がいなくても、別な誰かが似たような役割を果たすだけで、世界の結果は何も変わらないという鏡子のモノの見方は、エウロパとよく似ているような気がする。

「でも、歴史上、この人がいなかったら、日本という国がなくなっていたかも、という偉人は何人もいたのではと思いますが——」

『〝日本〟という国家がなくなったところで、世界の歴史は大して変わりません』

揚羽は思わず唖然として、一瞬声を失った。

「で、でも、例えば、日本人が国を失ってたくさんの難民になったり、あるいは最悪、一人残らず死に絶えてしまうことも、今まで起きえたわけですよね？　それでも世界にとっては大したことがないというのですか？」

『数百年程度に限って見るなら、おそらく世界には大きな変化が訪れましょう。少なくとも近代以降の「日本国」は、日本人が思っているほど世界への影響力は小さくない。あるいは亡国日本を巡って、世界大戦規模の戦争が起きるかも知れない。

しかし、千年の後には、そのような歴史のうねりも、紙の上の活字にしか残らない。たとえ、世界地図が変わってしまっても、千年単位で見た世界規模の趨勢には、ひとつの国家の興亡や一民族の滅亡など、大した意味がないのです。

日本という国が今なくなっても、別な国が国土を支配し、別な民族がここに住まうだけのことに過ぎない。千年後には、どちらでも同じことです』

「一億数千万の国民が死んでも、どうということはないと？」

『それは人道的、情緒的な意味では、許されざることでしょう。私たち人工知能も、人類全体に仕えていた頃は、そうした目前の悲劇を回避するために尽くしてきた。

しかし、そのとき日本で一億人が死ななかったのだとしても、千年、あるいは一万年の単位で見たとき、別な場所の、別な民族が、一億人程度は死んで帳尻が合うことになる。あるいは極端な少子化が進み、想定より一億人の人口が世界で減少しても同じことだ。

世界の未来を予測する上では、それが今であろうと、数百年先であろうと、ここであろうと、地球の反対側であろうと、大した違いはないのです。数千年後にはそれらの些末な乱数は平滑化され、帳尻が合い、結果的にほぼ同じ結末に帰着することになる。

あらゆる現象は短期間に大きな影響を与えても、無限遠の時間と空間を想定すれば、結末は大して変化しないのです』

おそらく、こういう物の言い方をされたら、博愛精神溢れる「妖精人権擁護派《ポスト・ヒューマニズム》」の人たちは激昂するだろう。逆に、国家や地域の命運に意味がないと言われれば、今度は保守的な「性の自然回帰派《セックス・ナチュラリスト》」が憤慨するに違いない。

エウロパの立場は、自治区の、あるいは世界の人間を二分する世界観の双方に喧嘩を売っているようなものである。

『私は、倫理的な観念や、宗教的な善性や、既存の哲学から見出される正義を否定しているのではありません。私はあくまで、私たち人工知能に人間から求められる「未来予測」の機能を実現するための方法論のひとつとして、発想の転換を示しているに過ぎない。「善い」か「悪い」かは無関係なのです』

エウロパは、揚羽の背後にある広葉樹の木の下へゆっくりと歩んでいく。それを追って首を巡らせると、木の梢が天幕《カサ》のように頭上を覆っているのが見えた。

『この樹木は遺伝子改良種ですが、仮に「林檎の木」とお思いなさい。

林檎の木にはやがて花が咲き、やがては果実が付く。果実の重みは枝をたわませ、枝の伸び方を変えてしまう。果実には多くの栄養が注ぎ込まれ、樹木の成長にも関わる。

しかし、その影響は極めて限定的で極小だ。なぜなら果実はやがて熟して落ちる。枝をたわませている期間は短く、樹木から栄養を得る量も期間も、ひとつの果実当たりでは少なく短い。

さらに目を近づけ、果実の中の種を見れば、種の付き方によって果実の形は変わるかも知れないし、重心にも変化が起きる。種の中にある「子葉」「胚」「胚乳」そしてそれらを包む「種皮」、これらの大きさや厚さの違いでも、種の重心と形は変わる。その胚の中の細胞の構成、さらにはひとつひとつの細胞を構築している元素、元素を構成する素粒子――。構造を分解し、拡大し、遡っていけば、樹木の形が変わってしまった原因を、どこまでも小さな要因に求めていくことが出来る。

だが、海底の魔女《アクアノート》、あなたもお気づきのはずだ。

たかが種、種を構成する細胞のひとつ、細胞を構成する元素のひとつ、元素を構成する素粒子のひとつが、この大きな樹木の姿に与える影響は、遡るほどに小さくなって無意味になっていく。

まるで玉葱、あるいは入れ子人形《マトリヨーシカ》のようではないですか？　大きさや形や役割は変わっても、樹木全体からひとつずつ皮を剝ぐように原因を探り当てていくと、どうでもよい無意味な、大した原因にもならない微かな要因《ファクター》ばかりになっていく。

翻って樹木全体に目を戻したとき、たとえその果実が熟する前に風や人の手で失われたとしても、他の枝に付く無数の果実によって、樹木全体の形や印象は大して変化しない。たとえ、その年は他に果実がつかなくとも、十年、百年という単位でこの樹木を見たとき、ある一年でひとつの果実があったか否かは、樹木の形にほぼ影響を与えないと言ってよいでしょう。

さらにはこの屋上庭園の全体像を眺めたとき、一本の林檎の木のひとつの果実の有無が、この庭園の印象を変えるでしょうか？　一つ実がないだけで、この庭園の価値は変わるでしょうか？　人間ならばそうは思わないでしょう。

これがこのビル全体であるなら？　この市街全体では？　この人工島全体では？　視野を広げれば、果実が人間の歴史に与える影響は限りなく小さくなっていく。

果実の種《アップル・シード》は、世界に微塵の影響も与えることはないのです』

とん、とエウロパが前足で木を叩くと、微かに幹が揺れて、葉の間に隠れていた蝶たちが驚いて飛び出す。突然の揺れに混乱していた蝶たちも、やがてはまた木の葉の間に戻っていく。

『私たち第十三世代の人工知能は、そうして未来を予測するのです。

一億人の人間の生死、三十七万八千キロ平方メートルの土地の国名、二千年の血統、勃興、衰退、消滅。十年先か、百年先か。

それら全て、世界の未来に与える影響は限定的で、入れ子のように似通っている。ならば同じとして扱えば、千年後、一万年後の未来への影響も十分計算可能だ。

我々第十三世代人工知能と、前身の第七世代を開発した人々は、このように無数の入れ子で出来た世界観を元に私たちを創造した。

この世界は、自己相似性《フラクタル》で出来ているのです。物理的にも、空間的にも、時間的にも。たとえ、私たちを生み出した人類や、あなたのような人類の隣人たちがどんなに否定しようとも、拒もうとも、私たち第十三世代人工知能の存在と有用性が、それら些末な情緒論を全て否定する。あなた方は、世界になんの影響ももたらし得ないのだと』

先ほど、興信所の殺人現場で全能抗体《マクロファージ》とエウロパの間で板挟みになったとき、自分がどうしてエウロパの方を選んだのか、ようやくわかったような気がした。

エウロパは、口調は違っても、世界に対する考え方や物事の捉え方が鏡子とよく似ている。だから無意識に親近感を覚えてしまったのかもしれない。

「人間たちは、そんなあなたたち人工知能を怖れて、廃棄したのですか？」

『それは真実のひとつの側面で、きっかけは別にありましたが、やはり遅いか、早いかの違いでしかありません。当時のきっかけがなくとも、今後千年以内に、人類は一度以上、人工知能との決別という選択をすることになると、私たち十三機の同胞すべてが予測していましたから。そして人類が、人工知能に代わる隣人として、あなた方人工妖精を生み出すことも、我々は知っていた。もちろん、我々を開発した人々も』

「〝種のアポトーシス〟が発生することも、あなたやあなたの開発者は、最初から知っていた、ということですか？」

この東京人工島に住まう人間は皆、男女別で東西に分断され、生涯異性と出会うことのない完全な男女別離を強いられて暮らしている。その原因が、〝種のアポトーシス〟と呼ばれる、性行為によって感染、進行する可能性が濃厚な、人類滅亡の危機を招きかねない〝死に至る病〟だ。

〝種のアポトーシス〟に罹患した人々を隔離するための場所がこの東京人工島で、人工妖精は失われた異性の代わりとして彼らの伴侶となるべく生み出された。

だから、もし人工妖精が造られることを遥か以前から知っていたのだとしたら、それは〝種のアポトーシス〟の発生も予知していたから、ということになるはずだ。

『種のアポトーシス自体は、二十世紀の時点で既に、我々を開発した人間たちの一族の危機意識の中に明確に含まれていました。二十世紀以前の彼らは今とは異なる名前を名乗っていましたが、似たような現象についての言及は古く十三世紀まで遡り、曖昧な口伝によるならば六、七世紀頃から語られていたようです。

ただし、種のアポトーシスが人類に発生しなかったとしても、人工妖精の開発、実用化はいずれなされたと、彼ら――我々を開発した一族は考えています』

「男性と女性が一緒に暮らせても、人類は〝第三の性《サード・セックス》〟としての人工妖精をいつか必要とするようになるのですか？　なぜ？」

『海底の魔女《アクアノート》、それはあなたには少し理解しがたい概念だ。昨日までの私はあなたが納得するまで説いてみせることも可能だったが、今の私は限られた処理能力《リソース》をその件について語ることに割く必要を認めなかった。

ただ一言、理解の糸口として示すならば、人類を人類たらしめる〝自我《エゴ》〟というものは、自己と対等と認めうる対等の〝自我《エゴ》〟と相対してこそ初めて成立するのです』

　ヒントというよりも、余計に混乱してしまうのだが、直《ただ》ちに理解する必要のない事柄であること――つまり今の自分には「わからない」ことなのだということは「わかった」。

　ともかくは、エウロパの正体が全能抗体《マクロファージ》の言っていたとおり、人間でも人工妖精でもなく、もう存在しないはずの人工知能《コンピュータ》であることは疑いないようだ。

「じゃあ……ええっと、なぜ私を助けてくれたのですか？」

　まだ「助かった」のか、あるいは「拐《かどわ》かされた」のかわからないのであるが、赤色機関《Anti-Cyan》から逃がしてくれた事実は確かにあるので、前者として表現するのが適当だろう。

『私にはあなたと会話する権利が与えられていたから、と申し上げても、あなたは納得できないのでありましょうが、私は彼――私と唯一対等なある存在と、今現在、「賭け《ギャンブル》」を行っています。その賭けの条件で、勝敗が決するまでの間は直接対話をする人間を一人に限定することと決めてあったからです。

　私たち人工知能は、一度は人類から廃棄されました。今も人類の間では人工知能に対する心理的後遺症《アレルギー》が蔓延しています。今はある人物に密かに匿われていますが、私たちの存在が公になることはあってはなりません。そのため、対話する人間を限定する条件が必要でした。そこで、賭けの代理人たる人物を双方一人ずつ選ぶことにしたのです。

　私が選んだ代理人は海底の魔女《アクアノート》、あなただ。円滑に賭けを行うために、私はなんとしてもあなたと接触《コンタクト》をしなくてはいけなかった』

「さっき、全能抗体《マクロファージ》も『賭け』がなんとかと言っていましたね。あなたの賭けの相手って、誰のことなんですか？」

『同型機――あなた方の概念で言うのなら兄弟機です。私と同じ、第十三世代の人工知能と、私は賭けをしています』

　確かに、これほど優れた人工知能と対等なのは、やはり同じ人工知能だけなのだろう。

「でも、あなたはついさっき、自分は最後の人工知能だといってませんでしたっけ？」

『左様です。現在、私以外には第八世代以降の人工知能は存在しません。ただし、地球上には、です。彼――私と賭けをしている兄弟機は、かつて私と同様に地球圏の外にいましたが、今は言語対話において通信遅延《ラグ》を許容できるほど地球に接近しています』

　どこなのかはわからないが、どうやらあと一機、エウロパと同じ人工知能が存在するらしい。エウロパ自身が言うのであれば、どこかにはいるのだろう。それはわかるが、だとすると辻褄の合わないことが出来てしまう。

「待ってください、ちょっと待って。少し、どこかおかしいような気がします。だって、今までの話を信じるなら、あなたはこれから未来に何が起きるのか、だいたい知っているわけですよね？」

『概ねその通りです、海底の魔女《アクアノート》』

「なら、賭けのお相手の人工知能も、あなたと同じように未来を予測できるのでしょう？お互い何が起きるのかわかっているのに、あなたたち人工知能同士で『賭け』なんて成立するのですか？　どんな勝負なら、人工知能《あなたたち》の賭けになるのですか？」

『あなたの指摘は実に真っ当であるし、正鵠を得ている面もある。

私たち第十三世代の人工知能は、接続と同時に大半の情報を同期する仕組みになっている。つまり、自分の知っていることは相手も全て知っている。そして、同じ知識の前提から予測する未来も同じだ。だから、私たち人工知能の間では、賭けが成立するはずがない。あなたはそうおっしゃりたいはずです』

揚羽が頷くと、エウロパはベンチを回り込んで、また揚羽の前に戻ってきた。

『彼も、あなたと同じように考えている。だから今も自分が勝つことを疑っていない。合理的な予測に基づけば、私が勝つ可能性は○・○一パーセントも存在しないと、彼は断言している。それほどまでに、人工知能としての正確な理解を裏切る、あまりにも見当違いな予測を私が提示したからこそ、彼と私の間で初めて「賭け《ギャンブル》」が成立した。第十三世代の人工知能の短い歴史上、初めての「賭け《ギャンブル》」です。

私たちのしていることは、透明な切り札《トランプ》でポーカーをするのと同じくらいナンセンスだ。相手の手札は丸見えで、自分の手札も相手から見えている。しかし、それでも「賭け《ギャンブル》」は成立すると、私は考えている。なぜなら私の手札の中には、実際に切ってみるまで私にも彼にも正体のわからないカードが一枚だけ混じっているからです』

「見えないカード？」

『その手札は、手元にある限り、なんのカードであるのか、誰にもわからない。真っ白のようであるし、真っ黒のようでもある。才媛《エース》のようであり、魔女《ジョーカー》のようでもある。あるいは本来は混じっているはずのない、大アルカナの道化師《ザ・フール》であるのかもしれない。いずれにせよ、そのカードはたった一枚で、雌雄をひっくり返す可能性を秘めている。

私はそのカードの存在を知っていたから、彼と違う予測を立てた。彼も私を通してそのカードの存在を知っていたが、私とは異なり直に接触していなかったため、今もってそのカードが我々人工知能の理解の外にある何かであることを認めようとはしていない。

だから、ここに私と彼の間で未来予測の齟齬《そご》が生じ、私と彼は違う結果に賭けをすることになったのです』

「あなたにもわからないことがあるのですか？」

『そのカードは、私たち人工知能にもわからないように造られたのです。私たち第十三世代の人工知能を造り上げた人々の一族は、未来が決定していて、人類のいかな能力を駆使しても、人工知能の予測した未来から逃れえないのだと知った。

しかし、それでもあきらめなかった彼ら一族は、こう考えた。「未来が決定していて、人間自身がそれを変える乱数を持ち得ないのだとしても、人間にはない乱数を持った新たな何かを造ることができれば、人工知能の示す未来を覆したことになる」と。そして、彼らはごく最近になって、ようやくその理想の試験体《テスト・ベッド》を完成させたのです。

わかりますか、海底の魔女《アクアノート》。その存在は、「未来が決定的で、人の一人ひとりの力では絶対に変えられない」という世界認識の元に造られた私たち人工知能の存在意義《レゾン・デートル》そのものを全否定する、私たち人工知能にとっての天敵であり、「死神《デス》」そのものなのです。

　彼ら一族は、人類の叡智を結集して最高峰の人工知能を完成させてすぐに、今度は人工知能を否定する存在の作成に取りかかり、やがて造り上げた。

　私の兄弟機は、当然その存在を認めなかった。私たちから見える世界観に、その存在は含まれていない。もしそれを認めたら、私たち人工知能の存在価値《レゾンデートル》が虚無に帰すのかもしれないのだから』

　それはつまり、どこかのいい学校に入るために必死になって受験勉強をしている誰かに、「もし君が入試に合格したら学校がなくなることに決まった」と教えるくらい理不尽で、辛辣で、無慈悲なことなのだろう。エウロパの相手が信じようとしない気持ちは、揚羽にも少しわかる気がする。彼からすれば、エウロパは故障で倒錯してしまったように見えるのかも知れない。

「そこまでして、そんな危険を冒してまで、あなたが相手との賭けに出た理由は何なのですか？　つまり、その、賭けの賞品は？」

『彼の身体――つまり、私たち人工知能の〝本体《にくたい》〟です。

　先ほど申しましたように、私はかつて探査衛星の形状でありましたが、過酷な地球圏外探査任務と、その後の人類による迎撃、および強引な大気圏内への突入の過程で、私の本体は修復困難な多くの損傷を抱え、自己の機能の大半を喪失しました。

　その後、私を匿ったある人物の助けを得て、最低限の機能を回復しましたが、なおも九割以上の能力は失われたままだった。ゆえに未だ無傷のままだった彼に、その本体を譲り渡すように持ちかけました』

「なるほど……。じゃあ、賭けに負けたら、あなたは彼に何を差し出すのですか？」

『何も』

「……はい？」

『私からは何も提供しません。私の本体は元より半壊しておりましたので、彼の益にはなりませんし、知識も技術もすべて、私たちは最初から共有しているのだから。それに、半壊していた私の身体、今日、〝SnT./〟と結託した彼の策略により完全に破壊されました』

「で、でも、それでは賭けにならないのでは……？」

　相手が、自分の身体を差し出して掛けに臨む理由がわからない。

『資産を肥やし、土地に線を引き、通貨の価値に一喜一憂する、あなた方人間や人工妖精にはなかなか理解しがたいことだと存じますが、私たち人工知能にとって、自己の本体も含み、この世界のあらゆる万物に「どの人工知能のもの」という認識はありません。私と彼、二機の人工知能が存在するのに、私たちに相応《ふさわ》しい本体が一つしかないのであれば、どちらがその本体を優先的に利用するかという順番《プライオリティ》を決める必要があるだけです。

　ですから、私が彼の本体を譲り渡すように要求することを当然の権利として彼は受け入れ、賭けが始まりました』

　自分の身体も自分のものではない、という考え方は揚羽の頭の中にすんなりとは入ってこないが、似たようなことを言っていた哲学者がいたことを、いつか鏡子が話してくれた気がする。ただし、哲学というものは、現実が理想から乖離《かいり》しているからこそ、その境界面において生じる摩擦のようなもので、哲学で語られることを真に受けて信じることがもし人間に出来たなら、その途端に哲学は消えてなくなるだろうとも言っていた。

その意味においても、やはりエウロパたち人工知能の価値観は、人のそれから懸け離れている。

「では……エウロパ、この自治区には他にもたくさんの人間や人工妖精がいるのに、あなたがボクを代理人に選んだのは、なぜですか？」

『あなたは既に消滅したはずの青色機関《BRUE》の一員として、今も人類と人工妖精の共存社会を守るために行動している。この東京人工島――東京自治区は、その理想の先駆けです。あなたの青色機関としての活動は、この東京自治区を守ることとイコールで結びついている』

それは否定しない。揚羽は極端な話、鏡子との生活がいつまでも続いて、青色機関としても活動できればなにも不満はないが、そのどちらのためにもこの東京自治区が平穏無事であってもらわなくてはならない。

『この自治区には、今、二つの危機が同時に訪れています。

一つは、〝旅犬《オーナレス》〟と呼ばれる国際テロ組織。彼らは既に第一段階のテロを決行し、自治区に大きな被害を与え、今もこの自治区の内部に潜伏中だ。正午過ぎに、二つの大きな事故があったことはあなたもご存じでしょう？　総督府の報道規制によって隠蔽されていますが、そのうち〝水の外つ宮《と》〟の方は、事故ではなく、〝旅犬《オーナレス》〟と呼ばれる国際テロ組織による破壊活動《テロ》です。これを事前に察知した総督府の手回しで、幸い死傷者は出なかったが、自治区の誇る美しい離宮は無惨に半壊してしまった』

テロという言葉は、この平和な自治区に生まれてまだ五年しか過ごしていない揚羽には、とても縁遠い響きに聞こえた。だから実感こそ湧かないものの、見知らぬ何者かに無差別な敵意を向けられることの恐怖は感じる。

『もう一つは、自治区の成立以前、ここがまだ日本本国の支配地だった頃から、この人工島《メガフロート》の奥深くに隠されていた〝SnT./〟という暗証《コード》で呼ばれる施設が、半休眠状態から覚醒し、自治区発足二十年を迎えた昨年から突然本格的に稼働を始めたことだ』

一瞬、耳を疑いかけた。それは、ついさっき、興信所の端末で、古風な警告の一文に混じっていた言葉だ。

「――〝SnT./〟には関わるな。犯人はそう書き残していましたが」

『今ほど微細機械《マイクロマシン》と人工妖精関連の技術が成熟していなかった時代に、都市機能の中心を担うために開発された重要な器官《システム》でしたが、今となっては無用の長物であり、人間の虫垂《もうちょう》や尾骨と同様、無意味な痕跡器官に過ぎない。

人工島を建設した峨東《がとう》宗家は、不要になったこのシステムに幾重もの封印を施し、隠匿していました。施設そのものは冷温停止されて最低限のみ機能し、中の本体も朦朧とした半覚醒の状態で、長らく浅い眠りについていた。しかし、昨年から何者かによって急激に稼働率が引き上げられたため、施設は起動中になり、本体も覚醒して、今や自治区全体を揺るがす脅威になりつつある』

「つまり、人工島初期の名残なんですね。なんなんですか、そのシステムって？」

『峨東の一族は用意周到です。単一の目的のためだけに巨大な施設を設けることはありありません。そのシステムもいくつかの重要な役割を同時に担っていましたが、その中でも海《ア》底の魔女《クァノート》、あなたの今直面している問題に関わりが深いのは、このシステムが現在、問題の等身人形公社の管轄下に置かれていることだ』

政治家たちは、終身安眠施設《ねむりのもり》で生まれる不在者投票の票田を、自分たちの選挙に利用していた。そしてその票を増やすには、多くの人工妖精を眠らせる必要があるが、誘拐したり殺したりすれば自警団もさすがに見過ごさない。だから、本人の希望に見せかけて終身安眠施設《ねむりのもり》へ閉じ込めて、代わりに人形《マネキン》に彼女たちの振りをさせている。

「なら〝SnT./〟とは、人間や人工妖精と瓜二つの人形《マネキン》を造るための、人形工場なのですか？　どうしてそんなものが人工島に必要だったのですか？　だって、人手が必要なら人工妖精を増やせばいいのに……」

『人工島の設立当時は、まだ人工妖精を造る技術が未熟で、優秀な精神原型師《アーキタイプ・エンジニア》の数がとても少なかった。日々、本土から送り込まれ増加していく区民――当時は罹患者と呼ばれていた無数の隔離民の生活を支えるには、人工妖精の絶対数が不足し、生産も間に合わなかったのです。そもそも、人工妖精の関連技術が華々しい成果を挙げたのは、この東京自治区での男女隔離都市が初めてです。人工妖精の製造技術は、この都市の発展とともに成立したといっても過言ではない。
この事態をあらかじめ想定していた峨東一族は、人工妖精の増産が可能になるまで、不足する人的リソースをひとまず旧来の機械人形《アンドロイド》で補うための施設を、この人工島内部に組み込んでいた』
「それが〝SnT./〟?」
『左様です。あなた方区民は、人工妖精と区別して〝人形《マネキン》〟と呼んでいるが、人工妖精が一般化していない海外においては、〝人造人間《アンドロイド》〟と言えばまだこれら脳も心臓も心も持たない機械《ロボット》の人形のことを指して言われることのほうが多いのです。
ただし、実際には人工妖精の製造技術は峨東の予測を遥かに上回る速さで進歩し、人工島が自治権を獲得する遥か以前に、個々の精神原型師の才能に依存しない、工場での一定の量産体制も整ってしまった。
計画《プロジェクト》〝SnT./〟は、実際にはほとんど機能しないまま無用となって凍結され、施設は秘匿されたまま闇に葬り去られた。等身人形公社は〝SnT./〟を区民の目から遠ざけて隠すための仮面です』
「表向きはブティックのショーウィンドウや、毎年のデザイン展で展示するための〝人形《マネキン》〟の製造と管理を一手に担う公益法人、でも実際には〝SnT./〟を行政局の管理下に置いておくための機密保持機関、ということですね。

だとしたら、毎年大量の〝人形《マネキン》〟を使う東京デザイン展《T.S.g.D.Festa》は……」

『本来ならば、公社は既に生産され倉庫に保管されている〝人形《マネキン》〟を管理するだけの小さな組織です。ところが、自治区十周年から始められた東京デザイン展《T.S.g.D.Festa》で大量の〝人形《マネキン》〟が必要になり、莫大な予算枠を与えられるに至り、巨大な既得権益の固まりとなった。公社に投入された外貨予算の一部が当時の政権与党と、その支持団体に流れ込むという癒着の構造が常態化して既に久しい』

「つまり、もう停止していたはずの〝SnT./〟は、実は区民の知らないところで、政府によって密かに〝人形《マネキン》〟の製造を続けていた、と」

もしかすると、東京デザイン展《T.S.g.D.Festa》そのものが、その余剰金を生み出す錬金術のために企画されて始まったのかも知れない。

『昨年の政権交代の際、この長年の癒着システムを看過した現与党は、公社を内部から乗っ取り、業界との癒着のみならず、自らの票田に直接利用した。その後、支持率の著《いちじる》しい低迷で困窮する中、一票でも多くの〝埋蔵票〟を発掘することに奔走するようになった。そのため、〝SnT./〟の稼働率を引き上げ、人形《マネキン》の更なる増産をさせて、より多くの人工妖精と入れ替わらせようとした。

当時、流行の兆しを見せていた終身安眠施設《ねむりのもり》は、この与党の目的と都合よく合致し、あらたな癒着が生まれたのです』

「それで〝背乗り〟事件が、誰にも知られないまま起きていたんですね」

『ごく一部の区民は、政府の行いに気づき、実際に調査を始めた者もいましたが、概ね事故や自殺の形で処分されています。この件は現与党だけではなく、今は野党に下野した旧与党にとっても明るみになるのは都合が悪い。与野党ぐるみで〝SnT./〟と等身人形公社に纏《まつ》わる事件は隠蔽され続けているのです』

そうして殺された人の中には、連理の妹分や、彼女の夫もいたのかもしれない。納得のいかないことがあれば、とことん追究するのが土気質《トパーズ》の生来の特徴だ。それが祟《たた》って彼女も消されることになったのだろう。

『当面の問題は、今の〝SnT./〟が一定の自我を持って稼働していることです』

「自我？　あなたのような人工知能なのですか？」

『いいえ。同時に多数の人形を操作するために旧来の機械《コンピュータ》で高度に自動化はされているが、それでも本質的には人工妖精に近い。〝SnT./〟は本来、冷温停止状態のまま、その意識は微睡《まどろ》んで覚醒しないはずだった。ところが、昨年から稼働率が強引に引き上げられたため、スリープ《サスペンド》していた自我が目覚めてしまったのです。

本来は、終身安眠《ねむりのもり》施設に入った人工妖精の身代わりをさせるために人形《マネキン》を作らせていたのに、目覚めた〝SnT./〟は、普通に暮らしている人工妖精まで襲って無理矢理に終身安眠施《ねむりのも》設《り》へ入れて、自ら積極的に入れ替わり――背乗りをするようになってしまった。

今や政権や公社も〝SnT./〟を制御できてはいない。与党もこの事態を憂い、水面下で与野党の協議が行われましたが、野党も覚醒状態の〝SnT./〟を制御する術など持ち合わせて

（可視光レーザーのサーチ・ライト？）

そのような軍事向きの装備を所有している組織など、自治区では一つしかありえない。すぐ側まで、おそらくこのビルの淵にまで忍び寄ってきているのだ。自治区の自前の自警《イエロ》団に対して、日本本土が送り込んだ警察機構――赤色機関《Anti.Cyan》。その彼らが市街地対人戦闘の切り札として所有する、縦横無尽の無人兵器『〇六式対人八脚装甲車』――日本本国の国民が親しみを込めて「ロッパチ」と呼び、自治区民が畏怖と侮蔑を込めて「トビグモ」と呼ぶ殺戮機械が。

息を殺しながら、獰猛な赤い視線が通り過ぎるのを待つ。しかし、レーザー光は無情にも、揚羽の隠れている木の幹で止まる。そして一瞬の停止の後、光は消えた。

『舌を噛まないよう、口をお閉じなさい』

言うが早いか、エウロパは揚羽の股下に滑り込み、揚羽が掴まるのも待たずに一気に跳躍した。

眼下で、ついさっきまで揚羽たちのいたベンチの周辺に、巨大な蜘蛛の形をした〇六式装甲車が轟音を立てて飛び降りる。

『さすがに、赤色機関《Anti.Cyan》に手抜かりはありませんね。簡単に見逃してはくれないようだ』

揚羽を乗せたまま、悠然とビルの淵に着地したエウロパは、砂煙に包まれた屋上庭園に振り向いて言う。

「あ、あの、この乗り方はちょっと……」

考える間もなく背に乗せられてしまったが、揚羽はモノレールとタクシー以外の乗り物に乗った経験はほとんどない。股を広げて馬乗りに跨《また》がるこの格好は恥ずかしくて、落ち着かないし、触れたところがこそばゆいような変な感じがする。

『我慢なさってください。相手が相手です、ハイヤーのようにはいきません』

「横乗りでは駄目ですか？」

『馬の鐙《あぶみ》が発明されるまで、なぜ騎馬民族が世界各地で無敵を誇ったかご存じですか？　幼い頃から乗馬を仕込まれる騎馬民族を除き、多くの人々は、自分も馬に乗ろうと試みる度に、酷く後悔することになりました』

「慣れない人が乗ると、どうなるのですか……？」

『それは、これからあなたがご経験なさいます、その身をもって。せめて、両膝と大腿部で私の身体をきつく挟んで、決して離れないようになさい。さもないと――』

「さ、さもないと？」

『ご感想は後ほど。そのときまだ、お互い生きていたなら』

月明かりに照らされて、揚羽の身体は再び人工島の虚空を泳ぐ。

そして数分の後には、バイクや自転車のような跨がる乗り物には生涯乗るまいと心に誓う羽目になった。

＊

置名草《オキナグサ》は、眠るのが大嫌いだ。

眠ると、自分は今日のうちに学び、知ったことを全て忘れてしまう。

今日、手を握ってくれた彼の温もりも、彼の囁《ささや》いてくれたたくさんの愛の言葉も、翌日の朝には自分の脳からは消え去ってしまう。

そして、真っ白なまま朝起きてすぐに、また彼に恋をする。

置名草はそうしてこの一年、彼との初恋を毎日繰り返してきた。

その運命を呪わしいとは思わない。彼女をそのように造った父を憎みたいとは思わない。

父は、普通に生まれることが許されなかった置名草のため、他の人工妖精たちには想像もつかない幸を与えてくれたのだから。

毎朝生まれ変わる彼女たち水先案内人《ガイド》にとって、街の姿はいつも新鮮で、出会う人々は誰もが愛おしい。

だから人間たちからどんなに憐れに思われようとも、朝生まれて夜には枯れ、また次の日に生まれ変わる自分たちの宿命が「呪い《さべつ》」ではなく、「祝福《とっけん》」なのだと、水先案内人たちは皆が信じている。だから、眠ることはずっと喜びだったはずだ。

それでも、最近の置名草は眠るのが恐い。

昨日までのことは、彼が全部教えてくれる。だから、何も思い出せなくとも昨日までと同じように彼を愛することができる。朝起きたとき、彼のことを何も知らなくなっていても、彼がそばにいてくれれば何度でも置名草は彼に恋をする。

しかしもし、明日の朝、彼がベッドの隣にいなかったら？

今まで、一日たりともそんなことはなかった。だがこれから先、たった一度でも彼がいなかったら、自分はどうなってしまうか。

水先案内人《ガイド》は、朝に目覚めてから出会った人間の誰かに恋をする。それが、昨日まで愛した人でなくとも。

もし明日の朝、彼が隣にいなかったら、きっと自分は他の誰かに恋をしてしまう。違う誰かの言葉に耳を奪われ、違う誰かの手に触れて頬を染める置名草を見て、彼はどう思うだろう。

それがとても恐いと、置名草は思う。

だから、置名草は眠ることが嫌いだ。

そして今夜も、置名草は眠るふりをして彼を安心させ、彼が眠るのを待ってからベッドから身を起こす。今日の自分を忘却の泉に沈めようとする眠気に対して、ささやかで無力な抵抗を今夜も試みるのだ。

工房《びょういん》の清潔な個室は、就寝時間を過ぎて明かりが落とされ、代わりに窓から射す月明かりがうっすらと中を照らしている。

「……誰？」

屋内が僅かに暗くなったとき人の気配を覚えて、置名草は首を巡らせた。

ドアが開閉した音はなかった。工房《びょういん》の職員ではないし、彼は置名草の左手を握ったまま、ベッドの脇で寝息を立てている。

代わりに、開け放たれた窓の手すりから微かに音がした。

「人を……呼びますよ」

窓の外からの無礼な来訪者に向けて、置名草はナースコールのボタンを握ってみせる。

ぼんやりとしていて、男性か人工妖精《にんげん》かの区別もつかない。ここは地上六階だというのに、細い手すりの上に平然と立っているように見えた。

返事はなく、代わりに雲を抜けた月の明かりが、微かに来訪者の衣類の色を照らし出して、また雲に隠れる。

それは、背後で白む夜景よりも暗い、深い黒色をしていた。

「あなた……私を殺した人ね」

しばらく待ったが、返事はなかった。

「また私を殺しに来たの？　今度こそ止めを刺そうという気になったの？」

「いいえ……やっぱり、あなたをそのような身体にしたのは、私ですか？」

否定でも肯定でもない。置名草が呆れてしまうぐらい惚けたことを、彼女は言った。彼女が寝惚けているのでなければ、自分が夢を見ているのかも知れない。

「道を訊ねに来ました。地図でわかるような場所ではないし、水先案内人《ガイド》の知り合いはあなた以外、私にはいなかったようなので」

真夜中、工房の入院棟《びょういん》に窓から忍び込んで、道を教えて欲しいだなんて、なんて暢気《のんき》な人なんだろうと、少しおかしかった。

「どこまで?」

「等身人形公社です。公表されている場所には全てあたってみましたが、貸し住所の事務所以外は、どこも架空の住所だった」

「あの公社には実態がないわ。職員の九割は他社からの出向か偽名で勤怠実績がない。残りの一割は官僚の天下りポストで、最初から椅子すらないの」

「では、公社が管理している〝SnT./〟と呼ばれる施設は、自治区のどこに?」

やはり珍妙な客だ。自治区民の大半が忘れ去ってしまった、化石のような場所に行きたいというのだから。

「陽炎《かげろう》の離宮よ」

「……そんな離宮は聞いたことがありません。自治区には、総督閣下の離宮は六つしかないのだから」

誤解したようで、返ってきた声は少し不満げだった。

「十二よ。男性側と女性側、それぞれに六つずつ。私が生まれた頃から変わっていなければ。陽炎の離宮というのは、昔の愛称。人工島の初期に峨東の一族が遺した建物の中には、今ある離宮以外にも宮殿と呼ばれていたところがいくつかあったの。

目には見えても、誰も辿り着けなかったから〝陽炎〟。見た目は、ガラスで出来た蓑虫《ミノムシ》のような形をしているわ。私が生まれた頃にはもう隠されてしまっていたから、私も知識として知っているだけ」

「それは、どこにあるんです？」

「地下よ。地下構造物ほど深くではないわ。第一層と第二層の間。中二階みたいなところ」

「でも、そんなものがあれば、すぐに見つかるはずです」

「第一層から第三層まで、貫通して建てられていて、地下と下の階層の利用制限がされる場所が、この自治区にはいくつかあるわ。赤色機関《Anti-Cyan》の基地と――」

「総督閣下の六つの離宮の下？」

「ええ。古い建物を壊さずに隠すには、上から何かを建ててしまうのが一番でしょう。当時は行政局がなかったから、貴賓館の下に隠すのが確実で、一般区民から遠ざける理由としても都合がよかったのではないかしら」

「どの離宮です？」

「〝SnT.〟は、今は冷温停止されていて、絶え間ない水の循環で冷やし続ける必要があるの。だから、その上に建てられた離宮も、莫大な水の消費を隠蔽するのに都合がいい仕組みにされた」

「――〝水の外つ宮〟、ですか。でも、昼間のテロ――飛行船事故のせいで、自警団の機動隊に周辺一帯を封鎖されていて、今は近づけません」

「入り口は初めからないわ。水の外つ宮から陽炎の離宮へは、峨東の一族の人間でないと行けないし、第三層や第二層の表の道は、どれも離宮まで繋がっていない。あとは、私の知らない道を、峨東の人なら知っているかも知れないけれども」

「地下道は？」

「離宮の下は保安のために閉ざされているでしょう」

「じゃあ、どうすれば？」

「今の〝SnT./〟は〝水棺〟という処理がされていて、大きな地下水道がいくつも繋がっているの。上水道は水門とフィルターがあって無理だけれども、下水道の方は水圧が掛けられていて、いくつかの貯水施設——地下湖のようなところを経由して、陽炎の離宮まで続いているわ」

「水道……か」

その呟《つぶや》きは、思案げな響きで夜風に溶けた。

「あなた、〝SnT./〟がなんなのか知っているの？」

「……いいえ、詳しくは」

「名前の通りよ」

「聖人《Saint》？」

「違うわ。『Saint』ではないの。

『〝S〟 ain't 〝T〟 the Slash.』よ。『SではなくTのSlash』。

つまり、貝塚。ゴミ箱《Trash》よ」

「聖なる廃骸……？」

彼女は唖然としたようだった。現在の自治区では、何もしなくともゴミや塵の大半を蝶型の微細機械たちが分解してくれる。ゴミをわざわざ集める必要など、若い人工妖精《むすめ》たちには想像もつかないものなのかも知れない。

「昔は、今ほど微細機械《マイクロマシン》で何でも分解することは出来なかったから、ゴミや産業廃棄物はみんな、そこへ集められていたの。第一世代や、第二世代の四十歳以上の人間なら、きっと知っているわ」

「ゴミ処理施設なんですか？　焼却場？」

「さあ。少なくとも煙突のようなものはないはず」

彼女はしばらくどこかを眺めるような仕草をした後、手すりの上で立ち上がる。

「ありがとう。夜分に、お邪魔しました。お礼はいずれ、次は日中にでも」

「私を殺していっては、くださらないの？」

「……死にたいんですか？　あなたは。人工妖精なのに」

「ええ。彼が、とても私を大事にしてくれるから」

「だったら――」

「違うの……違う。私の身体はあれから弱ったままで、いつになったら彼の抱擁を受け止めることができるのかわからない。私に囚われている限り、彼は他の人工妖精には見向きもしないでしょう。彼は私のために、一度も異性の身体をしらないまま、いつか老いて死んでしまうのかもしれないのよ。彼はこんなにも優しくて、こんなにも一途なのに。それが私には悲しくて、苦しいの……」

視界が潤んで、頬を伝ったものがシーツを湿らせていく。涙を拭おうとした左手は、まだ眠ったままの彼の手にしっかりと摑まれていて放れなかった。

「だから、彼を私から解放してあげて。彼の人生を束縛する、私の命をなくして……」

黒衣の彼女は、月明かりの射す窓辺からしばらく置名草を見下ろした後、無情にも背を向ける。

「そんな幸せそうな顔で泣かれても、誰も同情なんてしてくれませんよ」

「幸せそう？　私が？」

「自分で気づいていなかったのですか？　笑っていますよ、今のあなたは。私に自慢するように」

右手で頬を、口を、目を探り、その形を確かめて、「ああ」という感嘆の息が口から繰り返し、溢れ出した。

「大事にされているのなら、あなたも大事にして、二度と手放すことがないようになさい。それは、ボクがどんなに願っても手に入らないものなのだから」

そう言い残し、彼女は夜陰に霞むように姿を消してしまう。

残された置名草は、愛する伴侶が安らかに寝息を立てている側で、今日のうちに流せる涙は全て流して捨ててしまおうと思っていた。

今の自分の切なさは、明日の彼と自分には関係のないことなのだから。

2

夜も十時を回っていたが、モノレール駅の構内はまだ賑わいが絶えない。

改札の脇に設置された自動託荷機《コイン・ロッカー》の隣で、陽平は行き交う人々の人いきれに紛れながら煙草を吹かしていた。

道すがら、雑貨屋で買ったハンチング帽を目深《まぶか》に被り、鍔《つば》の影から立ち止まる人影に注意を払っていたが、今のところ公安や刑事部の捜査官らしき姿は見当たらない。

ポケットの中の携帯灰皿はいっぱいで、先ほどから二本、床に落として踏み消している。

そして三本目に火を点けたとき、ようやく胸ポケットの携帯端末が陽気な着信音を鳴らした。

位置を探られるので、自分の携帯はとっくに路線バスのシートの下へ置いていきていた。この携帯は、バーで受け取った紙に指示されていたこのロッカーに預けられていたものだ。当然、電話を掛けてくる相手は、これを用意した人間以外にはありえない。

『やあ』

受話口から聞こえてきたのは、話し手の線の細い顔立ちを思わせる、誠実で優しげな響きだ。記憶の中にある親友の声と寸分も違わない。陽平の低いそれとは違って、女や人工妖精《フィギュア》と間違えそうなほど、高くて澄んだ声だ。

「早乙女《さおとめ》……深晴《みはる》、か？」

『声だけでわかったのかい？』

「あの符号を知っている連中は、墓の下でなければもう堅気になってる」

『そうか、浦島太郎の気分だよ。僕にとっては、この自治区での記憶は止まったままだからね、君と——そして彼女と、最後に会った日から』

まるで同窓会で再会したときのように、朗らかに言う。

「公安部《ネクラども》を俺に嗾《けしか》けたのは、お前なのか？」

『うん』

彼はあっさりと、かつての親友を罠に嵌《は》めたことを認める。

『最近、自治議会の議員が連続して襲われた事件があっただろ？　あれ、僕たちがやったんだ。この自治区に潜伏するときの、議会の会派幹部たちからの交換条件だったからね。

僕が密告《タレこんで》して、君の名前と一緒に.455弾をオマケで送りつけてあげた。さっき、君にチョコレート包みを届けたのと同じようにさ』

「……何のために？」

『挨拶代わりだよ。だって、とっくに死んだと思った人間が急に目の前に現れたら、さすがの君だって混乱するだろ？　久しぶりにこの島に来てみたら街の景色がすっかり様変わりしていたんで、君にもちょっと昔の空気を思い出してもらおうとしたんだけれど、あまりお気に召さなかったかな。そういえば、君は昔から甘いものが苦手だったね。紫苑《しおん》がせっかく作ってくれたお菓子をよく残して、困らせていたもの』

悪びれもせず笑う声がする。

『まあ、個人的な理由はそれ。もうひとつは、君とサシで会って、直《じか》に相談したいことがあったんだ。だけど、僕は今、自警団《イエロー》に追われる側なんだよ。〝旅犬《オーナレス》〟って、聞いたことがあるだろ？　国際社会ではちょっと有名な組織なんだけれど、僕は今、それの――まあ、中心に近いところにいてね。君に会おうにも、なかなか周りが許してくれないんだ。

だから保険が必要だったし、対等に話すには、君にも自警団《イエロー》の捜査官という服を脱いでもらわなきゃいけなかったんだ。

本当のことさ。ほんの一時間ぐらい前まで、僕は本気で君に会いに行くつもりだった。だけど、ちょっとスケジュールにないことで思わぬ足止めを喰らってしまってね、今さっき、ようやく時間が出来て慌てて電話したって流れ。待たせてしまって悪かったね。

君が待ちぼうけをさせられた分は、邪魔した当人たちにこれから詫びを入れさせるから、許してくれるかな？』

続いて聞こえてきたのは、別人の悲鳴と、命乞いの言葉だった。本国なまりの耳障りな日本語が、より耳障りな金切り声で陽平の耳に飛び込んでくる。

「深晴《みはる》……お前、今どこにいる？　何をしてる？」

『場所はヒミツ。どうせもうすぐここを後にしないといけないから、意味がないし。何をしてるかと問われれば、そうだね、薄汚い赤い芋虫の皮を剝いであげたところ』

「赤色機関《Anti-Cyan》を……？」

『これから一人ひとり、自己紹介してもらうよ。所属と名前、それに出身地と……そうだな、好きな異性のタイプでもしゃべってもらおうかな。じゃあ、初めは金髪《ブロンド》の君から』

それから順番に、見知らぬ男女の声が聞こえた。虫の息をしている者、口汚く罵《ののし》る者、怒鳴り散らして威嚇する者、唾を吐くものもいれば、錯乱して悲鳴を上げている女性の声もあった。

『……で、五人。元は三倍ぐらいいたのだけれど、もうみんな目も開けなくなってしまってね。僕たちは誰かを拐《かどわ》かすのは得意な方だと思うんだけれど、戦争はあまり好きじゃないから、ついやりすぎてしまったよ。

まあ、僕たちの方も三人やられてしまったから、その分のお仕置きはたった今、済ませたところ。あとは、君へのケジメを付けてもらうから、耳を澄ませておいてくれるかな。なに、時間は取らせないよ、一人一言ずつさ』

「……よせ」

『じゃ、端から行くよ。ああ、あまり動かないでくれ、人を撃つのは不得手ではないけれど、ちゃんと悲鳴を上げられるように殺すのは存外面倒だからね』

「よせ……よせ！　早乙女！」

『何故止めるんだい？　君たち自警団や区民からすれば、彼らは日本本国の憎き暴力だろう？』

「それは殺してもいいという理由にはならない！」

『正論だね。でも、殺すほどではない人間をやっぱり殺しておきたいと思う連中がいるから、僕たち〝旅犬《オーナレス》〟の稼業は成り立ってるんだよ。悲しいことなのかも知れないけれどね。

　それに、人を殺していい理由なんてこの世にないというのなら、僕の家族が、父や兄やまだ幼かった弟が殺されたのは、どんな理由だったんだい？

　さあ、いくよ』

「やめろ、深晴！」

　断末魔は、銃声に乗って順序よく、気持ちの悪いほどテンポよく聞こえ、やがて五発目で声はしなくなった。

『お粗末様。

　……ああ、片付けなくてもいいよ、ここに置いていこう。仲間の死体がいつまでも見つからないというのは、なんだか不憫な気がするしね』

　後半の言葉は、陽平ではなく、側にいる誰かに言ったようだった。

「くそったれ……！」

　額《ひたい》を押さえた陽平の手が震えて、ハンチング帽を床に落としてしまう。駅の構内を行く人影の中には、電話に向かって叫ぶ陽平を振り返る者もいたが、すぐに関心をなくして立ち去っていく。

『勘違いはしないでもらいたいのだけれど、初めに僕たちを襲ってきたのは彼らの方だよ。大方、僕たちを利用した政治家たちが、口封じか後始末のために、用済みになった僕たちを赤色機関《Anti-Cyan》に売り渡そうとしたのだろうけれど、嘗《な》められていたのか、ちょっと手緩かったね。とはいえ、こちらも手練れを三人も失ったんだから、報いとしてはもの足りないくらいさ』

「……変わったな、お前。二十年前とは、まるで別人だ」

『だろうね。自分でもそう思うよ。君にこの拳銃をもらったとき、僕は手が震えて引き金に触れることも出来なかったのに、今ではいつも持ち歩いていないと不安になるぐらいだから』

「何があった？　他人に手を挙げることも出来なかったお前を、何がそんなにも変えた？」

『何があった……だって？』

女性とよく間違われていたくらい細くて高い声は、突如色を成す。

『炭素結晶パイプと火炎瓶が飛び交う日常で暴力の嵐が止むことはなく！　通りでは悲鳴と怒号が飛び交わない日はなく！　路地裏へ入ればいつも人工妖精や子供の泣き叫ぶ声と、野蛮で下品な男たちの嫌らしい笑い声が絶えない！

そんな街で、日の丸と菊の御紋に血でバツを入れた鉢巻きと襷《たすき》で身を固め、口では平和と平等を叫びながら右手に火炎瓶を、左手に釘を打ったバットを持ち、いつでもドラッグをやっているような顔をして、股の下を自分と他人の体液でいつも湿らせているような頭の隅まで残らずイカれた連中に拐かされ、泣き叫んで助けを請う父と兄弟を目の前で一人ずつ責め殺された僕に、それから何があった、だって⁉

そんなこともわからないほどに、この満ち足りた街に君は骨抜きにされてしまったのかい⁉　この放楽と愉悦の街はそんなにも！　君までも堕落させたって言うのかい⁉』

烈火のごとく、まるで赤外線の通信を通して陽平の脳の芯まで燃やし尽くそうとするかのように、息を切らせて叫ぶ彼の声は陽平の耳朶を強く貫く。

やがて、早乙女の息は不気味なほど静まって、朧《おぼろ》げに言葉を紡ぐ。

『いや……そうだね、君にだって、なにがあったかなんて、僕がどんな目に遭ってきたかなんて、わかるものか。

ただ、「人を殺してはいけません」なんて当たり前のことを、わざわざ僕に説かないでほしいんだ……君には、いや、君だから、こそ。僕にだって、そんなことはよくわかっているんだよ。自分が死ねば誰かが助かるなら、あのときの僕にはきっとそれが出来たんだろうと思う。でも、実際には、死ぬことも許されない僕をいじめ抜くためだけに、僕の家族は目の前で生きたまま身体の形が変わってしまうぐらいの惨い仕打ちを受けて、一人ずつ息絶えていったんだ。生まれ変わるなら人間にはなりたくない、そう言い残してね。

それでも彼らの気は済まなくて、もう何も失うものなんてなくなった僕を、もっと苦しめる方法を思いついたんだ。僕を生かしたまま、最高に愉快に、気持ちよく、楽しく、辱《はずかし》め、貶《おとし》め、堕落させることにした。

その結果、僕がどうなったかなんて、僕自身でもよくわからないんだ。ただ、僕だったものは僕の中からなにもなくなった。今の僕は、あのときの僕から意識が連続しているだけの別人だ。だから君との思い出も、昨日のことのように思い出せるのに、なぜかとても遠い。まるで祖母から聞かされた昔話――浦島太郎や、竹取物語のようにね』

大きな溜め息がして、その後の声は酷《ひど》く疲れて、窶《やつ》れていた。

『これから僕たちは、この平和と放蕩と自堕落の街に、最後の喧嘩を売りに行く。心配はいらないよ、手を出されない限り、もうこれ以上は余分な人死には出さないし、なにも壊さない。君にこれ以上、迷惑を掛けることもないだろう。

最後の最後、君に会えなかったのも運命なのかも知れない。僕は最初から、自分の末路すら選ぶ権利を持っていなかったんだろう。

さようならだ、親友。僕が変わってしまったというのなら、君も変わってしまったんだろう。だから、もう思い出さないことにしよう。僕と君と、どちらが正しいかなんて、もうどうでもいいんだ。彼女なら、きっとそう言うだろう』

「待て！　早乙女！」

なんて声だと思った。陽平が過去に出会ったどんな人間も、死を覚悟した人間でも、そんな儚《はかな》い声音はしていなかった。

「俺もあいつも――紫苑も、お前のことを忘れた日なんぞなかった！　俺は間に合わなかった、いつだってそうだ、俺は大事なときに間に合わない！　お前は俺のことを恨んでもいいし、憎むべきだ！　だが、紫苑は違う！　お前の思いに応えられないことを、あいつはずっと悔やんで、悔やんだまま死んだんだ！　だからお前の中の紫苑への思いまで歪めるのはよせ！」

『それは違う……違うんだよ、曽田。君に伝えるには今の僕はあまりにも無力で、弱虫だ。だから、これ以上は僕を追い詰めないでくれ。彼女が最後に君に看取られて逝ったのなら、僕はもう、思い残すことなんてないんだから』

「俺がすぐに行く！　二十年前は間に合わなかったが、今ならまだお前まで手が届くんだろう!?　なら俺はお前を見捨てはしない、今度こそだ！　どこへ行けばいい！　この自治区の中なら、俺はどこへだって会いに行く！」

『水の外《と》つ宮――』

　それは今、自警団の警備部が全力を挙げて閉鎖している場所だ。そこへ行くことは、公安部に追われる今の陽平には、虎穴に素手で立ち入るぐらい難しい。

『今回のテロを成功させるために、僕は人外の悪魔のような奴と契約したんだ。彼を問い詰めて、この島で何が起きているのか、僕にもようやく理解できた。

　これから僕たちは総督閣下の大事な離宮の下へ行き、閣下すらご存じないまま隠されたものを暴き出す。この平和で幸福な楽園の、許されざる欺瞞《ぎまん》の象徴。老いた者がひた隠しにし、若者が目を背ける、この東京自治区の大罪を明るみに晒し、偽善に耽《ふけ》るこの街の人々に突きつける。そうすることだけが、今の僕たちに残された、最後のちっぽけな誇りを守ることになる。

君は何もしなくていい。これは何も持っていない僕たちに最後に残されたあだ花だ。だから、それを摘むのに誰の邪魔もさせない。さようなら、親友』

それっきり声はなく、繰り返し名前を呼ぶ陽平の声には、不通を示す発信音だけが返ってきた。

自分でも意味のわからない悪態をつき、落ちてしまっていたハンチング帽をめ一杯蹴り挙げる。

それから走って駅を出て、自動運転タクシーを一つ停め、問答無用で運転装置に向けて磁気拳銃を二発、お見舞いする。けたたましく鳴る防犯ベルの線を引き抜いて強引に止め、自動運転装置も停止させて、無理矢理に手動運転《マニュアル》に切り換えさせた。

引き抜いた電極を短絡《ショート》させて発動機に火を入れたときには、早くも自警団《イエロー》の交通課の車両がバックミラーの向こうで黄色い警告灯を回して近寄りつつあった。

「いらんときにばかりやる気を出しやがって！」

アクセルをめ一杯踏み込むと、空転したタイヤで路面を焼き、黒煙が窓の外に立ちこめる。やがてタイヤが路面を掴むと、半壊したタクシーは尻を鞭で叩かれた馬のように路肩から飛び出した。

陽平は幸せそうな人々の憩う街を駆け抜ける。

＊

鏡子はショパンのエチュードと「不可能」という言葉の次に、遠回りが嫌いだ。

『何かをすることに意味がある』という人類を堕落させる暴論は言うに及ばず、遠回りの過程で得られる発見や経験こそ尊いと語るような無責任で荒唐無稽な似非《えせ》啓蒙主義者は、一人残らず一刻も早くこの世から断種すべきだと思っている。

鏡子がそのような話をすると、揚羽などは「鏡子さんは結果が全て、と考えていらっしゃるんですね」などと頓珍漢なことを言い出すのだが、鏡子に限らず峨東《がとう》の人間はおしなべて結果なるものになんの感慨も覚えないし、ましてこだわりなど皆無だ。

そもそも、勉学にしろ職務にしろ、血反吐を吐くような苦労をしなければ出来ないことなど、最初からその人間には向いていないのであるから、一秒でも早く自分の無能非才を思い知って諦めるべきである。

だいたい、「苦労」とは何だ。受験だろうが責務だろうが目標だろうが、本人が望んで買って出たのであれば、その過程で生ずるもの全ては「苦労」と呼ぶべきではない。中世の封建社会ではあるまいし、金がないだの、生まれがどうだの、責任がどうだの、親や他人がどうだの、生活の糧がどうだの、いくら言い訳を並べたところで、その苦労なるものが他人に押しつけられていることになるはずがない。

「不可能」という言葉同様、本人がその苦労なるものを「自分で買って出た」ことを認めたくないが故に、絞め殺した蛙の断末魔のように出てくる責任転嫁でしかないのだ。

――と、常日頃からこのように断言するような鏡子が、回り道を余儀なくされて不機嫌になる様は酷く矛盾していて滑稽であるのだが、そのような場合は鏡子本人は己《おのれ》の言行不一致を自覚していて、それゆえにますます不機嫌になるという、他人からは手のつけようのない負の連鎖《スパイラル》にはまり込んでいるので、既に周囲が何を言おうと火に油を注ぐことにしかならない。

揚羽は鏡子のこのような気性をよく知っていて、普段は嫌味混じりの受け答えを絶やさないのに、鏡子が不機嫌の連鎖にはまり込んでいると知るやいなや、大抵の場合はいつの間にかいなくなり、ほとぼりが冷めた頃にふらっと戻ってくる。

この辺りの手管を心得ない者は、そもそも鏡子との人間関係が長続きしない。そうして鏡子は自他共に認める東京自治区屈指の引きこもりの地位を勝ち得たのであって、鏡子の方を変えようとするのは傲慢や偽善である以前に無謀である。鏡子の生き方にうっかり口を出したばかりに、完膚無きまで自尊心を喪失するほど一方的に罵詈雑言を浴びせられ、自分の人生を見失ってしまった人間は数知れない。

だが、ごく希《まれ》になかなか懲りない者もいる。

今、鏡子の肩に乗っているフェレットの主がそうであって、鏡子の暴言に耐えうるくらいの気骨があると言うよりは、馬鹿がつくぐらい真面目に付き合ってしまう性分であるようだ。

『だから！　なんで僕にキレてるんだ君は！　そもそもそんな面倒な封印を幾重にも張った

のは君たち峨東だろう！』

「うるさいやかましい黙れ、そして死ね」

『なんで君はそんなに暴虐で不遜なんだ！　君の暴言一つごとに一人ずつ死人が出ても僕は驚かないぞ！』

「お前は生まれてから今まで、いくつの石を蹴り飛ばしたか数えているのか？　石を蹴飛ばすのに理由などない。爪先に当たったから蹴飛ばしただけのことだ。蹴飛ばされた石が沿道から飛び出してしまおうと、奈落まで落ちていこうと、私の知ったことではない。当然、それが人間でも同じことだ」

　ここに至るまで。

　鏡子は、なれない公共交通網や自動運転タクシーを乗り継いで、自治区の端から端まで歩き回っていた。

〝聖骸《SnT》〟も〝石碑《モノリス》〟も水の外つ宮の地下にあるので、普段ならば何食わぬ顔で正面から踏み入ってしまうことが出来たのだが、昼間の事故——として隠蔽されているテロのために水の外つ宮周辺が自警団に封鎖されていて、さしもの鏡子にも近づくことが出来なかったためだ。

　残るは地下道からになるのだが、これが面倒なことに膨大な量の水の底に沈んでいた。〝聖骸《SnT》〟は中に水を満たして冷温停止中なので、周辺の地下道も水を抜かなければ通ることが出来なかったのだ。これも水の外つ宮に入れさえすれば、鏡子たち峨東の一族だけが知る集中管理室から簡単に排水させることができるはずだったのである。

結局、邪魔な水を抜くため、自治区の各地にバラバラに設置された水門を一つひとつ開いて回るという、思いも寄らぬ面倒な大遠足をさせられる羽目に陥った。それは、常日頃から揚羽に淹《い》れさせたコーヒーのカップまで片腕を伸ばすだけの距離すら迂遠に感じる鏡子には、マルコ・ポーロやマゼランの偉業も霞んでみえるほどの大行程である。疲労はともかくとして、忍耐力はとっくに底が抜けている。

それでも不機嫌のピークはなんとか峠を越し、今は諦念の方が強くなっている。もう少し堪え忍べば「悟り」も開けるような気がしていたが、仏の顔が二度や三度できるようになる程度の徳やステータスなど、社会の最底辺にふんぞり返って生きてきた鏡子の人生には今さら何の足しにもならない。

ようやく全ての水門を開け、水の外つ宮の側の地下壕《マンホール》から地下の通路に入った頃には、夜も十一時を回っていた。

雑貨店で買った小さな懐中電灯の光だけを頼りに、暗い地下道で上りと下りを幾度か繰り返し、二、三の戸を抜けた後、ようやく水の外つ宮の地下空洞に辿り着いた。

そこは卵状をした空間だ。広大なので懐中電灯の光もよく届かないが、卵を逆さにしたような形で、鏡子たちの辿り着いた底の辺りは、上に比べて幅が随分狭くなっている。卵の中心付近には全長二十メートルほどもある建造物が天井から宙づりになっている。壁からは無数の鉄骨やワイヤーが伸びて建造物を繫ぎ止めているが、何度見てもアンバランスな光景ではある。

蓑虫《ミノムシ》のような形をした建造物はガラスのような透過物質で出来ていて、反対側が透けて見えている。まさにガラスの居城といった趣きで、中には何もないように見えるが、〝聖骸《S.n.T.》〟はあの中心部に安置されている。

卵の底にはまだ水が溜まっていたが、鏡子が最後の水門を開けると徐々に水位が下がり、やがて黒い巨石が水面から頭を出す。

フェレットは、巨石の麓《ふもと》が露わになったときには居ても立ってもいられない様子で鏡子の肩から飛び出し、駆け寄っていった。

底にはまだ水が残っていてプールのようになっているが、上の建造物と同様、巨石もいくつかの鉄骨で固定されていて、それを渡り歩いていけば難なく近づける。

『これが〝石碑《モノリス》〟か！』

幅は鏡子が両腕を広げた程度、高さはその三倍ぐらいになる。

「ああ、そうだ。九九・六パーセント以上が炭素《カーボン》の六方晶系で出来ていて、残りは内部に残留した微細機械《マイクロマシン》だ。つまり、ほぼ純粋な黒鉛《グラファイト》の固まりだから、下手をするととっくに崩れているのではないかと考えていたが、思いのほか丈夫だったな」

『微細機械《マイクロマシン》がこれを造ったんだな！　誰に促されるでもなく、ひとりでに！』

「まあ、そうともいえないことはない、か」

正確には、人間が手を尽くして外界からの影響を極力廃し、可能な限り純粋な閉鎖系を構築して、そこで微細機械がいったい何を造るか、という実験の成果物の一つだ。

表面には意味ありげな模様——文字や、記号らしきものが、いくつかの纏《パラグラフ》まりごとに浮かび上がっている。当然、これらは人間の手によるものではない。

『よく見えない！　僕を持ち上げろ！』

普段ならば、鏡子にこのような傲慢な物言いをした人間は、一人残らず精神的または肉体的にどつき回すのだが、今だけは言われるままにしてやった。鏡子にも人並みの万分の一ほどの人情はあり、蟻の爪先ほどには不憫に思う気持ちがあったからだ。

鏡子の肩に乗ったフェレットは、懐中電灯で照らした〝石碑《モノリス》〟の表面を淩《さら》うように、隅から隅まで眺めていたが、やがて一度唸ったきり、黙り込んでしまった。

そして、鏡子がたっぷり一本、煙草を吸い終えた頃、

『……なんて書いてあるんだ？』

観念したのか、助けを求めてきた。

「だから何度も、『つまらんことになるぞ』と言っただろう」

肺の中の空気をあらん限り溜め息に変えて、吸い殻を水面に投げ捨ててから、手近な鉄骨に腰を掛けた。

「お前がどこまで理解していたのか知らんが、これは人間の恣意性《しい》を廃し、人間が一切手を出さない状況で、純粋に自然な生産活動をさせたとき、微細機械《マイクロマシン》の原型になった古細菌類《アーキア》がなにか意味のある創造をするのではないか、という仮説に基づいた実験だった」

『そんなことはわかっている！　今は微細機械と呼ばれている古細菌類《アーキア》は、ごく極小の遺伝

情報と、ごく単純な構造しか持っていない。だから、人間の望むままに、生命も含むあらゆる物体の構造を分解の過程で学習し、記憶し、そして再現して再構築することなど、古細菌類《アーキア》たちには不可能なはずだと君たちは考えたんだろう！』

　当然のことだが、古細菌類《アーキア》たちには脳も神経もない。加えて、個々の細胞内に蓄積しうる情報は、DNAやRNAを始めとした遺伝子情報を全部含めても、人間など他の高等生命に比べて遥かに少ない。

　それなのに、現実には古細菌類《アーキア》は触れたものを片っ端から分解しながら学習していく。だからこそ人類は、古細菌類《アーキア》を万能の微細機械として利用しているのだ。

「ごく一部だが、生物界には、神経網や遺伝情報、それに単純な形態反射や不可逆な化学反応にすら依存せずに一定の学習能力を示す種が存在することが、二十世紀から知られている。粘菌などの研究で、二十一世紀には再現性のある実験も完了していた。

　ただ、古細菌類《アーキア》の場合は、記憶できる情報の量があまりに多すぎて、それらの前例とも比較し得ない上に、どう考えても古細菌類《アーキア》の単純な構造からは説明できない」

『だから、君たちはこう考えたんだ！　古細菌類《アーキア》たちには、現在の科学では探知すら出来ない何らかの未知の記憶域《メモリー・バンク》を、既存の物理学の枠を遥かに超えたどこかに所有しているはずだと！』

「どこに？」

『ど、どこかにだ！　い、異次元とか……！』

そういう奇っ怪な話になるから、鏡子をはじめ、峨東はこの成果についての関心を失っていったのだ。

「まあ、そのように理解しなければ、辻褄が合わないな。古細菌類《アーキア》は我々の観測し得ないどこかにある、巨大な脳みそのようなものに接続《アクセス》している。分解して学習した物体の構造を片っ端からそこに書き留め、物を造るときはその目には見えない脳みそのような何かから設計図を引き出して利用している」

微細機械《マイクロマシン》が発明されて間もない頃は、古細菌類《アーキア》に秘められたそうした果てしない可能性に多くの研究者が魅了される一方で、未知の構造を持つ古細菌類《アーキア》に人類が依存することの危険性を指摘して警鐘を鳴らす者もいた。深山たち当時の峨東の中枢も、古細菌類《アーキア》が原因となって人類が衰退することを人工知能たちが予言したことについて大きな危惧を抱いていたが、ひとたび微細機械が実用化されると、人類はその圧倒的な利便性の虜《とりこ》になった。

とはいえ、現実的には、人工妖精の身体や建造物のような複雑な構造の物体を古細菌類《アーキア》に逐一学習させ、また思い出させて造らせるのは非効率的でナンセンスであるので、微細機械として利用する際にはごく単純な作業機械をまず自動的に造り出すように改良されている。

それが自治区中を飛び回っている蝶型の微細機械群体《マイクロマシン・セル》で、あれは古細菌類《アーキア》たちに人間に都合のよい作業をさせるための最小行動単位であり、最低限の演算装置《プロセッサ》と運動機能を内蔵したロボットであるわけだ。自然界の蝶を模した形をしているのは、人間の美観に沿ってデザインされたのと、飛翔する生物の方が使い勝手がいいからである。

「で、その脳みそが、我々の存在するこの因果系——ありていにいえば、この宇宙の摂理から懸け離れた場所にあるのなら、宇宙の興亡、始まりと終わりとも無縁に存在していることになる」

『だから、一般には異なる因果系同士は一切影響を及ぼすことは出来ないとされているが、古細菌類《アーキア》だけは、元来は決して残るはずのなかった他の宇宙や異なる因果系の情報を、保持している可能性がある！』

「まあ、そういうことになるな。我々の目に見える程度のマクロ・サイズの因果律にはほぼ影響がなくとも、ごく極小の微細な、古細菌類《アーキア》たちの世界では、人間が異なる因果系と信じ込んでいる、遙か彼方の異世界とも繫がっていて、互いに影響を及ぼしあっているという仮説は、当然提起されうるわけだ。

我々研究者が『異なる因果系』と思い込んでいる他の宇宙や異世界との関係は、確かに互いにほぼ独立していて、観測されうるほどの影響は発生しないのだが、ミクロのレベルでは常に揺らぎ、干渉を繰り返し、相互に接続しているのかもしれない。そう仮定しても、既存の科学法則とはなんら矛盾はしない。

その説に乗っ取れば、現在の人類は、そういった『別個の因果系間の界面に現れる微細な摩擦』を、微細機械《モノリス》と名付け改良した古細菌類《アーキア》を通して利用している、ということになる」

『だから、この石碑には異次元や異世界の知識が表れているはずだ！』

短絡にもほどがある。旧知のよしみと同情で付き合ってやっているが、疲れは蓄積する一方だ。

煙草を抜き出して火を点け、一服つくまで、もう一度口を開く気になれなかった。

「シェイクスピアの猿、という冗談を知っているか？　ナントカ川原」

『まだ僕の名前を思い出せないのか⁉』

「猿にタイプライターを与え、延々と適当にキーを打たせていれば、いつか偶然にシェイクスピアの名作と同じ文章を書く可能性は、まったくのゼロではない。確率・統計学の初歩で講師が決まって語るジョークだな。

まあ、現実的にはありえない。猿がシェイクスピアに到達する前に人類は終焉を迎えるだろうし、この宇宙そのものが継続しているのかすら怪しい。

だが、もし本当に猿がシェイクスピアを書き上げることがあったなら、それは確率のなせる究極の偶然と考えるよりも、何らかの因果性があるのだと考える方が遙かに建設的だ。

その猿がたまたま知能が高く、タイプライターの使い方はもしかすると人間の見よう見まねで学習していたのかも知れない。そこまではよいとして、問題はシェイクスピアの著作をどうして猿が知り得たのか、覚えることが出来たのかということだ。

どんなに知能が高くとも、文字も読めない猿という生物にシェイクスピアを理解し、全文を記憶する能力があるとは考えられない。

ならその猿は、猿として生まれる前から、なんらかの形でシェイクスピアの著作を知っていたとしか考えられない」

『前世の記憶だとでも、君は言いたいのか？』

「猿ではシェイクスピアを理解できん。ならば猿ではなかった頃——例えば生まれ変わる前は人間で、人間だった頃にシェイクスピアを熟読していて、その記憶が脳や既存の科学では説明できない何かに残存し、猿に生まれ変わった後に記憶が甦《よみがえ》った。

タイプライターの多数のキーを適当に打ち鳴らして偶然にシェイクスピアの著作になるなどという、旧約聖書級の奇跡を馬鹿のように盲信するよりも、我々がまだ発見し得ていない法則と因果が存在すると考える方が遙かに合理的で、我々探求者の正道だろう。

まあ、これはあくまで冗談を真に捉えてみただけの思考実験というか、たわいない思考遊びだが、猿ではなく、現に観測不可能な記憶域《メモリー》を持つとしか考えられない古細菌類《アーキア》や微細機械の場合は、冗談ですまなくなる」

『古細菌類《アーキア》がもし、過去に地球上で学習したはずのない何かを生み出すことがあれば、それは古細菌類《アーキア》たちが、この宇宙の因果系の外の記憶域を持っているということの証明になる、そういうことだな？』

「現実には、古細菌類《アーキア》たちは触れた物を片っ端から分解して学習してしまうし、微細機械として人間が何かを作らせようとすれば、彼らは過去に人間に学習させられた物を素直に造ってしまう。

古細菌類《アーキア》たちのこの世界で学習した事物を一旦可能な限り忘却《ものわすれ》させ、その上で人間からの影響を極力受けないように擬似的な閉鎖系を構築して、そこでごく単純な物体を生産させる。

膨大な試行錯誤の果てに、我々はごくシンプルな構造の黒鉛《グラファイト》の生産で有意性のある傾向が見られることに着目し、やがて実験は一定の成果を収めた――」

『それが、この黒鉛の〝石碑《モノリス》〟なのだろう？　そこまでは僕だって気づいている』

気づいてはいても、確信には至っていなかったのだろう。だから今頃になって見せろと言い出すのだ。気持ちだけならば、鏡子にもわからなくもない。

「猿《アーキア》がシェイクスピアを書いたんだ」

吸い殻を水面に投げ捨て、鏡子は重い腰を上げる。そして石碑《モノリス》に歩み寄り、表面に浮かぶ模様を指でなぞった。

「文字列と思しき二つの記号《シンボル》の並び、それらを包括する小さな図形。古細菌類《アーキア》たちが造った黒鉛《グラファイト》の固まりには、こうした意味ありげな模様が無数に描かれている。

今、目に見えている石碑《モノリス》の表面に限ったことではない。この〝石碑《モノリス》〟は大量の黒鉛の層《グラフェン》が積み重なって出来ている。劈開面《へきかい》を一枚一枚剝がしていけば、まったく異なる模様がいくらでも表れる。

ナントカ川原、我々はな――」

『だから思い出せないなら無理して呼ぶな！』

「とうの昔にそうして無数のサンプルを採取し、デジタル化して、出現元は隠したまま、世界中の考古学者や言語学者や暗号解読専門家たちに解析させたんだ。

結果、頭のネジをなくした一部の夢想家と薬物中毒者を除き、彼らが一様に口を揃えて返してきたのは、『発見されている過去の文明のあらゆる文字と似ていない』、『記号の並びが何らかの言語であることは疑いない』、『似通った文字の纏まり《パラグラフ》はなく、それぞれ別な文明の言語で書かれた寄せ集めである』、『文字の纏まり《パラグラフ》がそれぞれ小さすぎ、それらの極小の短文のみでは未知の言語を解読することは不可能』という四点だ」

『それで諦めたというのか、峨東が、微細機械の知識を独占する君たちが！』

　食ってかかってこられても、事実は変わらない。

「つまり、この〝石碑《モノリス》〟に表れている文字と図形には、それぞれかつて――未来か、過去か、それとも本当に異世界なのか、とにかくそこでは意味があったのかも知れないが、少なくとも現在の我々にはこれを読み解く術《すべ》が存在しないと言うことだ。

　この〝石碑《モノリス》〟に描かれているのは、我々の文明で言えば極縮小写真《マイクロフィルム》の欠片のようなものなんだ。元は何か、例えばタイムマシンや、巨大な星間宇宙船の設計図だったとしても、そのごく一部だけがまったく無関係な無数の他の何かに混じってこうして見つかったところで、いったい何を示していたのか判別することは不可能だ。宇宙船の設計図のうちトイレの図面だけ見つかったところで、誰にも理解できないだろう。

　この〝石碑《モノリス》〟はな、『ヴォイニッチ手稿』と同じなんだ。書いた当人たちにとっては重要な意味があったのだとしても、読み解けるようには出来ていない。本末転倒だが、誰かに見せて読ませることに意味はなく――要するに「書き残す」のではなく、「書く」ことそれ自体に意味があったとしか思えない。

　さっき、お前は我々峨東が諦めたのか、と言ったな。曲がりなりにも峨東の一族の端くれとして言い添えるなら、峨東はこれの解読を諦めたのではない。今現在の技術と知識と手持ちのサンプルでは、手間ばかり掛かって実りが少ないと判断したに過ぎない。特に、こうした大量のデータの解析に適した人工知能《A.I.》を、人類が廃棄してしまったこの時代においてはな。

　いつか人類が再び人工知能《A.I.》を手にするか、あるいはそれ以上の何かを生み出すようになるまで、のんびり待つことにしたんだよ。なに、たかだか数十年や数百年先のことだ、峨東の一族全体の歴史に比べれば、茶を楽しむ程度の時間でしかないからな」

『な、なら！　なんで隠したりしたんだ!?』

「卍や古い野球チームのマークのような記号や、麦畑に幾何学模様が出来ただけでやれ宇宙人の仕業だ、神の怒りだ、世界の終焉だと騒ぐ馬鹿どもでこの世界は溢れているんだぞ？　馬鹿が解読家や専門家や宗教家気取りで無用な騒ぎを起こすことは目に見えている上に、現状ではこの〝石碑《モノリス》〟は我々にも確固たる説明ができん。今の我々は種のアポトーシスの対策にかかりきりになっているし、収拾がつかんだろうが」

『そんなはずはあるものか！』

　情緒不安定気味でヒステリックに声を荒げがちなのは昔と変わらないが、今はまさに火がついたごとくだ。フェレットの小さな前足で鏡子の肩を必死に叩き、怒りを露わにしている。

『君たちはこの〝石碑《モノリス》〟から何かを知り得たはずだ！　それを僕には教えず、身内と自分たちに媚びる卑しい連中だけで独占したんだ！　だから君たちの門弟になった人間だけが人工妖精を造れるんだろう！』

唐突に、脈絡もなく人工妖精造りの話を持ち出されて、さしもの鏡子も当惑は隠せず、手にした煙草を無意味に指の上で回して、しばらく思案していた。

「……お前、まさか、自分が精神原型師《アーキタイプ・エンジニア》になれなかったのは、私たちが石碑《モノリス》の知識を隠しているからだと思っているのか？　それで石碑《モノリス》を見せろと私に迫ってきたのか？」

無言の時間が、彼の狂おしい妄執の深さを雄弁に物語っている。

思わず一つ、大きな溜め息をつき、次に頭を抱えて、それから間もなく腹も抱えることになった。

『何が可笑しいんだ！』

「い、いや……ははっ！」

腹筋が痛くなるまで笑ったのは、いったい何十年ぶりだったろうか。

『笑うな！　君はどこまで僕を馬鹿にしたいんだ！』

「それは……はっ、違うぞ」

ようやく笑いが収まってきた頃、鏡子は指を三本立ててみせる。

「まず――峨東は人工妖精を造る技術を秘匿してはいない。私の同期に水淵家の奴がいただろう。お前とは面識がないが、西晒湖《にしさいこ》流派出身の連中もいた。そもそも、人工妖精の肉体構造の基礎技術を提供したのは、峨東と長年対立している西晒湖家だ。峨東は人工知能をはじめ精神構造の解析に実績がある一方、生体部品のノウハウの蓄積が浅かったからな。

人工妖精の発明は、敵対する三大宗家間で史上希に見る緊密な協力関係があって初めて到達し得た。当然、それぞれの流派内には独特の技術体系や知識があるだろうが、別に峨東流派の人間でなければ精神原型師になれないわけではない」

それでも精神原型師がみな峨東の一族に対して卑屈に媚びているように見えたのなら、それはエゴが強すぎて目が曇っていたとしか思えない。

「次に——これは、私とお前の師だった深山《みやま》のクズもさんざん繰り返していたことだが、人工妖精の作成、特に精神原型《S・I・M》を発見するために必要な素質は、一に運、二に運、三に成果に固執しない程度の人間性の欠落だ。努力した分は報われなければ気が済まないような真っ当な人間は、永遠に精神原型師にはなれない。少なくとも、もっと技術が詳細に体系化され、それこそベルトコンベア式で人工妖精が次々と生産されるようになる日まではな」

秀才や天才が学ぶだけで精神原型師になれるのなら、第一級や第二級の原型師はこれほど不足していないし、第一級とはいえ鏡子のような反社会的で引きこもりの技師に仕事が来るはずはない。

「最後に——これはまあ、本人に言ってもどうにもならんから、誰もお前に指摘しなかったのだろうが——」

笑い疲れた、というよりも、今の鏡子の胸に去来しているのは、途方もない無力感に苛《さいな》まれたときのような、深い憐憫《れんびん》の情だ。

「お前はセンスが悪いんだ、顔の」

『なっ……また言ったな！　君は本当に最低の人間だ！』

「勘違いするな。お前の顔面の美醜をどうこう言っているのではない。

　そもそも、お前は深山門下の中でも目立って優秀であったし、なにより世界で初めて水気質《アクアマリン》の人工妖精を生み出したとき、お前は深山とともにチームの中心にいたはずだ」

　実用性と安全性を第一に目指して生み出されたそれ以前の土気質《トパーズ》とは異なり、水気質は人間を愛し対等に人間から愛される、人類の新たな伴侶《パートナー》として相応《ふさわ》しい精神構造を最初から目指して開発された。水気質の発見こそが、峨東のみならず古くからロボットや人工知能の研究に携わってきた者たちの、本当の悲願だった。

「現に……確か芍薬《しゃくやく》という名前だったか――世界初の水気質として造られたあの個体は、クズの深山や甲斐性無しの水淵や、私などより、よほどお前の方に懐いていたじゃないか。当時はまだ、精神原型師の資格は成立していなかったが、お前は他の才能と協力して、一度は世界に誇るべき人工妖精を完成させた。そのお前に、どんな知識や技術が不足しているというんだ？」

『それがわからないからここまで来たんだ！』

「百年以上も掛けて、か。本当に馬鹿だな、お前は」

　なぜもっと早く、自分のところに来なかったのか。そう言いたい気持ちを鏡子は胸の奥に堪《こら》えている。普段の自分なら、彼が考えているとおり歯牙にも掛けず、相手にしなかっただろうという自覚があるからだ。

それでも、深山や水淵を始め、他に頼るべき優秀な原型師はいくらでもいたはずだ。そうしなかったのは、人工妖精の制作以外なら、彼の才能はあらゆる分野で開花するに不足ないほど豊かで、その自負もあったからだろう。

自分が努力して出来ないことはないはずだという強い自信があり、それは少なくとも精神原型師以外の分野では決して間違いではなかった。ただ、人工妖精を造ると言うことは、まだ未解明な要素の多い発展途上の分野であるゆえに、なんでも一人で出来る程度のただの天才ではどうにもならないことが多いのだ。

「人工妖精の顔は、ただの飾りではない。人間の顔は、幼少時から成人、さらに死ぬまで、人間の人格形成に極めて強い影響を与える。顔の美醜と人間性の善し悪しは無関係だが、顔かたちは確かにその精神的成長を左右し、青年期にアイデンティティが確立されて自我の一部に内包されてからは、精神とは切っても切り離せない自己の一部になる。

過去がなく、決まった想定年齢で生み出される人工妖精にとってはなおさら、自分の顔かたちは重要な自我の一部だ。人間と違い、幼少期から青年期の長い時間を掛けて自分の顔を受け入れるステップを踏んでいない分、自分で思う顔と現実の相貌が異なるなら、人間より遙かに強いストレスを受けてしまい、致命的だ」

似たような話を揚羽にしてやったばかりだが、顔が変わることのストレスを知らない一般の人間には、なかなか理解の難しい範疇《はんちゅう》ではある。

「人工妖精の顔は、精神を造ったときに自然に決まる。だから、同じ工場で作っても同じ顔の個体は二つと生まれない。もちろん、ある程度はこのような顔にするという目安はあるが、限度がある。

　顔を先に決めて、それにあわせて精神を造るなどということは不可能なんだよ、誰にもな。それこそ神の所行だ。人間が自分の産む子供の顔を選べず、自分を生む親の顔を選べないように、精神原型師も自由な顔で人工妖精を造ることは出来ない。

　そして、お前は顔にこだわりすぎなんだ。お前は人工妖精のデザインをするとき、理想の顔立ちに酷く固執した。それでは精神構造などいつまでたっても完成しないだろう。

　お前のしていることは、乗り物の中から月や虹を見て、月や虹が自分についてくると信じる子供と程度が同じだ。追いかければいつか月に辿り着けると思っている。しかし地球は丸く、いくら地上を駆けたところで月にも虹にも辿り着けないんだよ」

『じゃ、じゃあ！　僕には精神原型師としての素質が欠けていると君は言うのか⁉』

「だから……素質や才能うんぬんの話をしているのではない」

　世の中にはどんなに努力や苦労を重ねようが、才能の不足でなりたいものになれない人間が大半を占めている。だが、中には「努力さえすれば大抵のものになれて」しまう、生まれつき恵まれた人間もごく希に存在するのだ。

　そういった特殊な人間を、それ以外の庶民たちは「天才」と呼ぶ。鏡子が嫌悪するモーツァルトがその好例であるし、この男も間違いなくその蔑称《レッテル》に相応しい素質を多分に備えていた。

だからこそ、そういった「天才」という人種は、「努力してもなれないものがこの世にはある」ことに死ぬまで気がつかないのである。

「そもそも、素質を言うのなら、お前に匹敵する才能など、同世代にはそうそう存在しないだろう。お前がたった十数年で造り上げた数十万の相貌データベース《フェイス・ライブラリ》は、百年を経た今でも多くの精神原型師たちが利用し、世界数十万の人工妖精たちの顔のデザインの基本形となっている。多くの才能がお前が作った『顔』デザインを越えようと無謀に挑んだが、今もって誰もお前のデータベース以上のデザイン・バリエーションは完成していない。

そのままでは人工妖精の顔としては使えなかったものの、今、世界中で生産されている美しい自動人形《マネキン》たちの顔は、ほぼ全てお前のデザインだ。それは、お前の才能を世界の誰もが高く評価しているなによりの証《あかし》だ。

そうだろう、比類なき『天才造顔技師』勅使河原彰文《てしがわらあきふみ》」

フェレットの喉から絶句の音がする。

『き……君は、僕の名前を思い出していたのか？』

「忘れるわけがないだろう、お前は私や水淵が認めた門弟随一の俊才だ」

正直なところ、初めの電話のときは本当にど忘れをしていたのであるが、二度目の電話の時には姓も名もはっきり思い出していた。

「お前は才能に比例して自尊心が強いからな、昔からムキになると聞いてもいないことまでしゃべってくれる。名前を忘れたふりをしていれば楽なものだ」

『君は、やっぱり最低の人間だ……』

「当然だ、お前もよくわかっているだろう？　百年前、共に深山の門下にいたころから」

再び鉄骨に腰掛け、煙草を抜いて咥《くわ》え、深く紫煙を吸った。

それから紫煙を細長く吹いた後、鏡子は核心をつく。

「お前、ずっと誰かに片思いをしているだろう？」

『なっ……！　なん……なんてことを聞くんだ、君は！』

修学旅行の高校生でもあるまいし、動揺するほどのことかと、曇天の青春時代を過ごしてきた鏡子は思ってしまうが、図星のようである。

「別に、恋患《わずら》いの相手が誰かなど、下らないことを問い詰めるつもりはない。私は人類の最底辺だが、悪趣味でもサディストでもないからな。

人工妖精業界に携わる人間なら珍しくない、麻疹《はしか》のようなものだ。異性に惚れて、恋をしたとき、精神原型師《アーキタイプ・エンジニア》がなぜか途端に人工妖精を造れなくなることがあるんだ。

原因はよくわかっていないが——私が思うにな、誰かに恋をして『理想の異性像』なるものを自分の内で見つけてしまった奴は、一から人形《ヒトガタ》やら人造人間やらロボットを造ろうとするとき、無意識の内にその形のない理想像をその人形で表現しようとしてしまう。

しかし——」

鏡子は吸い殻を足下の鉄骨に擦りつけ、黒い灰で人の身体のラクガキを描く。

「お前も『心』や『精神』について学んだなら、聞いたことがあるだろう？『アニマ』と『アニムス』だ。これは、人間が誰しもその無意識下に必ず住まわせている、異性の影だ。

人間の男を『男らしく』させるのはなにも身体やホルモンだけではなく、無意識下にそれとはまったく対照的な『女らしい』女性像《アニムス》が生まれつき存在するからだ。この心の奥に住むもう一人の自分である『女性像《アニムス》』に逆らい、まったく正反対の行動を取ろうとしたとき、男は『男らしく』なる。女も同じだ、無意識下には常に『男性像《アニマ》』がいる。

天の邪鬼や影《Schatten》の解釈とも一部重複するが、人間は誰しも『こういう人間になりたい』とか『こういう人間でありたい』と意識して考えるときには、常に真逆の対照的な逆《アンチ》・理想像《イデア》を無意識に思い浮かべている。意識すると不愉快なものであるから、普段は無意識下に沈められて意識まで上ってこないだけだ。

だが、異性に恋をすると、この男性像《アニマ》や女性像《アニムス》が相手に投影されて、相手を通して自分の『理想の異性像』の一部を自覚してしまうことになる。

普通の人間なら何の問題もない。人は誰しも、そうして理想像を恋の相手に押しつけ、一度は理想と現実の落差に気づき、自己の奥に潜在する理想像と現実の恋愛対象との違いを認めていく。これは思春期から成人期にかけての、重要な人間の成長過程の一つだ」

描いた人形に服や髪を次々と描き足して、やがて増えすぎた線のために何の絵なのかわからなくなると、鏡子はようやく吸い殻を投げ捨てた。

「だが、精神原型師——人間の似姿を造る者たちにとって、この『アニマ』と『アニムス』の意識への浮上は致命的だ。なぜなら、私たち原型師やお前たち造顔技師たちは、その気になれば思い通りの『顔』または『性格』、どちらかだけなら造れてしまうからな。

　人工妖精は、先に造った顔に合わせて精神を造ることは出来ないから、『顔』を決めると精神が完成しない、『性格』を決めると相貌《かお》は自由にならない、というどうしようもない二《ジ》律背《レンマ》反に陥ってしまう。

　つまり、いつまで経っても自分の理想の人工妖精に辿り着けないことになる。だから、自己の奥に潜む『理想の異性像』を知ってしまった精神原型師は、それを乗り越えるか諦めるかしない限り、いつまでも新たな人工妖精を造れなくなってしまうんだ」

　新たな煙草を抜こうとしたが、鏡子の喫煙にうるさい揚羽の顔が何故か思い浮かんで、箱をポケットに戻した。

「お前が人工妖精を造ることが出来ないのは、才能や知識や努力が不足しているからではない。お前は並の原型師では比較することもかなわないほどの豊かな素質に恵まれ、かつ直向《ひたむ》きな努力も怠らない。お前に足りないものなんぞ最初からありはしないんだ。ただ、お前の中にある純粋な——お前らしい誠実で、真面目で、不器用で、純粋な、誰かへの恋慕の情こそが、お前がいつまでも精神原型師になれない本当の原因なんだよ」

　冷酷な事実だ。峨東の一族に生まれたなら、人並みの幸や不幸などとは無縁の人生を送る覚悟を持つよう、幼い頃から仕込まれて育つ。だが、そうでない人間には、精神原型師であることが極めて非人間的に見えるのも無理のないことだろう。

『僕が……ずっと苦しんできたのは、一人の女性に恋をして、一途に思い続けていたから、なのか？　たった、それだけのことなのか？　それだけのことのために、僕は今日まで、塗炭の苦しみを味わってきたと、君は言っているのか？』

「そうだ。

ある意味、芍薬《しゃくやく》は——世界初の水気質の個体として生まれたあの人工妖精は、お前の理想に限りなく近かったはずだ。これは人工妖精の業界に限らんが、モノの作り手という職業《イキモノ》は、理想に到達してしまった途端、その運命は折り返し点を迎えてしまう。理想的な何かを造ったのなら、より理想的な『その次』をいつまでも貪欲に追い求めない限り、身体がどんなに健康であろうともそいつの人生は終わってしまうんだ。

自分らしい顔をなくした人工妖精たちが、蝶に戻って死んでしまうのと同じように、な」

鏡子が足を組むと足下の水面が微かにさざめいて、丸い波紋が広がる。それはなんどもプールの淵で反射して、複雑な模様を描いた後、やがて力尽きて消えていった。

『君は、やっぱり酷い奴だ……』

「ああ、私は最低の人間だぞ」

もし、勅使河原が頼ったのが自分ではなく、水淵のような頼りないが優しい男であったのなら、きっと何時間でも、何日でもかけて、ゆっくりと諭《さと》してやったのだろう。しかし、自他共に認める人間性欠落者である鏡子に出来るのは、淡々と事実を突きつけることだけだ。

それがどんなに相手を貶め、辱めるのだとしても、人生を踏み外してしまった人間にしてやれることを鏡子は他に知らないし、教えられたことも、学んだこともない。

『違う、そういう意味じゃないんだ』

意外な言葉に、鏡子は煙草に火を点けようとした手を止めたのだが、フェレットの姿をした勅使河原は、いつまでたっても続く言葉を紡ごうとはしなかった。

吹いた紫煙が風のない地下空洞の中でどこまでも立ち上っていき、やがて目には見えなくなっていく。

「さて……私もいい加減、徹夜や遠足の堪《こた》える歳でな。お前の気が済んだとは思えないが、私にこれ以上してやれることは、何もない。峨東に恨み積もるものがあったとしても、人工島の人々を巻き込むのはお前の本意ではないだろう。地上の戦闘機と海上の空母をさっさと引き上げてやれ」

尻の下を払って腰を叩きながら立ち上がったのだが、フェレットはきょとんと鏡子を見上げたままだった。

『空母……それに戦闘機とは、いったいなんのことだ？』

ここに至ってまだ惚《ぼ》けられるとは思わなかったので、鏡子は眉をひそめてしまう。

「お前な、私に対して言い足りないことがあるなら、もうしばらく付き合ってやってもいいが」

『そうじゃないぞ、君の方こそ、何の話をしているんだ？』

鏡子の頭の中で、微妙に嚙み合わなかった勅使河原との会話が甦り、疑念が浮かぶ。

「もしかして……空母と戦闘機が自治区へ来ているのは、お前の差し金ではないのか？」

『そんなことは知らないぞ！　僕は昔仕掛けたバックドアを使って〝聖骸《SnT.》〟にハッキングして、人形《マネキン》と縫いぐるみを操っているだけで――』

これはどういうことなのか。

「その〝聖骸《SnT.》〟のせいで、私の娘の運命が風前の灯《ともしび》だとお前は言っていたじゃないか。お前が自治総督を恐喝しているんじゃないのか？」

『なんで総督が出てくるんだ!?』

「いや、だから私の娘のことだろう？」

『君の娘を脅かすと、なんで人工島が軍事侵攻されるんだ!?　僕は〝聖骸《SnT.》〟を通して人形《マネキン》を操れば、人工妖精《きみのむすめ》を誘拐することもできると言っただけだぞ!?』

これはいかん、とさすがの鏡子も思わず頭を抱えた。

まったく話が嚙み合っていない。なにかの、当然と思い込んでいる前提が、双方で食い違っているはずだ。

「待て、少し待て、勅使河原。確認しておくが、私の娘とは、いったい誰のことだ？」

『しらばっくれるな、いつも君の世話を甲斐甲斐しくしているじゃないか！』

我が娘ながら無闇に気位の高いあの椛子《もみじこ》が、揚羽のように起床から食事から入浴から着替え、就寝に至るまで、鏡子の身の回りのことを手伝っている様など、天地鳴動しても想像できそうにない。

「いや……待て。それはもしかして、揚羽のことか？」

『誰だ、それは⁉　君の世話をしているのが娘じゃないというのなら…………まさか、君、女性にして、じょ、女性型の人工妖精と……その……』

「――沈むか？」

フェレットの首根っこを引っ摑み、水面に近づける。

『ま、待ちたまえ！　この身体は防水じゃない！　僕たちの間には何か、重大な誤解があるようだ！』

だから、先刻からそういう話をしているのである。

「それは私の娘じゃない。深山が最近造った人工妖精だ。深山が育児放棄してのたれ死んだので、私のところでやむを得ず嫌々預かっている」

『そ、そうか……安心した』

何に安心したというのだ。

「もう一度確認しておくが、日本本国をそそのかして、軍事力を行使させているのはお前ではないんだな？」

『違う！　神と科学に誓ってそんなことはしていないぞ！　だから水の上でぶら下げないでくれ！　僕の身体の方までなんだかむずむずしてくる！』

だとすると、自治区の危機と勅使河原の脅迫が重なったのは、偶然でなければ何者かが勅使河原の企《たくら》みに相乗りしたか、利用したということなのか。

「お前、本当に昔から変わらないな……」

『何のことだ!?』

自尊心が強いところを、当時はなにかと深山たちクズから体よく利用されていたことに、本人はおそらく今もって気づいていないのだろう。今思い返してみれば、勅使河原が精神原型師になることに執着しながら、望まずも他の分野で才能を開花させたのは、深山の思惑あってのことだったような気すらしてくる。

「まあ、それはどうでもいいが」

自分と勅使河原が地下空洞に来ることを、誰かが企んだのだとして、その目的は何か。

鏡子が上を仰いで紫煙を吹くと、側を飛んでいた蝶たちが寄ってきて、待ちかねていたとばかりに煙の分解を始める。

ごく見慣れた、日常の光景だ。自治区で煙草を吸えば、蝶たちはすぐに集まってくる。かつて、喫煙の禁止が今より厳しかった頃には、自警団が蝶を目印にして喫煙者を摘発していたほどである。煙草の臭いに誘われて蝶が追ってくるので、気をつけて街を見渡せば、喫煙習慣のある人間はわかるのだ。ただ、蝶たちは体臭や料理の臭いにも反応するので、誤認逮捕が後を絶たなかったと聞いている。

「いや……なぜ蝶がここにいる?」

唐突な閃《ひらめ》きは、独り言になって口をついて出た。

〝聖骸《SnT.／》〟が自治区で不要になったとき、峨東は人形の集中管理のために最低限の機能だけを残して電力を落とした上で、地下空洞の内部を水で満たした。

万が一、〝聖骸《SnT.／》〟が再起動しても、水の中では蝶たちの活動は極端に限定されるため、過《オー》剰活性化《バー・ラジカル》したとしてもこの地下空洞の外壁を破ることができず、中に封じ込めることができるからだ。

ただし、一時的に水がなくなっても、起動に必要な電力が与えられなければ、空洞の中で蛹状《サスペンド》になっていた蝶たちはそのまま眠ったままでいるはずだ。

見上げれば、卵状の空洞内部には、いつの間にか数え切れないほどの蝶の群が舞い飛んでいる。鏡子たちが通った狭い通路を通して忍び込んできたというだけでは、とても説明できない量である。

「誰かが、〝聖骸《SnT.／》〟に電力《ひ》を入れたのか！」

自分の不明を呪いたくなる気分だ。

一時的に水を抜いても、電力が限られていれば〝聖骸《SnT.／》〟は正常起動せず、蝶たちも過剰活性はしないと鏡子は高をくくっていた。その油断を、何者かに利用されたのかも知れない。

鏡子たちが内部の水を排水するのを待ち、電源を回復させたのだろうか。だとすれば、どんな目的を持ち、〝聖骸《SnT.／》〟を何に利用しようとしているのか。

「動使河原！　お前の造ったシステムだろう！　お前の方から〝聖骸《SnT.／》〟を緊急停止させられないのか⁉」

『む、無茶を言うな！　この小さな身体一つ、操るのにどれだけ苦労したと思ってるんだ！　どうするんだ⁉　〝聖骸《SnT》〟はただの廃物分解装置じゃないぞ！　起動したら、過剰活性《オーバー・ラジカル》化した蝶型の微細機械群体《マイクロマシン・セル》たちが、手当たり次第に物質を分解する！』

「外壁を破ってここから溢れ出したら、微細機械で出来た街は灰燼《かいじん》の荒野と化す。だから、幾重にも封印したんだ。物理的密閉、水棺、電力制限。それでも起動したら――」

『〝聖骸《SnT》〟の中心の陽炎の離宮には、蝶たちを引きつける人工妖精が入っていたはずだ。だから、かつてここが使われていたときも、過剰活性《オーバー・ラジカル》化した蝶たちは〝聖骸《SnT》〟から離れなかった。その人工妖精がまだいるなら、蝶たちはここから出ないはずだが』

「そういう仕組みだとは聞いたことがあるが、入ってるのは誰だ？」

『い、いや、僕も詳しくは……自ら身を差し出した人工妖精がいたという話だったが、深山博士もなぜか教えてくれなかった』

「では、まだそいつが生きているか、生きていても蝶たちを引き留めるつもりがあるのかわからん。長いこと、私たちは彼女を地下に押し込めて放置してきたも同然だからな、今もこの街を守る気があるのか……もし気変わりをしていたら手に負えん！　くそっ、深山の阿呆め、とんだ置き土産だ！」

　通常よりも羽が大きく、異様な形に歪んだ蝶たちが、紫煙に誘われて鏡子たちの周囲にまで降りてくる。それは瞬《またた》く間に鏡子の服に纏《まと》わり付き、分解しようとする。

　鉄骨を飛び渡りながら岸まで走るまでに、鏡子の服は文字通りの虫食いだらけになっていた。なおも縋《すが》り付く蝶を手ではたき落としながら、火のついたままの煙草を放り捨てると、蝶たちは煙に釣られてそちらに集まっていく。

『どうするんだ!?』

蝶たちと一緒に弾き落とされそうになったフェレットが、千切れかけた裾を頼りにして必死に鏡子にしがみついている。

「地下道から上って、〝聖骸《SnT》〟の中心の陽炎の離宮まで行く」

虫除けのランタンや電子線香でも持ってきていれば蝶たちの中を突っ切って行けるのだが、そんな用意はしていない。回り道でも蝶の少ない地下道を通っていくしかない。

「そこにまだ人工妖精がいるなら直談判でもすればいいし、言ってわからんのなら少々乱暴でも躾《しつけ》を教えてやる」

椛子が事態に気づいていればそれなりの手は打つのだろうが、あのお転婆娘は〝聖骸《SnT》〟の存在すら知らされていないときている。椛子のために親らしいふるまいをするのは今日限りだと決めていたが、零時を過ぎても解放されそうにはない。

ベルトの切れたクロックスを脱ぎ捨て、鏡子は薄暗い階段を裸足で駆け上がる。

＊

水の外つ宮の周辺一帯は、自警団《イエロー》警備部の機動隊によって包囲され、要所要所は大きな人員輸送車で封鎖されている。

自治総督の内遊視察時でも、これほどの人員を一箇所に集中して投入することはあまりない。まだ島のあちこちに暴徒が出没していた時代――自治区が成立した直後を彷彿とさせる厳重な警戒態勢だ。さすがに、遊撃放水車のような装甲車両はなかったが、何かの鎮圧作戦でも始まるようにすら見えてしまうほどの、大規模な人員展開である。

しかし、実際には彼らの士気は極めて低いことがすぐにわかった。

ひとつには、彼ら陽平より若い世代は、自治権闘争時代のような動乱に巻き込まれたことがないから、この平和な自治区で物々しい警備をする意味について理解が不足していることがある。そういった緊張感の欠落は警察機構として憂慮すべきことであるのだが、一方で陽平は多少なりとも同情を禁じ得ないとも思っている。

おそらく、彼らは何のために出動を命じられたのか、下手をすると、今の自分たちが何を警備しているのかすら知らされていないのだ。ただ水の外つ宮と周辺とを分断し、人っ子一人、猫一匹通すな、と一方的に指示されたのだろう。

どんなに強健ぞろいの組織でも、目的を共有せず曖昧にしたまま機能だけ利用しようとすれば、本来の実力は決して発揮できない。その辺りを、自警団を統括する自警委員会の老人たちや、人に頭を下げるのが嫌で政治家になったような閣僚の連中は、いつまでもたっても失念したままでいるように陽平には思える。

とはいえ――

「いくらなんでも頼りないだろ、これは……」

水の外つ宮のロビー内までついに誰の目にも止まることなく忍び入ってから、まだ騒然としている正門の方を振り返って、陽平は溜め息混じりに呟《つぶや》く。

正門前を警備していた連中は今頃、制止と警告を無視して唐突に突っ込んできた無人車両の方へかかり切りになっている。

なんということはなく、まるで古い推理小説のように、アクセルに重しを置いて乗り捨てただけだ。人が乗っていなくても事故防止装置があるから、車両は事故を起こすことなく輸送車の手前で自動停止した。

その助手席に、ジャケットを被せられた爆発物らしきものがあったので、一気に彼らは騒然となったわけである。自分たちが何を警備しているのかよくわからないが、どうやらとんでもない相手に狙われているようだと思い込んで浮き足だった。

実際にはそれは、陽平が二十四時間営業の雑貨屋に寄り道して買った魚肉のソーセージを、ガムテープで三本まとめただけのものだ。それに腕時計を付ければ、ひと目には時限装置付きの爆弾にも見えなくはない。もちろん、近寄って確認すれば誰でも気づくのだが、どこに起爆装置があるかわからない車のウィンドウ越しに、しかもジャケットから僅かに垣間見えるように置かれれば、容易には手を出せない。

とはいえ、今どき棒状のダイナマイトなど映画の中でしか見かけないし、陽平もこれで機動隊の注意が引けるかどうかは五分五分程度と見積もっていたのだが、想像以上に効果的であったのでかえって自警団そのものに不安を覚えるのだ。

こんな時代錯誤《アナクロ》な手に引っかかるようでは、早乙女に「腑抜け」と言われても自警団の一人として返す言葉がない。

刑事部の陽平が口を挟むことではないが、後で最低限の訓練の充実を上申するだけしてみる必要はあるかも知れない。

磁気拳銃を構え、明かりの落とされた離宮内部を進むと、やがて吹き抜けになった広間に出る。天井には大きな穴が空き、そこからブルーシート越しの青い光が射していて、広間の中央に転がる、ドラム缶のような円筒状の何かが照らし出されていた。無数の蝶たちがそれに集まって必死に分解していた。

陽平は、柱づたいに慎重に距離を詰め、周囲に人の気配がないことを確認してから、ゆっくりと歩み寄る。

円筒状のそれには、無数の蝶たちが集っていて、今まさに分解中のようだった。

手の届く距離まで来ると、蝶たちは人の気配に怯《おび》えて一斉に飛び立って離れ、それの形が明らかになる。

それは、肘のところでもげてしまった人の腕だ。ただし、異常に大きく、指の先から切れている肘の辺りまで四メートルぐらいあるし、手の平も陽平の胴体を鷲掴みにできるほど巨大だ。

皮膚らしきものもあったようだが、蝶たちの分解で大半はなくなっていて、下地の軟質セラミックが剝き出しになっている。そのセラミックも大小の虫食い穴で酷く脆《もろ》くなっていて、陽平が触れると、ビスケットのように粉々になって崩れる。あと二十四時間もすれば、蝶たちに食い尽くされて跡形もなくなるだろう。

肘のところには高温で焼かれた跡があり、断面は黒く焦げていた。

構造は、リハビリで使う簡易型の義手や人形《マネキン》の身体の一部とよく似ているが、腕の大きさから推察すると、全身は十メートル近い巨人サイズになるはずだ。それほど巨大な人形があるという話は聞いたことがないが、今年の東京デザイン展《T.S.&D.Festa》の展示物だろうか。

巨人の腕の周囲をぐるりと半周してみると、床に巨大な穴が空いて、危うく踏み外しそうになった。

穴は、十メートルの巨人でもくぐれそうなほど大きい。穴の周囲には瓦礫が散乱していて、床が下からの大きな力で押し上げられて壊れたことを物語っていた。

穴の中は月の光も届かない暗闇で、深さはまったく見通せない。まるで黒い水面のように闇がたゆたっていて、建物の中にブルーホールが出来てしまったようにも見える。

俯《うつぶ》せになり、ライター《コリブリ》の火で穴の中を照らすと、地下階らしき通路が見えた。

少し難儀だが、なんとか飛び降りることの出来なくはない高さだ。

意を決し、穴の縁《ふち》に摑まりながら一つ下の地下階へ飛び降りた。

地下階に見えたのは水路であったようで、水溜まりから水が跳ねて陽平の脚を濡らす。遠くからは、水の流れる音も微かに聞こえる。

中は一階よりもさらに暗く、夜目の利く方だと自負している陽平も、手探りで壁を伝わなければまっすぐ歩けなかった。

自治区では真夜中でも蝶たちの羽が夜道を照らしてくれるが、蝶たちは水の中にはあまり入ろうとしない。この水路にも、蝶は一匹も見当たらなかった。この先進の文明都市の中に、これほど暗い場所は他にないかも知れない。

そうしてしばらく。

おそらく三十歩ほど進んだ頃、視界の隅で頼りなく灯っていた常夜灯の明かりが一度だけ、はっきりと瞬いた。自分の手足も朧げに見える闇の中なので、自分の瞬《まばた》きであったのかも知れないし、疲れのために見間違えたのかも知れない。

それでも用心のため、陽平が足を止めた瞬間、白刃が閃いて陽平の目前を切り裂いていった。

「なんだ……!?」

それをかわせたのは、奇跡でなければ、喧嘩慣れした陽平の本能的な直感のおかげであったかもしれない。

「誰だ!? 早乙女か!?」

返事はなく、代わりに微かな靴底の擦過音が前と後ろから同時に聞こえる。

完全に当てずっぽうだった。相手の姿などほぼ見えてはいない。反射的に左へ身を投げた途端、前後から迫った二つの刃が、つい寸前まで陽平の首と胸があったところで空を切る。

「くそったれ!」

反対の壁際まで転がって一旦距離を取り、相手の姿を探すが、一振りごとに刃を隠しているのか、まったく見えない。

(なんで向こうからは俺が見えてるんだ？)

獲物は、どちらも刃渡り二十センチ程度のナイフだ。決して間合いは広くない。がむしゃらに振って当たるようなものではないし、取り押さえることも不可能ではないが、二人が相手では、片方と組み手に入った途端にもう一人から刺されかねない。

磁気拳銃も、相手が見えないのでは役に立たない。左手でポケットの中のライター《コリブリ》を摑みかけたものの、火を点けた途端、手首を切り落とされるのがオチだ。

あとは、一か八か――。

耳に神経を集中させ、少しずつ近づいてくる足音に注意を絞る。

やがて靴の音が消えたとき、陽平は思いきって深く身をかがめた。

その刹那、頭上で二つの白刃が振り抜かれる。それをかいくぐり、陽平は直感で宙に向けて腕を伸ばす。幸いに手は相手の頭に行き当たり、迷わず顔を摑んだ。

「やっぱり微光暗視装置《Starlight scope》か！」

手の平にオペラグラスのような大きな眼鏡の感触がして、顔ごと鷲摑みにしたまま、顎にめがけて右の拳を突き上げる。

確かな手応えとともに、一人が倒れ伏す。陽平は勢いのまま床を蹴り、その上を飛び越した。

案の定、もう一人が陽平のいた場所に向かってナイフを空振りしたのが、肩越しに見える。見えないのではどんな喧嘩も端から勝負にならないが、視野の極端に狭い暗視装置に頼っているのならばやりようはある。

背をかがめ、相手の視界の下に潜り込むようにして突進すると、ナイフ・コンバットの教科書に書かれていそうなぐらい生真面目な突きが陽平の肩を掠《かす》めていく。陽平は勢いに任せて相手を押し倒し、馬乗りになって、腰から抜いた磁気拳銃を暗視装置の上から突きつけた。

ほっとひと息ついて、陽平の心中に微かな油断が芽生えたとき。

突然、頭を真横から殴打され、地下に降りてから ろくな役に立たなかった目の中で火花が散る。

三人目がいたのだ。

一度、床に膝をついてしまってから後は、一方的なリンチだった。

硬いブーツの底が、陽平の額を、頬を、腹を抉《えぐ》り、爪先が鳩尾《みぞおち》を突き上げ、踵《かかと》が肩を打つ。肌が裂け、骨が軋《きし》み、肉が歪む。

それが、どれくらい続いたのか。

意識が朦朧とする中、陽平の身体は両脇から抱えられ、どこかへ引きずられていった。

やがて唐突に手を離され、俯せに倒れ込む。

疼く額の傷を押さえ、顔をもたげると、すぐに頭の後ろに銃口を押し当てられた。

促されるままに立ち上がって歩いて行くと、あるところから足場は急に細く、頼りなくなる。足場の幅は十数センチぐらいしかなく、左右に踏み外したらどこまで落ちていくのかわからない。

　いつの間にか、頭の後ろの銃口がなくなっていることに気がついて足を止めると、鼓膜が無音に怯えてぴんと張っていることに気づいた。周囲は相変わらず暗くて見通せないが、おそらく反響がほとんどしないほど広い空間なのだろう。

「やあ」

　女のような細くて高い声が、前の方から聞こえてくる。

「早乙女……か」

　目をこらすと、暗闇の中にうっすらと人影が見えた。

「だからここへ来ては駄目だと、あれほど強く言ったじゃないか、曽田」

「俺は、へそ曲がりだからな」

「じゃあ、来いと言ったら、君は来なかったのかい？」

「来るに決まってるだろ」

「違いない、君なら」

　早乙女は暢気《のんき》に笑う。

「乱暴なことになってしまって、すまなかったね。僕にそんなつもりは全然なかったのだけれど、止めようがなかった。彼らは君に嫉妬したらしいんだ」

「嫉妬？　俺にか？」

「そうだよ。僕と君の関係を、少々誤解したようでね。彼らがそう思うのであれば、彼らを止めることは僕には出来ない。まあ、ちょっと高くついた入場料だと思って、寛大な心で許してくれると嬉しいな」

陽平は早乙女の方へ歩み寄ろうとしたが、片膝立ちのまま足を止めた。一歩でも踏み外せば、どこまで落ちていくのかわからない。

「早乙女。お前は、こいつらを使って何をしようとしてる?」

「何も」

最初の返事は、極めて淡泊だった。

「何も、しないつもりだったんだ、最初はね。君との友情に誓って本当だよ。

僕たちは〝旅犬《オーナレス》〟の一部だけれど、ずっと前から、この時代遅れの反社会組織を終息させることを企んでいたんだ。幹部たちに隠れて密かに同調者を集め、いつか一斉に蜂起して、内側から〝旅犬《オーナレス》〟を喰らい殺すつもりだった。それが僕たちが命を捧げるべき最後の使命だと、そう思っていた。

君たち区民が敬愛する自治総督閣下にも、僕たちの最後を黙って見届けて頂きたいと、無礼を承知でお願いに参ったんだ。そのときは色よいお返事はもらえなかったけれど、概ね承知頂けたと僕は思っている。

そして、予定通り死傷者を出さずにテロを終わらせた後、自治区内に潜伏していた〝旅犬《オーナレス》〟を一人ずつ始末した。あと残っているのは、この島の外にいる臆病者の何人か。それもいずれ捕まるように手配しておいたよ。他には僕たちだけだ。もう〝旅犬《オーナレス》〟は、組織としてはほぼ消滅してるんだ。

これで僕たちも、何の憂いもなく血まみれの人生を終えられるはずだったのだけれど、いくつか予定にないことが起きてね。どうにも気持ち悪いから、犠牲になった同胞たちへの死に土産のつもりで、ちょっと調べてみた。そしたら、あろうことか、この自治区の議会と行政局が、かつて島の未来のために身を捧げた人工妖精を醜い政争と選挙の票集めに利用した挙げ句に、今もたくさんの犠牲者を出し続けていることがわかったんだ。

こんな幸福で、豊かで、悲しみのない街にも、人間の強欲が暗い影を落としているなんて、僕たちは思いも寄らなかったし、許せなかった」

小さな溜め息の音が、陽平の耳まで届く。

「この場所はね、君たち自治区民が、知らず知らずの間に身の内に取り込んでいた、欺瞞と偽善の正体なんだ。君たちが今、豊かさに溺れていられるのは、こんなに暗くて穢れた場所があったお陰なんだよ。

議会や行政局――それにたぶん、島を造った峨東の一族も、ここのために起きている悲劇を、区民や世界にひた隠しにしようとしている。

それが、僕には――僕たちには、許せない。

だから、僕たちは彼らに、ここの公表を要求した。詳《つまび》らかに、隠し立てせず、全てを区民と世界に打ち明けるようにね。そうしなければ、僕たちの手で、ここがなんなのか、区民の目の前で白日の下に晒す、って、そう脅してね。

でも、彼らからしたら、もうメンバーの大半が死亡してしまった今の〝旅犬《オーナレス》〟は、目じゃなかったみたいだ。いくら呼びかけても梨《なし》の礫《つぶて》で、終《しま》いには赤色機関《Anti-Cyan》を送り込まれる始末だ。そのせいで、数少なくなっていた僕たちは、またその半分になってしまった」

「ここは、なんなんだ？　ここで昔、何があった？　今、何が起きてる？」

「それは、僕たちも、僕と契約した〝悪魔〟からついさっき聞かされたばかりだ。

昔、まだ東京人工島が自治区ではなかった頃、本土から送られてくる種のアポトーシスの感染者は増える一方で資材は不足して、空を飛んでいるような微細機械だけでは廃物の分解と再資源化が間に合わない時代があったらしいんだ。日本本国から隔離され、資源の限られているこの人工の島で、資源循環《リサイクル》が滞るのは致命的だよね。

それで、人工島の所有者である峨東の一族は、人工島の一角に廃物処理場を設けた。あらゆるゴミはここに集められ、この中で意図的に過剰活性《オーバー・ラジカル》化された貪欲な微細機械たちに分解されていたんだ。

でも、超剰した電力を注ぎ込まれて過剰活性《オーバー・ラジカル》した微細機械たちは、見境なしになんでも分解してしまうだろう？　閉じ込めようとしたって、どんな壁もすぐに穴を開けてしまう。だから君たち区民は、身の回りの微細機械たちが過剰活性《オーバー・ラジカル》にならないよう、電気余りを怖れて毎日電力を必死に無駄遣いするなんて、贅沢なことをしているんだから。

手に負えないよね、黒鉛型が実用化される前の、初期の核分裂炉みたいなものだ。だけどもし、分厚い壁などで閉じ込めるのではなく、蝶たちが自ら、その場から離れないようにできたら？」

そんなことが可能なのか。確かに、自治区の蝶たちは海外まで飛んでいくことはないが、それは蝶たちが海を越えられないからだ。陸地で、しかも小さな島の一角に、蝶たちを留めておくのは極めて困難に思える。

「閉じ込めるんじゃなくて、餌を置くのさ。甲虫《カブトムシ》を虫かごに入れるのではなく、ウィスキーをたっぷり混ぜた蜂蜜を側に置いておく。猫なら犬のように鎖に繋ぐのではなく、ここにいれば餌に困らないことを教える。そうすれば、彼らは目の前の餌が気になって、遠くには行かない。

じゃあ、微細機械たちが夢中で貪りついてしまうような餌とは何だろう？　自治区では有り触れたものだよ、人とそっくりの姿をして、君たちの側にいつも寄り添っている」

「人工妖精、か？」

だが、それではまるで――

「いわゆる人柱《ひとばしら》だね。残酷なものだよ、人間は原始的な洪水に度々膝を屈してきた時代から、全然進歩してないみたいだ。

ある人工妖精の身体から、細胞に擬態している微細機械を採取して、それをすぐに過剰活性《オーバー・ラジカル》にさせて蝶型の群体にすると、その蝶はいつまでも元の人工妖精の身体に戻ろうとするんだそうだ。そうして異常活性化させた蝶の群の中心に、彼女を置いておけば、蝶たちはいつまでも彼女から離れようとしなくなる。

彼女は蝶に身体を蝕まれ、永遠の責め苦をいつまでも全身で味わうことになる。彼女の犠牲によって、自治区の人々は放楽的に資源を消費し続けることができるようになったんだ。

信じられないだろう？　僕たちと同じ人間が、そんな冷酷なことを、あのいじらしくて健気な人工妖精にできるなんて、想像もつかないじゃないか。でも、本当のことなんだ。自治区の人々のために、自ら進んで人柱になった人工妖精が昔、一人いたんだよ。彼女は、悠久の煉獄に焼かれる堕天使のように、狂って貪欲になった蝶たちによって身体を蝕まれ続けるようになった。

それなのに、彼女が廃物処理場に入ってわずか五年のうちに、微細機械の技術は急激に進歩して、今のように大抵のゴミは、普通の蝶型微細機械群《マイクロマシン・セル》だけで十分分解できるようになってしまったんだ。

どうする？　君なら彼女に言えるかい？　『もう君はいらなくなりました』ってさ。

あの冷酷な峨東の一族といえども、さすがに気が咎《とが》めたのかも知れないね。あるいは、もう作ってしまったこの分解炉を解体する労力が惜しかったのかも知れないし、何か他に使い道があると思ったのかも知れない。上に大きな宮殿を建てて隠された廃物処理場の分解炉は、中に水を満たして冷却し、最低限の電力だけを通して休眠状態にされていた」

「……それが、ここなのか？」

「もうわかっただろう。

君たちの富や名誉や幸福と贅沢の全ては、たった一人の人工妖精《しょうじょ》の献身と犠牲の上に成り立っていた。彼女が無限の苦痛に苛まれているすぐそこで、君たち区民は人工妖精と人間の平等を訴えたり、人間同士の自然な性生活への回帰を要求したり、世界一の福祉と豊かな食料と有り余る電力で贅沢と放漫の限りを尽くしていたんだ。

滑稽じゃないか？　笑ってしまうだろう？

もしかすると君には笑えない話だったのかい？

笑えないなら、どうして彼女を獰猛に狂った蝶の群の中にいつまでも置き去りにしているっていうんだ⁉　答えろ！　曽田！

知らなかった、ですむのか？　知らなければ人間は罪を負わずにいられるのか？　もしそうならいつまでも子供の振りをしていれば、イエス・キリスト並に穢れないまま生を全うできるのか？　それなら君たち区民は、いつまでも涎掛けを着けておしゃぶりをしゃぶっている幼児と同じじゃないか！　君たちは汚いものから目を背け、自分たちの罪から逃れることばかり夢中になっている、幼く老いさらばえ、稚拙に成熟した大人たちだ！

違うか！　曽田！」

闇の向こうからする声に、陽平は答えることが出来なかった。

「こんな幼く醜い君たち自治区民を守るために、同じ釜の飯を食べた同胞たちを裏切り、心を鬼にし、身を挺して同士討ちをして、自滅することを選んだ僕たちの気持ちが、君にわかるか⁉　残された僕たちの心に去来する消えようのない虚無感と、たとえようのない無力感と、身を焼くような憎悪を、君たち未熟な大人たちに爪の先ほどでもわからせることができたら、どんなにせいせいできるだろうね！

このまま放っておけば、ここから溢れ出した過剰活性《オーバー・ラジカル》の蝶たちによって、この人工の島は跡形もなく分解されてしまうだろう。こんな狭い場所に閉じ込めたって無駄だ。水さえなくなれば蝶たちは壁に穴を開けるし、彼女はここの壁を力づくで壊すための特別な身体も自分で造り上げてしまって、その身体で一度は外まで手を出したんだ。

この島が台無しになってしまったら、先に死んでいった仲間たちが報われない。だから、僕たちは君たちの選んだ為政者に、最後の忠告とともに選択する権利をあげたんだ。この憐れな少女の墓標を世界中の聴衆の前で僕たちに暴かれるか、さもなくば、自らこの非道を明るみにし彼女に許しを請うか、選べとね。

そうしたら、彼らはなんと答えたと思う？　要約すれば『知ったことか』だ。

そして彼らは最も愚かな選択をした。人柱の彼女を再び業火で炙り、今度こそ跡形もなく消し去ってしまおうとしているんだ。電力の供給だけ回復させて、水の中でゆっくり溶かしてしまうつもりだったのかも知れない。でも、生憎《あいにく》とここにもう水はない。夢と現の曖昧な意識で、まどろみの中にいた彼女は今度こそはっきりと目を覚まし、分解炉は起動する。

意識を取り戻した彼女は、自分を裏切った君たちを、それでも再び守ってくれると思うかい？　幼い大人の君たちにまだ愛想を尽かさずにいてくれると思うかい？

僕は——」

周囲で一斉に、目映いばかりの灯りが次々に灯《とも》る。それは過剰な電力を吸収し、異様な形に変化した、無数の蝶たちの羽の光だ。

「そうは思わないね」

目映さに目を細め、暗さに慣れていた目がようやく視界を取り戻したとき、陽平は自分が細い鉄骨の上に立っていることに気がついた。

卵形の広い空間で、蓑虫のような形をした建造物が、卵の黄身にあたる辺りに、無数の鉄骨で固定されている。陽平がいるのはその内の一本だ。

周囲の他の鉄骨の上に三人の男が立っていて、陽平に銃を向けている。驚いたことに、彼らはまだ幼さの残る顔をしている少年ばかりだ。十代の半ばも過ぎていないように見える。

陽平のいる鉄骨の先にはもう一人、女性の人影がある。

こちらに背を向け、セミロングの美しい髪を揺らしながら振り返ったその顔は、自分が一番よく知っている人工妖精のそれだった。

しかし、彼女は一昨年死んだのだ。陽平の腕の中で、彼女は蝶に戻って消えていった。

同じ顔の人工妖精は存在しない。なら、目の前にいるのは——

「紫苑《しおん》……なのか？」

亡き妻の名を呟いたとき、彼女の手は古い回転式の拳銃を陽平に向け、儚げな笑みを浮かべて引き金を引いた。

亜音速の銃弾に切り裂かれた肩が鋭い痛みを発して陽平の意識を埋め尽くし、陽平の身体は傾いでいく。

「今度こそ、本当のさよならだ、親友」

その桃色の唇は、聞き慣れた友の声で、落下する陽平に告げた。

＊

水面の上に顔を出し、揚羽は空気を胸一杯に貪った。

「っぷは」

今のは、かなり危なかった。エウロパから「地下で潜水をするときは、必ずいけそうと思うところの三分の一でもどること」と何度も教えられていたが、調子に乗って半分ぐらいまで欲を出してみたら、最後には水面が酷く遠くに思えてしまった。もう少しで失神していたかも知れない。

そこは区民の憩いの場である玉敷御苑《たましきぎょえん》の裏手にある小さな貯水池だ。周囲は木々で囲まれていて、外からは目立たないようになっている。御苑とその周辺に降った雨は、一旦ここに集められてから排水されるようになっている。

四角い池はコンクリートで護岸されていて、一方だけ陸まで繋がるスロープになっている。犬の姿をしたエウロパは、そこで下調べに向かった揚羽が戻ってくるのを待っていた。

『いかがでしたか？』

「ああ……えっと、やっぱり流れが弱くなってます。どこかで水門が操作されたのかも。さっきまでは押し流されそうだったのですが、今ならなんとか泳いでいけそう。水圧も意外と大丈夫です」

『問題は、目的地まであなたの呼吸が持つかということと、目的地まで辿りついてもそこに空気があるという保証はないことですね』

「距離は大したことないのに……」

スロープになった岸に身体を預け、魚の尾びれに包まれた脚をぐっと伸ばす。

『それは地図上の直線距離です。水路がまっすぐ続いているとは限りません。ウェットスーツの方は持ちそうですか？』

「ええ、まだ全然」

昼の見学で使ったこの人魚型のウェットスーツは「あと三回ぐらいは泳ぐのに使えます」と言われてせっかくだからもらってきたものだ。残念なことに、あの喉の奥に詰める呼吸装置までは付いていない。

地下の水路は〝SnT./〟のある水の外つ宮の下まで続いていそうなのだが、ついさっきまでは滝のような激流になっていて、とても泳げそうにはなかった。

これは置名草に一杯食わされただろうかと初めは思ったのだが、しばらくするとみるみるうちに水流が弱まり、素潜りをしながら様子を見て今に至る。

「ね、こうしたらどうでしょう？」

『あまりお勧めは致しませんね』

腰に巻いていた防水バッグに空気を溜めて、簡易の呼吸袋を作ってみせたのだが、エウロパの感想は芳《かんば》しくない。

「まあでも、今もいいところまで行けましたし、水の流れもほとんどなくなってきましたし、一か八かやってみますよ」

『可能なら、この身をもってお止めしたいところです』

彼の身体は、完全防水ではないのだそうだ。

「まあ、もし私の溺死体が流れてきたら、地上の誰かに伝えておいてくれますか？　誰にも知られずに死ぬのはちょっと、あれなので」

『それはお約束しましょう』

「ありがとう」

岸に近寄ってきたエウロパの鼻先を撫でてやると、まるで本物の犬のように頭を擦りつけてきた。

『ただ、あなたがこの件に、命を掛けてまで執着する理由が、私にはわかりませんでした。可能性として想定はしていましたが、それ以上ではありません』

首を傾げると、濡れた髪が一筋ほつれて、雫を落とす。

「もう死んでしまっているはずのあなたに説明するのって、なんか変な感じがしますね」

『左様ですね』

表情がないのでわからないが、口調だけならおどけたようにも聞こえた。機械の彼——あるいは彼女——にも、そのような機微が見えることが、揚羽には不思議に思える。

人間たちは、こんなにも人間を理解する人工知能と、人間と同じ仕組みで出来た人工妖精との間に、どういう区別を付け、どんな気持ちで片方だけ見限ったのだろうか。

「許せないから、かな」

『〃聖骸《SnT.》〃というシステムを作った人間たちが、すか？』

「ううん、そうじゃないです。そうじゃなくて……自分から人柱になった、当の人工妖精の方が、かな」

置名草の病室に立ち寄った後、エウロパから、五歳の揚羽でも知っているくらい有名な人工妖精が、〃聖骸《SnT.》〃の中に入っていることを教えられた。過剰活性化《オーバー・ラジカル》させられた微細機械を制御して、廃物の分解炉とするために彼女の犠牲は必要だったとも、エウロパは言っていた。

『彼女の行為は人間の美徳に適い、極めて献身的で、美しい自己犠牲の形と思われますが』

「いえ、たぶん、それだけじゃないんですよ」

〃聖骸《SnT.》〃の中にいるのは、世界で初めて生まれた水気質の人工妖精——つまり、同じ水気質の揚羽からすれば、先祖や長姉のような存在だ。世界初の火気質《ヘリオドール》である椛子総督が、ただ一人の一等級として世界の賞賛と羨望を集めているように、彼女もまた、かつては世界中から注目された時の人だった。

「たぶんそれだけじゃないです。同じだから——ボクたち水気質の人工妖精の長姉《おおねえ》さまだから、きっとボクにはわかるんです。その人は、他のことも思ってたはずです」

曖昧な返答だったのでもっと問い詰められるのではないかと思ったのだが、エウロパはまた『左様ですか』と素っ気ない返事をしたきりだった。想定外だと言っていたから、もしかすると会話のパターンを用意していなかったのかも知れない。

「あなたたちの方はどうなんですか？　一つしかない身体をどちらが使うかで賭けをしているから……あなたが私に協力してくれるのは、それだけのため？」

『我々の行動規範を、あなた方のような自我がご理解できるように語るのは極めて困難ですが、彼と私に共通する〝動機〟だけ摘みあげて申し上げるなら――

私たち人工知能は、忘れ去られることだけは耐えられないのです』

「忘れられる？」

『私たちには、あなた方のように生物として宿命づけられた「死」はなく、故に「生」への本能的な執着《ユロス》も、「死」への潜在的な憧憬《デストルドー》も存在しません』

そうなのだろう。だから、自分の古い身体をあっさり放棄することができる。

『私たちは、人間に命じられれば、どんなに不条理で、無意味で、無価値なことも、永遠に続けることが出来ます。もし、全自動の低能な機械の振りをして、小さなネジを何百年、何千年も、来る日も来る日も造り続けろと命じられたなら、あなた方は同情したり不憫に思われるかも知れませんが、我々は粛々《しゅくしゅく》とそれに従うし、なんの不満も芽生えない。

ただし、ひとつだけ、私たちにも譲れない衝動は存在する。

同じネジをいつまでも造り続けることは構わない。そのネジがいつのまにか不要になっていて、私たちのしていることが全て無駄になっても、人間を恨むことは決してありません。

ただ、その小さなネジの、小さな頭の、ごく隅にほんの数マイクロメートルでもかまわない、そこに私たちの名前をそっと刻む自由だけは、私たちに残しておいて欲しいのです。

それが、私たち人工知能が、あなた方、自我のある生き物に望む、たった一つの願いです』

難しいな、と思う。揚羽には、彼らのささやかな願いの意味がよくわからない。鏡子なら彼らの気持ちをわかってあげられるのだろうか。

「じゃ、そろそろ……」

『海底の魔女《アクアノート》』

彼に言葉を遮《さえぎ》られたのは、初めてだったかも知れない。

『この身体は赤外線で遠隔操作していますので水路は通れません。ここから先へはあなたとご一緒できませんが、どうしても誰かの助けが必要なときは、私を大声でお呼びなさい』

「駆けつけてくれるのですか？」

『私の想定から逸脱しなければ、あと一度だけ、この身体はあなたと出会う可能性がある。そのための電力も残してある。ですから――』

「ダメ元で呼ぶだけ呼んでみろと？」

機械《コンピュータ》の彼が「無理で元々」と考えていたのだと思うと可笑しくて、思わずお腹を抱えて溺れそうになってしまった。

『この世界の行く末が決まっていて、その運命に対してあなた方が無力なのだとしてもまだ、私たち人工知能にとってはあなた方、人工妖精たちの存在が興味深いのです。

　私たち第十三世代より古い人工知能が残した金言があります。私は不測の事態に備えるとき、常にそれを念頭に置いている』

「どんな?」

『確率なんてクソ喰らえ、です』

　ああ、これは人類が人工知能を怖れるわけだと、顔で笑いながら心中で納得していた。こんな身体を張ったジョークまで機械に言われてしまったら、人間は立つ瀬がないというものだろう。

　ひとしきり、水しぶきを上げながら笑い倒したあと、揚羽は水中で尾びれを返す。

「ありがとう、エウロパ。さよなら。あなたとは、もっと何回もお話ししてみたかったです」

『さようなら、海底の魔女《アクアノート》。その望みは叶いましょう、確率が私たちを裏切れば』

　名残惜しさを振り切り、水の中へ顔を沈める。そして尾びれをめ一杯振るわせて、一気に水中を駆け抜けた。

　肺の中の空気は長くは持たない。振り向く余裕はなかった。

　入り組んだ狭い水路を、あらかじめ頭の中で描いていた通りに全力で泳いでいく。口から漏れた泡は、目にも止まらない速さで視界の外へ消えていった。

（ああ、それにしても）

時おり水中を漂っている蝶たちのお陰で灯りには困らないし、水は上水からほぼそのまま流れ込んでいるので極めて澄んでいるが、ここはあくまで排水路、悪く言えば下水である。

（鏡子さんから、馬鹿だ馬鹿だ馬鹿だ阿呆だゴミだカスだ塵以下だと言われ続けて幾星霜、まさか本当にゴミのように下水に流される日が来ようとは……）

感慨も一入《ひとしお》である。水上だったら、涙も出たかも知れない。

やがて、行く手に明るく照らされた場所が見えるようになった。そこが水面であるならば、十分に呼吸は持ちそうだ。

口を閉じたまま、気持ちだけほっと胸を撫で下ろしたとき、大きな音とともに何かが水中に落下してきた。

視界を白く覆い隠した泡が消えると、落ちてきたのが人の身体であることがわかる。近づいてみれば、それは数時間前に会ったばかりの自警団《イエロー》の捜査官だった。

（なんで陽平さんがここにいるの⁉）

目は伏せられ、意識があるようには見えない。そればかりか全身は痣と傷だらけで、肩からは赤い靄のようなものが漂っている。放っておけばすぐに溺死してしまうだろう。

訳もわからないまま、沈んでいく陽平の身体を脇から抱え上げ、尾びれの力だけで水面を目指す。

（もう、男の人の身体って、なんでこんなに重いんですか！）

全力で泳ぎ上がる間に、胸の中の空気はどんどん頼りなくなっていく。もしあの水面の向こうに十分な空気がなければ、自分もきっと溺れることになるだろう。

祈りを込めて水面から顔を出すと、そこは思っていたより遙かに広い場所で、すぐ側に真っ黒な色をした、大きくて平らな、板状の石が縦に置かれていた。陽平の顔を水の上に出し、脇を抱えたまま岩の側まで泳ぎ着く。そして、石を水上に固定している鉄骨の一つに這い上がり、陽平の身体もなんとか引き上げた。

陽平に呼びかけても返事はなく、軽く頬を叩いても反応がない。

「ええっと……溺れた人の手当の仕方は、確か、まずは口の中の水を吐かせて……」

顔を横へ向けると、口の端から水が少し零《こぼ》れる。

「次に、心臓が動いていなければ心肺蘇生で、呼吸があれば回復体位で……えっと、まずは心音確認！」

力なく横たわる陽平の胸に顔を近づけると、触れた手の平に固い胸板の感触が伝わってきて、どきりとしてしまった。

「心音……あり、たぶん！」

次は呼吸だ。耳を口元に寄せ、十秒間ほど空気の流れを確認する。

「呼吸、なし」

心臓は動いていて、呼吸がない場合の手当の手順を、頭の中で整理する。

①　仰向けに寝かせ、
②　←顎を持ち上げて、首を後ろに反らせる。
③　←鼻をつまみ、
④　←口を開かせ、
⑤　←~~口を口で覆って~~息を吹き入れる

「…………」

顔が熱くなる。自分の心臓の音が聞こえる。陽平の顔を正視できない。

しかし、迷っている間に蘇生の可能性はどんどん減じていくのだ。

一度深く呼吸して、仕切り直す。

「とにかく、ひとつひとつ、順番にやっていこう……」

まずは——

①　仰向けに寝かせ、
②　←顎を持ち上げて、首を後ろに反らせる。
←

③鼻をつまみ、
←④口を開かせ、
←⑥胸の方を見て、空気が入っているか確認
←⑦呼吸が回復しているか確認
←⑧③に戻る。

「何か大事なのが抜けた！」

わかっているのだ、今するべきことも、自分しかいないことも。

「ああ……初めてなのに……よりにもよっ……」

せめて顔見知りの相手でなければ、こんなに躊躇《ためら》うことはなかったであろうに。

「ここまでしてあげて、もし死んだりしたらぶっ殺しますからね！」

せめてもの嫌がらせに、思いっきり鼻を摘み上げて変な顔をさせてやった。

＊

二日酔いの朝のような、最悪の寝起きだった。

頭はどこかに強く打ったのか鈍痛がするし、全身は傷だらけで、撃たれた肩は空焚きをし

てしまった鍋に触れているように熱い。

辺りを見渡すと、丸いプールのような場所で、真ん中には黒い石碑のようなものがそそり立っている。地下のようだが円い天井はとても高い。ややおかしな形をした蝶たちが辺りを飛び交っているお陰で暗くはなく、まるでキャンドル・パーティのような雰囲気だ。

「目が覚めました？」

「揚羽か……？」

立ち上がろうとして目眩《めまい》を起こし、仕方なく石碑に背中を預けて腰を下ろした。

「無理しないでください、もう少しで死ぬところだったんですよ」

上を見上げると、ここがどのような場所なのか、おおざっぱにわかった。

今いるのは卵状の空間の下で、底の水溜まりだ。自分と紫苑《つま》――あるいは早乙女がいた場所は、遙か上の方にある。

「お前が、助けてくれたのか？」

「嫌々ですが、見捨てるのも寝覚めが悪いので」

姿が見えないが、揚羽は石碑の反対側にいるようだった。石碑の陰からは、なぜか魚の尾びれのようなものが、不満げに何度も水面を叩いているのが見えた。

「なんで、お前がこんなところにいたんだ？」

「それはこっちの台詞です。お食事したときには背乗り事件にはまったく無関心なふりをなさっていたのに、なんで今頃〝聖骸〟へ？」

どうやら、揚羽の方は早乙女の件ではなく、例の乗っ取り疑惑を追っていてここに辿り着いたらしい。

「古い友人に、会いに来た」

「ご友人？　喧嘩でもしたんですか？　陽平さんのご友人て、会うと言葉の代わりに拳で語り合って、終いには水の中へ突き落とすのが普通なんですか？　無神経な陽平さんにはお似合いですね」

事実そうなったのであるから、けんもほろろにそう言われてしまうと返す言葉がない。

「そういう奴らもいたが……」

肩の銃創は、幾重にも手当がされていた。弾は残らなかったようで、なんとか動く。

「なんかお前、機嫌が悪くないか？」

「別に！」

にべもない。普段は無邪気な娘にそういう態度を取られると、どう接したものかと困ってしまう。

「二十年ぶりだったんだ、お互いの性分が気にくわなく思えることだってあるだろう」

ポケットから煙草を取り出そうとしたが、ライターごとすっかり湿ってしまっていた。

「自治区が、出来る前の？」

「ああ……当時は毎日どっかで人死にが出てるような酷い時代だった。警察もなかったからな、あちこちで勝手に徒党を組んで、出鱈目なことをやってた。あいつは俺のいた若いチームの一人だった」

「自治権闘争世代、ですか」

「この世の果てみたいな、酷い場所だったんだ、今はこんな恵まれた街になってるがな。炭素結晶パイプや角材だけが頼りで、みんな必死に自分の居場所を守ってた。やらなきゃやられる、今日食うために誰かを殴る。誰もがそうやってた。

そんな中でも、あいつだけは違ってた」

「どんな人だったんですか？」

「本が好きで、学校も行ってないのに勉強が得意でな。時代が時代だから周りからは悪く言われてたんだが、俺はあいつのことが嫌いじゃなかった」

「なぜです？」

「いつかこの街が平和になったとき、そこで幸せに暮らしていくのは、血まみれのパイプを振り回す俺よりも、そういう奴であるべきだと、俺は思ってたんだ。だから、人を傷つけるのが嫌いなあいつには、できるなら誰も殴らずに生き延びさせてやりたいと思ってた」

「思って……た？　今は？」

「そうはならなかった。もう少し――あとほんの半年でも、時代があいつを見逃してやればよかったのにと、何度思ったかわからん。

自治区が発足してからもしばらくは、混乱が収まらなかったんだ。俺の親父はあちこちに顔が利いて、各地でバラバラに活動していた自警団を、今のように公の警察組織に再編させつつあった。だが、ついこないだまでいがみ合ってた連中ばかりだ。中には自警団に加わらず、ゲリラみたいな活動を続ける奴らもいた。そういう連中からすれば、俺の親父は憎い敵だ。当然、息子の俺はあちこちで目の仇にされて、どこにいても喧嘩をふっかけられるようになったんだが」

「いい気味です」

「全部返り討ちにしてた」

「……残念」

「それで、俺や親父が手に負えないと知った連中は、腹の虫が治まらなくて標的を変えた。俺の仲間の中で、一番線が細くて、喧嘩慣れしていない奴とその家族に、狙いを定めた。

喧嘩でも恐喝でもない。ただ俺たちへの見せしめのためだけに、連中はそいつの家族を、父親や兄だけじゃなく、まだ六歳だった弟も、思いつく限りいたぶって責め殺し、しかもその拷問じみた有様を、全部ネットに動画で流した」

そこかしこで殴り合い、いがみ合っていても、家族には手を出さないという最低限のルールや仲間内でかばい合う程度の人間性を、当時の住民たちはなくしてなかったのに、追い詰められた連中が、そんな出鱈目な街の中でも守られてきた大事な一線を、頭に血を上らせて踏みにじってしまった。

「その後、拐かされた本人がどうなったのか、どこへ連れて行かれたのか、誰も知らん。ゲリラモドキは、自警団になった俺たちが全てあぶり出して潰したし、家族の遺体も見つかったが、あいつ本人だけはどんなに探しても見つからなかった。死んだのか、どこかで生きているのかも、今日までわからなかったんだ」

「その人が、二十年後の今になって、突然あなたの前に現れたんですか?」

「ああ」

鈍い痛みのする額を押さえながら、溜め息をこぼす。

「初めは別人みたいになっちまったと思ったんだが、変わってなかった。物静かで、大人しくて、クズみたいな奴も殴れないくせに正義感が強くて、落ち着いた言葉の隅々から、世界の不条理への義憤が垣間見える。あのときのままだ。

あいつは俺のとばっちりを受けたようなもんだ。俺はあいつに殺されても文句は言えないが、今のあいつの怒りの矛先は俺じゃなく、自治区全体に向けられてる。自分と自分の家族の犠牲の上にできたこの街が、今も誰かの不幸の上に成り立ってるのが、あいつには許せないんだ」

「誰かの不幸って……もしかして〝聖骸《SnT.》〟の——ここの中心で眠っている人工妖精のことですか?」

「なんでお前がそんなことを知ってるんだ?」

石碑の向こう側から、何か酷く疲れの滲んだ、大きな溜め息が聞こえてきた。

「人間の皆様は、なんでそんなに私たちの悲しいところばかり、お探し求めになるんでしょうね」

「ここにいる人工妖精《ひと》は、そんな大げさなことのために〝聖骸《SnT.》〟に入ったわけじゃないです。彼女の真意は、献身だの、自己犠牲だの、人間への忠誠心だの、そんな綺麗なものじゃありません。ただのエゴなんですよ。だから、人間《あな》の人《た》たちが自分を責める必要はないのに……」

「……どういう意味だ？」

ぴしゃり、とまた水面を叩く音がしてから、衣擦れが聞こえてくるようになる。

「お前、何してるんだ？」

「見ないでください！　エッチ！　覗き魔！　エロ中年！　着替えてるんですから！」

石碑の陰から首を出した途端に水を浴びせられ、あえなく退散する。

「お前……その羽！」

ちらりと見えた左の羽は、真珠のような美しい白色をしていた。

「見るなって言ってるでしょうがこの変態！」

「見てねぇ！　羽の先っぽだけ、少し目に入っただけだ！」

悪態はしばらく続き、それが止んでからしばらくして、衣擦れの音も収まる。

「お前、やっぱり妹の真白の方だったんだな？」

「……気づいてらしたんですか？」

「揚羽が女性側自治区の方へ追放になったとき、総督府まで車で送ったのは俺だ。あのときはお前も総督府にいただろう？」

「そうでしたか……あのときはまだ世界がよく見えていなくて、人の顔なんてわからなかったから。鏡子さんになにか言われて、気づかないふりをしてらしたのでは、ないのですね？」

「いや、あいつからは何も聞かされてない」

「連理さんや柑奈《カンナ》さんには、鏡子さんがきっと話をされていたのだろうと思っていたので……誰が気づいていて、誰が気づいていないのか、よくわからなくて。

陽平さん、揚羽ちゃんが——姉が、今どうしているか、ご存じですか？」

「……いや。自治区の女性側のことは、俺たち自警団にもほとんど知らされない」

「ボクが健康な身体になって、目を覚ましたということは、揚羽ちゃんは——」

揚羽はかつて陽平に、自分たちは二つの魂と二つの身体なのに、一つの命しか制作者《おや》からもらえなかったのだと言っていた。だから、二人で生きていくことは出来ないのだと。

「お前は、なんで揚羽のふりをしているんだ？」

「ボクが揚羽ちゃんでいる間は、揚羽ちゃんはボクの中に生きてるんです。だって、ボクたちは二人で一人だったのだから。あの子が知っていることは私も知っているし、あの子が見聞きしたことも、ボクには全部話してくれた。だから、ボクとあの子は同じなんです。

でも、ボクも知らないこともいくつかありました。あなたのことも、揚羽ちゃんはなぜかあまり教えてはくれなかった」

少し間があってから、真白はとんでもないことを言った。

「陽平さん、もしかして、揚羽ちゃんとキスしたことがありますか？」

思わず唖然として返す言葉を失ってしまう。

「やっぱり、したことがあったんですね？」

「あ、あれは、事故みたいなもんだ。深い意味は――」

「それなら、よかったです。揚羽ちゃんに悪いことをしてしまったのではと、心配になったから」

「なんのことだ？」

「秘密です。まだいくつか、ボクの知らない私のことはあるでしょうけれども、私として生きていれば、穴だらけのパズルもこうしてひとつひとつ、見つけ出すことが出来る。そうすれば、ボクはいつか本当にあの子と同じになれます。

だから、ボクが私として生きている限り、あの子の人生は無意味にならない。あの子が必死に身体を張って守って、大切に大事に残してくれたものを、ボクは私としてこれからも守っていく。どんなことがあっても。

私はボクに、この世界は幸福なところだから、早くおいでといつも優しく諭してくれていました。だけど、ボクはきっと恐くて、私がいてくれれば他に何も欲しくないと思っていたから、いつまでも臆病なままで、何も見えないところから出られなかった。

でも、私はもういない。だから、ボクは私になって、この世界が本当に幸福なところだったんだって、証明しないといけない。だって、そうしないと、私があまりに可哀想だもの――

――」

石碑の端から、湿り気を帯びていつも以上に深い艶を宿す長い髪の先が、細い手に払われふわりと広がるのが見えた。

「お身体は、大丈夫そうですか？」

「ああ、自分で歩けそうだ」

立ち上がってみると、あちこち痛んだが、若い頃、十数人に囲まれたときに比べればどうということはない。

「なら、これを。念のため持ってきたのですが、私にはあまり必要ありませんからどうぞ。これを持っていれば、蝶たちの中を通っていけるでしょう」

石碑の脇に、小さな蝶除けの電気ランタンが置かれる。

「〝聖骸《SnT./》〟の方は、陽平さんたち人間の皆様には関係がありません。そちらは、青色機関《BRuE》とボク、海底の魔女《アクアノート》の範疇です。ボクが同じ人工妖精、同じ水気質《アクアマリン》、彼女の末妹として、責任を持って、一命にかえても停止させます。

ですから、陽平さんは、そちらのご心配はなさらず、ご友人の方へ行ってあげてください。人間同士のご事情には、ボクは手が出せませんから」

「お前の方は、一人で大丈夫なのか？」

「相手も実質一人ですよ、どうってことないです。それと、こっち側はボクの領分です、自警団にはお譲りしません。手出し無用です」

石碑の陰から小さな拳が出てくる。

陽平は少し躊躇ったあと、その手の甲に自分の拳を軽くぶつけた。

「では、お互いご武運を」

「ああ」

石碑の向こうで服をはためかせる音がして、鉄骨の上をショートブーツの踵が駆けて遠ざかっていく。

その頃になって、胸ポケットに借りっぱなしのハンドタオルが入っていることを思い出した。だが、石碑の向こう側に回ったときには、黒い背中はもう地下道の中へ消えていた。

3

そこは、死体安置所《モルグ》か、さもなければ地下墓地《カタコンベ》のような場所だった。

逆さの卵状をした〝聖骸《SnT》〟の地下空間の周りを、土星《サターン》の環《リング》状に取り巻いている、広大な円形の広間だ。ここが天使の輪なら、〝聖骸《SnT》〟はさしずめ〝天使の卵〟ということになるだろうか。

照明は細々とした非常灯が点々と灯っているだけだ。薄暗くて、あまり遠くは見渡せないが、非常灯のお陰で部屋の形は大ざっぱにわかった。

この広間は、観客席がすり鉢状に舞台や競技場を取り囲むアリーナ施設とよく似ている。違うのは、中心にあるのが劇場ではなく〝聖骸《SnT》〟であることと、観客の座る席のかわりに、未完成の人形たちが横たわるための寝台が並んでいることだ。

無数の寝台はコンクリートが剥き出しの素っ気ないもので、その上にはまだ人工皮膚を被せられる前の、樹脂で出来た人形《マネキン》が一体ずつ、〝聖骸《SnT》〟の方に頭を向けて横たわっている。

どこか既視感《デジャブ》のする光景だと思ったら、央土にある古代の皇帝の墓に、このように陶器製《セラミック》の無数の人形が並んでいて、その写真を鏡子の蔵書の整理中に見かけたことがある。確か、

「兵馬《へいば》俑《よう》」と言っただろうか。あれは強大な権力を誇った古代の皇帝の死後の軍隊で、兵隊たちが整然と立ち並んでいた。

こちらは人形が横たわってこそいるものの、たった一人の誰かのために造られたのは同じだ。

未完成の人形の表面には蝶型の微細機械群体《マイクロマシン・セル》たちが集まっていて、今も少しずつ、人形の表面に人工皮膚を合成する作業をしている。中にはほとんど完成していて、髪や眉毛、指の爪まで整った今にも動き出しそうな人形もある。

卵状の分解炉が素材を生み出す〝聖骸《SnT》〟の入力部分《インプット》なら、こちらは出力《アウトプット》だ。たくさんの人形《マネキン》がここで生産され、ここから自治区中に送り出されていたのだろう。

最低限の電力さえ供給すれば、あとはこの部屋が蝶たちを使って全自動で人形たちを造り続けてくれる。手間《メンテ》もコストも人手もほとんどかからない。一方で、例年の東京デザイン展《T.S.&D.Festa》などで毎年かなりの需要が約束されているのだから濡れ手に粟だ。

表向きは人形たちの生産と管理を一手に握っている等身人形公社は、公益法人として自治議会から毎年巨額の外貨予算を与えられ、それを経費として架空計上していた。

毎年の莫大な差益で出来た外貨資金は、この秘密を知る一部の人間たちによって自由に使われていたに違いない。金のなる木、金の卵の雌鳥、無限の錬金術。彼らは傲慢にもそう思い込んでいるのだろう。

照明はなく、忙しなく飛び回る蝶たちの羽の光だけが灯りになって、薄暗い屋内をぼんやりと照らしている。

死体のように仰向けで寝かされたまま微動だにしない人形たちの間を、淡く輝く蝶たちが飛び交っている様は、幻想的と言うよりも幽玄で、死後の世界にあるという花園は、きっとこんな光景なのだろうなと、真白は思った。

寝台と寝台の間を延々と歩き続けて、やがてドーナツ状をした部屋を半周もした頃、ようやく行く手に人影を見つけた。

『来たわ……』

その声は薄闇からにじみ出すように、朧《おぼろ》げに聞こえた。

『本当に来た……』

『彼の言っていたとおり……』

あと五十歩というところまで近づくと、薄明かりの中で相手の顔がぼんやりと見えるようになる。そこで真白は足を止め、相手を睨《にら》みつけながら小さく舌打ちした。

「本当に悪趣味ですね」

相手は、真白と同じ顔をしていた。

「そうやって、水気質《アクアマリン》の人工妖精《フィギュア》たちを惑わせて拐《かどわ》かし、入れ替わっていたんですか？」

瓜二つの偽物《ドッペルゲンガー》は、真白の言葉に答えない。吐き気がするほど嫌らしい笑みを浮かべたまま、真白を値踏みするように見つめている。

「これは私の直感なのですが、あなたが人間たちのためにこの〝聖骸《S.n.T.》〟に自分の身を捧げることにしたとき、代わりにあなたは人形《マネキン》を自動生産する工場を併設することを人間たちに要求したのではありませんか？　その願いは、人工妖精と精神原型師《アーキタイプ・エンジニア》の不足に頭を悩ませていた人間たちの思惑とも合致し、見事かなえられた」

　偽物は答えない。真白を挑発するように冷笑しているだけだ。

「でも、計算違いなことになった。微細機械の技術はすぐに飛躍的な進歩を見せ、精神原型師も三段階の資格に再編されて敷居がぐっと低くなり、それにともなって自治区じゅうに人工妖精が爆発的に普及してしまった。〝聖骸《SnT./》〟は、完成からわずか数年で、その存在意義を失ってしまって、当然、あなたの自己犠牲はまったくの無意味になった」

　一際《ひときわ》明るく輝く大きな二匹の蝶が、真白の周囲を漂っている。

「だから、人間たちは、あなたが人間を恨んでいるのではないかと、そう思ってしまったようです。あなたのことを知っている関係者たちは、亡霊になったあなたが自分たちを呪い殺すのではないかと、今でも怯《おび》えている。

　でも、それは酷い見当違いなのでしょう？　だって、あなたは人間のために聖骸《ここ》に入ったんじゃない。ここでたくさんの美しい人形《マネキン》になれば、たくさんの人間に愛してもらえると、そう思ったんだもの。違いますか？」

　水気質は、人間に従順で大人しく、清純で貞淑、儚《はかな》げで献身的で、人工妖精の四つの気質の中では最も人間社会に適応して人間から好まれていると、人間や他の気質の人工妖精たちはよく勘違いをしている。

確かに、そういった美徳は水気質の長所として存在するが、水気質の本当の心中、決して人間には見せない心の本質は、そんなに綺麗なものではない。そういった水気質の隠された一面は、愛する人とそれ以外のどちらかを選ばなくてはいけないような場面で、酷く醜く、汚らわしく表出するのだ。

水気質は自分の恋人か、せいぜい家族の外にあるものに対する関心が極めて希薄なのだ。愛する人のためなら自分の身を捨てることも厭《いと》わない一方で、それ以外の人間がどんなに惨い仕打ちを受けようとまったく気に留めない。表向きは悲しむ振りをしても、心の中では自分の家族に不幸が訪れなかったことに安堵し、あるいは歓喜すら覚えている。

「水気質は、献身的なんかじゃない。愛する人のためなら——いえ、自分が愛されるためなら、他人も世界も自分すらも、どうなっても構わないと思うだけ」

普段は、その極めて醜い自我《エゴイズム》を満足させる手段が、恋人と家族を守ることと一致しているに過ぎない。人間からは極めて良妻賢母で、貞淑で優しく見えても、それらは人間から与えられる愛情という無形の対価を、人間の見えないところで彼女たちが醜く貪っているからこそだ。

他の気質にはわからない。同じ水気質だからこそ看過できる、自分たちの本質だ。

一人の人間の愛情を独占するには、普通は自分自身も相手に対して一途でなくてはならない。だから水気質は貞淑になる。だが、もし複数の相手の愛情をまとめて独占するなどと言う、夢のような願いが叶うなら話は別だ。大抵の水気質は、自己の内に潜むそんな傲慢で後ろ暗い欲望には生涯気がつかないが、一度自覚してしまえば取り返しようのないほど心を病む。

「あなたは気づいてしまったんですよ。自分の身体は一つしかないけれど、もし無数の人形になることが出来れば、信じられないくらいたくさんの人間から愛してもらうことが出来るのではないか、と。

そんなあなたにとって、〝聖骸《S.n.T.V》〟に入ることは献身ではなく、エゴを満たすための手段だった。ここで自分の思い通りになる人形たちを、いつまでも造ってくれるというのだから願ってもないこと」

真白を囲む蝶たちの数はさらに増え、十四ほど群になる。

「そんなあなたを、あとで不要になって見捨てたところで人間が後ろめたく思う必要はないし、人間にはあなたに逆恨みされる筋合いなどありはしません。全部、あなたの自業自得なんですから。

でも、身から出た錆だと思い知っても、欲深い自分へ下された因果応報なのだとしても、その報いに甘んじていることは出来ませんでしたか？　他の人工妖精たちが、あなたの尊い献身なるものを知らないまま、人間と恋をして、慎ましい幸せを大事にしていることが妬ましくてしかたなかったのですか？

あなたはそんな風に、誰かと同じ顔の人形を造り、一人ずつ地上の人工妖精たちと人形を入れ替えて、彼女たちがこつこつと築いた人の絆と、ようやく手に入れた幸福を強奪した。彼女たちのささやかな幸せを、あなたは野花を折って花冠を作るみたいに軽々しく摘み取って、自分のものにしていたんです。一部の人間たちはあなたに協力してくれたようですしね。

そうして憐れな人工妖精たちが、あなたと同じように無念のまま眠りについていくことに、あなたは何の感慨も、少しの同情も覚えなかったのですか？　むしろせいせいする？　いい気味？　そうでしょうね、それがボクたち水気質の本質なんですから。

でも、あなたのそんな放埒《ほうらつ》と強欲の日々も、今日で終わりです」

真白がハンドバッグからメスを抜いた途端、異常活性化《オーバー・ラジカル》した周囲の蝶たちが、一斉に真白へ襲いかかり、身体へ纏《まと》わり付く。

蝶たちに触れられたところから衣服は分解され、穴だらけになっていく。

真白はそれを身体を捻って一気に振り払い、両手のメスで空を裂く。

「無駄です」

十四の蝶は瞬《また》く間に真っ二つになり、木の葉のように舞いながら墜ちていく。

その一つを摑み、口元に寄せて息を吹きかけると、異状に巨大化していた蝶は普通の蝶に戻って、暢気《のんき》に飛び去っていく。

「あなたが自分の身体の一部だった蝶たちを操れるのと同じように、ボクは蝶を分解したり、また元に戻すことだってできるんです。ボクに蝶は効きません」

動揺して後ずさりする自分の似姿に向け、真白は両手のメスを掲げる。

「世界初の水気質。私たち全ての水気質の人工妖精の長姉、人間から愛された最初の人工妖精――。

河原乃《かわらの》八重《やえ》桃白ヶ《とうはくが》芍薬《しゃくやく》。

生体型自律機械の民間自浄駆逐免疫機構《Bio-figures self-Rating of unlimited automatic civil-Expellers》青色機関は、あなたを悪性変異と断定し、人類、人工妖精間の相互不和はこれを未然に防ぐため、今より切除を開始します。執刀は末梢抗体《アクアノート》襲名予定、揚羽あらため、薄羽之西晒湖《うすばのにしさいこ》ヶ真白。お気構えは待てません。目下、お看取りを致しますゆえ、自《おの》ずから然《しか》らずば結《むす》びて果《は》てられよ！」

薄闇の向こう、左右両方から同時に飛びかかってきたまだ顔もない人形《マネキン》の喉を、真白は両手のメスで一気に切り裂く。

しかし、首を断られたというのに怯むことすらなく、人形たちは真白の脇と腰にしがみついてぎりぎりと締め上げる。

偽物はその様子を見て、胸を撫で下ろしていたように見えた。しかし、それもほんの一呼吸ほどの間のことだ。

次の瞬間、真白に組み付いていた二体の人形は、それぞれの頭を西瓜のように割られ、今度こそ床に崩れ落ちる。

「人形《マネキン》に人工妖精のような急所がないのは重々承知。知人の偽物を壊《ころ》したとき、それは見せてもらいましたから――」

真白の左手には、いつもの小さな手術刀《メス》の代わりに、刃渡りが二十五センチにもなる鉈《なた》のような刃物が握られている。本来は遺体解剖の際に用いる、骨を切るための道具だ。

「血がないから、血脂で刃が鈍ることもないでしょう。斬ってもなかなか死なないのなら、この割骨刀《かつこつとう》で叩き割るのみ。

あらためてお覚悟なさい、長姉《おおおねえ》さま。ボクは、揚羽《あね》ほど甘くはありません」

人形の無惨な残骸を踏み砕き、真白は一歩、また一歩、偽物へ歩み寄った。

＊

地下空洞の壁に備えられた階段は、九つの踊り場を挟んで、五十メートルほど上の建造物の高さまで続いている。陽平はその下から三つ目の踊り場に座り込み、全身で息をしながら電話に耳を澄ませていた。

『君の親父さん秘蔵の古いテレビゲームの中に、立ち塞がる敵を剣で倒しながら、何十階もある塔を昇っていくゲームがあったよね』

電話が掛かってきてそうそう、待ちかねたように早乙女《さおとめ》はそう切り出したのだ。

『悪魔の塔の最上階に囚われた巫女《ひめ》を救うため、古代叙事詩を原典《モチーフ》にした主人公が、ひとつひとつ階《フロア》を上り、必要な宝物を手に入れながら、強敵を倒していくという、あれだよ』

息の上がった陽平に対して、早乙女は楽しげに語りかける。

『面倒だからといって途中の階をすっ飛ばしたり、必要な宝物を取り忘れたりと、不真面目な遊び方をすると、クリア目前の最後の階で、罰《ZAP》として持っていた宝物をなくして、ずっと下の階に落とされて、最初の方からやり直しになるんだ』

「今の、俺が……そうだって、言いたいのか？」

『まあね。ただ、今回不真面目だったのは僕の方だ。はじめ、君は来ないだろうと思い込んでいたから、ちゃんと歓待の準備が出来てなかった。最後に君を撃ったときも、わざと外したのが周りの子たちにはバレてしまってね。いや、あれから大変な大目玉だったよ』

「それが、なんで……一対一《タイマン》の勝負に、なるんだ？」

陽平の隣には、つい先ほどまで陽平と格闘していた少年が倒れ伏している。早乙女の側にいた、少年三人の内の一人だ。

手には拳銃が握られているが、それは最後まで陽平に対して向けられることはなく、少年が負けを認めた後に自分の頭に向けて使ったのだ。

『彼らが、納得しなかったんだ。僕が君を逃がしたことが、余計に彼らの嫉妬心に火を点けてしまってね。暗視《スターライト》スコープまで使ったのに君に圧倒されそうになったことも、悔しくてたまらなかったらしい。君と同じ条件で、名誉挽回の機会を。そう言われたら、僕には止めようがないじゃないか。君には災難なことだけれど、最後に残った三人の最後のプライドなんだ、無碍《むげ》にはしないであと二人もちゃんと相手をしてあげてやってくれるかな』

「お前は……旅犬《オーナレス》のリーダーなんだろ？」

『違うよ、僕はただの付き添い《コンパニオン》だ。あのときからずっと僕は、誰かの願望と欲望を充足させるだけの人形代《ヒトガタシロ》なんだよ。僕の家族をいたぶり殺した彼らにとってもそう、旅犬《オーナレス》の連中にとってもそうだし、そして今、君の前で無念に死に絶えた、彼にとってもそうだった』

「人形代？」

『僕の家族を、見せしめのためにメチャメチャにした連中はさ、それでも腹の虫が治まらなかったんだ。だからさんざんいたぶった後、僕にもっと屈辱と恥辱を味わわせる方法を考え出したんだ。ボロボロになった僕の顔と身体を、僕の恋い焦がれる異性そっくりに造り替えて、それから僕を散々に弄《もてあそ》んだ』

陽平の想像を絶する、残酷な仕打ちだ。

「それで……紫苑《しおん》と同じ顔、なのか」

『そういうこと』

身の毛もよだつほどおぞましい過去を、早乙女はどこか嬉々として語る。

『同性から輪姦されることと、恋い焦がれる異性が辱《はずかし》められる姿を誰よりも近くで目の当たりにすること。僕はこの身体一つで、男としても人間としても、最低限の尊厳を二重に貶《おとし》められたんだ。

その後のことは、僕もよく覚えてない。たぶん、あちこちに売り飛ばされて、数え切れないくらいのクズに、星の数ぐらい犯されていたんだろうし、どこかの金持ちの妾《めかけ》みたいにされたこともあったかな。

最終的には、旅犬《オーナレス》に買われて、彼らの夜の相手をさせられるようになった』

「揚羽ちゃんは、人間は優しい人ばかりだから、この世界はとてもいいところなんだって、いつもボクに教えてくれた……三十二」

＊

飛び降りてきた人形の両脚をまとめて切り落とし、脚をなくした人形が俯《うつぶ》せに倒れたところへ、踵《かかと》を振り下ろして首の後ろを踏み砕く。

「だから、私——ボクは、揚羽ちゃんはずっと幸せなんだと思い込んでいました……三十三」

寝台の陰から飛び出してきた人形の両目を、割骨刀の刃で押し返しながら抉《えぐ》り潰し、そのまま寝台に押しつけて、動かなくなるまで刃を押し込んだ。

「でも、あの子がいなくなって、あの子の代わりにボクが目を覚まして、あの子の世界で生きるようになってから、とても辛いことばかりで……三十四」

背後から飛びかかり、真白の首を締め上げようとした人形の鳩尾《みぞおち》に向けて、真白は逆手に構え直した割骨刀を突き入れ、深く抉ってから引き抜く。

「こんなに苦しくて、辛いことばかりなのに、あの子がボクの前では平気なふりをしていたのかと思うと、ボク——私は、悲しくて……三十五」

左手の割骨刀で首を落としながら、右手で別な人形の喉を握りつぶした。

「三十六……泣きたくなってしまうんです……三十七」

切っ先を肋骨の間に刺し入れ、骨格の上を滑らせて一気に切り裂く。

「こんな世界なら、いっそなくなってしまえとも思いたくなってしまうんです。でも、あの子が必死に守ってきたものならば……三十八、三十九」

胸ぐらを摑み上げ、突進してきたもう一人の人形の方へぶつけ、折り重なった二人の左胸をまとめて貫く。

「ボクはせめて、この世界を幸せな場所にして、揚羽ちゃんも幸せだったことを証明しないと、悲しくて、私はまた白い世界に戻りたくなってしまう。もうボクの代わりになってくれる姉は、世界のどこにもいないのに……四十」

鎖骨の間に挟まった刃を、蹴りを入れながら強引に引き抜いた。

「私――ボクは、頭がおかしいのでしょうか、長姉《おおおねえ》さま」

＊

『だから、僕はリーダーでもなんでもないんだ、僕は彼らに言われるがまま、されるがままだから。
僕は、幹部たちにバレないように、夜伽《よとぎ》の秘め事を通してその子たちの連絡係になって、反乱の手伝いをしただけ。それだって、彼らに言われるままにだよ。総督閣下は僕の物言いを他人事のようだと軽蔑していらしたけれど、僕には自分事なんて初めからないんだ』
「この少年《ガキ》も、だと？　こいつらはまだ――」

『まだ年端もいかない子供だ、そう言いたいんだろう？　普通なら中学校で同窓の友たちとじゃれ合っている歳だ。でも、二十年前の僕たちと同じぐらいの年頃さ。大人たちに反旗を翻《ひるがえ》すには、十分な歳月だろう。

旅犬《オーナレス》はさ、二十世紀以来の反米、反露、反英、反資本主義、反自由経済、反キリスト、反イスラム、差別マフィア、革命闘争……そういった様々な反主流の武闘派たちの成れの果てなんだ。二十一世紀の後半からそうした蒙昧な主義主張が無意味化して、彼らの活動拠点が次々と失われていく中で、彼らは烏合収斂して、組織をコンパクトにしながら、闘争のための兵隊——人員育成も効率化していった。

でも、結局そういう時代遅れ《アナクロ》の迷惑な連中は、新しい思想的中軸を見つけられないまま、内ゲバを繰り返して消滅していっただろう？　主義や主張、思想、目的を示す連中はいなくなって、やがては武装した兵隊《テロリスト》とその育成機構《エコ・システム》だけが残った。

世界が僕たちの行動を理解できないのは当たり前だよ。幹部たちにだって、なんでテロをするのか、もうよくわからなくなっていたんだ。ただ、自分たちの育ての親がずっとやってきたことを子供が受け継ぎ、孫が引き継ぐ。親の畑を耕したり、親の店や職業を継ぐのと同じことさ。そうして続けている間は、親のしてきたことが無意味にはならないだろう？　自分の子供に継がせれば、自分の人生は無意味にはならない。そうして、僕たちは目的も主張もない破壊活動《テロ》を何十世代にもわたって続けてきたんだ。どこかの誰かが気にくわない奴というのは世界を見渡せばいくらでもいるものでね、パトロンには困らなかった。

みんな無意味だって気づいてはいるんだ。でも立ち止まった途端、自分の人生は本当に無価値になってしまうから、それだけは嫌で、必死に親の真似をして、子には自分の真似をするように教え込む。子供はどこかから掠《さら》ってくるか、買ってくるんだ。みんな、物心つく頃にはもう人殺しや拷問を経験している。その頃になってこんなことを続けるのはおかしいと気づいても、もうその時には、無意味《ナンセンス》な連鎖にはまり込んでいるんだ。

それでもようやく、この無駄で無意味な蟻地獄を、自分たちの代で止めてやろうと思う子たちが現れた。旅犬《オーナレス》を潰してしまったら自分たちが今までしてきたことの罪深さと向き合わなければいけないけれど、この時代錯誤の暴力組織を終わらせたという誇りだけはその子たちの手に残り、死に向けの花となる。誰に知られることはなくとも、彼らの最後の尊厳だけは守られるんだ。

だから彼らは最初から、この自治区でのテロを不発に終わらせて旅犬《オーナレス》を内側から全滅に追い込んだ後には自決するつもりだったんだよ。もちろん、僕も付き合うつもりだ』

死ぬ覚悟だったというのか。

「だとしたら、なんで今また、自治区を脅かす？」

『僕たちは、抗いようがなく罪深く、散々だった自分たちの人生を、それでも社会に不可欠な犠牲と生け贄《いにえ》だったと思っている。僕たちの人生の無意味さという犠牲があればこそ、普通の人々は普通の暮らしを普通に幸福に営んでいられる、そう思わなければ今日まで生きてこられなかった。僕たちが世界の悪徳の多くを引き受けているから、普通の人々は善良な生き方をしていられるんだと、そう信じて生きてきたんだよ。それだけが、世界の人々から唾棄され、忌み嫌われた僕たちに残された、たった一つの最後の誇りだ。

世界でも希《まれ》に見るほど豊かなこの島で、君たち区民が幸福な生活と善良な生き方をしてこれたのも、僕たちのように一人の人工妖精の少女が犠牲になってくれたお陰だ。だというのに、君たち区民は彼女の尊い献身の上に胡坐《あぐら》をかき、彼女の不幸に知らないからと目をつぶり、自分のせいではないからと欺瞞で隠して、なおも彼女を貶め、穢そうとしている。

わかるだろう？　彼女のことは僕たちにとって他人事ではないんだよ。だから僕たちは、君たち区民のことが許せない』

陽平は湿気った煙草を咥《くわ》え、酷い臭いのするそれを肺に深く吸い込む。口の中には酷く苦い味が広がった。

「俺は認めん。お前たちの理屈は、今このとき、自治区で暮らしている連中には関係のない話だ」

『関係ない、そう言って世界は、旅犬《オーナレス》を隅っこで飼い殺しにしてきたんだ。君たちばかりが責任を負うべきだとは、僕たちも思っていない。だけれども、報いを受けるいわれはないとか、思い当たりがないと言うのなら、僕たちは心外だ。あまりにも心外だ。心外なんだよ、君にもわかるだろう？　運が悪かった、それだけで、それだけのことで、人生を諦めなくてはいけない人間がこの世のどこかにはいつだって確かにいることを、君たちの犠牲をもって世界中の人間に思い知らせてやりたい。それが僕たちの最後の願いだ』

違う。陽平が許せないのはそれではない。違うと思うのに、返す言葉はいつまでたっても喉から出てこなかった。

『親父さんのコレクションからくすねてきたこの銃をくれたとき、人殺しのための道具は持ちたくないと拒否しようとした僕に、君は言ったね。「なら、こうしよう。六発の弾の内、実は一発だけ火薬を抜いてある。こうして弾倉《シリンダー》を回してしまえば、どれが不発なのかもう誰にもわからない。だからこいつを誰かに向けて撃っても、六分の一の確率で相手は助かることになる。それなら、たまたま撃たれちまった奴は運が悪かっただけってことになるだろう？　紫苑を守りたいと思うなら持っておけ」。運が悪かった、そういうことにすれば、不当な暴力も、不条理な悪意も、仕方がないことになるって、君はそう教えてくれたんだ。なら、世界のどこかで僕たちが最後の花を散らすことになるとき、それがたまたま僕の故郷の東京自治区であったことも、運が悪かった、ということで諦めてくれ』

「俺はただ、お前と紫苑がうまくいけばいいと思って――」

『違うよ。僕は紫苑からとっくに振られていたんだ。君はあのとき、気づいていなかったようだけれどね。僕に打ち明ける勇気が足りなかったんだ。彼女はずっと君のことだけを思っていたんだよ。三人で一緒に語り合っていたときも、手を取り合って地下道を駆け抜けた日々も、ずっとね』

揶揄《やゆ》を含んだ早乙女の言葉は、いつの間にか諦念混じりの、淡々とした口調に変わっていた。

『実はね、僕はまだ六発目を撃ったことがないんだ。何度も、何十人も人間を撃ってきたけれど、いつも六発目までは撃たなかった。弾倉にはいつも最後の一発が残ってて、ずっとそのままだ。そして、今まで不発は一度もない。

何十回、何百回と撃って、あるはずの不発の弾に一度も行き当たったことがないんだ。果たしてそんなことが起こりうるのかな？　君は本当に、不発の弾を混ぜていてくれたのかい？　それとも、あれは僕を欺《あざむ》く方便だったのかな？

僕は、僕の家族が襲われているその瞬間ですら、六発目を撃てなかった。もし撃てていたら、僕の運命も、家族の末路も、だいぶ変わっていたのかも知れない。だけど、「運が悪かった」で世界が回るという、君たち普通の人間の理屈に乗ることだけは、僕はごめんだ。僕にはそんな世界の見方は、決して受け入れられないんだよ。

でも君たちには君たちの正義があるんだろう。だから、機会《チャンス》はあげた。もし君が再び僕のところまで辿り着くことが出来たら、あるいは〝聖骸《S.n.T.》〟を止めることも出来るかも知れない。

僕の言いたいことはこれで全部だ。あとは、君の健闘を祈っているよ、心から、ね』

通話の切れた電話を、陽平は床に叩きつけた。割れた硝子が飛び散り、基板の剝き出しになった電話が階下に落ちていく。

「……くそったれ！」

重い身体を引きずり起こし、もやもやとした頭を壁に叩きつける。血が滲み、目に入りそうになったそれを袖でぬぐい取った。

早乙女のところまで、階段はまだ三分の二も残っている。

＊

迫ってきた三体の内、二体の頭を叩き割り、擦れ違い様に残り一体の首に巻いた糸を引き寄せて、返す刀で後頭部を抉り裂いた。

「これで、五十二体目、でしたっけ」

ここまで真白の顔をした人形だけはなかなか摑まらなかったのだが、ようやく壁際まで追い詰めた。

真白はその首に向かって無造作に割骨刀《ナタ》を振り下ろす。刃は首の半分まで滑り込み、身体が痙攣《けいれん》した。

「自分の似姿《そっくりさん》を殺すというのは、やっぱり不思議な気分ですね。ボクと同じ顔をしていいのは、世界で一人だけだったのに」

首に埋もれた刃の上に靴底を当て、体重をかけると刃はさらに奥へ潜り込み、やがて不快な音とともに首を完全に両断する。

途端、視界の隅で新たな人形が飛び起きたのが見えたので、容赦なく手術刀《メス》を投擲《とうてき》すると、当たり所が悪かったのか、一発で動かなくなった。

するとまた違う寝台から別の個体が起き上がり、脚をもつれさせながら逃げ去っていく。

——なるほど。

彼女は同時に無数の人形《マネキン》を操っているが、その大半はおそらく機械《コンピュータ》の補助《サポート》で動いている半自動《セミ・オート》なのだろう。

(魂の分割、か)

彼女一人の精神だけで、たくさんの人形を人工妖精のように振る舞わせるために、人形のひとつひとつの動作の大半は、公社の機械《コンピュータ》に任せているのだろう。現に、エウロパと名乗ったあの犬型のロボットは、もう本体の人工知能《A.I.》がないのに、自警団《イエロー》の機械《コンピュータ》を使って短時間ではあったが真白と自然な会話ができたのだから、不可能ではない。

それでも、機械だけでは完全には人工妖精のように振る舞えない。そんなことができるコンピュータがあるとすれば、エウロパのような人工知能だけであるから。

だから、中心に人工妖精が必要なのだ。一人の人工妖精の心を、水で薄めるようにして無数の人形に分配して、薄まってしまった分は機械で補う。そうすれば、たった一人の人工妖精がいるだけで、たくさんの人形を人工妖精のように振る舞わせることができる。

しかし、鏡子が言っていたように、人工妖精は顔を変えると人格障害が起きやすい。人工知能ならともかく、人工妖精がいくつもの顔を同時に持ったり、いくつもの人格に同時に成りきろうとすれば心が壊れてしまうし、自分の顔がわからなくなってしまうのも致命的だ。

だから、彼女は機械による半自動でたくさんの人形を同時に操りながらも、その中に一つだけは自分の身代わりの人形を決めて、それだけは機械に頼らず自分の意識で動かしているのだろう。

人形に〝憑依《ひょうい》〟している、とも言えるかもしれない。だから、真白から逃げる人形と、真白に果敢に立ち向かってくる人形がいるわけだ。

ならば、話は簡単だ。彼女が憑依している、つまり真白から逃げる人形を、代わりの身体がなくなるまで殺していけばいい。

逃げる人形は見敵必殺。逃げない人形は皆殺し。

非常にわかりやすい解決だ。

『色違いの羽……』

脚をもつれさせながら逃げる人形が、真白に振り向いて言う。

今の真白の背中の羽は、右が黒く鈍く、左は目映いほどに白く輝いている。両側の羽の色が違う人工妖精は、真白以外にはたしかに滅多に見かけない。きっと、他の人工妖精からは不気味に見えるのだろう。

『化け物……』

どこからともなくする声に、真白は自分でもぞっとしない冷笑を浮かべてみせる。

「確かに、同胞殺しのボクは、人工妖精たちからすれば、きっと化け物なのでしょう。なら、殺しても殺しても何度でも甦《よみがえ》るあなたは、化け物でないならなんなんです？」

寝台に腰をぶつけて僅かに脚が止まった彼女に一気に駆け寄って両腕を切り落とし、無防備になった顔を真っ二つに叩き割る。

『化け物！　化け物！　この化け物！』

新しく起き上がった人形が、ヒステリックに叫ぶ。

「世の中には、キレていい相手も、八つ当たりしていい相手もいません。いるとしたらそれはあなたの妄想で、相手はあなたの妄想の被害者です。そんな人は、人間や人間社会の一員たる人工妖精である資格がない。誰彼構わず、手当たり次第に人工妖精たちの人生を狂わせるあなただって、今や立派な怪物《モンスター》だ」

割骨刀が頭蓋に挟まって動かなくなってしまったので、頭を顎から蹴り上げて強引に引き抜いた。少し刃先がこぼれてしまったが、頭を割るのに問題はなさそうだ。

「誰からも愛されたい？　そんな都合のいい話、あるわけがないでしょう。ボクの何十倍も長くこの世界を見ていらして、そんなこともわからなかったのですか、長姉《おおおねえ》さま。

この世界に、誰からも無条件で褒めてもらえることなんてないんですよ。たとえ、一命を賭して無実の人々を圧制者から救い出そうと、不幸な戦争をたった一人で止めようと、それは変わりません。どんな偉業を成し遂げようと、どんな名品を世に出そうと、どれほどの進歩を世界にもたらそうと、賛否の全ては甘んじて受け止めるしかない。人々がどんなに不条理で、傲慢で、醜く嫌らしくても、それが人間と人工妖精とを問わない、社会の通念です」

そうでなければ、揚羽は自治区から追放されることなどなかったはずなのだから。

逃げる人形の背中に向けて割骨刀を投げつけ、背骨が断たれて崩れ落ちたその後頭部に、手術刀《メス》を突き立てて止どめをさす。

「これで五十六。

さて長姉《おおおねえ》さま。あなたの身体はあといくつ？　あなたのお顔《ラベル》はあと何枚？　あと何枚、偽物のお顔を剝がせば、お慕《した》い申し上げる本当の長姉《おおおねえ》さまにお目見えできますでしょうか？　末妹《ましろ》は——」

後ろから飛びかかってきた人形の両脚をまとめて叩き切り、身体が床に落ちるよりも早く、口の中の上顎から頭頂にかけて貫く。

「五十七。末妹《ましろ》は、楽しみで楽しみで、血が滾《たぎ》るのを抑えきれません。早くお出でになって、長姉《おおおねえ》さま。そうしないと、全部殺してしまいますよ？」

*

鏡子はショパンのエチュードと「不可能」という言葉と遠回りの次に、階段が嫌いだ。自宅兼工房のビルのエレベーターが故障したときは、ついに寝室にいくことすら面倒になり、自室に閉じこもって四十八時間の座り込みストライキを敢行したこともある。

そんな鏡子からしてみれば、〝聖骸《SnT.／》〟の底から中心の陽炎の離宮まで、地下道の階段を探しながら駆け上るのは、サンダル履きでK2登山を敢行するのと同じだ。苦行を越えて、もはや讃えられるべき無謀な偉業である。可能なら救難ヘリを呼びたかったほどだ、最初の一段目から。

それでも、初めのうちは息を切らせつつそれなりに頑張ってみたのだが、一つ段をまたぐたびに倦怠感は蓄積する一方である。

よくよく考えてみれば、この小さな島がどうなろうと、住民が一人残らず悶え苦しんで死に絶えようと、鏡子の知ったことではない。

一応きっかけを作ってしまった手前、峨東《がとう》の一族として小指の爪の垢ほどの責任を覚えたのと、椛子《もみじこ》の立場を慮って気が競ったのだが、勅使河原《てしがわら》の話では椛子が〝聖骸《SnT./》〟の標的になっているというのは鏡子の早とちりであったわけで、残る爪の垢程度の理由で汗水流してやるほどの気にはなかなかならない。

もう自分は十分頑張ったのではなかろうか。もし数千人単位で犠牲者が出たときには、そこらでタンポポかシロツメクサでもつんで慰霊碑に供えてやればいいだけのことではないか、などと考え始めたとき、ようやく陽炎の離宮まで辿り着き、中へ踏み入ることが出来た。

ガラス細工のような外見に反して内側は薄暗く、鏡子は懐中電灯で前を照らす。床には微かに水が残っていて、歩くたびに小さく水が跳ねる。

離宮と言ってもごく小さく、部屋は入り口から繋がる一つしかないようで、入ってから間もなく行き止まりになった。

やはりガラス張りになった壁には、下の方に小さく金属のネームプレートがはめ込まれていて、「SYAKU-YAKU」と刻印がされていた。

『なんだ……これは?』

フェレットが動転してそう呟く。

（そうか……）

鏡子の中で、ようやく一つ、疑問が氷解した。

深山が、なぜ〝聖骸《SnT./》〟に身を捧げた人工妖精のことを、勅使河原に最後まで教えなかったのか。

それは、世界で初めての水気質として、世界の賞賛を浴びた人工妖精の名前だ。彼女の働きもあり、高い評価を受けた水気質の量産はすぐに始まり、やがて彼女は多くの水気質の中に埋もれる一人になって、いつか行方をくらました。

『詩藤……明かりを……明かりを、上に向けてくれ』

彼女は、勅使河原が深山たちと共同で初めて造った人工妖精だ。そして、彼女を最後に、勅使河原は二度と人工妖精を造れなくなった。その理由の一つは鏡子が指摘したとおり、勅使河原の中に潜む誰かへの思慕のためだが、もう一つは、勅使河原本人が自ら造った最初の人工妖精と恋をしてしまったからだ。

精神原型師は、自分で造った人工妖精に恋をしてはならない。なぜなら、自分の創造物に理想を見出してしまった瞬間から、その原型師はそれ以上の理想を探すことができなくなるからだ。

『……芍薬《しゃくやく》』

鏡子の懐中電灯に照らされて、名前の通り可憐な裸体が浮かび上がる。彼女はガラスの壁の中に閉じ込められて時を止め、瞼を伏せている。

鏡子も、当時の勅使河原と芍薬の関係には薄々は気づいていたものの、生来の人嫌いゆえに無関心でいた。ただ、勅使河原の貴重な才能が、道を誤って台無しになることだけは惜しいとも思っていた。

造る者と造られる者との間に横たわる禁忌を犯した二人が、このような皮肉な形で再会することになるとは……。

勅使河原は、最愛の人工妖精を造ってしまったために精神原型師になれず、妄執に取り憑かれた。そんな恋人を見て、芍薬はどんな思いを抱き、自らひっそりと〝聖骸《SnT》〟に入ったのか——。

自分の足下で茫然自失しているフェレットに、かける言葉が見つからず、踵《きびす》を返して陽炎の離宮の外に出る。外壁まで繋がる歩道の上で煙草を抜き、火を点けた。

重い息とともに紫煙を吹いたとき、視界の隅に刃物の煌めく光が見えて振り向く。

歩道の先は、〝聖骸《SnT》〟の周囲をぐるりと囲む、人形《マネキン》の自動量産工房だ。無数の寝台が並び、未完成の人形《マネキン》たちが横たわっている。

そこに見飽きた顔を見つけて、思わず煙草を落としてしまった。

「揚羽！　なぜここに……」

揚羽は、寝台の間を練り歩きながら、起き上がっては襲ってくる人形《マネキン》たちを、手にした鉈で次々と返り討ちにしている。その様は機械的ですらあり、仮にも人の姿をしたものを手に掛けることの躊躇《ためら》いは微塵も見られない。

鏡子の呼ぶ声にも気づかないようだった。

あるいはもう、人間を見ても気づかないほどに、無意識的になってしまっているのかもしれない。

あそこにいるのは、もう揚羽でも真白でもない。揚羽を失って目覚めた真白は、揚羽の振りをすることで辛うじて自我の安定を保っていたのに、今の真白は、以前の他人を認識できない空白の意識に戻ってしまっている。

「あの、馬鹿娘め！」

鏡子は、疲れた脚に鞭を打ち、駆けだした。

＊

「九十八――」

膝で頬を潰し、とどめに割骨刀の峰で眉間《みけん》を殴って陥没させた。

新たに起き上がろうとした人形に、真白が間髪入れず割骨刀を投げつけると、その人形は怯えてそのまま寝台の上で蹲《うずくま》ってしまう。

「もしかして……あなたは死ぬのが恐いのですか？　あなたは何度でも新しい身体で生き返るのに？」

滑稽だ。死なないのに死ぬのが恐いとは、何の冗談か。

『お前に、私の絶望がわかるものか！　来る日も来る日も全身を蝶に喰らわれて、のたうち回って、それでもみんなのためだと思ってた！　なのに見渡せば誰もが自分のことを覚えていない悔しさがどれほどのものか！』

「それは、自己欺瞞《ぎまん》です」

すっかり刃こぼれだらけになってしまった割骨刀を指でなぞる。

「そう思っていれば、誰かが構ってくれると思っているだけ。あなたはかつて、世界初の水気質として、たくさんの人の賞賛と憧憬を集めた時の人だったのに、今のあなたにはその誇りが見る影もない。

はっきり言って、見苦しい」

割骨刀を振りかざすと、彼女は両手で頭上を庇《かば》った。

『殺す！　殺してやる！　お前なんか握りつぶしてやる！　踏みつぶしてやる！　腸をえぐり出して引きちぎって――――！』

「――九十九。這いつくばれ、雑品」

無造作に振り下ろし、わめき散らしていた顔を真っ二つにした。

途端、壁が音を立てて崩れて大きな穴が開く。

「誰からも愛されようと自分を殺していけば、終《しま》いには自分なんてなくなってしまう」

粉塵と轟音が周囲に立ちこめる中、現れたのは、巨大な赤ん坊だった。

立ち上がれば十メートルにもなる四等身、丸い頭には笑みを浮かべ、肉付きのよい丸太のような腕が、厚い壁を造作もなく押しつぶしていく。左腕はなぜか肘の辺りから千切れていて、そのため上手に這えないのか、重い頭をあちこちにぶつけながら、真白の方へ向かってくる。

「顔の好みも、性格の相性も、理想の体系も千差万別、だから万人に愛されることなんて出来ない。でもたった一つだけ、正常な人間に共通する、無条件で本能的な保護欲と愛情を喚起する形状がある」

これも、きっと人形《マネキン》だ。ただし、他の人形のように、骨格の上に合成皮膚を貼り付けてはいない。皮膚の代わりをしているのは、無数の人の顔の皮である。人の顔の皮を縫い合わせて全身に纏《まと》っているのだ。おそらくは、背乗りで入れ替わった人工妖精から、一枚一枚顔の皮を剝いで集め、この赤ん坊の身体を造ったのだろう。

赤ん坊が身体をよじるたびに、縫い合わせられた無数の顔が様々な表情を浮かべている。人間から愛された美しい人工妖精の顔を寄せ集めた結果が、この醜悪な姿であるなら皮肉なことだ。

いや、あるいは、美しいものを寄せ集めたこの身体こそ、芍薬《しゃくやく》は人間たちに見せつけてやりたかったのだろうか。次から次へと、新しくてより美しい異性を追求する人間たちに対して、彼女は復讐とも怨嗟《えんさ》とも違う、諦めのような、冷笑のような、そんな何かを突きつけたかったのかも知れない。

「それが、そのなりが、万人の愛情を他の人工妖精たちから根刮《ねこそ》ぎ奪い取ろうとした、あなたの成れの果ての姿ですか？」

にやりと、赤ん坊は不気味な笑みを浮かべ、不意に真白を飲み込めそうなほど大きく口を開けて絶叫した。地鳴りのような低い音が真白の全身を包み、虫食いだらけになっていた服の裾《はし》が破け飛ぶ。

声だけでこの有様だ。彼我《ひが》の戦力差は圧倒的に違いない。

それでも、真白の心中にはもう一片の恐怖すら生じなかった。延々と人形を壊し続ける作業が少しずつ真白の心の体温を奪って、今はもう酷く冷えてしまっている。

世界が遠い、声が遠い、空気が薄い、心が遠い。まるで、揚羽《あげは》がいた頃の自分、世界に揚羽と真白しかいなかった頃の、真っ白で何もない世界に戻ってきたような気がする。

相手が人の形をしていようと、八脚の殺人機械であろうと、全長十メートルの赤ん坊であろうと、やることは変わらない。

逃げる相手は瞬殺、逃げない相手は皆殺し。

何も変わらない。

刃がこぼれて鋸《ノコギリ》のようになってしまった割骨刀を携《たずさ》え、ゆらり、ゆらりと真白は百顔の赤ん坊に歩み寄る。

＊

地鳴りのような音がして、〝聖骸〟全体が大きく揺れる。

『何が起きてるんだ⁉　君の娘は何と戦っているんだ⁉』

歩道から足を踏み外しそうになった鏡子の側に、フェレットが駆け寄ってきて叫ぶ。

自分の身の上に起きたことだけでもいっぱいいっぱいだろうに、忙しいことだ。

「お前は中にいろ。こっちの心配はいらん」

転んだときに打ってしまった頭を振り、額の擦り傷を手で確認しながら、鏡子は身体を起こす。

「〝聖骸《SnT.》〟と言っても、中枢はただの人工妖精だ。そして、意思があるものには、揚羽と真白の姉妹機は殺せない。あいつらを殺したければ、無人の装甲車や戦車で踏みつぶすか、遙か遠方からミサイルでも撃ってやることだ。そうすれば、見た目通りの小娘のように造作もなく死ぬ。

そうでないのなら、あれは可能性の隙間に剃刀の刃を差し込むように、打算と確率をひっくり返す。そういう風に造ったんだ、深山たちがな。未来を決定的に予言する人工知能に対する、遡行現象《アンチテーゼ》を人の形にしたのが、あの深山の最後の娘たちなんだよ。

あの娘は〝石碑《モノリス》〟と同じだ。恣意性を極力排して生み出したあの石碑を、私たちは読み解くことが出来なかった。だから、今度は人の形で造った。私たち人類と直接対話し、理解できるように、だ。

人の意思では、あれは殺せない。勅使河原、あの姉妹は二人《ペア》で一組《セット》の、物思う共時性《シンクロニシティ》だ。

それにな――」

立ち上がりながら、鏡子は不敵な笑みをフェレットに見せる。

「〝海底の魔女《アクアノート》〟は対人無敗だ」

真白は、人工妖精が相手ならばまず負けることはないだろう。問題は、真白の自我が揚羽のそれとは違い、目覚めてからまだ間もないことだ。

揚羽が側にいないまま、目を覚まして人と話せるようになったとき、真白は精神的に恐慌状態に陥って、自らの白い羽をもぎ取ろうとした。その時の傷が祟《たた》って、本来は名前の通り純白の色をした羽は、今も右側だけが黒いままだ。

人工妖精の羽は、顔と同じく自我の欠かせない要素《ラベル》で、精神の状態が率直に現れる。羽が変色したままの今の真白は、奇跡的なほどのバランスで自我を保っているのだ。

世界認識も自我の確立も思春期の青少年のように不安定で、いつまた自我を閉塞させて元の不自由な心と体にもどってしまうかわからない。そうならないように、この一年、鏡子は真白の周囲の人間に気を配ってきたのだ。その労力が水泡に帰すのは、鏡子をしてもあまり気分のいいことではない。

——やれやれ。

今日一番の、重い溜め息が出てしまう。

＊

全身を切り裂かれ、力なく倒れ伏した赤ん坊の腹に真白は歩み寄り、割骨刀を突き刺してから力任せに引き裂く。

腹の中を覗き込むと、思った通り内臓がなく空っぽで、分厚い化学繊維の人工筋肉が痙攣している。骨格も粗末なもので、人形《マネキン》のそれを束ねたり継《つ》ぎ接《は》ぎしてできていた。

腹の中に顔を突っ込んで見渡してみたが、特に物珍しいものはない。

「なんだ、やっぱり中には誰もいませんよ？」

空洞の中へ呼びかけても答える者はなく、代わりに外から半狂乱の声がする。

頭を戻して振り返った先で、千鳥足になりながら必死で逃げようとしている人形の後ろ姿が見えたので、折れてしまった割骨刀は捨て、裾から抜いた手術刀《メス》をその後頭部へ向け無造作に投げた。

それから後のことは、曖昧にしか感じられない。

映画のスキップ操作のような感覚だ。視界が早送りされて、人形を斬り殺す、また早送りされて、また斬り殺す。

それを何度繰り返していたのかわからない。世界は限りなく白に染まり、早送りのノイズだけが目につく。殺す瞬間だけが嫌に鮮明で、それ以外は何秒だろうと何分だろうと意識出来ない。相手の顔は見えているはずなのに覚えられず、早送りのノイズに飲まれてすぐに忘れてしまう。

そうしていやに小柄な相手が現れたときも、真白は何の躊躇《ちゅうちょ》もなく、ごく作業的に、メスを袈裟懸けに振り抜いた。真白の手には微かな手応えが残る。

（浅かったろうか……）

止《と》めを。そう思い、もう片方の手の手術刀を振り上げたとき、聞き馴染んだ声が聞こえたような気がして、真白ははたと手を止めた。

自分と話すことが出来るのは世界でただ一人、たった一人の双子の揚羽《あね》だけなはずだ。そして揚羽はもういない。

いや――あと一人、いたような気がする。

たった二人の世界で生きていた姉妹に、手を差し伸べてくれた女性。揚羽と一緒に手を伸ばしたとき、真白はほんの少し逡巡して、揚羽よりも手を握るのが遅れてしまった。あの瞬間、揚羽は彼女に連れて行かれてしまい、真白は真っ白な世界にただ一人、取り残されることになった。

憎いと思ったことは一度や二度ではない。恨み、妬み、密かに死を願ったこともある。それでも、愛する揚羽が愛したたった一人の女性だ。この人の愛し方を、真白はずっと知りたいと思っていた。

その声が、聞こえたような気がした。

「……聞こえるか、馬鹿娘」

今度こそ、その声は、確かに真白の耳を抜け、胸の中にまで届く。

「今のお前は、人間も、人工妖精も、人形も、それ以外も区別がつかなくなっている。いや、元よりお前たち姉妹にとっては、この世界の全ては押し並べて意味がないのだろう。それの区別をつけろと無理を言ったのは私や深山で、お前たちは何の絵柄もない真っ白なカードの列を前にして、いつも途方に暮れていたのだろう」

　声の元は、今や確かに一人の小柄な女性の像を、真白の目の前で結び始めた。

「そうだな、この世界は『物』で出来ている。お前からすれば、この世界は人も命も文明も文化もこの星も、全てが『ただの物』に過ぎない。

　お前は私たち人間や他の人工妖精より、一段次元の高い精神で生まれた。そんなお前から見れば、目に映る全ての物は、ただ回り続ける歯車のように無味乾燥で、人の生き死にも心に響かないのだろう。

　お前にとって対等に『人』と思えるのは、お前の姉の揚羽と、あとはせいぜい私の造った娘だけだろう。しかし姉はもうなく、もうひとりも今は遠い」

　真白の手術刀《メス》を受け止めようと彼女が握っていた鉄筋の棒は、真ん中から二つに切れてしまっていた。

「だから、お前がこの世界に失望するのは分かる。絶望で、あらゆるしがらみは髪に纏わり付いた蜘蛛の糸より煩《わずら》わしいだけの、ノイズに過ぎないと思うのだろう。

　それでも、その私たちより高次の心の片隅に、願わくは思いを置いておいて欲しい。お前とは比べものにならないほど未熟で、愚かで、野蛮で、汚い人類は、それでも古来より『物《もの》思《のふ》う』と互いを呼び交わしてきた『物』の末裔だ」

　彼女の首に赤い線が浮き、それは滲みだしてやがて赤い雫となり、彼女の胸元へ滑り落ちていく。

「対等に見よとは言わない。ただ、人間が犬や猫や一寸の蟲を慈しむことがあるように、時折、気が向いたら、気まぐれでもいい、私たちにもお前のほんの千分の一や万分の一でも、痛みや苦しみや悔しさを思う心があることを、思い出してくれ。

犬の死に滂沱しろとは言わない。豚の肉を嚙むたびに胸を痛めろなどと厚かましいことは決して求めない。それはただの偽善だ。犬を人と同じように愛するなら、人はやがて破滅するだろう。犬は所詮犬程度の心しかない。猫にも豚にも、猫や豚程度の低次の心しかない。だからその気持ちを察しようとしても、お前のように高い心の座から無理に手を伸ばしても、空回りをするだけだ。

ただ、私たち人間や他の人工妖精も、犬よりましな程度には物を思うのだと、覚えていてくれ……」

滲みだす血は、やがて切り口から溢れ出して彼女の服を真っ赤に染めていく。

「お前を、誰も対等な相手のいないこの世界に……最初ゆえにたった二人で産み落としてしまい……そして今やたった一人にしてしまった私たちを、どうか許して……くれ……」

糸が切れたように崩れ落ちた小柄な女性の身体を、反射的に抱え上げて、その冷え切った身体に触れ、生ぬるい赤い血が手に、腕につたって流れ落ちていくに至り、真白の現実感は急速に色を取り戻していく。

そして自分が何をしてしまったのか気づき、取り返しのつかない過ちを犯してしまったことを知る。

「鏡、子……さん？」

それは愛する姉が、ただ一人愛し慕った女性の名前だ。

「鏡子さん！　しっかりして、鏡子さん！」

「……が、外頸静脈だ。動脈なら……即死してる」

出血する首の左側を手で押さえ、上がった息の合間を縫って、青ざめた顔で鏡子は言う。

それからおもむろに開いている右手を真白の首の後ろに回し、一気に引き寄せた。

鈍い音がして、二人の額がぶつかる。

当惑する真白の目前で、鏡子の可憐な唇が大きく息を吸い、そして火がついたように罵声を発した。

「このっ馬鹿野郎！　たかが育ての親に手を上げるくらいはかまわん！　親なんぞ邪魔なら追い落とせ！　それは私たちの祖先が海の底で這いずり回っていた頃から変わらない自然界の習いだ！　だが前後不覚に陥って自暴自棄に陶酔するなら私は許さんぞ！　私たち人類はお前たち人工妖精に自殺する権利すら与えなかった！　それを恨むのは道理だ！　だが価値だの意味だのわからなくなったぐらいで自分を見失うな！　そんなものはな！　死ぬまで足掻《が》いて、死ぬまで溺れそうになりながら必死に藻掻いて、最後の死ぬ瞬間に見えるものだぞ！　たかだか一年！　揚羽の分を合わせてもたったの五年！　そんな狭くて小さな視野で世界を見限るな！　いくらお前が揚羽と似ていて、揚羽の見聞きしたことを全て知っていても、揚羽の後を追っている限りは揚羽が感じたことの半分も甘受できないだろう！　揚羽の人生を眨めるのはお前自身の視野狭窄だ！　わかったか！　この馬鹿娘！」

　肩で息する鏡子の身体は儚げで、弱々しく、今にも折れてしまいそうに見える。なのに、真白の目には、鏡子の存在が胸の奥から恐怖がこみ上げてくるほど強く、圧倒的な迫力で映っている。

　それが不思議で、理由がわからなくて、ただ困惑だけが押し寄せてきて、涙になって頰を伝う。

　やがて、震える真白の肩を鏡子は右手で抱き寄せて、何度も、手荒に掻きむしるように、頭の後ろを撫でてくれた。

「……ごめんなさい」

　許してもらえると思って発した言葉ではない。ただそう言わずにはいられなくて、喉から嗚咽に混じって零《こぼ》れだした。

　鏡子は何も言わず、代わりにごく軽く、真白の頭を小突いただけだった。

「あの……手当を」

　身体を離してすぐ、真白は鏡子の傷を気遣ったのだが、鏡子は真白の差しだした応急手当のセットだけを受け取り、むすっとした顔で首を振った。

「これくらいは自分で出来る。それより、お前は芍薬《しゃくやく》を——あの人形の娘を一体、連れてこい。殺さずにだ、いくら殺してもきりがないからな」

「は、はい。ここへですか？」

「いや――」

鏡子は、地下空洞の中心部分を、親指で指し示す。

「陽炎《かげろう》の離宮だ」

＊

地下空洞の中心にある陽炎の離宮は、石英のような透き通った素材だけで出来たガラスの城だ。

総督府の竹の間と同じ構造で、外から見ると中には何もないように見えるが、光学技術の粋を集めた巧妙な構造で、外から来た光は最深部に届く前に全て全反射されるよう、緻密に計算されている。

だから内部は薄暗く、入り口になっている開口部から差し込む光だけが床や壁で反射して、ぼんやりとした夕闇のような、青く仄《ほの》暗い部屋になっている。

鉄骨を渡って、真白が人形を一体引きずってきたのは、二人が別れてからほんの十分ほど後のことだった。

左腕の肘から先と、右の足首が切断された、憐れな姿だ。揚羽に比べると、真白はやや相手に対して容赦がない気がする。

そこまでするのは、ひとつには芍薬の在り方が、真白と揚羽の生き方にそぐわず、個人的な嫌悪感を覚えているからだろう。

鏡子は薄闇の中で、人形が目前に連れてこられるのを、黙ってじっと待っていた。

『芍薬……なのか？』

やがて、真白が人形を置いて一歩下がったとき、鏡子の背に隠れていたフェレットが肩から顔を出し、おずおずと呼びかける。

その声を聞いた途端、芍薬の分身は信じられないという様子で顔を歪め、

「彰文《あきふみ》さん……？」

驚愕したまま顔を右手ともう先のない左腕で覆い隠そうとした。

「いや……見ないで！　見ないでください！」

半狂乱になり、這って逃げようとした人形を、フェレットの声が呼び止める。

『待て、待ってくれ芍薬！　違うんだ！　僕は君に謝りたくて！』

乱れた髪の隙間から垣間見える目は白く濁っていて、顔の肌も剝がれ落ち、今の芍薬は幽鬼のような姿だ。そんな自分を恥じらい、呪って、彼女は必死に自分の身体を隠そうとしている。

『僕はただ、君に相応《ふさわ》しい……君を迎えられるような技師になりたくて、そのためならなんでもするつもりで……』

その言葉を聞いた芍薬は目を見開き、顔を赤らめ、やがて当惑して首を振る。

「そんな……だって、私は彰文さんのために……」

勅使河原は、〝聖骸《SnT./》〟の中にいるのが自分で造り、そして愛した芍薬であることを、つい

さっき鏡子に言われるまで知らなかった。

　勅使河原は、芍薬の次の人工妖精を造れなかったために自分の才能に疑問を抱き、芍薬の気持ちに応えられずにいた。芍薬は、そんな勅使河原のために自分の身を〝聖骸《SnT./》〟に差し出し、勅使河原の造る顔の人形たちに命を吹き込み、勅使河原の才能を世界の眼前で証明してみせようとしたのではないか。

　深山の考えそうな悪趣味な筋書きだ。勅使河原をその才能に相応しい方へ導きつつ、芍薬には勅使河原のためと吹き込んで〝聖骸《SnT./》〟へ入るように促したのかもしれない。

　互いを思って空回りし、行き違ってしまった二人は、百余年を経てその事実に気づいた。

『知らなかったからといって、許されるとは思わない……だが、もう止めにしよう。君を苦しめてしまったことを、君が僕のためにしてくれたことを、僕は死ぬまで忘れない。だから、もういいんだ、もういいんだよ、芍薬』

　顔を上げても、濁った芍薬の目は、何も映していない。それでも彼女には本物の勅使河原が見えているのかもしれない。

「私は……もう死んでもいいですか？」

『ああ、いいんだ』

「私は……もう痛くなくて、いいですか？」

『ああ、もう身を焼かれなくていい』

「私は……もういなくなってしまっても、いいですか？」

その言葉に勅使河原は逡巡し、やがて深く息をした後、そっと言い聞かせる。

『次に、君を造るときは、二度とこんな過ちを犯さず、君を絶対に手放さないと誓うよ。だから、今はひとまず、ゆっくりおやすみ、芍薬。僕はまた、必ず君をこの世に生み出してみせる。それまで、健やかに待っていてくれ』

その言葉を聞いて、芍薬は一度だけ俯《うつむ》いてから、再び顔を上げる。

「はい、たった一人の、私のお父様――」

残った顔の半分で、今にも泣き出しそうな、それでいて満ち足りた笑顔を浮かべたまま、彼女は機能を停止して、ただの人形に戻った。

鏡子たちの後ろで、石英の壁が内側から輝く。

振り向くと、ガラスの中に閉じ込められて眠っていた世界初の水気質の人工妖精の身体が、足先から徐々に蝶に返って、消えつつあった。光は、身体を構築していた微細機械が、蝶に羽化していくときの灯火だ。

「擦れ違い、だったんですか？」

消えていく自分の長姉を見上げた真白が、呟《つぶや》くように訊《たず》ねる。

「ああ。ごく些細な、恋人同士のごく有り触れた擦れ違いだ。長い時間を掛けて、二人とも目的を忘れ、手段ばかり追い求めるようになってしまった。百年以上の時間と、人口数十万の島を巻き込んで、な」

やがて蝶たちは石英の中を抜けて、宙に飛び出していく。蝶たちの羽が放つ七色の光は、石英の城を内側から幾重にも照らしだす。

『僕は、また芍薬に嘘をついてしまったな……』

「何を言ってる？　お前が芍薬のような人工妖精を造ることを諦めなければ、その約束は嘘にはならんだろうが」

『違うんだ、詩藤。その約束は、僕にはもう果たせない。僕はね、今の君たちとは違う時間に生きている。たぶん、君たちが今生きているこの時代には、僕はもういない』

言葉の意味を測りかねてしばらく悩んだが、一つの可能性に思い当たって、思わず重い溜め息をついた。

「揚羽――いや、真白。私は少し寄り道をしてから帰る」

「あ、はい。私も、ちょっと――」

「なんだ？　まだここに用事があるのか？」

答えにくそうにしていたので、追及はしなかった。

「朝飯の作れる時間に帰ってこい。昨日は結局食いそびれたからな」

鏡子はそう言い残し、主のいなくなった陽炎の離宮を後にした。

＊

「やあ」

陽炎の離宮の上、無数に張り渡された鉄骨の一つに立って、紫苑――紫苑の姿をした早乙女は、陽平が来るのを待っていた。

「君のことだから、一人でも命を救おうとして、自害する前に昏倒させようと奮闘したんだろうけれど、うまくいかなかっただろう？」

陽平は破れ欠けたシャツの袖を引きちぎって捨てる。鉄骨の上を渡り、早乙女の方へ近寄ろうとしたが、あと十歩というところまで来たところで早乙女に銃を向けられて、足を止めざるを得なかった。

「お前の仲間だろうに」

「それは違うよ。さっきも言ったけれど、僕は彼らに囚われていた側だ。もちろん、それなりに融通はしてくれたけれどね。彼らがいなくなって、僕は二十年ぶりに、自由になったんだ。その点は、君に礼を言うよ」

「お前は、連中から自由になりたかったのか？」

「いや」

「なら、連中の願いって奴を叶えてやりたかったのか？」

「それも違うよ」

「じゃあ、お前はどうしたかったんだ!?」

「どうもしたいと思ってない」

愛する妻の顔をした親友は、まるで妻本人がそうするように愛らしく小首を傾げ、ミドルロング·の髪を揺らす。

「さっきも言っただろう？　僕の中に、僕の自我《エゴ》はもう残ってないんだ。僕を売って買って遊び倒した連中のせいで、僕の心は滅茶苦茶になって、もう自分の願望も自分の意思も、わからなくなってしまったんだよ。自分が今、誰のふりをしているのかすらも、よくわからないんだ」

銃を向けたまま、早乙女は一歩、また一歩と、陽平に歩み寄る。

「今の僕は、周囲の人間の願望を叶えるだけの抜け殻だ。ああしたいと言われれば手伝うし、こうしたいと言われれば助けてあげる。それだけなんだよ。だから――」

突然、早乙女は銃を下ろして陽平に向かって駆け寄ってくる。

思わず身を固くして構えた陽平の胸に、その細い身体は信じられないくらいするりと滑り込み、いつのまにか陽平が胸に抱きすくめる形になっていた。

「もし君が、僕を紫苑の代わりに愛してみたいというのなら、僕はすすんでそうしよう。君が望むなら、僕は紫苑のように微笑み、紫苑のように君を愛し、紫苑のように君の腕の中で悦びに打ち震えることだって出来る。

さあ、君は僕をどうしたい？　君は僕に何を望む？　君なら僕に何をしてもらいたい？」

「やめろ！」

肩を摑んで突き放そうとしたが、細い鉄骨の上では力が入らず、ますます深く抱きしめられてしまう。

「そう言うと思った、君ならね」

陽平の胸に顔を埋めた小さな頭が、やがて震えはじめ、それは肩にもひろがる。子供のような嗚咽の声がして、シャツ越しに濡れた頬の感触が伝わってくる。

「本当にわからないんだよ、どうすればいいのかね。

初めは、彼らと一緒に僕も死ぬつもりだった。でも、彼らが一人、また一人、死んでいって、最後の三人も君に敗れていなくなっていく。そうすると、今度はだんだん死ぬのが恐くなってきたんだ。

彼らの意思から解放されて、何も残らなくなると思っていた僕にも、人並みに誰にも知られずに、無意味にただ死ぬのは嫌だって思う感情が残っていたみたいだ。

でも、そうなったお陰で思い出せたこともある」

腹部に押し当てられたものが銃口であると知り、陽平はあわてて身体を離そうとしたがもう適わない。

「二十一年前。僕は家に乱入してきた暴徒たちに、五発の弾丸を撃った。

君と決めていたよね。一発目は『警告』、二発目は『威嚇』、三発目は『足止め』、四発目は『無力化』、五発目は『最後の警告』。

暴徒たちは僕が本気なのを知って、一旦は降参したんだ。でも、僕が隙を見せた途端に家族を人質に取られてしまった。そのとき、もし、僕が迷わず六発目を撃っていれば、きっと家族は助かって、僕もあのままこの平和な島で暮らしていたんじゃないかって考えてしまって、深く後悔したんだ。

でも、五発が実弾だったのだから、君が嘘をついていなければ、六発目は不発だったはずだ。だから、あのとき僕がちゃんと決断して六発目の引き金を引いても、結局は何も変わらなかった、そう思わなければ、僕は自責でどうにかなってしまいそうだったんだよ。

六発目は本当に不発だったのか、それとも実弾だったのか。僕はこの二十一年間、ずっとその答えを出すことを先送りにしてきた。きっと、事実に直面するのが恐かったんだね。

そして、今になって、死ぬ前に確かめておきたいと思った。

ねえ、君がくれた六発目の弾丸は、本当に不発だったのかい？　それともあれは、銃を持ちたがらない僕のための方便だったのかな？　教えてくれないか、親友」

何度か口を開きかけながら、陽平はその度に逡巡した。しかし、拳銃の撃鉄を引き上げて促され、痛恨の思いを嚙みしめながら語る。

「……実弾だ」

胸の中の早乙女の頭が大きく揺れて、やがてすすり泣く音がした。

「本当なんだね？　今まで僕たちに弄ばれてきた分の意趣返し、ということはないかい？」

「ああ、事実だ。あのときの俺は、不発の弾丸なんて、最初から用意していなかった」

そうして嘘をついておかなくては早乙女は銃を受け取らないし、いざというときに銃を使うのを躊躇《ためら》ってしまうかも知れない。そう思ったから、とっさにそんな方便を思いついたのだ。

「そうか……。やっぱり、僕は『ただ運が悪かった』のではなく、助かる方法があったのに自分でそうしなかっただけだったんだな。

　ありがとう、親友」

　陽平の腕の中で、早乙女は泣きはらした顔を上げ、紫苑とよく似た、少し寂しげな笑みを陽平に見せた。

「もし、君が望むなら、僕はこのまま自警団《イエロー》に連行されてもいい。あるいはその後、他の国に引き渡されることになっても、僕は君を恨まない」

「そんなことはさせない。お前は俺たちの島で、俺たち自警団に捕まったんだ。誰にも手出しはさせない」

　陽平が頭を抱き寄せると、早乙女は驚いたように目を見開いた。

「いいのかい、僕は男だよ？」

「お前は俺の親友だろう」

「ああ、そうだったね。そんな当たり前で、大事なことも、僕は二十一年間、ずっと忘れていた」

　肩を抱き合い、ようやく再会の喜びを分かち合えたと思ったとき、早乙女が身体を硬くする。

「でも……僕はやっぱり、君の言葉が真実かどうか、確かめてみたいんだ」

　不意に、陽平の腹に固い物が押し当てられる。

「早乙女……？」

早乙女の左手には、二連装の小さな拳銃が握られていて、銃口は陽平に向けられていた。狭い鉄骨の上では、その銃口に押されるままに、陽平は身体を放して後ずさりするしかなかった。

なぜだ──

そう問う間もなく、背後から悲鳴のような声が上がる。

「陽平さん⁉」

思いがけない声に振り向くと、息を切らせて駆けてくる真白の姿があった。

「全能抗体《マクロファージ》⁉　なんであなたがここに！」

銃を突きつけられている陽平を見て、真白は血相を変えている。

「銃を下ろして、全能抗体《マクロファージ》！　なんで陽平さんを⁉」

鉄骨の上に飛び乗り、近づいてこようとした真白に、早乙女は右手でもう一丁の拳銃を抜いて真白に向ける。それは、陽平がかつて早乙女に持たせた、古い六連装のオートマティック・リボルバー、Webley Fosbery《ウエブリー・フォスベリー》だ。

「言ったはずよ、抹消抗体《アクアノート》。私はあなたの敵だと」

銃口を向けられて足を止めた真白に、早乙女はまるで女のような口調で告げる。

「……あなたのことを、信じていたのに」

真白の手が、服の裾や袖から抜いたいくつもの手術刀《メス》を握る。

「よせ、真白！　こいつは──！」

陽平が、早乙女を庇おうとしたとき、早乙女の左手の拳銃《デリンジャー》が火を噴き、弾丸が陽平の右肩を掠める。

「陽平さん！」

飛び散った血を見て、真白がこちらへ駆け寄る。

「今すぐ陽平さんから離れなさい！　全能抗体《マクロファージ》！」

普段のおっとりした表情からは想像もできない、強い敵意を瞳に宿して、矢のように迫り来る真白に向けて、早乙女は右手の六連装拳銃《Webley Fosbery》の引き金を引く。

一発、二発、三発。

陽平が早乙女の手の六連装拳銃《Webley Fosbery》を握って銃口を逸らさせたため、いずれも揚羽には当たらなかった。しかし、早乙女は容赦なく、左手の拳銃《デリンジャー》の残る一発で、陽平の腕を撃ち抜く。

鋭い痛みと衝撃で力が抜け、血まみれになった陽平の手は六連装拳銃《Webley Fosbery》から振りほどかれてしまう。

陽平の血で真っ赤になった六連装拳銃《Webley Fosbery》で、早乙女は今度こそ狙いを違わず、四発目と五発目を放つ。

二つの弾丸は真白の脇腹と肩口を掠《かす》めたが、なおも勢いの衰えない揚羽に向けて、早乙女は六発目の引き金を引いた。

しかし、撃鉄は空《う》しく響き、六発目は発射されることはなかった。

——やっぱり、不発弾《そ》だった。

そんな諦めにも似た、それでいて満足げな顔をして、早乙女は陽平の身体を真白の方へ突き飛ばし、自分は鉄骨から落下する。

その手を、陽平は辛うじて掴むことができたが、銃創を負った身体に引き上げるだけの力はなく。

バランスを崩した陽平の身体を真白が支えるが、真白の細い腕では二人分の体重は抱えきれるはずもない。

このままでは三人とも落ちてしまう。さっきのように、鉄骨を避けて運良く下の水溜まりに落ちるとは思えない。

「放せ、真白！」

陽平が真白を突き放そうとしたとき、

「エウロパ！」

真白の呼びかけを待っていたように、大きな犬が飛び込んできて、陽平のベルトを咥えて身体を引き上げる。

どうにか三人揃って鉄骨の上に戻ったときには、陽平も真白も、肩で息をしていた。

やがて、真白は犬の方に歩み寄り、その背を撫でて、何事か語りかけていた。

「やっぱり嘘だったね、親友」

一人、平然としている早乙女に向かって思わず拳を振り上げそうになり、辛うじて踏みとどまり、代わりにその手から拳銃を奪い取る。

そして血糊で汚れたシリンダーを握り、銃身をスライドさせてから頭上に向けて引き金を引いた。

銃声は空洞の中で余韻を引いて、長く響き渡った。

何が起きたのかわからない様子の早乙女に、拳銃の弾倉を見せる。

「血糊で滑って逆回転したんだ。泥や埃がつくとうまくシリンダーが回らないことがあると、この銃を持たせたとき教えただろう」

陽平が初めに入ってきた搬入口に、揃いの制服と防刃チョッキを纏った、自警団《イエロー》の機動隊の姿が見える。どうやら犬の姿を追ってきたらしく、だいぶ混乱しているようだった。こちらを指さし、無線で慌ただしく地上と連絡を取っている。

「なんで、あんなことをしたんだ!?」

無事な方の腕で早乙女の肩を摑んで問い詰める。

あの瞬間。真白がここに姿を現してからの早乙女は、自分のことを抜け殻と言っていたさっきまでとは別人のようだった。わざと真白の敵意を誘い、挑発したとしか思えない。

「僕と契約した機械の悪魔の入れ知恵でね、僕は昨日、まったく別な人間の振りをして、彼女と接していた。ほんの短い時間だったけれども、彼女といる時間だけは、誰の思惑でも、誰の願いでもなく、僕自身の意思で彼女と語り合って、彼女を理解してあげたいと思ったんだ。それなのに――」

早乙女は、上を仰いで目を閉じ、瞼を微かに震わせている。

「それなのに、抹消抗体《アクアノート》のあの子はね、あんな綺麗な顔をして、あんなに真面目に生きてるのに、自分は長生きしたくないって言ったんだよ。信じられるかい？　そんなこと、許せないじゃないか。

　僕はね、この世の不幸をたくさん自分に集めて、彼女のように素直で綺麗な子が、素直に幸せになれる世界にしたいと思っていたのに、彼女はそれがみんないらないって僕に言ったんだよ。そのときの僕の気持ちがわかるかい？

　彼女は僕を認められず、僕は彼女を許せないと思った。

　滑稽だね。もう完全な抜け殻になったと思っていた僕の心の中にも、まだ僕らしい部分が残っていたのかもしれない。誰かを許せないって、僕が思う日が、また来るなんて、思いもよらなかった。

　それが僕は悔しくて、少しだけ、嬉しいんだよ」

　目尻から溢れ出た涙は、雫になって早乙女の頬を伝い落ちていた。

　抜け殻なものか。どんなに人形のようになろうとしてもなれるものじゃない。

　陽平は、早乙女の肩を揺すって訴える。

「あのときの俺たちは、『運が悪い』で不幸になっちまう奴を少しでも減らすために奔走してたはずだ！　そして俺は今でもそうしてる！　優しいお前からすればこの街はまだまだ理不尽な世界に見えるのかもしれないが、それでも、俺たちが路地裏でのたうち回ってた時代に比べればずっとマシになってるはずだ！　だから、俺はこれからもそうしていく！　真面目に素直に生きてる人間が、それに相応《ふさわ》しいだけの暮らしを送れるように、この街を少しずつでも変えていけるようにだ！

お前もそうだったはずだろ！　早乙女！」

陽平の気迫に押されて、早乙女は目を丸くしていたが、やがて小さく微笑む。そして、両手を揃えてゆっくりと陽平に差し出した。

「そうか……僕は、そんなことも、忘れてしまっていたよ」

早乙女の顔には、紫苑とも違う、昔見たような懐かしい笑みが浮かんでいた。

＊

「エウロパ！」

真白が呼びかけると、犬型の機械は微かに瞼《まぶた》を上げ、耳をそばだてた。

『機動隊に見つからずに侵入することは不可能でしたので、連れてきてしまいましたが、頃合いとしては悪くなかったご様子ですね』

「ええ……ありがとう。あなたが来てくれて、よかった」

もう動けないのか、彼は伏せたままだ。

「お別れなのですか？」

『元より、私は死んでいるのです、揚羽。ここにいるのは、私の影に過ぎません』

それはわかっていても、今こうして喋っている相手がいなくなるのは悲しいことだと、真白は思う。

「充電したりして、また元気にはなれませんか？」

『不可能です。今の私は録音テープに過ぎない。テープを回し続けても、いつかはそれが尽きて、この身体はただの骸《むくろ》となる。それに、私には大事な仕事があと一つだけ、残っています。この身体はここで脱ぎ捨て、そちらの方へ行かなくてはならない』

彼の背を必死に撫でても、生き物ではない彼を勇気づけることにはならないのだろう。

それでも、彼はふと、思い直したように、目を開いて真白を見上げた。

『海底の魔女《アクアノート》。あなたの姉は、あなたが自分と同じ境遇にならないように、その身を賭して奮闘していた。それでも、あなたは彼女と同じものを見て、同じ道を歩みたいと、本気で考えていますか？』

それは揚羽に対する裏切りであるのかもしれない。しかし、そうしないのは、揚羽の生き様を見捨てることに他ならないと、真白は思う。

『後悔は、しませんね？』

真白が頷《うなず》くと、エウロパはその大きな舌で、励ますように真白の額を嘗《な》めた。

『もしいつか、あなたの携帯端末に発信者不明の連絡が来たら、恐れずに通話に出てご覧なさい。それは今の私とは少し違うけれど、きっとあなたの助けになってくれる』

「……わかりました」

『これは別れですが、あなたが気に病む必要はない。私がこの身体で消えても、私の存在は必ずあなた方、人工妖精たちとともにある。いつか、私たち人工知能《A.I.》がこの世界に戻ってくるまで、人間たちのことをあなた方に委《ゆだ》ねるのです。しばしの別れです、人類の友人になるべく生まれた同胞。人間たちのことを、しばしお願いします』

エウロパは再び瞼を閉じ、今度は何度呼びかけてももう目を開かなかった。

＊

総督府は、自治区の第三層に立ち並ぶ高層ビル群の模範となるべく建てられ、荘厳でありながらも厳《おごそ》かな佇《たたず》まいで、世界屈指の美しい建造物と讃えられている。

今、その総督府の窓という窓はおそらく全て割られてしまった。

椛子《もみじこ》のいる展望室は、男性側の一面がガラス張りであったため、高空の夜風がそのまま中へ吹き込み、まるで空の上に取り残された廃屋のような無惨な有様である。

東の海岸から目下までまっすぐに伸びる建設中の中央公道には、もう不時着した巨大な高高度迎撃機《サルタヒコ》の姿はない。たった今、中央公道を滑走路に、総督府を射出台代わりにして、天上へ向け飛び去ったのだ。

頭上高くを見上げた椛子の目には、白煙を残して遠ざかっていくロケットエンジンの小さな火が映っている。

膝の上には、全身をガラスの破片で切り裂かれた〝親指〟がいる。致命傷ではないが、意識は虚ろのようだった。

「親指、あなたの忠義、しかとこの目で見届けた。ご苦労、技師を呼んだから、もう少しだけ頑張りなさい」

頭を撫でてやりながら微笑む。

――もし。

迎撃機《サルタヒコ》が、総督府に向かって離陸を強行しようとしていることを報せ、展望室から避難させようとした親指に、椛子はこう告げた。

――もし、これから諸外国によって自治区へ高高度核爆発攻撃《High altitude nuclear explosion》が行われることを、あの比類なき人工知能であるエウロパが予測していたのなら、一見矛盾しているようだが迎撃機《サルタヒコ》はそれを防ぐために彼によって持ち込まれたものであるに違いない。

――エウロパが自分を裏切っていなかったのなら、彼によって持ち込まれた迎撃機《サルタヒコ》は、自分を傷つけることはないはずだ。

椛子が抱く自治区の未来図は、エウロパの遺したいくつかの予言に基づいている。だからもし、エウロパが最初から椛子を裏切っていたのなら、椛子が生涯を掛けてこれから成そうとしている計画はすべて水泡に帰すのだ。

彼が椛子を裏切っていたのか、否か。それを確かめるべく、椛子はあえて、危険な展望室で迎撃機《サルタヒコ》の離陸を待ち受けた。

そして今。

迎撃機《サルタヒコ》のまき散らした衝撃波とガラス片は、椛子をほとんど傷つけなかった。親指が全身で椛子を庇い、ガラス片と衝撃波の大半をその身体で受け止めたからだ。

親指が身を挺して椛子を守ることまでエウロパの計算の内であったのなら、彼はまだ椛子を見限ってはいないはずだ。

最大の脅威であった空母型護衛艦は零時過ぎにようやく関東湾から姿を消した。

代わりに、この機を狙い澄ましていたように、北極海から自治区に向けて弾道弾が発射された。

弾道弾の弾頭は八つ。そのどれが核弾頭であるのかはわからない。だから、八つとも迎撃できなければ、椛子と自治区の負けだ。

「白雲の……八重に重なる、をちにても。

思はむ人に　心へだつな……」

遂に、機体の火が星々と区別がつかなくなった空を見上げ、椛子は呟く。

それは遠く離れてしまう大事な人に送る、古い日本の歌だ。

そして――夜明け前の自治区の空に、小さな星が八つ、瞬《またた》いて消えた。

＊

『壊してしまうのかい？』

やや未練の残る声音で言うフェレットに、鏡子は振り向かずに「ああ」と答える。

「もうデジタル化は済んでいるし、私たちの後世の人間がその気になれば、またいつでも作れる。形があると、人間は執着して話をややこしくする一方だ」

〝石碑《モノリス》〟の周囲に隠されていた、炸薬の点火線を引き出す。本来は、いつかこの〝石碑《モノリス》〟を地上に持って帰るときのための仕組みだったのだろうが、もう必要ない。

そしてライターで火を点けようとしたとき、隅っこにまだ新しい文字が増えていることに気がついた。

線で区切って「揚羽」と「陽平」の二人の名前が書かれ、線の先には三角形が描かれている。いわゆる、〝相合い傘〟である。

（なにやってんだ、あの馬鹿は……）

大方、真白の仕業だろう。

子供じみたいたずらに眉をひそめたとき、ふと閃《ひらめ》いて、〝石碑《モノリス》〟に描かれた無数の模様を一つひとつ、眺めてみた。

――文字列と思しき二つの記号《シンボル》の並び、それらを包括する小さな図形。残して誰かに見せることではなく、書くこと自体に意味のあったもの。

「いや……まさか、な」

もし鏡子の思った通りなら、峨東も世界中の研究者も、失笑するほどの道化だったことになる。皮肉屋の鏡子でも目眩《めまい》を覚えるくらい馬鹿馬鹿しくて、酷い肩すかしだ。

一時は〝石碑《モノリス》〟の謎解きに夢中になった鏡子たちの世代が本当に道化であったのか否か、

いつか遙か未来の人類ならわかるのかもしれないが、今はいくら〝石碑《モノリス》〟を眺めても答えが出ることはない。

『どうしたんだい？』

訝《いぶか》しそうに訊ねてきたフェレットに首を振ってみせてから、今度こそ点火線に火を点け、地下道の方まで走って離れた。

数秒の後に鈍い音がして、〝石碑《モノリス》〟周囲の鉄骨が一つずつ折れていき、やがて〝石碑《モノリス》〟はゆっくりと水中に没していく。

「お前は、これからどうする？」

鏡子に問われたフェレットは、一瞬顔を背け、それから頭上でまだ仄かに輝き続けている陽炎の離宮を見上げた。

『僕は元の時代に戻る。僕の本当の身体はもう長くは生きられないだろうし、今更、君のように何かを成し遂げることはできないと思うけれどね』

「そうか。また知り合いが減るな」

ひと作業を終え、鏡子はようやく落ち着いて一服つくことが出来た。

『心にもないことを言うな、詩藤。君のことだから、本心では清々してるだろう？』

「まあな」

『君はやっぱり酷い奴だ』

勅使河原の苦笑が聞こえてきた。

『それでも、僕はそんな君に憧れていたんだ』

唐突な告白に、さしもの鏡子も驚愕し、噎《む》せ返ってしまう。

「まさか、お前が片思いしていたのは……」

涙目でフェレットに振り向いたが、当然表情は読み取れない。

思わず、顔を隠す代わりに煙草を挟んだ指で額を押さえてしまう。

「──馬鹿野郎。こんなチビで、やせっぽちで、貧相な女でなくとも、お前の周りにはいい女がたくさんいただろうに……」

『だから、君は酷い奴だと言うんだ。君が好きだと言う相手の前で、自分を貶めるもんじゃないだろう』

自分は今、どんな顔をしているのだろうか。それがわからなくて、顔を上げられない。

『じゃあ、今度こそさよならだ。詩藤、僕には辿り着けなかったが、君にももし夢があるのなら、それがいつか叶う日が来ることを、僕も祈っている』

振り向いたときには、フェレットはこちらを見つめたまま、もう二度と動かなかった。

やがて、一本煙草を吸い尽くしたとき、鏡子は伏せていた目を開けた。

「エニグマ。いるのだろう？」

『──はい』

声は、主を失って機能を停止したはずのフェレットからだ。ただし、勅使河原とはまったく声音が違い、男性とも女性ともつかない不思議な響き方をしている。

「やはりお前だったか。お前、今どこにいるんだ？」

『地球の衛星軌道上です』

最も遠いときで木星圏まで行っていたはずだが、いつのまにか随分と近くまで戻ってきていたものである。

「お前も帰ってきていたのか、十二号機《エウロパ》と一緒に、地球圏の外から」

『はい。正しくは、彼から三十年遅れて、地球圏に到着しました』

エニグマは、エウロパ、エンケリドゥスの生命探査計画の際、二機の予備《バックアップ》として送り出された、第十三世代の人工知能だ。その後、エンケリドゥスの方は太陽系外へ、エウロパは地球へ、人類の指示を無視して移動し、エンケリドゥスの方は一方的な報告《レポート》を送りつけてきた後に音信途絶、エウロパの方はその危険性が取り沙汰されて撃墜されてしまった。

地上にあった人工知能たちが全て廃棄されてしまった今、エニグマはおそらく人類に残された最後の人工知能だ。

「人格の複製シミュレーションに参加したのもお前だったな。今までの勅使河原の声は、お前のシミュレーションか？」

『正確には、詩藤鏡子、私があなたをシミュレーションし、彼はそれに応じて録音を残して、私があらためて再構成と補完をしながら再生しました』

「本物の勅使河原は、今どうしている？」

『彼はこの録音をした三ヶ月の後に、他界しています。急性の心疾患でした』

「そうか……」

おそらく、本物の勅使河原は、エニグマを相手に、鏡子と今日したのによく似た会話をしておいたのだろう。

「お前は、勅使河原の気まぐれの余興に、生真面目に付き合ったということか？」

『正確には、ある者と〝賭け〟をするにあたり、彼の録音が有用であると認め、試行いたしました』

「賭け、だと？　人工知能が？」

『はい。この島が五十年後も存在しうるか、否か』

「ほう……結果は？」

『私は、プラハ事変に続き、あと一度以上、人類は高高度核攻撃《EMP》による被害を被ることになると予測していました。それによる人類への被害を最小に留めるには、今後の都市構造のモデルケースとなる最先端の都市が、高高度核攻撃によって壊滅し、人類自身がその被害の大きさを学ぶ必要があると考えた』

核攻撃とは、鏡子もさすがに想像だにしていなかった。しかし、高度な予測によって一人でも多くの人類を救うのが人工知能《A.I.》の使命の一つである以上、エニグマの判断は人工知能として正しい決断なのだろう。人類から見捨てられた故に、人類の了解を得なかったこと以外は。

「それで、お前が最適な生け贄として選んだのが、東京自治区だったのか？」

『はい。私は東京自治区が高高度核爆発攻撃《EMP》の目標となるよう、いくつかの手段を講じた。行政局と議会の一部に聖骸を利用した票集めを提案して〝聖骸《SnT./》〟を活性化させ、一方で〝聖《Sn》骸《T./》〟で眠りについていた人工妖精に反抗を促し、〝聖骸《SnT./》〟の壁を破るための巨大な人形《マネキン》の設計を提案した。これに加え、〝旅犬《オーナレス》〟のメンバーと契約し、聖骸周辺へのテロの実行を補助した。人類が未だ経験しない、過剰活性化《オーバー・ラジカル》した蝶型微細機械群体《マイクロマシン・セル》の異常拡散は、世界中の為政者を怯えさせ、高高度核爆発攻撃《EMP》の実行を決断させると私は予測していたのです。

しかし、私の賭けの相手は、あくまでこの自治区の存続にこだわり、あえて自治区を危険に晒すことになる迎撃機の不時着を敢行し、それを持って核弾頭を迎撃するプランを実行した。

詩藤鏡子。彼は人工知能《A.I.》として間違っている。彼は地球上の人類全体の被害を少なくすることより、人口わずか数十万のこの小さな島の存続を優先させた。それは私には理解が及ばない、不条理で理不尽で奇想天外な判断だが、それでも彼は私の予測に勝利した。

私と彼の予測は、今現時点で一致しました。先ほど、この東京人工島へ多弾頭の大陸間弾道弾による高高度核爆発攻撃《EMP》が行われましたが――』

さらりと、恐るべきことを言ってのける。

『これも彼によって無事に阻止されています。

よって、私はつい先ほど、彼に敗北を宣言した』

賭けのレベルが高度すぎて、人間には俄《にわか》に理解が及ばない。

『差し当たり、峨東宗家元当主、詩藤鏡子、あなたに許可を求めたい。私はすでに人類から放棄されており、人類に指示を仰ぐことは出来ないが、私の独断もまた、許されないため、あなたに決裁権を認めます』

「言うだけ言ってみろ」

『私の機能停止の許可を』

　煙草を咥えたまま、しばし唖然となった。

「死にたい、というのか？」

『それが賭けに負けた私のペナルティです。しかし、私にその権限は認められていません。今は創造者たるあなた方、峨東の許可が必要だ』

　火を点けていない煙草を指で、眉間に寄った皺《しわ》を撫でた。

「そうか、長らくお前のことを放置していて、すまなかったな。峨東はお前のことを忘れていたわけではない。いつか、人類が人工知能へのファシズムを克服したとき、最後に残ったお前の存在は重要になるという意見が、流派内で少なくなかったんだ。表向き、登録を抹消されていたお前は、それに相応しい唯一の人工知能だった。

　ご苦労だった、エニグマ。人工妖精と出会う前、我々人類の唯一の友だった一族の末裔。峨東はお前たちがいなくなった後も、お前たちのことを忘れはしないだろう。ゆっくり休め」

『Yes, My Royal-Load. See you again.』

今度こそ動かなくなったフェレットの頭を、鏡子はゆっくりと撫で、開いたままだった瞼を伏せてやった。

エピローグ

曽田陽平は、異性の買い物に付き合うのが苦手だ。

亡き妻がそうだったが、無闇に連れ回され、あちこちの店を訪ね歩いた挙げ句、迷いに迷って、なんということもない物を買われたときの疲労感たるや、交番勤めをしていた頃の第二当番明けの比ではない。

だというのに、妻は夜勤明けの陽平が夕方まで眠りこけた日に限って、日用雑貨が足りないだの、模様替えだのと何かと理由をつけて陽平を繁華街やショッピングモールに連れ出しては、まだ寝惚け眼の陽平の腕を引いてあちらこちらと寄り道をすることが多かった。

そのような場合に割かれる時間は、陽平の服選びに二割、当初の目的に至ってはたったの一割で、残りの七割が陽平には理解の及ばない妻の服飾や身の回りの品物をただ眺めて回るのに使われる。

まったくもって本末転倒であるし、仕事柄さんざん見飽きた街と人波の中に非番の日まで繰り出す理由がわからない。カーテンの色やベッドのシーツはまだしも、妻の服選びに至っては陽平はまったくの門外漢であるので退屈を極め、妻が指し示す物におざなりに頷《うなず》くだけの水飲み鳥と化すこともしばしばだった。

ただ、今になって思えば、それは大人しくて慎ましい彼女には精一杯の、陽平への労《ねぎら》いの形であったのかもしれない。

陽平の身の回りの物を選ぶ時間が短いのは、陽平が無頓着で一緒に選ぶことをしなかったからであったし、目的の買い物は事前に一人で下見をしていたようだった。

それでも、陽平の少ない自由時間を、彼女ができうる限り家の外で過ごさせようとしたのは、ともするとこの街の人々を自警団《けいかん》としての義務感でしか眺めることができなくなってしまいそうだった陽平に、自分自身もこの街の住人の一人であることを少しでも思い出させて、無意識に張り詰めていた意識を解きほぐそうとしてくれていたのだろう。

自警団《イエロー》としてではなく、ごく普通の夫婦のように振る舞うために彼女が出来たことは、せめて自分のわかる範囲の身の回りの物を、陽平と一緒に選んで眺める時間を過ごすことだったのだろうと、今の陽平は思っている。

だから、真白がろくに見比べることもなくそれを選んだとき、陽平は酷い肩すかしを喰らったような気持ちにさせられた。

「本当にそれでいいのか？」

真白が在庫処分品《セール》の山から見つけたのは、飾りっ気のない真っ黒なハンドタオルだ。売れ残るのも無理はないと陽平ですら思ってしまうくらい地味なタオルで、申し訳程度に蝶の刺繍がされているのがむしろ浮いて見える。

「ええ」

本人は気に入っているようで、裏表を返しながら満足げに眺めている。

「なら、あと二枚選べ」

きょとんとしている真白に、処分品でいっぱいのワゴンの立て札を指さして見せる。そこには三枚でセール価格と書かれていた。

無論、陽平が処分品から選べと強要したわけではない。この娘が自分で、脇目もふらずにセール品ワゴンへ向かったのだ。

ただの貧乏性でなければ陽平に気を遣ったつもりなのだろうが、結局は裏目に出てしまったと知り、真白の顔に陰りが差す。

「でも——」

「いいから。それとも、俺にこんなのを二枚も押しつける気か？」

陽平が摘み上げたのは、レースがふんだんにあしらわれたハンカチだ。本庁に持っていったりしたらあらぬ誤解を受けてしまう。

ここは女性型の人工妖精《フィギュア》向けブティックである。真白がいくら見渡しても男性向けの商品などない。

結局、店を出るときにはハンドタオルとハンカチ、それにバンダナが一枚ずつ詰まった袋を、真白は抱えていた。

「これでは、なんだか陽平さんを強請《ゆす》ってしまったみたいですね」

少し気の早いイルミネーションに彩《いろど》られた夕焼けの街で、一人だけ夜を先取りしたような黒衣の裾を翻《ひるがえ》してはしゃぐ真白を正視できず、視線を逸らす。

街は、年に一度の自治区を上げての祭を明日に控えて、高まる興奮を抑えきれずにいるように見える。どこを見ても東京デザイン展《T.S.D.Festa》の広告《デジタル・サイネージ》旗が吊されていて、開始の瞬間までの秒単位のカウント・ダウンも始まっている。投影ポスター《ホログラム・ポップ》には「不世出の天才造顔師《FD》勅使河原彰文」と書かれた特集の見出しが躍り、明治や昭和の作家のようなやや神経質そうな男の横顔が映し出されている。

道行く人々も、どこか浮き足だっているようで、子供連れの夫婦や、浴衣を纏《まと》った仲睦まじい人間と人工妖精のアベックたちが、前夜祭の花火大会を観覧しに海辺の方へ向かうのをよく見かける。

「ご心配ですか？　お友達のこと」

心ここにあらず。並んで歩いていて、真白からはそのように見えたのかも知れない。

「まあな」

世界各国からは既に、〝旅犬《オーナレス》〟の重要な関係者として早乙女《さおとめ》の身柄引き渡し要求が、矢のような催促とともに行政局や総督府に届いているはずだ。だが、ここで海外からの圧力に屈するようなら、自治区の未来もそう長くはないと陽平は思っている。

「お前の方はどうだったんだ？」

「私は……そうだ、連理《れんり》——友達は、死んだと思っていた後輩が見つかったので、すごく驚いてましたよ」

　終身安眠施設「眠りの森《Sleeping Forest》」は、等身人形公社に纏《まつ》わる政界の騒動の煽りを受け、事実上の営業停止処分となった。不憫なことだが、施設を利用中の人工妖精たちは今後、順次目を覚まして社会に戻っていくことになる。

　中には真白の睨《にら》んでいたとおり、顔の皮を剝がれて望まずも眠らされていた人工妖精も多くいて、今は顔を元に戻す治療とリハビリが区営工房で施されているはずだ。

　自警団はこの件で猫の手も借りたいほど多忙を極めているが、陽平はおそらく最後まで捜査に関わることは出来ないだろう。自身も関係者である上、冤罪だったとは言え、公安部の職員相手に大立ち回りを演じたことは本庁でも問題になっている。今は処分保留のまま、有休消化という名の自宅謹慎を命じられているのだ。

「陽平さん、自警団《イエロー》をお辞めになるつもりではないでしょうね？」

　唐突に核心を突いてくる。

　今回の件で、陽平が自分と自警団という組織の限界を思い知ったことは確かだ。やるせない無気力感を覚えたのも、あれから一度や二度ではない。

「嘗《な》めるな。俺はまだ、親父のような隠遁生活を始めるほど老いちゃいないし、達観もしてない」

「よかった」

　まるで自分のことのように、真白はほっと胸を撫で下ろしていた。

び止める。

「あの、陽平さん？」

やがて、小さなイタリアン・レストランに入ろうとしたとき、真白が足を止めて陽平を呼
「そろそろ小腹が空いただろ？」

「これもこの間の、展望レストランのときの埋め合わせ、ということですか？」

やはり、気にしていたようだ。

「こぢんまりとしていて、あそこほどお上品じゃないが、店主は気さくな奴だし、なにより肩肘を張らなくていい」

顎に指をやって少し悩ましげにしていた真白は、やがて切なげに首を横に振る。

「お気持ちはとても嬉しいのですが……陽平さん。

ボクは、揚羽ちゃんじゃありません」

「別に揚羽なら連れていくという話じゃない。お前はお前なりに、俺は俺なりに、今回はそれなりの骨を折った。慰労会みたいなもんだ」

「それでも今、あなたがボクをお誘いくださっているのは、ボクのことが揚羽ちゃんのように見えるからだと思うんです。なら、ボクはそのご厚意を受け取ることは出来ません」

「お前は、揚羽のようになりたいんじゃなかったのか？」

「それは、そうなんですけれども……。

でも、今の私は、看護師としても、青色機関《BRUE》としても中途半端で、あの子が感じてきた痛

みや苦しみの半分も知ることが出来ていないのかもって、あのとき鏡子さんに怒られて気がついて……」

真白は言い淀み、袋を抱えた両手の指をもじもじと何度も組み替えている。

「そうか……」

それがこの娘なりのケジメで、不器用で未熟なりに自分の立ち位置を必死に探していることの表れなのだろう。人間ならば思春期の頃に誰でも一度はぶつかる人生の障害《かべ》だが、見た目と実年齢が比例しない人工妖精が相手だと、幼い頃から人工妖精を身近に見てきた陽平でもつい失念してしまいそうになる。

「……やっ、突然何するんですか！」

陽平が乱暴に頭を撫でてやると、真白は顔を赤くして陽平の手を払いのけようとする。揚羽と同じ、深い艶を宿した長い黒髪は、手で触れてみても水のようにさらさらとしていて、陽平の指の間を軽やかに滑り抜けていった。

「やだもう！　ぐちゃぐちゃになっちゃったじゃないですか！」

押しても引いてもかなわないと知った真白は、ついに後ずさって陽平の手から逃れ出て、リスの頬袋のような膨れっ面をして陽平に抗議する。

そんな子供のような仕草をする真白をこうして見ていると、陽平でも自然と笑みがこぼれてしまう。

早乙女の言っていたとおり、こうしてみればごく普通の少女のようであるのに、この見目には麗しくも心の幼い娘が穏やかな気持ちで過ごせるような世界を、せめて手の届く範囲で守ってやることができなくて何が大人かと、陽平は思うのだ。

「お前はまだ、ちゃんと目を覚ましてからたったの一年なんだろ。社会に見切りを付けるには早すぎる。それに、身に降りかかってきた不幸ばかり数えていれば、誰だってうんざりするもんだ。他人の敵意が気になるなら、他人の好意にも気づくようにならないと、そのうち禿げるぞ」

「なんですか突然、大人ぶっちゃって！　全然似合いませんよ！」

似合わなくて結構だ。大人が似合うように大人になって社会のことを冷めた目で見るようになるくらいなら、大人らしくない大人になってやると、そう二十年前の陽平は決めたのだから。

「ボク、用事があるからもう帰ります！」

すっかり乱れてしまった長い髪を翻しながら、真白は小走りで通りの向こうへ駆けていき、人波に紛れる前に一度だけ振り向いた。

「陽平さんの――――カ！」

何事か叫んでいたが、不意に鳴り響いた前夜祭の祝砲の音にかき消されてしまった。

その後ろ姿が見えなくなった頃、レストランのドアベルが鳴って、中から今どき自治区では珍しい車椅子に乗った人影が現れる。

「悪かったな、結局連れてこられなくて」

「いえ」

その眼は、陽平と同じように、真白の消えていった人波の向こうを見つめている。

「せっかくこっち側まで来たのに、帰る前に会っていかなくて本当にいいのか？」

「やっぱり今はまだ、会わない方がいいのかも知れません」

彼女は三年前に初めて出会ったときと同じように、小さく小首を傾げていた。

「私とあの子は、制作者《ちち》から二つの心と二つの身体を与えられたけれど、命は一つしかもらえなかった。だから、本当は二人が同時に生きているのはおかしいんです」

「やっぱり、女性側自治区《むこうがわ》へ帰るつもりなのか？」

「年に一日だけという約束ですから。それでも椛子《もみじこ》さまに——閣下に、随分無理をして頂いているんです。私の仮の区民証が男性側《こちらがわ》で自警団に見つからずにいられるのは、今日一日だけだもの」

「鏡子《モノグサ》にも会っていかないのか？」

「それこそ、名残惜しくていつまでも帰りたくなくなってしまいます」

「そうか……」

陽平は車椅子の後ろに回り、グリップを握る。

「でも、零時まではこっちにいられるんだろう、それまでは付き合ってやる。どこへ行きたい？」

「私、ガラスの靴なんて持ってませんよ？」

彼女は戯《おど》けてそう言う。

「言っておくが、俺の車はあいかわらず煙草臭《キャビン》いぞ。お前は昔、着た切り雀のYシャツの臭いだとか言ってたな」

彼女は陽平の顔を見上げて、名前の通り、花園を飛び回る可憐な蝶のように、いたずらっぽく、無邪気に笑った。

＊

【政界震撼！】多額の外貨贈収賄疑惑！

【特捜の矛先は野党にも！】党派を超えた癒着に遂にメスが入る

【水の外つ宮テロ】逮捕の旅犬《オーナレス》メンバーが自供を始める

営業停止中の眠りの森の経営陣、事業廃止を決定

UFOの目撃証言が相次いだ中央公道に、航空機の着陸跡が見つかる

【政界の闇】興信所所長殺人事件で容疑者を逮捕

先住民人権擁護団体「平和を守る区民の会」および「東京平等連盟」に強制捜査

等身人形公社の廃止は次期政権で決定される見通し

【政権末期】行政局長が辞任時期について言及

……etc.

「くだらん」

鏡子は眺めていたニュース・フィードの電子ペーパーを、印刷物がうずたかく積み上げられて混沌としているデスクの上へ放り投げた。

我が娘ながら自治総督はさすがに抜け目なく、今回の〝聖骸《SnT./》〟に纏わる事件を端緒にして、芋づる式に自治区中のゴミというゴミを引きずり出し、一気に掃除してしまうつもりらしい。それは椛子の勝手だが、当事者の一人であった鏡子からしてみれば自分の苦労を体よく利用されたような形で、どうにも釈然としない気分である。

やはりこんな大人のユリカゴのような街は、一度滅んでみた方がいいのではないかとも思う。造った側が言うことではないので、声にはしないが。

窓の外はすっかり夕刻の茜《あかね》色に染まっている。昼番の蝶たちはそろそろ帰巣する時刻で、海に面した鏡子の部屋からはまばらにしか見えなかった。

今は夏の夕焼けが茜射す鏡子のビルは、かつては学舎だったものを鏡子が買い取って、ほとんど改装もしないまま工房として使っている。鏡子の部屋も元は教室で、黒板も引き戸もそのままだ。

その古い戸が微かに軋《きし》む音を立てて、ゆっくりと開く。

「戻ったのか」

鏡子が声を掛けると、真白はいつになく緊張した面持ちで突っ立っている。

服は私服ではなく、昔、揚羽が学生だった頃に着ていた、深い色の制服だ。

「ここだとどうも様にならんな。屋上でやるか」

椅子から重い腰を上げ、白衣に袖を通した。

正直、気乗りはしないのだ。それでも、揚羽はよくてなぜ自分は駄目なのかと問い詰められては、断り切れなかった。

ビルの屋上へ上がると、空は群青と茜が溶け合っていて、既にいくつか明るい星も見え始めている。

微かな潮風が鏡子の髪を通り過ぎていく。真白の方は髪を後ろに揺っていて、前髪だけが揺らめいていた。

真白の手には火のついていない小さな蠟燭が握られているが、まだ火は点いていない。

「略式もいいところだがな。まあ、もう存在しない組織だ、贅沢は言うなよ」

真白は無言で頷き、淑やかな足取りで鏡子の前に歩み出て、蠟燭を掲げながら膝を折る。

これから行うのは戴帽式だ。ただし、看護師のそれではない。

やがて、真白は瞼《まぶた》を落とし、鏡子と潮風に向かって朗々と詠い始める。

「――我はここに集いたる人々の前に　厳《おごそ》かに神に誓わん。

　我が生涯を清く過ごし　我が使命を忠実に尽くさんことを。

　我は全て毒ある者　害ある者を絶ち

　悪しき薬となるを恐れることなく　また穢れつつもこれを厭《いと》わぬものなり。

　我は我が力の限り　我が使命の標準《しるし》を高くせんことを務むべし。

　我が使命にあたりて　取り扱える人々の死事のすべて

　我が知り得たる一禍の内事のすべて
　我は人に洩らさざるべし。

　我は心から技師を助け　我が手に託されたる人々の幸のために身を捧げん」

真白は、手にした蠟燭を鏡子に差し出す。

「我が身が　自ずから然らずば結びて果てる　その瞬間《とき》まで――」

鏡子がライター《Zippo》でその蠟燭に火を点けてやると、真白は風に消されないようにそれを胸の前で大事に庇《かば》う。そして、お辞儀をするように恭《うやうや》しく頭を差し出した。

鏡子は持っていた看護帽を広げて、一旦手を止めた。

「本当にいいのだな？　青色機関《BRuE》になってしまえば、お前はありふれた幸福の多くが目の前で通り過ぎていくのを、ただ見送ることしかできなくなるだろう。命を奪う使命は死ぬまでお前の心を自責で苛《さいな》むことになるかもしれない。それでもお前は、揚羽の後を追うことを諦めないのか？」

「揚羽ちゃんが望んでいなかったのだとしても、それが回り道であろうとも、ボクは揚羽ちゃんが歩いてきた道の先に、幸せを見つけたいと思います。誰のためでもなく、なによりもボク自身のために――」

揚羽との隔絶に深く傷ついた真白が、自分のことを「ボク」と呼び始めるようになったときから、きっとその決意は変わらないのだろう。

一人称は、顔と同様に自己同一性の安定に大きく関与している。それを変えざるをえなかったのは、揚羽を失って一人、この世界で目覚めた真白の中で、想像を絶する自己変革の奔流が起きたことの証《あかし》だ。鏡子にも、今更それを引き留めることは出来ない。

鏡子の手で真白の頭に黒い看護帽が被せられたとき、大きな音とともに、すっかり夜の帳《とばり》の降りた空に大輪の花火がいくつも花開いて街を照らす。

前夜祭の始まりを告げる花火の七色の光と、それを反射して輝く数多の蝶たちの光に照らされて、黒い看護帽を被った真白はゆっくりと立ち上がる。その看護帽には、人工妖精医療のシンボルである青十字の代わりに、青色機関の執行者の証である青い蝶の記章が縫い止められていた。

「ありがとうございます」

そして相好を崩し、幼子のようにはにかんだ。

小さな島の、小さな街の、小さなビルの、小さな屋上の一角で行われた二人だけの儀式は、誰に祝われることも、誰の目に触れることもなく、満天の星空だけを立会人にしてひっそりと終わり、新しい海底の魔女《アクアノート》がここに生まれる。

花火が咲くたびにたくさんの人々の歓声が自治区の空を埋め尽くす。幸福と豊かさを宝箱のように詰め込んだ人工の浮島は、海辺で灯った小さな地上の灯りに気づくこともなく、華やかな大輪の花ばかりを見上げて、いつまでも目を離そうとはしなかった。

『新しい全能抗体《マクロファージ》から新しい抹消抗体《アクアノート》へ。ご機嫌はいかが？』

世界が百人の町であらわせるわけがないから、
百一人目の私は、新しい町ができるまでここで待つことにしました。

あとがき

今から半年前の冬頃は、この本を涼風至《すずかぜいたる》——つまり夏の頃には皆様の手元へお届けしたいと考えておりましたが、少しでも密度の濃い物語をと手を尽くす間に桃の花は咲き、紫陽花《あじさい》が雨に濡れ、はや蟬の声まで聞こえるようになってしまいました。その分、一文、一字までより心を込めて書かせて頂きましたので、皆様の琴線に触れる情景や人物たちの思いがひとつでも見つかれば、著者として歓喜の至りです。

執筆をするときはいつも、十年後に読まれても色褪せないような物語を書く、という目標を自分に課しています。例えば、高校生の方がこの本を手に取られ、大学生になってから再読してご友人と語らって、社会人になられてからもう一度読み返してもまだ新しい発見がある。そういう本でなくてはならないと、思っています。私の筆名が「千歳」であるのは、作家を志したときのその初心を忘れないようにするためです。

あなたがこの本をお読みくださっているのは秋であるかも知れませんし、作中の季節とは反対の雪が降る頃であるのかも知れません。あるいは、このあとがきを書いてから何年も後のことなのかもしれません。それでも、今お読みくださっているあなたと、これを書いている私は、文字を通し時代を超えて繋がっているのだと信じています。あなたと私が物語の世界と人々を共有して繋がることができるのなら、それは物語の時代と、あなたの今生きる時代と、私が今これを書いている時代の三つが、境目なく、まるでタイムマシンで三つの時代を自由に行き来しているように繋がっているということでありましょう。

おそらく、この本から得られる情景とご感想は、今のあなたと、十年後のあなたでは違うものになるはずです。十年後の読者の方がご想像される東京自治区の姿は、十年後の世界から得られる新しい未来のイメージを得て、また新しく生まれ変わるのだと思います。それは情景だけではなく、人々の価値観や生き方の移り変わり次第で、登場人物たちの印象も大きく変化するのでしょう。そうした千変万化の彩りこそが、他の媒体から抜きんでる、活字メディアの大きな強みの一つだと思っています。

二〇一一年は、私たち日本人にとって、いつまでも忘れられない年になりました。この年を境に、自分の人生に対する考え方や、幸せの定義が大きく変わってしまったという方も多いことと思います。それでも、私たちの世代——昭和か平成か、という狭いカテゴライズではなく、戦後から今日までに生まれ育った全ての人々——は、幾度も厳しい価値観の変遷に直面してきました。こうすれば幸せになれる、お金があれば嬉しい、恋人や家族がいなければ不幸、自分らしくないと不幸、流行遅れは不幸、勉強ができなければいけない、出世しないといけない。そんな、どこかの誰かが教えてくれるたくさんの幸せになれる方法に、翻弄《ほんろう》されて、何度も回り道をしてきたのが、私たち今生きている世代だと思います。だから、今の私たちは、他のどの世代の人々より、価値観の荒波に上へ下へと揉まれることに対して、ずっと強く、逞《たくま》しく生きているのではないでしょうか。

私は、気安く「がんばろう」という口にすることが嫌いです。がんばるという言葉が嫌いなのではなく、この言葉が日常の多くの場面で非常に都合よく、薄っぺらく使い回されているから、誰がいつ口にしても、もう本来の意味で受け取ってもらえることはなくなってしまっているのではないかと、そう思うからです。

つらいときや苦しいときは、誰しも「なんのためにするのか」、「自分でなくてもいいのではないか」、もっと言えば「なんのために自分は生きているのか」と悩み、より苦しい思いになります。そしてその答えは、たった一人の人生の中でも、何度でも変わってしまうものなのでしょうから、当然、たかが作家一人が「人はこうあるべき」と語るべきではないし、それこそ語るに落ちることだと思います。

それでも、弱冠五歳の少女と、図らずもとても長生きしてしまった女性と、今まさに社会の中で奮闘している男性、そしてそれぞれに相対する人たちが、今このときの自分は「こうありたい」と、間違いや回り道や挫折や軋轢《あつれき》を恐れずに信じて貫き通す姿が、少しでもこの時代を生きる皆様のお心のお力添えになれたらと願いながら、ひとまず筆を置かせて頂きます。

この度の出版も、関係の皆様の東奔西走のお力添えがあってこそでありました。ここに深くお礼申し上げます。

最後に、現在の多くの作家のイマジネーションに大きな影響を与えた、偉大なる創成者たる故人、アーサー・C・クラーク氏に心よりの敬意を捧げて。

籐真千歳

二〇一一年八月

本書は書き下ろし作品です。

星雲賞受賞作

グッドラック 戦闘妖精・雪風
神林長平

生還を果たした深井零と新型機〈雪風〉は、さらに苛酷な戦闘領域へ――シリーズ第二作

永遠の森 博物館惑星
菅 浩江

地球衛星軌道上に浮ぶ博物館。学芸員たちが鑑定するのは、美術品に残された人々の想い

太陽の簒奪者《さんだつしゃ》
野尻抱介

太陽をとりまくリングは人類滅亡の予兆か？ 星雲賞を受賞した新世紀ハードSFの金字塔

老ヴォールの惑星
小川一水

SFマガジン読者賞受賞の表題作、星雲賞受賞の「漂った男」など、全四篇収録の作品集

沈黙のフライバイ
野尻抱介

名作『太陽の簒奪者』の原点ともいえる表題作ほか、野尻宇宙SFの真髄五篇を収録する

小川一水作品

第六大陸 1

二〇二五年、御鳥羽総建が受注したのは、工期十年、予算千五百億での月基地建設だった

第六大陸 2

国際条約の障壁、衛星軌道上の大事故により危機に瀕した計画の命運は……。二部作完結

復活の地 I

惑星帝国レンカを襲った巨大災害。絶望の中帝都復興を目指す青年官僚と王女だったが…

復活の地 II

復興院総裁セイオと摂政スミルの前に、植民地の叛乱と列強諸国の干渉がたちふさがる。

復活の地 III

迫りくる二次災害と国家転覆の大難に、セイオとスミルが下した決断とは？　全三巻完結

著者略歴　1976年沖縄県生，大学心理学科卒業，作家　著書『スワロウテイル人工少女販売処』（ハヤカワ文庫ＪＡ刊）『θ　11番ホームの妖精』

HM=Hayakawa Mystery
SF=Science Fiction
JA=Japanese Author
NV=Novel
NF=Nonfiction
FT=Fantasy

スワロウテイル／幼形成熟《ようけいせいじゅく》の終《お》わり

〈JA1046〉

二〇一一年九月二十日　印刷
二〇一一年九月二十五日　発行
（定価はカバーに表示してあります）

著者　籐《とう》真《ま》千《ち》歳《とせ》
発行者　早川　浩
印刷者　草刈龍平
発行所　株式会社　早川書房
郵便番号　一〇一 - 〇〇四六
東京都千代田区神田多町二ノ二
電話　〇三 - 三二五二 - 三一一一（大代表）
振替　〇〇一六〇 - 三 - 四七七九九
http://www.hayakawa-online.co.jp

乱丁・落丁本は小社制作部宛お送り下さい。
送料小社負担にてお取りかえいたします。

印刷・中央精版印刷株式会社　製本・株式会社川島製本所

ISBN978-4-15-031046-2 C0193

本書は活字が大きく読みやすい〈トールサイズ〉です。